W0209080

Jane Graves vit près de Dallas avec son mari et son chat. Entre autres récompenses, elle a remporté le National Readers' Choice Award à deux reprises, ainsi que le Booksellers' Best Award et le Golden Quill.

Du même auteur, chez Milady :

Smoking & Layette

Rainbow Valley :
1. *Un cowboy à l'horizon*

Ce livre est également disponible
au format numérique

www.milady.fr

Jane Graves

Lune de miel & Gueule de bois

Traduit de l'anglais (États-Unis) par Lise Capitan

Milady Romance

Milady est un label des éditions Bragelonne

Titre original : *Tall Tales and Wedding Veils*
Copyright © 2008 by Jane Graves

Publié avec l'accord de Grand Central Publishing,
New York, New York, États-Unis
Tous droits réservés.

© Bragelonne 2015, pour la présente traduction

ISBN : 978-2-8112-1484-5

Bragelonne – Milady
60-62, rue d'Hauteville – 75010 Paris

E-mail : info@milady.fr
Site Internet : www.milady.fr

À Brian, avec tout mon amour.

Chapitre premier

C'étaient les robes de demoiselles d'honneur les plus immondes que Heather Montgomery ait jamais vues, et, pourtant, elle en avait vu un paquet. Quand on a une famille assez nombreuse pour remplir le Texas Stadium, il y en a toujours un ou une pour convoler, et il était de rigueur que les futures mariées demandent à leurs cousines d'être leurs demoiselles d'honneur, même si cela impliquait de mélanger membres de la famille et copines de fac.

Cette fois-ci, c'était la cousine de Heather prénommée Regina qui allait dire oui, et elle avait choisi ces robes pour une seule raison : sa *wedding planner* hors de prix l'avait convaincue que c'était le summum de la mode. Aux yeux de Heather, cela était tout simplement ridicule.

— Regina ! s'écria Demoiselle d'honneur numéro un, en déployant la jupe d'une des six créations à jupons, à manches bouffantes et à taille cintrée. Elles sont fabuleuses !

Numéro deux et Numéro trois exprimèrent des opinions similaires, tandis que Numéro quatre et Numéro cinq caressaient le satin avec admiration, émettant quelques petits soupirs d'approbation.

Heather avait abandonné l'idée de se souvenir des prénoms des cinq filles, qui se terminaient tous en i – Cami, Taci, Tami, enfin bref –, et de savoir à quelle blonde chacun de ces noms appartenait. En fin de compte, elle s'était contentée de leur assigner des numéros en fonction de la longueur de leurs cheveux.

Au son des « Ooh » et des « Aah », Heather jeta furtivement un regard atterré en direction de sa mère. Barbara Montgomery avait accepté de participer à cette expédition d'essayage, même si elle n'aimait pas spécialement sa sœur ni même sa nièce. Elle était là parce que, dans la famille, les mariages causaient toujours du remue-ménage, et, en restant au cœur des événements, elle s'assurait d'être aux premières loges lorsque les choses dégénéreraient. Toute la famille se complaisait dans le chaos avec une aisance qui laissait Heather abasourdie. Elle qui préférait mener une vie calme, ordonnée et organisée se demandait parfois si la cigogne ne s'était pas trompée de maison vingt-neuf ans plus tôt.

— Oh oui ! ajouta Barbara. Ces robes sont vraiment adorables. Tu ne les trouves pas adorables, Heather ?

— Oui, répliqua la jeune femme sur un ton presque aussi robotique que celui de sa mère. Elles sont adorables.

— Bien sûr qu'elles sont adorables, commenta tante Bev en faisant bouffer la jupe de la robe de Numéro trois.

— Elles sont griffées par Jorge.

— Alors le rose doit être la marque de fabrique de Jorge, lança Heather. Enfin, regardez tout le rose qu'il a mis sur ces robes.

— Elles ne sont pas « roses », contrecarra Regina en rejetant la tête en arrière, ce qui fit froufrouter la montagne de dentelle fixée sur son crâne. Elles sont saumon ! C'est la tendance incontournable de cette saison. Allez-y, les filles ! Essayez-les, ajouta-t-elle en battant des mains.

Heather se rendit dans une cabine et se saucissonna dans la robe. Les manches lui tombaient sur les coudes, quinze centimètres de tissu au moins traînaient par terre, et la tenue était si cintrée que respirer en devenait une corvée.

Elle tira le rideau. Les Numéros un à cinq s'étaient transformés en un quintette souriant et dithyrambique, dont les ventres parfaitement plats ne causaient pas le moindre faux pli à la taille de leurs robes absolument hideuses. C'était comme regarder des top-modèles sur un podium parisien avec des tenues ridicules, mais, on ne sait pas trop pourquoi, personne n'éclatait de rire.

La couturière sourit en parcourant du regard les silhouettes parfaites des demoiselles d'honneur. Puis ses yeux s'arrêtèrent sur Heather.

— Humm, commença-t-elle en passant une main sur la taille de la robe de la jeune femme et en secouant la tête. C'est un peu juste.

Heather poussa un soupir.

— J'avais demandé à Regina de prendre une taille 46, juste au cas où. Je savais que ce serait un peu juste, mais…

— Taille 46 ? fit Regina en clignant des yeux, l'air innocent. Je suis désolée, Heather. J'aurais juré que tu avais dit 44.

Regina avait parfaitement bien entendu. C'était simplement une façon de forcer sa cousine à rentrer dans une plus petite taille, pour qu'elle n'ait pas à sa suite cinq femmes minces comme un fil suivies d'une autre qui ressemblerait à une baleine. Et qu'importait si Heather ne parvenait pas à respirer ! Tant qu'elle prenait assez d'oxygène pour que son cerveau fonctionne et qu'elle se tenait bien lors de la cérémonie, c'était tout ce qui comptait pour Regina.

— Je peux agrandir un peu, indiqua la couturière. Mais rien qu'un peu. La coupe ne nous le permet pas.

— Vous ne pouvez pas commander un 46 ? protesta Heather.

— Le délai est trop court.

— Le mariage n'aura pas lieu avant un mois, rétorqua Regina. Je suis sûre que tu peux perdre une taille d'ici là.

Perdre une taille en un mois ? Alors qu'elle n'avait pas réussi à en perdre une seule ces dix dernières années ?

— Essaie le régime melon, c'est un must à Hollywood, lança Numéro quatre avec un sourire insignifiant. Grâce à lui, j'ai déjà perdu trois kilos en un week-end.

Génial ! Non seulement Heather était obligée d'assister à un mariage qu'elle allait détester, mais en plus elle devrait se laisser mourir de faim pour ça. Tandis que la couturière s'agenouillait pour marquer l'ourlet de sa robe, Heather se demanda combien de bâtons de céleri elle devrait ingurgiter le mois prochain pour ne plus avoir l'air d'un tas de quatre kilos de patates dans un sac de deux kilos.

— Alors, Heather, dit tante Bev, est-ce que tu fréquentes quelqu'un en ce moment ?

La sempiternelle question. Celle dont la réponse était invariablement la même.

— Non, tante Bev. Personne en ce moment.

— Quel dommage ! Mais ne t'en fais pas, je suis sûre que tu trouveras le bon très vite.

À ce stade, ce n'était plus faire un sous-entendu, c'était quasiment hurler – et hurler à sa mère, que visait entièrement la critique : « Ma Regina se marie, et ta Heather n'est même pas en couple. »

— En réalité, Heather se concentre sur sa carrière en ce moment, déclara Barbara. Beaucoup de jeunes femmes attendent la trentaine avant de se marier.

— C'est vraiment ce qui se dit dans la presse féminine ? répliqua tante Bev, l'air confus. Si c'est le cas, je crois que je n'en ai aucune idée. Lire en entier chaque numéro de *Mariée Magazine*, c'est le maximum que je puisse faire.

— Ce qui se dit, expliqua Barbara, c'est que certaines femmes décident de réussir leur carrière seules avant de s'installer et de se marier.

— Et je pense que Heather agit très intelligemment, commenta tante Bev avec un petit sourire indulgent. De cette façon, dans le pire des cas, si elle ne trouve pas chaussure à son pied, au moins elle n'aura pas à lutter pour gagner sa croûte le restant de ses jours.

Cela faisait longtemps que Heather avait appris à laisser les commentaires de tante Bev glisser sur elle. Ce qui n'était pas le cas de sa mère. Heather pouvait presque entendre les pensées qui se bousculaient dans le crâne de Barbara alors qu'elle tentait de confectionner une réplique digne de ce nom. Seulement, quand il était question de reparties cinglantes, elle n'arrivait pas à la cheville de tante Bev.

Heather retira sa robe et se rhabilla. Pendant que la couturière marquait les ourlets des autres demoiselles d'honneur pour les retouches, la jeune femme s'assit sur la banquette près de sa mère.

— Ne fais pas attention à ce que dit tante Bev, marmonna Barbara entre ses dents. Elle est simplement jalouse de ta brillante carrière, alors que Regina a eu toutes les peines à terminer ses études à la fac.

En vérité, l'aspect brillant de sa carrière d'experte-comptable était tout relatif, et sa réussite importait à peine aux yeux de sa famille. Les femmes qui travaillaient y étaient considérées un cran en dessous de celles qui choisissaient la voie du mariage et de la maternité. Le plus important pour ses proches, c'était d'être capable de se marier, de procréer, d'élever un enfant jusqu'à l'âge adulte et d'entretenir une maison, tout en maintenant un semblant d'affection pour son époux afin qu'il ne vous quitte pas pour sa secrétaire.

— Pourquoi ne dirais-je pas tout simplement à Regina que je ne veux pas participer à ce mariage ? soupira Heather. Elle ne veut pas de moi de toute façon. Si je me désistais, ça nous ferait plaisir à toutes les deux.

— Non. Si Regina te l'a demandé, tu dois le faire.

— Angela lui a dit non. Pourquoi pas moi ?

— Angela fait du bénévolat pour l'ONU en Ouganda.

— Alors, je n'ai qu'à faire pareil pour me sortir de là ? Vivre dans la misère au tiers-monde ?

— Tu dis n'importe quoi.

— Et Carol alors ? Elle aussi, elle a dit non.

— Tu sais que Carol a du mal avec son traitement médical. Dieu seul sait comment elle se comporterait le jour du mariage.

— Alors, si je m'enfile deux ou trois Prozac, je ne serai plus invitée non plus ?

— Comme si les gens allaient te croire déséquilibrée, toi !

Sa mère avait raison. Chaque membre de la famille avait sa réputation propre. Heather était l'exemple même de l'équilibre.

— Si tu racontes des histoires maintenant, poursuivit sa mère, tout le monde croira que tu es jalouse de Regina parce qu'elle se marie et pas toi.

Heather voulut répliquer qu'elle se fichait de ce que la famille pouvait penser, mais elle savait que ce n'était pas le cas de sa mère. Devant tante Bev, Barbara décrivait toujours sa fille comme une femme indépendante faisant une carrière de haute volée, qu'on ne pouvait pas déranger avec des choses aussi triviales que le mariage. Seulement, Heather connaissait la vérité. Sa mère n'avait pas envie de dire : « Je vous présente ma fille, la comptable. » Non, elle avait envie de dire : « Je vous présente ma fille, son séduisant mari et ses quatre adorables enfants. »

Quinze minutes plus tard, quand les essayages furent terminés et qu'elles eurent supporté la leçon donnée par Regina sur les bijoux qu'elles étaient censées porter pour la cérémonie, Heather et sa mère quittèrent la boutique de robes de mariées. Dès qu'elles refermèrent la porte derrière elles, sa mère leva les yeux au ciel.

— Non, mais tu as vu ces robes ? lança-t-elle. Ma sœur a peut-être de l'argent, mais elle n'a aucun goût. Pas le moins du monde. Mais peu importe. Tu avais quand même l'air ravissante dans cette robe, même si la tenue était affreuse.

« Ravissante » ? Non. Heather n'était pas du genre à se faire des illusions. Elle n'était pas « ravissante ». Mais sa mère ne pouvait s'empêcher de marteler cette phrase sans cesse, comme si à force de la répéter elle finirait par devenir vraie. Pendant toute son adolescence, Heather avait très bien imaginé sa mère en train de l'observer et d'attendre que son vilain petit canard se transforme en cygne. Loin de là. Heather avait plutôt fini entre la poule et la perruche. Elle avait des cheveux bouclés de la même couleur que du papier kraft, contre lesquels elle luttait dix minutes tous les matins avec un fer à lisser, il y avait une bosse sur l'arête de son nez, qu'elle jurait sans cesse qu'elle ferait rectifier, et elle possédait un corps que les gens polis définissaient comme « rond ». Ces dix dernières années, elle avait perdu en tout pas loin de vingt kilos. Si seulement ce n'avait pas été les mêmes deux kilos qu'elle ne cessait de perdre et de reprendre... Sinon, elle aurait pu se targuer d'être mince.

Le bon côté des choses, c'est qu'elle avait un teint clair, des yeux bleus qui ne laissaient personne indifférent et de jolies dents blanches qui n'avaient jamais eu besoin d'appareil ou de plombages. Mais elle avait toujours eu l'impression que les points négatifs l'emportaient sur le positif et, si elle s'en remettait à l'attention que les hommes lui portaient, elle n'était pas la seule à avoir cette opinion.

Les deux femmes s'arrêtèrent près de la voiture de Heather.

— Tu vas bien aller à l'enterrement de vie de jeune fille demain, n'est-ce pas ? s'enquit sa mère.

Heather grogna intérieurement. Un week-end à Las Vegas avec Regina et ses cinq amies top-modèles ? Elle avait vraiment hâte.

— Oui, maman. J'y vais.

— Bien. Tante Bev et oncle Gene paient pour tout, alors profites-en. (Elle salua Heather d'une brève accolade.) Où vas-tu maintenant ?

— Je vais retrouver Alison pour un petit verre au *McMillan's*.

— Tu vas bien t'amuser à Las Vegas, déclara sa mère avant de hausser les épaules d'un air nonchalant. Et qui sait ? Peut-être que tu rencontreras un homme bien.

Et c'était reparti. Heather pouvait aller n'importe où, même au défilé de la Gay Pride, et sa mère lui dirait toujours : « Peut-être que tu rencontreras un homme bien. »

Heather détestait briser les illusions de Barbara, mais, pour elle, ce voyage allait se résumer ainsi : dîner dans quelques bons restaurants, se prélasser au bord de la piscine, rattraper ses lectures en retard et observer un tas d'hommes en train de mater les cinq demoiselles d'honneur au lieu de la regarder, elle.

Pour Tony McCaffrey, rien de tel que de prendre un verre au *McMillan's* pour se mettre de bonne humeur. Il aimait tout dans cet endroit : le bar à l'ancienne avec les miroirs incrustés, les écrans de télévision géants, les tables en chêne ciré, le claquement des boules de billard, le rythme de la musique, le brouhaha de la foule. Il imaginait que, le jour de sa mort, Dieu l'accueillerait aux portes du paradis pour le mener dans un bar précisément dans ce style. Quelqu'un lui tendrait une bière et une queue de billard, et il se retrouverait entouré d'une flopée de femmes élancées, aux jambes interminables, aux longs cheveux blonds, et dont le seul désir serait de lui tenir compagnie au ciel.

Dès qu'il aurait acheté cet endroit, il n'aurait plus besoin de mourir pour trouver le paradis.

Deux semaines plus tôt, il avait donné sa démission à son patron, John Stark, responsable du cabinet d'huissiers *Lone Star*, où Tony avait travaillé en tant qu'agent de recouvrement ces dernières années. C'était un métier qui convenait bien à ses compétences et à sa personnalité. Il gérait lui-même ses horaires, gagnait bien sa vie et, à de rares occasions, lorsque des bons à rien tentaient de lui créer des problèmes, il parvenait à se tirer de là grâce à ses arguments, à son sourire et à sa pointe de charme texan, dont il usait savamment. Mais, quand ce bar avait été mis en vente, Tony s'était rendu compte qu'il était destiné à de plus grandes choses. Là, il pourrait être seul maître de ses affaires, sans dépendre de personne.

John lui avait dit qu'il regrettait de le voir partir, mais il admirait le fait que Tony décide de monter sa propre affaire. Puis il avait sorti une bouteille de scotch du tiroir de son bureau, leur avait versé un verre à chacun et avait porté un toast au succès à venir de Tony.

Quelle bonne soirée !

Tracy s'approcha de sa table et fit glisser son habituelle bière Sam Adams devant lui. Cela faisait environ un mois qu'elle avait commencé à travailler dans ce bar, et elle était exactement son genre de femmes : rapide pour servir des bières, ayant visiblement envie de s'amuser et très jolie à regarder, avec ses longs cheveux blonds et ses jambes à croquer. Un de ces quatre, il avait l'intention de ne plus se contenter de la regarder.

— Tu as l'air de bonne humeur, lança-t-elle. Est-ce que ça pourrait être lié au fait que tu comptes acheter un certain bar ?

Il ébaucha un sourire et avala une gorgée de bière, qui avait encore meilleur goût que d'habitude.

— Carrément. Lundi sera un jour à marquer d'une pierre blanche.

— Ici, tout le monde est ravi de savoir que tu seras le nouveau patron. (Elle se pencha et ajouta sur un ton confidentiel.) Frank est tellement strict.

Elle avait raison, Frank était un type strict, et c'était la dernière chose que Tony voudrait qu'on dise de lui. Inutile de se comporter en esclavagiste. Un employé heureux est un employé productif, et il comptait bien en faire sa devise.

Il avait du mal à croire que tout se soit si bien passé pour lui. Il avait soumis une offre, et, après une semaine de négociation, Frank avait fini par tomber d'accord avec lui sur le prix de vente. Ils n'avaient atteint une impasse que lorsque Tony se trouva à court de 20 000 dollars sur l'acompte qu'il devait verser à Frank. C'est alors qu'il avait demandé à son ami Dave de lui prêter cette somme, en échange de quoi il deviendrait un associé.

Tony avait procédé à toutes les vérifications. Il s'était renseigné sur les tendances démographiques actuelles et sur les perspectives de croissance des affaires dans la région. Il avait embauché un spécialiste pour réaliser des projections de pertes et profits, commandé les expertises nécessaires sur le bâtiment et ses équipements. Tout se présentait très bien, et ils devaient conclure l'affaire une bonne fois pour toutes lundi matin.

Il avait hâte.

Quand Tracy partit, Tony se tourna et balaya la salle du regard. Il n'y avait pas foule à 17 heures, mais il savait que les clients arriveraient tous dans l'heure suivante. En cet instant, deux hommes buvaient des bières et jouaient au billard. Un jeune couple était en pleine conversation à la table près de la porte. Et Tracy venait de déposer deux Martini devant deux femmes installées sur une banquette contre le mur.

Ces femmes n'étaient pas vraiment son genre – un peu trop ordinaires à son goût –, mais tous ceux qui entraient dans ce bar pour dépenser quelques billets et s'amuser un peu étaient ses nouveaux clients préférés. Il avait l'intention d'être un modèle d'hospitalité, d'accueillir tout le monde avec de bons plats, des boissons originales et un énorme sourire de bienvenue. Dans un bar de quartier, les gens doivent se sentir comme chez eux, et c'était précisément l'atmosphère qu'il voulait créer.

Quand il se tourna, il vit Dave passer la porte. Tony lui avait proposé de le rencontrer ici pour obtenir son chèque de 20 000 dollars, qu'il comptait déposer à la banque le jour même, ce qui signifiait qu'il serait fin prêt pour la signature définitive de lundi matin. Tony lui adressa un geste de la main, et Dave s'approcha de la table avant de s'asseoir.

— Tu veux une bière ? lança Tony. C'est ma tournée.

— Non merci.

— Oh, allez ! Prends-en une avec moi : j'ai envie de fêter ça.

Dave gesticula, mal à l'aise.

— Vraiment ? J'ai peur que tu en aies moins envie dans une minute…

Tony s'immobilisa, sentant la chair de poule le gagner.

— Comment ça ? Qu'est-ce que tu veux dire, Dave ?

Son ami poussa un soupir.

— Mauvaise nouvelle, mon vieux.

— Quoi ?

— Je ne vais pas pouvoir te donner les 20 000 dollars.

Chapitre 2

— Les robes des demoiselles d'honneur sont censées être laides, affirma Alison en faisant tournoyer son olive sur une pique dans son verre de Martini. Il faut se faire une raison.

Heather prit une bonne rasade de son Martini, espérant qu'au moment où elle arriverait au fond de son verre le souvenir de ces robes aurait disparu de son esprit.

Bon sang, à qui croyait-elle donner le change ? Elle pouvait toujours s'enfiler toute une bouteille de gin, elle serait toujours incapable d'oublier la séance d'essayage.

Alison fit passer une mèche de ses cheveux raides et châtains derrière son oreille, puis posa un coude sur la table et posa le menton sur sa main, écoutant Heather raconter son expérience à la boutique de robes de mariées. Alison avait des yeux noisette toujours écarquillés, ce qui donnait l'impression qu'elle s'intéressait à tout ce que son interlocuteur racontait, même s'il n'en était rien. En cet instant, les propos de Heather ne l'intéressaient sûrement pas, mais elle était une assez bonne amie pour ne rien en dire.

— Ce n'est pas seulement le style des robes qui était bizarre, commentait Heather. C'était aussi la couleur. Elles étaient *roses*.

Alison plissa le front.

— Le rose, ce n'est pas vraiment ta couleur.

— Ce rose-là n'est la couleur de personne. Prends un mixeur, mets-y un morceau de melon, une dizaine de plumes de flamant rose et ajoutes-y un flacon de Gaviscon. Lance la machine, et voilà le résultat.

— Et si on faisait un pacte ? suggéra Alison. Quand on se mariera, chacune aura droit de veto sur les robes de demoiselles d'honneur de l'autre. Comme ça, on aura moins de risques de faire une erreur catastrophique.

— Bonne idée.

Elles nouèrent leurs petits doigts, scellant ainsi un pacte de plus, après tous ceux qu'elles avaient pu conclure depuis leur plus jeune âge. Le tout premier était un pacte où elles se jurèrent que tant qu'elles n'auraient pas chacune un cavalier pour le bal de Noël, aucune d'entre elles n'irait, ce qui, à la fin, n'avait posé aucun problème, vu qu'elles n'eurent aucun cavalier, ni l'une ni l'autre.

— Tu te rappelles quand on était au lycée et qu'on faisait des listes des qualités qu'on voulait chez les hommes qu'on épouserait ? demanda Alison.

Heather s'en souvenait bien. Sur sa liste, il y avait « intelligent », « bien habillé » et « le sens de l'humour ». Pour Alison, c'était « un beau corps », « il sait bien embrasser » et « il est bien membré ». Elles étaient toutes les deux vierges à l'époque, mais Alison avait l'intuition que la taille avait toute son importance dans ce domaine.

— Ouais, répliqua Heather. Je voulais un cadre supérieur, et toi, tu voulais une star du X.

— Eh ! L'endurance est une qualité non négligeable chez un homme. Enfin, si tout est bouclé en cinq minutes, quel est l'intérêt de la chose ? (Alison balaya la salle du regard.) Et en parlant d'hommes bons à marier…

Heather se tourna pour voir un des habitués du *McMillan's* assis à une table avec un autre homme qu'elle ne reconnaissait pas. Son cœur battait toujours un peu plus vite quand elle voyait Tony McCaffrey, mais seulement parce qu'il y avait des réactions physiologiques contre lesquelles les femmes ne pouvaient rien.

— Un mariage ? interrogea Heather. Avec un homme comme lui ?

— Tu as raison, oublie le mariage. Une petite liaison bien torride me suffirait.

Ce qui était à peu près tout ce que Tony avait à offrir, vu que les hommes dans son genre ne s'intéressaient en général qu'aux relations sans lendemain. Avec ses magnifiques yeux verts et son sourire impeccable, il serait capable de pousser n'importe quelle femme à se déshabiller sous ses yeux sans même qu'elle comprenne ce qui lui arrive.

— Ouais, il est canon, d'accord, concéda Heather. Mais est-ce que tu voudrais vraiment d'un homme comme lui ?

— Allez, tu ne vas pas me dire que tu l'éjecterais de ton lit !

— Non, mais il n'atterrirait jamais dans mon lit.

— Quelle menteuse ! s'exclama Alison en levant les yeux au ciel.

— Mais non. J'aime les hommes qui en ont dans le crâne. Les hommes comme lui sont tellement beaux qu'ils n'ont jamais eu besoin de développer d'autres qualités.

— Je ne sais pas pour toi, lança Alison, mais moi, je coucherais bien avec cet homme, et pour ça pas besoin de lui demander de me réciter une loi de la physique.

— D'accord. Dans ce cas, pourquoi tu ne vas pas directement le voir pour lui demander s'il est libre ce soir ?

— Bien sûr, rétorqua Alison. Et, pendant toute notre conversation, il matera les fesses d'une des serveuses par-dessus mon épaule.

— Exactement. Quel avenir aurais-tu avec un homme de ce genre ?

— Oublie un peu l'avenir. Je suis tout à fait disposée à prendre les choses une nuit à la fois, fit remarquer Alison en poussant un soupir de frustration. Pourquoi est-ce que les femmes comme nous n'arrivent jamais à avoir des hommes comme lui ?

— Parce qu'on est des tailles 46 avec un QI à trois chiffres.

— Sérieusement, regarde tout ce qu'on a à offrir : on est diplômées de l'université, on a des boulots et on cotise pour notre retraite, on n'est même pas dépressives. Bon, on n'a peut-être pas la trempe d'une

Miss Amérique, mais on n'est pas vilaines à faire peur non plus. Pas vrai ?

Heather fronça les sourcils.

— Et après tu vas me dire qu'on a des personnalités d'enfer et que nos rondeurs sont idéales pour porter des enfants.

— Le problème, c'est qu'on fait des métiers ennuyeux. Toi, tu es comptable, et moi, je suis gestionnaire de crédit. Quel homme aurait envie de sortir avec des femmes comme ça ?

— Alors, qu'est-ce qu'on doit faire ? On se reconvertit en hôtesses de l'air ? Danseuses exotiques ? Pom-pom girls de football américain ?

— Je pensais plutôt à devenir serveuse chez *Hooters*. Tu sais, ce bar où le tee-shirt moulant fait partie de l'uniforme du personnel ? Pour une fois, une seule, j'aimerais qu'un homme m'aime pour mon corps et pas pour mon esprit.

Et c'était exactement ce qu'il fallait pour attirer l'attention de quelqu'un comme Tony : un corps de rêve dans un jean taille basse et un tee-shirt moulant une généreuse poitrine, un piercing au nombril et un tatouage sur les reins. Bref, être une femme dont l'intelligence était inversement proportionnelle à la taille de son soutien-gorge.

Tracy passa à leur table et leur proposa d'autres Martini. Heather se contenta de demander l'addition.

— On part si tôt ? s'étonna Alison.

— Dès que je finis mon verre, oui. Je dois me lever tôt demain matin. Regina passe me prendre à 7 heures pour aller à l'aéroport.

— Alors tu vas vraiment faire ce voyage d'enterrement de vie de jeune fille ? Tu disais que tu préférerais encore assister à une présentation sur la copropriété dans la vallée de la Mort.

— À dire vrai, c'est un voyage gratuit, et je ne suis jamais allée à Las Vegas, expliqua Heather avant de pousser un soupir. En plus, ma mère veut vraiment que j'y aille. Ça me rappelle quand elle voulait que je passe les auditions de danse au lycée.

— Pour que tu te retrouves avec les filles les plus populaires ?

— Je crois qu'elle espère que, en passant du temps avec Regina et les autres demoiselles d'honneur qui attirent tout plein d'hommes, je pourrai au moins avoir une chance de grappiller leurs restes.

— Pour tout te dire, ce n'est pas si bête comme idée, fit remarquer Alison.

— Si. Seules les femmes désespérées font ça, et ma mère est encore plus désespérée que moi, ça me rend folle.

Mais, pour être parfaitement honnête avec elle-même, Heather devait admettre que ce qui la rendait folle, c'était qu'elle-même commençait à se sentir un peu désespérée. Plus elle approchait de la trentaine, plus elle sentait le poids d'un million d'années d'évolution peser sur sa personne. Non, elle ne voulait pas que Cro-Magnon l'assomme avec une massue et la traîne dans une grotte pour lui faire des mini Cro-Magnon, mais elle n'était pas insensible aux forces de la nature. Une relation constructive avec un homme, qui se conclurait par un mariage, serait une bonne chose, mais, jusqu'ici, cela ne lui était pas arrivé.

Elle posa de nouveau les yeux sur Tony. Oui, il était canon, mais les hommes dans son genre n'avaient jamais fait partie de ses rêves, tout comme elle n'avait jamais fait partie des leurs. Elle s'était toujours dit que l'homme qu'elle épouserait ne serait sûrement pas aussi séduisant, mais qu'il aurait un minimum de charme. Il ne serait peut-être pas à tomber par terre, mais il aurait de la conversation. Ils s'installeraient ensemble, auraient quelques enfants, partiraient en famille pour les grandes vacances et alimenteraient ensemble un plan épargne retraite.

Heather s'était toujours targuée d'être une réaliste, et ça, c'était la réalité.

Tony n'arrivait pas à y croire. Trois jours avant la signature, tout à coup, Dave retirait ses billes, comme ça ?

— Allez, Dave ! lança Tony. Tu ne peux pas me faire ça. Tu m'avais dit que tu me prêterais cet argent.

— C'est à cause de ma femme. On a eu une grosse dispute hier soir, et elle m'a dit que je ne pouvais pas te donner ces 20 000 dollars.

Tony prit une inspiration pour se calmer, tâchant de garder sa panique sous contrôle.

— Dave, tu m'as dit que tu lui en avais parlé, qu'elle était d'accord.

— Elle l'était. Et puis elle s'est mise à en parler à ses copines. Elles lui ont dit que, si j'étais associé dans un bar, je passerais ma vie là-bas.

— C'est dingue ! Tu seras un simple bailleur de fonds. C'est moi qui tiendrai l'endroit.

— J'ai essayé de lui expliquer, mais elle n'a rien voulu entendre. Elle est convaincue que je voudrai passer tout mon temps ici. Déjà qu'elle trouve que je joue trop au golf…

— Alors, dis-lui que tu joueras moins au golf. Dis-lui que tu es prêt à jeter tes satanés clubs de golf à la poubelle. Bon sang, dis-lui quelque chose ! Je dois signer définitivement l'acte de vente de ce bar lundi matin !

— Désolé, mon pote. Je ne peux rien faire.

Tony se renfonça dans son siège, ébranlé et incrédule.

— Dave, ça fait combien de temps qu'on est amis ?

— Quelques années, répliqua Dave en détournant le regard.

— Six ans. Six. Depuis qu'on travaille ensemble chez Charlie. Et tu oses me faire ça maintenant ?

— Tu es un ami, Tony. Elle, c'est ma femme. Je dois vivre avec elle après, et, crois-moi, c'est pas tous les jours facile. (Il consulta sa montre et poussa un soupir.) Il va falloir que je rentre chez moi. Si je suis en retard pour le dîner, elle va m'incendier.

Dave commençait à se lever de la banquette, mais Tony lui attrapa le bras.

— Allez, Dave, je t'en supplie. Fais quelque chose. Tu sais à quel point je veux acheter ce bar.

Quand son ami lui adressa un regard attristé, Tony sut que c'était fini.

— Désolé, mon pote. Je suis vraiment désolé, mais je ne peux vraiment rien faire pour t'aider.

Dave s'éloigna, laissant Tony seul avec sa bière, sa frustration et un rêve qui s'écroulait sous ses yeux. S'il ne se présentait pas avec l'acompte lundi matin, la vente serait annulée.

Réfléchis. Réfléchis ! Comment trouver 20 000 dollars d'ici à lundi ?

Il resta assis là longtemps, tâchant de concevoir un plan d'action, mais rien ne lui vint. Il était complètement piégé, et il n'avait pas d'autre ami à qui emprunter une telle somme, surtout dans un délai si bref. Aucun ami et, sûrement, aucun membre de sa famille.

Il n'était pas propriétaire de son logement, donc une hypothèque était hors de question.

Il jeta un coup d'œil sur les tables de billard. Il savait qu'il pouvait miser sur quelques parties et en sortir gagnant, mais faire des paris sur le billard d'un bar de quartier ne lui fournirait pas les 20 000 dollars dont il avait besoin avant au moins un siècle, et donc encore moins avant lundi.

Il laissa tomber la tête entre ses mains, poussant un soupir de déception. Quand ce bar serait remis en vente, il serait sûrement en train de pointer au chômage.

Tony leva lentement la tête. Une idée venait de lui traverser l'esprit. Il existait bien un moyen grâce auquel il pouvait se mettre 20 000 dollars en poche avant lundi. Parier sur le billard était peut-être exclu, mais il y avait d'autres façons de parier…

Non. C'était une idée folle.

Mais, à mesure que les minutes s'écoulaient et que son désespoir s'amplifiait, même les idées les plus folles lui semblaient préférables à aucune idée du tout. C'était très incertain – incertain au point qu'aucun homme raisonnable n'oserait même y songer –, mais c'était sa seule chance d'empêcher cette offre de lui passer sous le nez.

Il sortit son téléphone portable, composa le numéro d'American Airlines et réserva un vol pour Las Vegas. Pourvu que sa bonne étoile le suive jusque-là.

Les demoiselles d'honneur arrivèrent à Las Vegas le vendredi après-midi. Elles prirent un taxi pour aller à l'hôtel, et, au moment où tout le monde devait se mettre par deux pour les chambres, Heather se retrouva à faire cavalier seul. Mais ça ne la dérangeait pas. Elle préférait de loin avoir une chambre à elle toute seule plutôt que de la partager avec une pipelette qui ne cesserait de se plaindre de sa cellulite invisible et monopoliserait la salle de bains.

Après avoir retiré sa clé, Heather passa l'après-midi au bord de la piscine avec les autres jeunes femmes, qui avaient toutes l'air lisses et sveltes dans leurs maillots de bain de grande marque. Heather termina le roman qu'elle s'était acheté à l'aéroport avant le décollage, tout en écoutant les Numéros un à cinq flirter avec tous les hommes des environs. Regina faisait de même, sauf que ses flirts étaient accompagnés d'un ricanement qu'elle appuyait en montrant brièvement son diamant trois carats. *Désolée, les garçons, si vous me voulez, je suis déjà prise.*

Le soir, elles prirent leur dîner puis se dispersèrent à l'étage du casino. Elles jouaient juste assez pour se faufiler à côté de séduisants flambeurs potentiellement intéressés par un petit peu de bon temps.

Grâce au cours de statistiques dispensé par un professeur accro au jeu, qu'elle avait suivi à la fac, Heather avait quelques connaissances sur cet univers : comment jouer, quelles étaient les chances de victoire, quel genre de jeu était plus favorable au parieur même si tout semblait perdu d'avance. Elle avait même essayé de miser un peu lors d'une excursion avec Alison dans un casino de Shreveport, et elle avait réussi à gagner 100 dollars au craps. Mais, vu que tout n'était qu'une question de chance, elle savait aussi s'arrêter au bon moment. À la fin de la journée, elle en était arrivée à la conclusion que les paris étaient au mieux un divertissement de riches, au pire une horrible addiction. Autant dire qu'elle n'avait aucune envie de renouveler l'expérience.

L'autre occupation des demoiselles d'honneur ce soir-là – draguer des inconnus – n'intéressait pas du tout Heather. Au lieu de les suivre, elle préféra donc se promener sur le Las Vegas Strip, en profitant pour observer les passants, flâner dans quelques boutiques et assister à un spectacle comique.

Plus tard, alors qu'elle remontait dans sa chambre, elle trouva un jeton de 10 dollars par terre, devant sa porte. Elle le glissa dans son sac à main pour le rapporter en souvenir. Voilà, c'était ça, son coup de chance à Las Vegas. Mais, bien sûr, ce n'était pas sur ce genre-là de chance que sa mère comptait.

Samedi matin, les demoiselles d'honneur firent toutes la grasse matinée, puis déjeunèrent au café de l'hôtel. Heather découvrit que Numéro cinq n'était pas revenue dans sa chambre avant 3 heures et que Numéro un n'était rentrée qu'au petit matin. Toutes deux racontèrent leurs aventures charnelles dans les moindres détails, et plus elles parlaient, plus Heather se rendait compte à quel point sa vie sexuelle avait été fade jusque-là.

La jeune femme refusa de passer du temps au spa avec les autres filles, puis elle les retrouva pour le dîner le soir même. Numéros un et cinq parlaient encore de leurs exploits de la veille, et, tandis que Heather sirotait son Martini Dry, elle se surprit à se demander si elle pourrait trouver un film intéressant en VOD à regarder dans sa chambre ce soir-là.

— Heather, l'interpella Regina, tu n'as pas l'air de beaucoup t'amuser.

La jeune femme leva la tête, quelque peu étonnée.

— Mais si, je passe un super moment.

— Tu n'as pas aligné plus de dix mots depuis qu'on est arrivées.

— Je vais bien, je t'assure.

— Je sais ce qui ne va pas.

— Ce qui ne va pas ?

Regina s'adressa aux demoiselles d'honneur comme pour lancer le branle-bas de combat :

— Les filles, il faut qu'on trouve un homme à Heather !

L'intéressée faillit s'étouffer avec son Martini.

— Qu'est-ce que tu viens de dire ?

— Ouais ! s'écria Numéro quatre. J'adore jouer les entremetteuses.

— Moi aussi, renchérit Numéro cinq. Cet hôtel regorge de célibataires. On va te trouver quelqu'un en un rien de temps.

Heather en resta comme deux ronds de flan. Ces femmes avaient-elles perdu la tête ?

— Non, mais vraiment je pense que je vais juste monter dans ma chambre regarder un film ou quelque chose dans le genre.

— Oh, allez, Heather ! insista Regina. Pourquoi est-ce que tu es toujours si pantouflarde ? Laisse-nous t'aider à trouver un homme.

— Non merci, répliqua la comptable. Les histoires d'un soir, ce n'est pas mon truc.

— Tu sais ce qu'on dit, lança Numéro deux en levant les sourcils. Ce qui se passe à Vegas reste à Vegas.

Heather en doutait. La MST qu'elle risquait de contracter la suivrait assurément jusqu'au Texas.

— Allez, fit Numéro trois. T'as pas envie de t'amuser un peu ?

— Merci pour l'invitation, mais je pense que je vais remonter dans ma chambre, répéta Heather.

Elle descendit le reste de son Martini, puis se leva de sa chaise, chancelant légèrement comme l'alcool lui montait à la tête.

— Tu sais, Heather, je comprends mieux pourquoi tu n'arrives pas à te trouver d'homme, commença Regina. (L'intéressée s'immobilisa.) C'est parce que tu ne te donnes pas la peine d'essayer.

Bon sang ! Qu'est-ce que Heather était censée répondre à ça ? Si elle rétorquait qu'elle essayait vraiment, elle aurait l'air pitoyable d'une femme incapable d'attirer l'attention d'un homme. Mais, si elle acceptait la remarque et admettait qu'elle n'essayait même pas, elle aurait l'air pitoyable d'une femme qui avait abandonné l'idée même d'attirer l'attention d'un homme.

— Je vous ai dit que je préférais remonter dans ma chambre, insista-t-elle.

— Bon, si c'est comme ça que tu veux passer ta soirée…, capitula Regina. Ne va pas dire qu'on n'aura pas tenté de t'aider.

À tête reposée, Heather savait que Regina agissait ainsi parce que rabaisser les autres lui permettait de gérer ses propres angoisses. À chaud, elle avait envie de poser les mains autour du cou de sa cousine et de serrer jusqu'à ce que ses yeux sortent de leurs orbites.

— Et je vous en remercie, répliqua-t-elle sur un ton mielleux à la limite du sarcasme, mais, comme je le disais, je vais me coucher.

Comme elle tournait le dos à Regina pour sortir du restaurant, elle sentit son regard dédaigneux la poursuivre jusqu'à ce qu'elle ait passé la porte.

En réalité, Regina avait tort : Heather essayait bien de rencontrer des hommes. Elle appliquait tous les conseils que la presse féminine donnait aux femmes célibataires : sortir à plusieurs, faire du bénévolat, trouver un hobby, s'impliquer dans la paroisse, rencontrer des hommes au travail, traîner dans le rayon bricolage des magasins. Elle avait tout fait, mais en vain. À présent, non seulement elle se retrouvait obligée d'aller au mariage de Regina, mais elle n'aurait sûrement aucun cavalier pour l'y accompagner.

Heather tourna au coin pour accéder aux ascenseurs. Là, un homme se tenait dos à elle. Il avait déjà pressé la flèche ascendante, mais il n'arrêtait pas de marteler le bouton nerveusement. Elle se posta à côté de lui.

— Ces ascenseurs sont vraiment lents, hein ? lança-t-elle.

— Ouais, marmonna-t-il. J'irais plus vite par l'escalier.

— Je suis au vingt-deuxième, déclara-t-elle, un sourire aux lèvres. Je crois que je vais attendre.

Alors qu'elle parlait, elle se tourna pour lever les yeux sur lui et, pendant un instant, elle crut avoir une hallucination.

Tony McCaffrey ?

Elle se détourna prestement. Non. Ce n'était pas possible. Il ne pouvait pas se tenir à côté d'elle et attendre le même ascenseur qu'elle à des milliers de kilomètres de chez eux. Son frère jumeau, peut-être ?

Heather l'observa du coin de l'œil. *Nan.* C'était bien Tony. Même un frère jumeau ne pouvait pas lui ressembler à ce point. Il était habillé de la même façon que d'habitude – décontractée et confortable, avec un polo bleu délavé, un jean usé et une paire de Nike.

Heather sentit son cœur s'emballer, comme chaque fois qu'elle le voyait. Mais quelle femme pourrait rester indifférente face à lui ? Certains hommes étaient si séduisants que n'importe quelle femme, de quatorze à quatre-vingt-dix-neuf ans, s'arrêterait pour les admirer, et Tony McCaffrey en faisait partie.

Puis, tout à coup, Heather se rendit compte que quelque chose clochait. Au lieu d'afficher le sourire magnétique qu'il arborait la plupart du temps, les commissures de ses lèvres pointaient vers le bas, et il fronçait les sourcils, le visage fermé, la mine grave. Il martela la flèche ascendante une nouvelle fois, puis se tourna et s'adossa au mur. Il ferma les yeux avec un profond soupir, une bouteille de bière se balançant au bout de ses doigts.

— Mauvaise soirée ? s'enquit-elle.

Il ouvrit les yeux. Son regard était lourd de tristesse.

— On ne peut pas faire pire.

— Qu'est-ce qui ne va pas ?

— Il fallait que je gagne ce soir. Il fallait vraiment, mais vraiment, que je gagne.

Oh, oh ! Elle l'avait vu miser sur un certain nombre de parties de billard, mais elle n'aurait jamais pensé qu'il était accro au jeu.

— Des dettes ? demanda-t-elle.

— Non, rien de tout ça.

— Alors c'est quoi ?

Il avala une gorgée de bière, l'air toujours aussi morose, et, un instant, Heather pensa qu'il n'allait pas lui répondre.

— Vous avez déjà eu quelque chose que vous vouliez avoir à tout prix ? finit-il par lancer. Au point que vous seriez prête à tout pour l'obtenir ?

Heather haussa les épaules.

— Euh, oui, je crois.

— Non, je veux dire quelque chose de vraiment très important pour vous.

— Comme quoi ?

Il laissa échapper un soupir exaspéré.

— J'étais sur le point d'acheter un bar.

— Un bar ? Quel genre de bar ?

— Un petit truc qui s'appelle *McMillan's*. Un bar de quartier à Plano au Texas.

Heather cligna des yeux sous l'effet de la surprise. Il comptait carrément acheter le *McMillan's* ?

Puis elle se souvint d'avoir entendu dire que le bar allait être mis en vente. Tony passait beaucoup de temps au *McMillan's* – à boire, à jouer au billard et à draguer des filles –, mais elle n'aurait jamais pensé qu'il puisse vraiment posséder ce lieu.

— Vous ne me reconnaissez pas, on dirait ? lança Heather.

— Euh… parce que je devrais ?

— Je suis de Plano. Avec mon amie, on va de temps en temps au *McMillan's*. Je vous y ai déjà vu.

Il la dévisagea d'un regard vide, ce qui confirma précisément ce que Heather avait toujours pensé : à l'instant où elle entrait dans ce bar, elle se retrouvait comme drapée d'une cape d'invisibilité.

— Ouais, finit-il par dire. Je crois que je me rappelle vous avoir vue là-bas.

Mais elle savait très bien qu'il n'en était rien.

— Alors, que s'est-il passé ? demanda-t-elle. La vente est tombée à l'eau ?

— Un ami devait me prêter les derniers 20 000 dollars dont j'ai besoin. Mais il a renoncé.

Si je n'ai pas cet argent d'ici à lundi matin pour la signature, c'est mort. Je suis venu à Vegas dans l'espoir que peut-être…, commença-t-il dans un soupir. Oh, purée ! C'était une idée stupide.

— Vous avez pensé que vous pourriez gagner cet argent en jouant ?

— On peut toujours espérer un miracle.

Il éclusa sa bière et jeta la bouteille dans une poubelle non loin de là.

— Sauf que c'était pas mon soir, ajouta-t-il.

Heather avait du mal à se souvenir de la dernière fois où elle avait vu quelqu'un afficher une mine aussi pitoyable que Tony en cet instant. Elle se rendit compte que l'achat du *McMillan's* n'était pas un simple caprice de sa part. Il mourait vraiment d'envie de l'acquérir.

Suffisamment pour prendre tous les risques dans un voyage à Vegas.

— Et pourquoi ne pas réessayer ? demanda-t-elle.

— Non. Je suis complètement fauché. Je ne devrais pas dépenser un centime de plus ce soir.

Heather entendit le « ping » de l'ascenseur, et les portes s'ouvrirent enfin. Tony commença à monter.

— Attendez, l'interpella-t-elle.

— Quoi ?

— Attendez un peu.

Elle retint l'ascenseur tandis qu'elle fouillait dans son sac pour en sortir le jeton de 10 dollars qu'elle avait trouvé devant sa porte. Elle le brandit dans sa direction.

— Tenez, jouez ça.

— Non, je ne peux pas prendre votre argent.

— Jouez ce jeton. Si vous perdez, vous me devrez 10 dollars. Si vous gagnez, je reprends mes 10 dollars, et vous pouvez continuer à parier grâce à vos gains.

Il éclata d'un rire jaune.

— Merci, ma jolie, mais il me faudrait plus que 10 dollars de mise de départ si je veux arriver à 20 000.

Il monta dans l'ascenseur. Heather le suivit, brandissant toujours le jeton. Les portes se refermèrent. Elle appuya sur le 22, et lui sur le 24.

L'ascenseur monta. Silence, à l'exception du bruit des mécanismes en mouvement et des « ping, ping, ping » des étages qui défilaient.

— Vous faites une erreur, déclara Heather.

— J'en doute.

— Je pense que c'est un jeton porte-bonheur.

— Ah oui ? Et qu'est-ce qui vous fait dire ça ?

— Je l'ai trouvé devant la porte de ma chambre. Peut-être que, si je l'ai trouvé, ce n'est pas complètement par hasard, vous savez ? C'est peut-être le destin ou quelque chose de ce genre.

Il se détourna une nouvelle fois.

— Désolé, je ne crois pas au destin.

Quel homme têtu ! Têtu comme une mule.

Cette attitude rendait Heather folle. Elle passa en revue le peu de situations où le jeu pouvait être une solution, et c'était bien le cas ici. Quand quelqu'un avait encore une dernière occasion de tenter sa chance pour quelque chose qui lui importait vraiment, même si l'espoir était mince, le jeu en valait la chandelle, non ?

Quand les portes de l'ascenseur s'ouvrirent à l'étage de la jeune femme, vu qu'il n'avait toujours pas accepté son aide, elle laissa tomber le jeton par terre, l'air de rien. Il produisit un cliquetis sur le sol aux dalles marbrées, puis vint rouler jusqu'aux pieds de Tony.

— Oups, fit-elle. Regardez ça, je l'ai laissé tomber. (Puis elle lui adressa un sourire tendre.) Bonne nuit.

Elle descendit de l'ascenseur et marcha en direction de sa chambre, tandis qu'elle guettait attentivement le bruit des portes se refermant derrière elle. Le bruit n'arrivait pas.

— Attendez, lança Tony.

Elle se retourna et le vit s'emparer du jeton.

— Vous avez une idée des chances que j'ai de transformer ça en 20 000 dollars ?

— Zéro si vous ne jouez pas.

— Une sur un million.

— C'est mieux que rien.

— Vu la chance que j'ai eue jusqu'ici, ça ne vaut même pas le coup que je descende.

Elle se dirigea vers l'ascenseur et y monta.

— Alors, je vais le jouer pour vous. J'ai déjà gagné 100 dollars à *L'El Dorado* de Shreveport.

— On est loin des 20 000 dollars.

— À cette époque, je ne visais pas 20 000 dollars.

— C'est quoi, votre spécialité ?

— Le craps. Je n'aime pas le black-jack, il y a trop peu de chances de gagner.

Tony hocha la tête.

— Moi aussi, c'est ce que je préfère. J'espère que vous aurez plus de chance à ce jeu-là que moi ce soir.

Heather était une femme réaliste, cela ne faisait aucun doute. Mais tandis que, debout dans cet ascenseur, elle s'acharnait à donner une petite lueur d'espoir à un homme qui n'en avait pas la moindre cinq minutes plus tôt, elle sentit une énorme poussée d'optimisme la gagner. Ou peut-être était-ce le Martini Dry qui lui montait à la tête.

Dans tous les cas, c'était une sensation fantastique.

Tandis que l'ascenseur redescendait, Tony prit une grande inspiration et expira lentement tout en tapotant des doigts contre sa cuisse. Il lui avait dit qu'il avait une chance sur un million, mais, vu l'expression de son visage, Heather sut à quel point il comptait dessus.

Chapitre 3

Il n'y avait aucun espoir de transformer 10 dollars en 20 000, et Tony le savait. Alors que faisait-il à la table de craps, à côté d'une femme qu'il connaissait à peine, attendant qu'elle mise le jeton de 10 dollars avant de rentrer chez lui avec un sentiment d'échec encore plus cuisant ?

— Comment vous allez jouer ça ? s'enquit-il.

— Laissez-moi faire.

Alors que le lanceur était sur le point de jeter les dés, elle plaça le jeton sur la ligne « Passe ». Quand les dés furent lancés et que leur total atteignit sept, le cœur de Tony bondit dans sa poitrine. Victoire instantanée. Mais cela ne voulait rien dire, tout le monde pouvait remporter un tour de dés.

Elle remit un des jetons dans son sac et tendit l'autre.

— Voilà, vous avez de l'argent à jouer.

— On est loin des 20 000.

— Il faut bien commencer quelque part.

— Bon, rejouez-le alors, lança-t-il.

— C'est à votre tour de jouer.

— Non. Je vous l'ai déjà dit : je suis venu à bout de ma chance ce soir.

— Tant que vous évitez les paris foireux, vous avez tout autant de chance de gagner que moi.

Seulement, en cet instant, Tony n'en était pas convaincu. Il lui avait affirmé qu'il ne croyait pas au destin, mais il devait admettre que c'était particulièrement étrange d'avoir rencontré dans l'ascenseur cette femme, qui était de la même ville que lui, qui connaissait le bar qu'il voulait acheter, qui avait trouvé un jeton devant sa chambre et qui insistait pour le lui donner alors qu'il venait de tout perdre.

Pour être étrange, ça l'était.

La première fois que Tony l'avait vue, il l'avait immédiatement ignorée. Un visage commun, une tenue simple. Le genre « fille sympa », donc pas son genre. Mais, ce soir-là, il ne cherchait pas à draguer. C'était un miracle qu'il lui fallait, et elle était la seule capable de lui en fournir un.

— Écoutez-moi… Euh… c'est quoi votre nom, déjà ?

— Heather.

— Heather, comme je vous l'ai dit, j'ai utilisé toute ma chance. Je veux que vous jouiez pour moi.

— Et si je perds ?

— J'ai déjà perdu. Ça ne peut pas être pire que ce que j'ai vécu il y a dix minutes.

Avec un haussement d'épaules, elle misa le jeton une nouvelle fois sur « Passe ». Quand le lanceur tira un six et qu'il sortit un autre six ensuite, ce qui doubla les 10 dollars de Tony, il sentit un frisson d'excitation le parcourir.

— Et après ? lui demanda Tony.

— Hum, fit-elle en inspectant la table. Et maintenant je vais miser sur « Come ».

— Pourquoi ça ?

— Simple intuition.

Elle misa, contre le lanceur cette fois. Quand l'homme perdit, Tony se tourna vers Heather, incrédule.

— Vous avez gagné.

— Ce n'est que de la chance.

— Mais certains ont plus de chance que d'autres. Continuez.

Le croupier donna les dés à Heather. Elle misa et sortit un onze. Encore un coup gagnant. Et, comme elle avait misé sur les chances associées, elle avait plus que doublé sa mise.

Incroyable.

Ensuite, au coup suivant, elle perdit, et Tony frémit d'appréhension. Mais elle lui souriait toujours.

— Pas de souci, déclara-t-elle. Tant qu'on gagne plus qu'on ne perd, tout va bien.

Pendant les quarante-cinq minutes suivantes, elle ne gagna pas à tous les coups, mais ses piles de jetons grandissaient. Un petit frisson très étrange parcourut la nuque de Tony. Il exécuta un bref calcul : à sa grande surprise, il se retrouvait à presque 1 500 dollars.

Les choses commençaient à devenir sérieuses. Il avait de quoi miser maintenant, de quoi lui permettre d'atteindre son objectif.

Tant que la chance restait de leur côté.

Heather essayait de rester détendue, mais elle avait sous-estimé à quel point le montant des enjeux la rendait nerveuse. Elle était du genre à préférer les investissements modestes et à long terme, et n'avait pas l'habitude de voir apparaître ou disparaître de telles quantités d'argent au gré de lancers de dés.

Elle prit conscience du fait que d'autres femmes commençaient à rôder autour de la table, observant la partie mais s'attardant surtout sur Tony. Rien de tel qu'un bel homme en train de gagner pour attirer l'attention d'une horde féminine… Heather était peut-être celle qui jouait, mais c'était sur lui que les regards étaient rivés. À sa grande surprise, elle sentit comme un petit pincement de possessivité.

Du calme, avait-elle envie de leur dire. *Il est avec moi !*

Tant pis si elle avait dit à Alison qu'elle n'était pas attirée par Tony, elle ne pouvait pas s'en empêcher. Elle aimait bien sentir qu'elle retenait toute l'attention de l'homme le plus séduisant de la salle. Toutefois, elle connaissait la vérité : si elle avait son attention, ce n'était que parce qu'il était en train de gagner.

Alors, arrange-toi pour qu'il continue de gagner.

La serveuse de cocktail passa, et Heather commanda un autre Martini, signe qu'elle commençait à lâcher du lest. Elle était prête à tout pour apaiser ses nerfs si tendus. De son côté, Tony ne semblait pas le moins du monde angoissé. Chaque fois que des jetons venaient s'ajouter à leurs piles, il semblait plus décontracté, plus animé, plus optimiste.

Quand la serveuse leur apporta leurs boissons, Tony prit quelques gorgées de sa bière. Heather descendit la moitié de son Martini en une lampée. Bon. Elle se sentait mieux à présent. Moins tremblante. Un peu plus sûre d'elle. Et juste un petit peu plus pompette. Elle se dit qu'il était très courant que des gens débarquent à Vegas avec tout juste quelques pièces et repartent millionnaires. Avec Tony, ils n'avaient pas besoin d'un million de dollars, ils n'avaient besoin que de 20 000.

Quand elle vit les choses sous cet angle, l'épreuve lui sembla moins insurmontable. En réalité, elle avait carrément l'air envisageable. Grâce à ce raisonnement, elle se sentit encore plus chanceuse qu'avant, donc elle tenta un coup assez risqué. Le sourire de Tony s'amoindrit un peu quand il se rendit compte de ce qu'elle était en train de faire, ce qui la rendit nerveuse, mais elle retint son souffle et jeta les dés.

Et elle gagna.

Tony laissa échapper un petit « Youhou ! » avant de passer un bras autour de ses épaules et de déposer un grand baiser sonore sur sa joue.

— Vous êtes mon porte-bonheur, déclara-t-il avec son grand sourire charmeur. Heureusement que je suis tombé sur vous.

Le cœur de Heather se mit à battre la chamade, et ses joues virèrent à l'écarlate rien que d'avoir été effleurées par ses lèvres. Tony était séduisant, excitant et amusant, et, quand elle était avec lui, elle avait l'impression d'irradier de bonheur. Tout à coup, c'était comme si une autre femme s'était emparée de son corps, une joueuse invétérée, une pro des dés, qui aimait le risque et qui allait remporter ces 20 000 dollars coûte que coûte.

Durant les heures qui suivirent, elle perdit quelques coups mais gagna plus, et leur magot grossit. Le brouhaha du casino et les « ping » et « dong » des machines à sous combinés à l'effet de trois Martini avaient engourdi l'esprit de la jeune femme. La nervosité qu'elle avait ressentie plus tôt s'était muée en une excitation sans pareille, et la peur de la défaite s'évapora. Sa raison lui souffla que c'était ce que ressentaient tous ceux qui étaient sur le point de perdre à Vegas, mais, à ce moment, Tony lui sourit de nouveau, ce qui chassa cette pensée de son esprit.

Quand ils approchèrent du seuil des 8 000 dollars, Tony se pencha vers elle et murmura :

— On ferait mieux de se méfier. Une chance comme ça, ça ne peut pas durer éternellement.

— Pas du tout. On est en veine. Il est temps de passer aux choses sérieuses.

— Les choses sérieuses ?

— Des paris plus importants.

Tony la regarda, l'air médusé, puis son regard s'illumina, et ses lèvres s'étirèrent en un sourire.

— J'aime bien votre style.

Heather eut l'impression de léviter à quelques centimètres du sol, transportée par toute l'exaltation qu'elle ressentait. Elle était capable d'y arriver. Elle saurait gagner ces 20 000 dollars. Après tout, ils en avaient déjà gagné 8 000 en seulement quelques heures. Quel mal y aurait-il à gagner quelques milliers de plus ?

Les 8 000 se transformèrent rapidement en 10 000.

— Ma jolie, vous flambez à merveille, fit remarquer Tony en posant une main sur son épaule. Vous allez y arriver pour moi ? ajouta-t-il en se penchant à son oreille.

Heather sentit un délicieux frisson courir de sa nuque jusqu'à la pointe de ses orteils. Il avait raison. Elle flambait. Elle ne pouvait pas perdre. Parfois, tout l'univers s'alignait pour porter chance à une personne et la poussait dans la bonne direction, et c'est précisément ce qui était en train de se passer ce soir-là.

— Oui, je peux le faire, répondit-elle avant de prendre une profonde inspiration. En réalité, c'est le moment de tout donner.

Tony s'immobilisa.

— Quoi ?

— On fait tapis sur le prochain lancer, dit Heather. On mise tout ce qu'on a.

— Vous êtes sûre ?

Elle savait que cette idée avait l'air un peu folle, mais une assurance presque instinctive remplissait tout son être, étouffant la petite voix qui l'accompagnait au quotidien – celle qui lui disait de rester bien sage, de suivre les règles et de mener une vie globalement ennuyeuse, répétitive et sans intérêt.

Ce soir, c'étaient plutôt des rugissements de lion qu'elle entendait dans sa tête.

— Les 10 000 dollars, précisa-t-elle. Croyez-moi, je le sens bien. On ne peut pas perdre.

Elle adressa à Tony un regard de défi, pour lui indiquer qu'elle pensait ce qu'elle disait. Puis ses yeux s'abaissèrent sur les lèvres du jeune homme. Bon sang, il avait des lèvres tellement jolies, surtout quand il s'en servait pour faire autre chose que parler. Elle avait envie de les sentir encore sur elle, partout où il voudrait bien les poser. S'il l'avait embrassée sur la joue quand elle avait gagné une centaine de dollars un peu plus tôt, que ferait-il si elle remportait les fameux 20 000 dollars ?

Rien que de songer aux possibilités, elle en avait la tête qui tournait.

Elle se concentra alors sur les yeux du jeune homme et, un instant, elle crut qu'il allait dire non. Puis un petit sourire étira les lèvres de Tony, avant de devenir un grand sourire très encourageant.

— D'accord, ma jolie. Vous avez déjà tellement gagné que je ne peux rien dire. Allez-y.

Yes !

Elle se tourna vers la table et misa tous leurs gains sur « Passe », ce qui imposa le silence aux autres joueurs, qui la dévisagèrent comme si elle était la femme la plus courageuse sur cette planète. Et, à ce moment, c'était précisément ce qu'elle ressentait. Elle adressa un sourire confiant à Tony, saisit les dés et les lança. Ils retombèrent sur la table. Un halètement émana des spectateurs : un phénomène extraordinaire venait de se produire.

— Quatre, lança le croupier.

Heather s'immobilisa. Non, ce n'était pas possible.

Le temps sembla soudain se figer, comme si tout se déroulait au ralenti. Elle avait forcément mal entendu, c'était censé être un sept ou un onze, tout sauf un quatre. Les spectateurs étaient censés l'applaudir en cet instant.

Seulement voilà : les quatre points noirs sur les dés la dévisageaient comme autant d'yeux démoniaques.

Elle eut l'impression de se retrouver plongée sous l'eau d'un marécage. Tout devint trouble, elle n'entendait plus rien et peinait à respirer. Tony se tenait là, bouche bée de surprise, les mains suspendues en l'air comme s'il s'était attendu à ramener une tonne de jetons vers lui, alors qu'il devait regarder le croupier les récupérer.

Non, non, non ! Ça ne peut pas se passer comme ça !

Autour de la table, les gens commencèrent à murmurer entre eux. Elle était incapable de discerner les détails de leurs conversations, mais les termes « idiote » et « timbrée » ressortaient clairement. La vérité frappa Heather de plein fouet, au point qu'elle crut entendre un claquement fendre l'air : la foule ne l'avait pas observée parce qu'elle s'était montrée courageuse, mais plutôt par curiosité morbide, cet instinct qui les poussait habituellement à contempler les catastrophes ferroviaires ou les carambolages. Ils savaient qu'un désastre était sur le point d'arriver et ils n'avaient pas pu s'empêcher d'y assister.

Heather recula maladroitement de quelques pas, clignant des yeux, incrédule. Quelle imbécile ! Cela ne lui ressemblait pas de se laisser emporter de la sorte. Cela ne lui ressemblait déjà pas de se trouver à Las Vegas, et encore moins d'être en train de parier des milliers de dollars. Non, mais qu'est-ce qu'elle fabriquait ?

Elle lança un regard à Tony. Sa mâchoire s'était crispée, et il serrait sa bouteille de bière si fort qu'elle craignit qu'il la brise en mille morceaux. Puis il tourna les talons.

— Tony ! Attendez !

Elle le rattrapa, pressant le pas à côté de lui en direction du hall d'ascenseur.

— Je suis désolée. Vraiment, je suis navrée. Je n'aurais jamais dû tout miser, jamais.

— C'est vrai, vous n'auriez pas dû faire ça.

— Je ne sais pas ce qui m'a pris.

— Je pense que c'est le Martini Dry qui vous est monté à la tête.

— J'ai cru que je pourrais y arriver, déclara-t-elle. J'ai vraiment pensé que…

— Attendez, ce n'est pas mon argent au départ. Vous pouviez en faire ce que vous vouliez.

— Mais je voulais gagner cet argent pour vous !

— Je ne veux plus qu'on en parle.

— Mais…

Il s'arrêta pour lui faire face.

— Écoutez, si ça peut vous rassurer, je m'en veux à moi autant qu'à vous. Je vous ai laissée faire, donc c'est aussi bien ma faute que la vôtre.

Mais, vu l'expression du jeune homme, elle voyait bien qu'il n'en croyait pas un mot. En cet instant, il lui en voulait, et il lui en voudrait sûrement pour l'éternité. Une éternité qu'elle passerait à se sentir coupable.

— Attendez, lança-t-elle.

Elle fouilla dans son sac et retrouva le jeton de 10 dollars du début. Elle le brandit, en lui adressant un sourire tremblant.

— Il nous reste toujours ça.

— Vous plaisantez, n'est-ce pas ?

— Non. Si on a réussi une fois, on peut le refaire. Seulement, cette fois…

— Oubliez ça, ma jolie. Moi, j'en ai fini.

Et, cette fois-ci, elle savait qu'il le pensait vraiment.

Heather sentit son estomac se nouer de façon insoutenable. Elle s'en voulait tellement d'avoir fait disparaître le beau sourire du visage de Tony, d'avoir agité son rêve sous son nez pour le lui voler de nouveau.

Il se tourna et avança vers le hall d'ascenseur, la laissant plantée là, en proie à un malaise qu'elle n'avait jamais connu auparavant. Quand elle pensait que ce soir, quelque part dans cette ville de casinos, une personne rentrerait chez elle en ayant décroché le jackpot…

Elle donnerait n'importe quoi pour que cette personne soit Tony.

Elle se retourna et balaya la salle de jeu du regard. Des lumières vives. Des rires. Des gagnants. Bon, peut-être pas 20 000 dollars d'un coup, mais…

Soudain, un détail accrocha son regard : une machine à sous qui ne se trouvait qu'à quelques pas. Elle leva les yeux pour voir le gros lot qu'on pouvait y gagner, et elle n'en crut pas ses yeux. Vingt mille dollars ?

Tandis qu'elle observait la machine, son cœur se mit à battre la chamade, tambourinant vigoureusement contre sa poitrine.

Peut-être le destin n'avait-il pas encore dit son dernier mot.

Tony appuya sur le bouton d'appel de l'ascenseur, puis se retourna et s'adossa au mur. Ne se retrouvait-il pas dans la même posture que quelques heures plus tôt ?

Non. Ce n'était plus pareil à présent. Quelques heures plus tôt, il ne sentait pas ce poids sur sa poitrine, si lourd qu'il avait du mal à respirer. Ce qu'il désirait par-dessus tout s'était retrouvé à portée de main. Il l'avait presque touché du doigt, presque…

Et puis il s'était mis à faire confiance à cette foldingue.

Il n'avait plus qu'une envie : remonter à l'étage, se jeter sur son lit et faire comme si cette journée n'était jamais arrivée. Ensuite, lundi, il n'aurait d'autre choix que de se mettre à voler des voitures pour gagner sa vie tout en se demandant s'il allait revoir un jour passer une occasion pareille.

Il appuya une nouvelle fois sur le bouton. Qu'est-ce qu'il fichait, cet ascenseur ?

Soudain, il entendit une clameur en provenance de la salle de jeu, des bruits encore plus forts que d'habitude. Des « ping » à n'en plus finir et des gens qui applaudissaient. Il connaissait cette ambiance. Elle signifiait que quelqu'un avait gagné, et pas qu'un peu. Bon sang, pourquoi cela ne lui était-il pas arrivé, à lui ?

L'ascenseur arriva enfin. Après avoir éclusé sa bière puis jeté la bouteille dans une poubelle non loin de lui, il s'y engagea.

— Tony ! Attendez !

Il lança un regard entre les portes qui se refermaient, pour voir Heather se précipiter vers lui. D'un geste, il força les portes à se rouvrir. Elle le rejoignit, saisit ses mains et le fit sortir de là.

— Heather ? Mais que faites-vous ?

— Vous n'allez jamais croire ce qui vient de m'arriver !

— Quoi ?

— J'ai réussi, Tony. Je l'ai fait !

— Fait quoi ?

— J'ai gagné 20 000 dollars !

Il cligna des yeux, l'air bête. Si c'était une plaisanterie, elle était du plus mauvais goût.

— C'est impossible, déclara-t-il. Il vous aurait fallu des heures pour gagner autant d'argent.

— Pas quand il suffit d'insérer un jeton de 10 dollars dans une machine qui peut en rapporter 20 000 !

Elle avait raison. Ces machines pouvaient rapporter gros. Cela n'arrivait que tous les trente-six du mois, mais la possibilité existait bel et bien. En revanche, pour y parvenir…

— Tony ? lança-t-elle en secouant les mains du jeune homme. Vous m'avez entendue ? J'ai gagné !

— Allez, Heather ! C'est impossible de s'installer à une machine à sous et de remporter 20 000 dollars d'un seul coup.

La mine de la jeune femme se fit grave.

— Mais si ! Regardez ça !

Elle lui montra son reçu. Elle disait vrai : 20 000 dollars.

Quand il finit par se rendre compte qu'elle ne délirait pas, qu'elle avait peut-être vraiment gagné tout cet argent, il fut envahi par un élan de jalousie si violent qu'il faillit se plier en deux sous l'effet de la douleur. Elle avait pris des risques à la table de craps quand elle avait joué pour lui, et il ne lui était plus rien resté. Puis, dès qu'il avait tourné les talons, elle s'était mise à remporter le gros lot. Bon, c'était une veinarde, d'accord. Mais ce coup de pot tombait au mauvais moment.

Avec un profond soupir, il se retourna et appuya sur le bouton pour appeler un autre ascenseur.

— Tant mieux pour vous, ma jolie. Félicitations.

— Comment ça, tant mieux pour moi ? C'est tant mieux pour vous !

— Qu'est-ce que vous voulez dire par là ? On en avait terminé. Là, ce sont vos 10 dollars que vous avez joués, ce qui signifie que les 20 000 sont à vous.

— Non ! Je les aurais gagnés pour vous au craps si je ne m'étais pas emballée à ce point. C'était stupide. Mais comme ça je me rattrape, pas vrai ? lança-t-elle avec un sourire radieux.

Tony n'en croyait pas ses yeux. Elle voulait lui donner cet argent ?

Il sentit une pointe d'excitation en lui, mais il avait encore du mal à croire à cette situation, qui lui paraissait irréelle. Elle avait bu, ce qui, elle l'avait déjà prouvé, la poussait à faire des choses un peu bêtes. Toutefois, quand il étudia son visage à la recherche de la moindre trace d'hésitation, il ne vit absolument rien.

— Vingt mille dollars, c'est une somme, lança-t-il. Je n'aurais jamais su que vous aviez gagné tout cet argent si vous ne me l'aviez pas dit. Pourquoi est-ce que vous faites ça ?

— Parce que, sinon, j'aurais dû supporter une culpabilité à 20 000 dollars pour le restant de mes jours. Et je déteste me sentir coupable. Prenez cet argent. Je vous en prie.

Elle prononça ces paroles le plus sérieusement du monde, mais Tony ne put pas s'empêcher de remarquer le sourire qui étirait ses lèvres. Il se sentit de plus en plus enthousiaste.

— Vous voulez vraiment me donner cet argent ? Sans rien en retour ?

— Ce sont peut-être mes 10 dollars, mais je les jouais toujours pour vous. Et réfléchissez-y un peu. Comment ça se fait que la première machine sur laquelle je tombe ait exactement un jackpot du montant dont vous avez besoin ? C'est le destin, Tony. Le destin !

Il n'avait jamais cru au destin auparavant, mais elle avait raison. *Comment ça se fait ?* Un petit frisson des plus étranges parcourut son échine, l'incitant peut-être à cesser de se montrer sceptique et à simplement profiter de cette soirée, qui se passait beaucoup, beaucoup mieux que prévu.

Il lui rendit son sourire puis se mit à rire aux éclats. Dans un élan d'excitation, il prit Heather dans ses bras, la souleva et la fit tournoyer. Quand il la reposa à terre, elle riait elle aussi, les joues cramoisies.

— Vous allez l'acheter, ce bar, dit-elle à bout de souffle.

— Grâce à vous.

— J'ai eu de la chance.

— Ce n'est pas de la chance, vous vous rappelez ? C'est le destin.

— Mais vous m'aviez dit que vous n'y croyiez pas.

— Ces dernières minutes, j'ai revu pas mal de mes jugements.

Et notamment sur la femme qu'il tenait en ce moment dans ses bras.

Combien de femmes l'auraient rattrapé ainsi pour lui donner 20 000 dollars qu'elles auraient pu garder pour elles sans qu'il en sache rien ?

Aucune de celles avec qui il avait l'habitude de sortir.

Tandis qu'il baissait les yeux sur Heather, il se produisit comme un déclic en lui. Il remarqua pour la première fois le bleu très clair de ses yeux qui pétillaient d'excitation, le grand sourire radieux qui formait de charmants plis autour de sa bouche, la douceur de sa peau sous ses doigts.

Il caressa les bras de la jeune femme pour s'assurer que tout cela n'était pas le fruit de son imagination. Qu'elle n'était pas le fruit de son imagination. Il se rappelait avoir d'abord pensé qu'elle n'était pas son genre, mais, franchement, il ne comprenait pas du tout pourquoi, à présent.

Peut-être était-ce l'alcool qu'il avait ingurgité, ou les pics d'émotions qui l'avaient secoué ce soir, ou le fait qu'elle était entrée dans sa vie pour faire de ses rêves une réalité. Quoi qu'il en soit, il n'avait pas envie de la laisser partir. Il posa donc les mains sur les épaules de la jeune femme, l'attira à lui et l'embrassa.

Chapitre 4

Quand les lèvres de Tony se posèrent sur celles de Heather, elle en fut abasourdie. Mais son halètement de surprise fut coupé net dès qu'il passa la main dans son cou et la rapprocha de lui pendant qu'il dévorait ses lèvres. Sans en avoir bien conscience, elle posa une main contre son torse et serra sa chemise dans son poing, puis son autre main vint automatiquement se poser sur la nuque du jeune homme. Elle s'agrippa à lui de toutes ses forces, se perdant dans le plaisir de cet instant.

C'était donc ça. Voilà ce que ça faisait de se faire embrasser par un homme qui savait vraiment s'y prendre. Sa bouche avait une saveur enivrante – un goût qui mélangeait ceux de la bière, du sexe et de la victoire –, et elle en voulait plus.

Elle sentait que les gens la regardaient, ces gens qui erraient dans le hall d'ascenseur, sûrement sans s'attendre à une telle débauche d'affection en public. Enfin, dans le cas présent, c'était plutôt de la gratitude. Elle se dit que Tony embrassait sûrement tout le temps des femmes, pour un oui ou pour un non, et que l'argent qu'elle venait de gagner était probablement une raison suffisante. Elle n'aurait jamais pu imaginer ce que ça faisait, un baiser à 20 000 dollars. À présent, elle savait.

C'était incroyable.

— Heather, mais qu'est-ce que tu fabriques ?

La jeune femme se retourna, surprise de découvrir Regina qui se tenait derrière elle. *Génial!* Et voilà que sa cousine venait interrompre le meilleur baiser qu'elle ait jamais connu de toute sa vie.

C'est alors qu'elle vit Regina s'arrêter net et la dévisager, l'air abasourdi. Elle était flanquée des Numéros un à cinq, et toutes semblaient aussi incrédules qu'elle. En cet instant, Heather découvrit qu'il n'y avait qu'une chose sur terre qui s'approchait un tant soit peu du plaisir de se faire embrasser par Tony McCaffrey : c'était de voir Regina la regarder en train de se faire embrasser par Tony McCaffrey. Heather en avait vraiment la tête qui tournait.

Ahhh! Cette soirée était de mieux en mieux.

— Salut, Regina, lança Heather avant d'adresser un petit geste de la main aux demoiselles d'honneur. Salut, les filles.

— Des copines à toi ? lui demanda Tony.

— Euh… oui. Eh bien, Regina est ma cousine. Elle se marie dans un mois. Et nous sommes ses demoiselles d'honneur. On est venues ici pour faire la fête avant le mariage.

— Félicitations, dit Tony à Regina avant de se tourner vers les filles. Enchanté, mesdemoiselles.

Quand il leur adressa son sourire de tombeur, elles semblèrent toutes flageoler. Pendant un moment, Heather, saisie d'un mauvais pressentiment, songea que Tony s'apprêtait peut-être à séduire toutes les demoiselles d'honneur pour choisir celle qu'il préférait et passer le reste de la soirée avec elle, laissant tomber toutes les autres. Ce cas de figure s'était sûrement déjà présenté. Mais il se tourna plutôt vers Heather.

— Pourquoi est-ce que tu n'irais pas faire tes papiers pour obtenir le chèque ? En attendant, j'irai chercher la limousine.

Heather cligna des yeux.

— La limousine ?

— Il faut fêter ça ! s'exclama Tony. Un peu de champagne et un tour de Vegas. Et qui sait ce qu'on pourrait faire d'autre ? ajouta-t-il avec un clin d'œil. Qu'en dis-tu ?

Six visages féminins se tournèrent dans l'attente de la réponse de Heather. Tout cela était-il réel ? Tony avait une panoplie de jolies femmes sous le nez et il préférait passer la soirée avec elle ?

— J'en dis que c'est super, répondit Heather. Il faut vraiment fêter ça.

— Tu m'étonnes ! (Il se pencha vers elle et déposa un baiser furtif sur sa joue.) On se retrouve devant l'hôtel.

Il afficha un dernier sourire et se dirigea vers le comptoir de l'accueil. Les femmes l'observèrent s'éloigner, l'air ahuri.

— Mon Dieu ! s'exclama Numéro trois dès que Tony fut hors de portée d'oreille. Regina, tu as vu ce mec ? Il est canon !

— Je crois bien que oui, enfin si on aime les petits minets, répondit Regina.

— Il n'a rien d'un minet, rétorqua Numéro cinq. Ça, c'est un homme, un vrai.

— Waouh, Regina ! renchérit Numéro deux. On dirait que ta cousine n'avait pas vraiment besoin de notre aide, tout compte fait.

Même dans ses rêves les plus fous, Heather n'aurait jamais imaginé un tel scénario et elle n'avait qu'une envie : s'en délecter, savourer le regard incrédule de Regina, laisser le gigantesque élan de joie qui la gagnait se déverser sur sa cousine comme un seau d'eau froide.

Bon, Heather était méprisante, une fois n'est pas coutume, mais, vu qu'une telle occasion risquait de ne plus jamais se présenter, elle avait envie d'en profiter au maximum.

Numéro quatre se tourna vers Heather.

— Où est-ce que tu l'as croisé, celui-là ?

— Dans le hall d'ascenseur, après être partie du restaurant.

— C'est quoi que vous fêtez ? s'enquit Numéro un.

— Tony vient de gagner 20 000 dollars.

Enfin, presque. Regina n'avait sûrement pas besoin de connaître tous les détails.

La mâchoire de la future mariée s'affaissa.

— Vingt mille dollars ?

— C'est ça.

— Et maintenant tu pars avec lui ? s'exclama Regina, ébaubie. Dans une limousine ?

— C'est ça, oui.

— Je crois que ce n'est pas une bonne idée.

— Et pourquoi ça ?

— Ça saute aux yeux, non ? Tu ne connais rien de cet homme.

Réflexion que Heather trouva particulièrement stupide, dans le sens où Regina n'avait jamais rien dit de tel quand Numéros un à cinq flirtaient avec des hommes qu'elles ne connaissaient ni d'Ève ni d'Adam. D'autant plus que Tony n'était pas un parfait étranger pour elle.

— En réalité, je le connais, enfin en quelque sorte. On fréquente le même bar à Plano. Le *McMillan's*. C'est au bout de la rue où se trouve *Chez Chantal.*

Tu sais, ce bar hors de prix et prétentieux où tu vas tout le temps.

— Il est de Plano ? s'étonna Numéro quatre. Tu veux dire que tu rencontres un mec sexy à Vegas et qu'il est originaire de la même ville que toi ? Ça, pour un coup de chance !

— C'est tout ce que tu sais de lui ? protesta Regina. Qu'il se pointe au même bar que toi ?

— Je sais autre chose, rétorqua Heather. Il embrasse drôlement bien.

— Heather ! lança sa cousine d'un ton cinglant. Il en a clairement après quelque chose. Je surveillerais mon sac si j'étais toi.

Heather éclata de rire.

— Il vient de gagner 20 000 dollars. Pourquoi est-ce qu'il se donnerait la peine de me voler de l'argent ?

C'était plus que Regina ne pouvait en supporter. C'était insoutenable pour elle de voir sa cousine, qui faisait le plus souvent office de tapisserie, en train de passer du bon temps avec un homme aussi séduisant. Ce n'était pas dans l'ordre des choses. Bon sang, le monde ne pouvait plus tourner rond après ça !

— Enfin, Heather, insista Regina, une pointe de désespoir dans la voix. Si ça se trouve, c'est un tueur en série.

— Un tueur en série ? se gaussa Heather.

Regina releva le menton.

— C'est juste un peu bête de faire ce que tu fais, voilà tout.

— Très bien. Dans ce cas, je pense que je vais continuer à être un peu bête pour un moment. (Heather salua les demoiselles d'honneur d'un petit geste de la main.) Bonne nuit, les filles !

Se sentant agréablement pompette, elle se rendit à la caisse et retira son chèque de 20 000 dollars. Elle dut patienter un peu, ce qui la rendit soucieuse, car elle craignait qu'à la sortie elle s'aperçoive que Tony était déjà parti. Mais, quand elle passa la porte à tambour de l'hôtel pour s'avancer sur le trottoir, il était là, adossé à une limousine noire, longue et brillante, et il arborait un sourire aussi radieux que les néons du Sunset Strip.

Il s'écarta de la voiture, et le chauffeur ouvrit la portière. Tony entra en premier, puis tendit la main à Heather pour l'aider à monter. Elle haleta presque en découvrant l'intérieur. De moelleux sièges en cuir, un téléviseur, un système stéréo et un minibar. Une bouteille de champagne refroidissait dans un seau à glaçons, et d'autres bouteilles étaient rangées à côté d'elle.

Il s'assit à l'arrière de la voiture et l'attira à côté de lui, cuisse contre cuisse.

— Où allons-nous, monsieur ? lança le chauffeur.

— Contentez-vous de rouler, lui demanda Tony. Le Strip, la ville, partout où il y aura de la lumière et de l'animation.

Le chauffeur sortit de son stationnement, et Tony parcourut les CD, puis en choisit un qu'il inséra dans le lecteur. Un morceau de rock classique sortit des enceintes, juste assez fort pour que la basse vibre de façon agréable, au rythme des nerfs de Heather.

Tony ouvrit le champagne qui se mit à couler sur un côté de la bouteille. Il saisit rapidement un verre qu'il remplit avant de le lui tendre. Il lui traversa l'esprit qu'elle avait peut-être déjà assez bu pour la soirée, mais elle finit par se convaincre qu'une ou deux flûtes de champagne ne pourraient pas lui faire de mal.

Après tout, ils avaient quelque chose à fêter, non ?

Elle prit le verre. Il en remplit un autre et le leva.

— À toi, ma jolie. Tu as été mon porte-bonheur.

Ils trinquèrent, et elle prit une gorgée. *Hum ! Pas mal.*

Elle avala une plus grande gorgée, et une autre encore plus grande après. Puis une autre encore plus grande. Elle ne se rappelait pas avoir autant apprécié le champagne auparavant, mais c'était vraiment merveilleux.

Tony descendit son verre et leur resservit du champagne. Heather entrechoqua sa flûte avec la sienne et la termina en quelques secondes. Les petites bulles pétillaient le long de sa gorge, l'alcool se répandait dans son ventre et lui donnait une sensation de chaleur intérieure et extérieure.

— Humm ! fit-elle. C'est vraiment très bon.

Elle tendit son verre, et il le remplit de nouveau. Cette fois-ci, il proposa un toast à Las Vegas, cette incroyable oasis en plein désert où les rêves deviennent réalité. Heather soupira à cette idée et but encore un peu de champagne. Ensuite, elle proposa un toast au *McMillan's*, affirmant que cet endroit serait encore mieux grâce à son excellent nouveau propriétaire. À peine le temps de dire ces mots, et son verre était déjà vide. Tandis que Tony le remplissait, elle hochait la tête au son de la musique. Quand Tony porta un toast à Santana pour son talent à la guitare et au chauffeur pour sa conduite tout en douceur dans les virages, Heather se sentait le plus délicieusement pompette qui soit.

Quelque part au fond de son esprit, une petite voix disait : *C'est le genre d'hommes contre lequel t'a mise en garde ta mère. Le genre d'hommes qui profite des gentilles filles comme toi.*

Une « gentille fille ». Jusqu'à cet instant, Heather ne s'était pas rendu compte à quel point elle détestait faire partie de cette catégorie-là. Déjà qu'elle était comptable, avec tous les préjugés que ça pouvait impliquer... Mais, de manière générale, les hommes la rendaient nerveuse. Ce qui l'étonnait pourtant, c'était que Tony ne l'intimidait pas du tout. Il était ouvert et amusant, il n'était pas du tout difficile de lui parler, et elle s'était sentie plus à l'aise avec lui en quelques heures qu'avec des hommes qu'elle connaissait depuis des mois.

Et il était si beau qu'elle en avait le souffle coupé.

— Oh ! J'ai failli oublier ! s'exclama Heather en lui tendant son verre pour fouiller dans son sac.

Elle en sortit un chèque qu'elle lui remit.

Tony l'observa un long moment, et, quand il releva les yeux, elle fondit quasiment face à son sourire radieux.

— Je n'arrive toujours pas à y croire, déclara-t-il. Ma jolie, tu n'es pas comme les autres.

— Je déposerai le chèque dès lundi matin et, quand ce sera fait, je pourrai profiter de celui-là, indiqua-t-elle en tirant le jeton de 10 dollars initial, sourire aux lèvres. J'ai joué un billet de 10 dollars dans la machine à sous, donc je vais garder celui-ci en souvenir.

— Dans ce cas, je te dois 10 dollars, pas vrai ?

Elle éclata de rire.

— Offre-moi un verre ou deux au *McMillan's*, et on dira qu'on est quittes.

— Un verre ou deux ? Ah non, je veux que tu viennes au *McMillan's*, et souvent ! Et, chaque fois que tu viendras, tu n'as pas intérêt à sortir ton porte-monnaie. Jamais. C'est compris ?

— Eh bien, comment tu vas faire des bénéfices si tu offres tes boissons et tes plats à tout va ?

— Comment aurais-je pu acheter le bar sans toi ?

— Tony, fit-elle en se penchant vers lui d'un geste mal assuré, si tu ne fais pas attention, je vais te pousser à la faillite, rien qu'avec du champagne.

Il éclata de rire à cette réplique, et Heather sentit une vague de chaleur la gagner jusqu'à la pointe des orteils. Et, mon Dieu, que c'était bon ! Elle n'avait jamais été une de ces jolies femmes pleines d'esprit qui attiraient instantanément et accaparaient l'attention d'hommes séduisants. Cette sensation la grisait, et elle n'avait aucune envie de quitter cet état.

— Ça me rappelle le lycée, commenta Tony. Les limousines le soir du bal de fin d'année, c'était la fête.

— Je ne suis pas allée à mon bal de fin d'année, répondit-elle.

— C'est vrai ? Je pensais qu'on n'avait pas le droit de terminer le lycée sans aller à son bal de fin d'année.

— J'étais major de ma promotion, donc ils ont décidé de me donner mon diplôme quand même.

— Ah, tu fais partie des premières de la classe ! Je n'en ai pas fréquenté des masses.

— Ah bon ? Et pourquoi ?

— Parce qu'elles n'aimaient pas assez faire les folles.

Heather eut un petit rire.

— Il y a un fond de vérité dans tout ça. Je n'ai jamais été du genre à aimer faire la folle.

— Ne t'en fais pas. On peut arranger ça.

Tony saisit son verre de champagne, le posa près du sien et tendit les bras vers le toit ouvrant de la limousine. Il se mit debout sur le siège, attrapa la main de la jeune femme et la fit se lever à son tour. Il sortit la tête par le toit ouvrant et l'encouragea à faire de même. Le vent s'engouffra dans les cheveux de Heather et les fouetta comme si c'était un drapeau sous un ouragan.

— Mon Dieu, tu es vraiment dingue ! s'exclama-t-elle.

Tony entoura ses épaules d'un bras et déposa un baiser sonore sur sa joue.

— Heather, ma jolie, il faut vraiment que tu apprennes à t'amuser !

Et c'est ainsi que la jeune femme commença à aimer faire la folle.

Ils saluèrent et hélèrent les passants. Certains répondaient ; d'autres les regardaient comme s'ils étaient cinglés. Certains faisaient mine de les ignorer, alors qu'il aurait été difficile de passer à côté de ces deux timbrés qui sortaient la tête d'une limousine. Dans un recoin non alcoolisé et encore sensé de son esprit, Heather savait qu'elle se comportait comme une folle à lier, mais la partie désinhibée de son esprit faisait son maximum pour faire taire cette petite voix.

Ils finirent par s'écrouler sur la banquette tous les deux, riant aux éclats. Heather ne pouvait pas s'empêcher d'arborer un sourire béat. Tony avait raison : ça faisait du bien de faire la folle. C'était amusant. Elle avait du mal à croire qu'elle avait passé toute sa vie à foncer sur l'autoroute alors qu'il y avait tant de choses marrantes à faire sur les chemins de traverse. C'est alors que Tony se pencha en avant et adressa la parole au chauffeur de la limousine :

— La femme de mes rêves. Et dire qu'elle se trouvait sous mon nez pendant tout ce temps ! Vous y croyez, vous ?

— Non, monsieur, répliqua le chauffeur. C'est tout à fait incroyable. Je vous emmène à une chapelle de suite pour que vous puissiez vous marier.

— C'est bien Las Vegas, ça ! On fait fortune en un clin d'œil, on se marie sur un coup de tête, s'exclama Heather avec un petit rire.

— Mais tu n'es pas du genre spontanée, c'est ça ? s'enquit Tony.

— Moi ? Non, pas vraiment non. J'ai déjà épuisé mon capital de spontanéité en sortant la tête par le toit ouvrant tout à l'heure.

Il fit glisser la main sur sa cuisse.

— Tu en es sûre ?

En cet instant, un éclair aurait tout aussi bien pu foudroyer Heather, et elle n'aurait rien senti du tout. La regardant dans le blanc des yeux, Tony fit remonter sa main, dans un mouvement d'une lenteur fascinante, et effleura du bout des doigts l'intérieur de la cuisse de la jeune femme. Elle se raidit, et un petit frisson parcourut tout son corps. Elle était sur le point de s'abandonner à lui, mais il fit redescendre sa main pour la déposer juste au-dessus de son genou.

Approchant son corps du sien, il déplaça sa main pour la poser sur la banquette, derrière la tête de Heather. En se penchant vers elle, il sortit son autre main pour encadrer son visage.

— Tu as de beaux yeux, murmura-t-il en passant son pouce sur sa tempe. Et une peau tellement douce. (Puis il effleura du bout des doigts sa lèvre inférieure.) Et regardez un peu cette jolie bouche.

Puis il s'avança pour l'embrasser. Cela n'avait rien à voir avec la façon dont il l'avait embrassée au casino, comme s'il avait voulu simplement fêter ses 20 000 dollars. Non, ce baiser-là était long, lent et langoureux, au point qu'elle se sentit fondre, et son esprit en fut tout embrouillé.

Sans la laisser quitter ses bras, il s'éloigna un peu et posa les doigts sur son cou, puis descendit doucement vers son décolleté, ses yeux suivant le mouvement. Elle sentit une vibration intense la gagner, et son souffle se fit plus court.

— Tu vis vraiment à Plano ? lui demanda-t-il.

— Oui, vraiment.

— Et tu vas au *McMillan's* ?

— Oui. Tu ne me crois pas ?

— Dans ce cas, pourquoi est-ce que je ne me rappelle pas t'y avoir déjà vue ? J'aurais dû remarquer un ange tombé du ciel comme toi, non ?

Il est ivre, en plein délire. Il divague, il ne peut pas être sérieux.

— Je suis loin d'être un ange, déclara-t-elle.

— Je n'en suis pas si sûr, répliqua-t-il en caressant son bras puis en l'embrassant dans le cou. Tu as déjà vu ce film avec James Stewart ? Celui qu'ils rediffusent toujours à Noël ?

— *La vie est belle* ? Je n'aurais pas pensé que tu étais du genre à aimer les films à l'eau de rose.

— Ah, ma jolie, il y a plein de choses que tu ne sais pas sur moi !

Il l'embrassa dans le cou, puis passa la langue sur le lobe de son oreille.

— Il y a ce type, qui est l'ange de James Stewart. Il est descendu du ciel et il a tout remis en place dans sa vie, et, le temps que James tourne le dos, l'ange n'est plus là.

— Alors, je serais un ange à la recherche de mes ailes ?

— J'espère que non, répliqua-t-il, son souffle chaud contre son oreille. Je n'ai pas envie de me retourner pour découvrir que tu n'es plus là.

Cette soirée ressemblait au genre de miracle que seul un ange est capable de produire. Quoi d'autre qu'un miracle pouvait l'amener dans une limousine, et dans les bras de Tony ?

Comme il l'attirait à lui pour un autre baiser, toute pensée cohérente la quitta, et Las Vegas ne fut plus qu'un gigantesque tourbillon de lumières et de sons, d'histoires dignes des plus beaux contes de fées.

Tony ne s'était jamais senti aussi exalté.

Depuis le moment où il avait rencontré cette femme dans le hall d'ascenseur, il avait eu l'impression d'être dans un grand 8, à virevolter, à monter, à descendre. Et, maintenant, voilà qu'il se trouvait enfin dans une ligne droite qui semblait vouloir l'emmener au sommet. Cela faisait des années qu'il attendait une occasion de mettre un peu d'ordre dans sa vie. Sur le plan professionnel, c'était sur le point de se faire : il allait acheter le bar idéal. Avait-il eu encore plus de chance qu'il ne le croyait, avait-il trouvé la femme parfaite au passage ?

Il aimait tant son contact qu'il n'arrivait pas à s'empêcher de la toucher. Heather n'était pas un petit gabarit, mais plus il la tenait dans ses bras et l'embrassait, plus elle devenait attrayante à ses yeux. Il voulait plus d'elle, il la voulait tout entière. Ici, maintenant, à l'arrière de cette limousine.

Mais, vu leur premier baiser dans le hall d'ascenseur, il savait qu'il avait affaire à une femme bien différente de son genre habituel : des fêtardes qui lui procuraient de belles parties de jambes en l'air sans que les sentiments entrent en jeu. N'importe laquelle de ces femmes aurait commencé à se déshabiller dès que la porte de la limousine se serait refermée. Mais celle-ci s'était assise, avait écarquillé les yeux sur toutes les merveilles qui l'entouraient et, quand il avait seulement effleuré sa cuisse, avait failli s'évanouir.

Du calme, se dit-il. *Celle-ci est différente.*

Elle portait un chemisier ample, une jupe à la longueur respectable et des chaussures bien trop strictes. Et, même si elle avait une poitrine capable de faire tourner la tête à bien des hommes, elle ne la mettait pas en valeur. Elle ne faisait pas d'efforts pour être sexy.

Peut-être était-ce justement cela qui la rendait si sexy.

En plus, elle était intelligente. Il avait fréquenté assez de cruches pour voir la différence. Il ne se souvenait pas de la dernière fois où il était sorti avec une fille plus futée que lui. Ce constat aurait dû le blesser dans son ego masculin, mais, pour une raison qu'il ignorait, il se sentait encore plus attiré par Heather.

L'excitation d'avoir gagné tout cet argent, combinée à l'alcool qui lui montait au cerveau et aux baisers qu'il échangeait avec cette femme merveilleuse, fantastique, à l'arrière d'une limousine, lui donnait l'impression d'être le roi du monde. Ces sentiments lui faisaient un bien fou, incroyable.

C'était extraordinaire.

Tandis qu'il l'embrassait, il glissa la main sur son sein et, quand il effleura son téton du bout du pouce, il le trouva déjà dur et gonflé. Quand il le caressa, elle gémit contre sa bouche et pressa sa poitrine contre sa main, signifiant qu'elle en voulait plus. Il eut besoin de toute sa volonté pour se retenir de déchirer son chemisier, de remonter sa jupe et de la prendre ici et maintenant, sur la banquette de la limousine.

Non. Tu ne peux pas faire ça. Pas avec celle-ci.

Il recula, prit la tête de Heather entre ses mains et la dévisagea. Elle lui rendit son regard, haletant, son regard bleu clair perdu dans le vague.

— Quoi ? murmura-t-elle.

— Tu es différente des autres femmes que j'ai connues.

— Différente en bien ou en mal ?

— Par rapport à là où j'en suis dans ma vie en ce moment, ça ne pourrait pas être mieux.

Elle lui adressa un sourire, avec sa bouche pulpeuse et ses dents parfaitement blanches, et il se dit : *Cette femme, c'est la bonne.*

Ces dernières années, il n'avait fréquenté des femmes que pour s'amuser. Elles sortaient pour passer du bon temps, et lui aussi. Mais là, c'était différent. Avec une lucidité soudaine que peu d'hommes ressentaient, il en était sûr, au cours de leur vie, il expérimenta la sensation incroyable d'avoir enfin trouvé un sens à son existence. Dès lundi, sa vie allait changer du tout au tout. Il serait un homme d'affaires, avec des responsabilités, et peut-être même deviendrait-il un pilier de la communauté. Tout cela grâce à la femme qu'il tenait à présent dans ses bras, cette femme aux yeux bleu clair, au grand cœur, à l'esprit vif et aux lèvres pulpeuses, des lèvres qui ne demandaient qu'à l'embrasser. En temps normal, elle n'aurait représenté qu'une autre petite histoire dans sa vie, mais, ce soir, elle tenait la vedette, se retrouvait sous le feu des projecteurs, elle se démarquait de toutes les autres.

Soudain, il sentit qu'il avait besoin de cette femme avec une intensité qu'il n'avait jamais ressentie pour personne auparavant. Il y avait, d'un côté, les filles avec qui l'on s'amusait bien au lit, et puis les filles que l'on épousait.

Épouser ?

Comme il l'attirait à lui pour un autre baiser, son esprit sombra dans un agréable brouillard. Il songea à l'avenir, à cette femme, à la chance qui l'avait suivi jusqu'à Las Vegas…

Quand Tony ouvrit les paupières le lendemain matin, le soleil qui dardait ses rayons à travers la fenêtre lui agressa les yeux pour atteindre directement son cerveau. Il les referma vivement et roula sur le côté, et c'est alors que son crâne se mit à souffrir comme si un forgeron le martelait telle une enclume.

Il devait être mort et arrivé en enfer.

Mais, quelques minutes plus tard, comme aucune flamme ne venait lécher son lit, Tony se dit qu'il avait sûrement tort et qu'il s'agissait d'une simple gueule de bois.

Une « simple » gueule de bois. C'était un peu comme s'il disait « une simple tumeur au cerveau ».

Il rouvrit lentement les yeux. Pendant plusieurs secondes, il ne fut même pas sûr de l'endroit où il se trouvait. Pas chez lui, c'était sûr.

Une chambre d'hôtel, oui. Mais où ça ?

À Las Vegas, d'accord. Ah oui, Las Vegas, ça lui revenait maintenant.

Il se retourna, à peine étonné de découvrir une femme étendue à côté de lui. Ce n'était pas la première fois que ça lui arrivait. Il avait les idées tellement embrouillées qu'il ne savait pas trop qui elle était.

Puis il se rappela : une femme aux yeux bleu clair qui avait transformé un jeton de 10 dollars en 20 000 dollars. Même si sa tête lui faisait un mal de chien et même s'il avait la bouche assez pâteuse pour inscrire un nouveau record au *Guinness Book*, il sourit en pensant à tout cet argent qui allait changer sa vie. Il allait devoir se montrer très gentil envers elle, lui offrir quelque chose qui lui prouve à quel point il lui était reconnaissant.

Enfin, dès qu'il se souviendrait de son prénom.

Il roula sur le côté et s'assit au bord du lit en grognant doucement. Sa tête lui faisait penser à un évier bouché qu'on essaierait de réparer à coups de clé à molette. Il baissa les yeux sur lui. Il avait enlevé sa chemise, mais portait encore son jean. Il avait dormi avec une femme sans coucher avec elle ?

Alerte rouge ! Tu es trop vieux pour ce genre de trucs.

Après une nuit de beuverie, il avait l'habitude de pouvoir passer d'un quasi-coma à un état à peu près fonctionnel en l'espace de quelques minutes, mais, là, il savait qu'il aurait encore du chemin à faire avant d'être fonctionnel.

Salle de bains. Eau. Douche. Café. Répéter autant de fois que nécessaire.

Il se leva du lit et tituba en direction de la salle de bains, mais il s'arrêta net en voyant quelque chose d'étonnant sur la commode. Un bout de papier qui ne lui disait rien. Il le prit et cligna des yeux pour parvenir à le lire.

Non, il devait être en train d'halluciner.

Son regard arriva en bas de la page. Deux noms y figuraient : Tony McCaffrey et Heather Montgomery. Côte à côte.

Sur un contrat de mariage.

Pendant au moins dix secondes, Tony se tint là, immobile, tordant la feuille de papier entre ses mains, pendant que la panique le gagnait comme un véritable raz-de-marée. Cela ne pouvait pas être vrai.

Si ?

Puis, tout à coup, il se remémora un épisode flou, qui ressemblait à un rêve, dans lequel il se trouvait dans un lieu qui ressemblait terriblement à un bureau municipal. Et, dans sa tête, il y avait des étoiles et des anges sur fond de ciel nocturne… Qu'est-ce que c'était que ce bazar ? Puis il se souvint de personnes se disant « oui », et l'une d'entre elles aurait bien pu être lui.

Non. Impossible. Il ne pouvait pas avoir fait ça !

Mais tout était là, noir sur blanc. Lui, Tony McCaffrey, qui avait pour habitude de ne jamais trop fréquenter les mêmes femmes pour éviter de se retrouver la corde au cou, lui, il venait de se marier ? Mais qu'est-ce qui lui était passé par la tête ?

Bon, au moins, maintenant il connaissait son nom.

Il prit une profonde inspiration pour repousser cette sensation d'étouffement, se disant qu'il pouvait remédier à cette situation, que des gens divorçaient tous les jours. Et il avait bien l'intention de faire partie du lot. La femme qu'il avait épousée serait sûrement d'accord avec lui. Quiconque commet une idiotie pareille a tout de suite envie de rectifier le tir.

C'est ce qu'elle voudrait faire, n'est-ce pas ?

Il se tourna et posa les yeux sur elle.

Ou peut-être pas.

Elle était étendue sur le côté, un bras sous l'oreiller et une main sous la joue, les cheveux étalés sur la taie. Elle semblait douce, gentille, fiable, un peu comme mère Teresa, mais pas aussi âgée et sans la connotation religieuse. Il se rappela avoir pensé la veille qu'elle appartenait à une espèce en voie de disparition : celle des filles bien. La nuit dernière, le mariage avait l'air d'être une si bonne idée. Et voilà que, ce matin, les ennuis commençaient.

De gros ennuis.

En ce moment même, elle rêvait probablement d'un pavillon en banlieue, de plusieurs monospaces avec des sièges auto pour les enfants et de vacances en famille dans la ferme de ses grands-parents au fin fond de l'Iowa. Elle allait se réveiller comme une jeune mariée le matin de sa nuit de noces, toute gentille et souriante, imaginant que tout irait pour le mieux jusqu'à leurs noces d'or. Quand il lui annoncerait qu'il voulait demander le divorce en ce premier jour de leur union, elle fondrait en larmes. Elle l'avait aidé à gagner 20 000 dollars ; enfin, elle les lui avait pratiquement donnés, et maintenant tout ce qu'il avait à lui dire, c'était que leur mariage était une… erreur ?

Elle voudrait peut-être même récupérer ses 20 000 dollars. Il préférait éviter de penser à cette éventualité.

Il posa le contrat de mariage et se rendit dans la salle de bains pour s'asperger le visage d'eau. Il devait réveiller son cerveau, afin qu'il puisse trouver un moyen de gérer cette situation. Parce que la dernière chose dont Tony voulait dans sa vie, et peut-être aussi dans ses deux ou trois prochaines réincarnations, c'était d'être un homme marié.

Mon Dieu, je t'en supplie, fais qu'elle ne pleure pas !

Quand il sortit de la salle de bains, il fut étonné de la trouver éveillée. Ses cheveux châtains étaient emmêlés par cette nuit de sommeil, et son mascara avait un peu coulé sous ses yeux. Elle était adossée à la tête de lit, une main relevant les draps sur sa poitrine, et l'autre tenant le contrat de mariage.

Elle sait. Et maintenant il faut que tu lui annonces que tu annules tout.

Mais, avant qu'il puisse dire quoi que ce soit, il se rendit compte que le sourire mielleux qu'il s'attendait à la voir arborer était étrangement absent. Pas l'ombre de réveil en douceur chez elle. Il avait craint les larmes, mais maintenant il priait pour qu'elles commencent à couler, parce que ce serait bien mieux que ce regard meurtrier qu'elle affichait en ce moment même.

Elle brandit le contrat de mariage.

— Bon sang, c'est quoi, ça ?

Chapitre 5

L'esprit de Heather était tellement embrouillé par l'alcool qu'elle ne trouva qu'une seule explication au bout de papier qu'elle tenait entre les mains : quelqu'un à Las Vegas devait vendre de faux contrats de mariage qu'on pouvait ensuite montrer à ses amis. « Ha ha ha ! Regardez ! On s'est mariés ! »

— C'est une plaisanterie, n'est-ce pas ? cingla-t-elle. Dis-moi que c'est une blague.

Elle s'attendait à ce que Tony affiche son sourire à 1 million de dollars pour qu'ils puissent enfin se mettre à en rire tous les deux.

Mais il n'en fit rien.

Elle fut gagnée par la panique.

— Tu veux dire que ce papier est authentique ? Qu'on s'est mariés pour de vrai ?

Tony ferma les yeux de toutes ses forces.

— Ne crie pas, ma jolie. Si tu cries, je crois que ma tête va exploser.

Sans blague. Si elle criait encore, c'était sa tête à elle qui allait exploser.

— Qu'est-ce que tu fais dans ma chambre ? s'enquit-elle.

— Euh… ben, on est mariés…

Elle déglutit brutalement.

— Est-ce qu'on a… ?

— Couché ensemble ? Je ne crois pas. Je me suis réveillé tout habillé.

Faisant un peu la grimace, elle souleva les draps pour y jeter un coup d'œil. *Des vêtements, ouf!* Une vague de soulagement la parcourut.

— Dis-moi ce dont tu te souviens, lança Tony.

Elle inclina la tête, ferma les yeux. Des bribes lui revinrent progressivement, un amalgame d'images qui défilaient sous ses yeux. C'était dur de tout comprendre, surtout avec son crâne qui la faisait autant souffrir que si on le passait au mixeur.

— Je me rappelle que j'ai gagné 20 000 dollars, déclara-t-elle.

— Bon, j'ai eu peur d'avoir inventé cette partie-là, souffla-t-il.

Heather se souvint de la balade le long du Strip dans la limousine. Des lumières clignotantes, des néons aveuglants… et du champagne.

Des litres et des litres de champagne.

— Je me souviens des trucs dans la limousine, fit-elle, espérant que son visage n'était pas aussi rouge qu'elle en avait l'impression.

— Et après ça ?

Ils s'étaient tenus debout sur la banquette, ils avaient sorti la tête par le toit ouvrant, ils avaient fait signe aux autres voitures, aux passants, aux chiens errants, au mobilier urbain. Puis ils s'étaient rassis sur le siège, et alors…

Rien que de penser à la suite, le rouge lui monta aux joues. La nuit dernière, elle avait découvert ce que ça faisait d'être avec un homme charmant, sexy, qui savait vraiment bien embrasser, qui n'avait pas les mains dans ses poches et dont le sourire était plus éclatant que tous les néons du Strip combinés.

Elle ferma les yeux. Comme dans un film qui passe du flou à la mise au point parfaite, elle distingua une sorte de bureau. Des lumières crues. Tony et elle en train de remplir des papiers. Puis ils étaient retournés dans la limousine. Elle revoyait des étoiles et des lunes, et des petits angelots qui volaient. Qu'est-ce que c'était que ça ?

— Il y avait ce bureau municipal, déclara-t-elle, la panique se faisant entendre dans sa voix. Puis une chapelle. Tout ça est assez vague, mais…

Lentement, les images se remboîtèrent. Tout devint plus net. Elle commença à discerner la chronologie des événements. Alors, elle arriva à une conclusion affreuse et indéniable. Elle posa la main sur sa gorge, balbutiant ses mots.

— Mon Dieu ! On s'est vraiment mariés, pas vrai ?

— On dirait bien.

— Mais pourquoi nous ont-ils laissés faire ça ? Nous n'étions pas en état pour faire ça !

— S'ils refusaient le mariage à tous les gens ivres, la moitié des chapelles mettraient la clé sous la porte.

La panique commençait à s'installer. Et Heather n'avait pas l'habitude de se trouver dans un état de panique. Elle ne supportait pas de sentir ses muscles crispés, ce malaise au fond de son ventre. La panique, c'était pour les gens qui ne savaient pas s'organiser dans la vie, ceux qui étaient incapables de prévoir quoi que ce soit, pour les gens spontanés.

Puis elle pensa à ces étoiles, à ces lunes et à ces angelots qui volaient sur un fond de ciel étoilé, et elle se souvint subitement d'où elle avait déjà vu ça. Elle ferma les yeux sous le coup de l'humiliation.

— S'il te plaît, ne me dis pas qu'on a fait ça dans une chapelle *drive-through*.

— Si je me souviens bien, répondit-il en se frottant le cou, ça s'appelle *Le Tunnel de l'amour*.

Bon Dieu ! Non seulement elle s'était mariée à Vegas, mais de la façon la plus lamentable qui soit.

— Ça ne peut pas être possible. Ce n'est pas moi, ça. Je suis la fille *normale* de ma famille. Je n'ai jamais rien fait de ce genre avant !

Tony haussa les épaules.

— Un jour, il m'est arrivé de me réveiller tout nu sur une plage à Cancún. Je ne me souviens toujours pas du vol entre Dallas et le Mexique.

— Tu t'es retrouvé marié ?

— Non.

— Alors, ce n'est pas aussi dingue que ce qui nous arrive maintenant. Félicitations, tu viens de battre ton record !

Elle repoussa les draps et commença à se lever. Il l'attrapa par le bras.

— Tu vas te calmer, oui ? Ce n'est pas si grave.

— Pas si grave ? répéta-t-elle, commençant à tressaillir. On s'est mariés !

— Mais on peut défaire tout ça. Il suffit d'annuler le mariage.

Elle s'arrêta net. *Annuler ?*

Oui, bien sûr. Il leur suffisait de faire ça. De toute façon, personne n'était au courant qu'ils étaient mariés. Ils pouvaient garder cette histoire pour eux, procéder tranquillement à l'annulation puis reprendre le cours de leurs vies respectives, comme si rien ne s'était produit la veille. Ils seraient les deux seules personnes sur cette terre à savoir ce qui s'était passé.

Pour la première fois depuis qu'elle avait vu son nom sur le contrat de mariage, le cœur de Heather cessa de tambouriner dans sa poitrine. Tony avait raison : ce n'était pas si grave. Quelques papiers à remplir pour annuler le mariage, une boîte d'aspirine pour guérir sa gueule de bois monumentale, et, en un rien de temps, toute cette expérience ne serait plus qu'un mauvais souvenir.

— Tu as raison, fit-elle, profondément soulagée. Une annulation, ça résout notre problème. Ça ne doit pas être très compliqué à faire, pas vrai ?

— Sûrement.

— Tout le monde le fait tout le temps, ça ne peut pas être si dur que ça, hein ?

— Alors, on est d'accord ? lança Tony. On demande l'annulation.

— Bien sûr.

— Merci, mon Dieu ! murmura-t-il.

— Quoi ? fit-elle en se tournant.

— Euh… rien.

— Non. Qu'est-ce que tu as dit ?

Il émit un petit rire.

— J'ai eu peur que tu sois contrariée.

— Contrariée de quoi ?

— Tu sais… De voir que je n'ai pas envie de me marier.

— Tu as cru que ça, ça me contrarierait ? s'enquit Heather en clignant des yeux.

— Euh… peut-être. Mais ce n'est pas le cas, c'est l'essentiel.

— Non. L'essentiel, c'est que tu as réussi à te tirer de ce guêpier, pas vrai ?

— Non, ce n'est pas ce que je voulais dire…

— Tu as vraiment cru que moi, je voudrais me marier ?

Il fronça les sourcils.

— J'ai pensé que ce serait une possibilité.

— À Las Vegas ? Avec toi ?

Il eut l'air vexé.

— Pour ton information, il y a des tas de femmes qui adoreraient se marier avec moi.

— Oh, un peu de modestie, s'il te plaît ! Quel genre d'idiote pourrait penser qu'un garçon comme toi serait du genre à se caser ?

— Comment ça, un garçon comme moi ?

— Tu es sorti avec la moitié des filles du *McMillan's*. Et l'autre moitié attend son tour.

— Comment tu sais ça ?

— J'ai un scoop pour toi, Tony : les femmes parlent entre elles. Les hommes ne s'adressent peut-être pas la parole dans les toilettes, mais les femmes, si. J'entends des tonnes de rumeurs. Mais pour mettre les choses au clair, ajouta-t-elle en se levant du lit et en se dirigeant vers la salle de bains, je ne fais pas partie des filles qui attendent leur tour.

— Vraiment ? Pourtant ça n'avait pas l'air de t'embêter, de prendre ton tour hier soir.

Elle se retourna pour le découvrir en train de lui adresser un regard sensuel, avec ses yeux verts lourds de sens. Il savait. Il savait avec quelle facilité elle s'était laissée séduire la veille et comment elle s'était délectée de tous ces instants torrides.

— J'avais trop bu, riposta-t-elle. On fait toujours des choses bêtes quand on a trop bu.

— Alors c'est la seule raison pour laquelle tu as flirté avec moi à l'arrière de cette limousine ?

— Quelle autre raison pourrait-il y avoir ?

— Pour s'amuser.

— Et si on arrêtait de rire ? le coupa-t-elle. Il faut qu'on se concentre sur la gestion de la situation dans laquelle on s'est fourrés.

— Bien sûr, ma jolie. Tout ce que tu voudras.

Il lui adressa un sourire effronté, ce qui agaça Heather. Bien sûr que ça avait été marrant, mais c'était le genre d'amusement un peu fou auquel s'adonnaient les personnes irresponsables, et à son goût elle avait eu sa dose de folie et d'irresponsabilité durant ces dernières vingt-quatre heures.

La veille, Tony lui avait déclaré qu'elle était la femme qu'il avait attendue toute sa vie, ponctuant chacune de ses paroles de caresses et de baisers dans toutes sortes d'endroits incongrus. Ivre de champagne, elle l'avait trouvé amusant, charmant, incroyablement séduisant, et rien que de se trouver à côté de lui l'avait transformée en une sorte d'imbécile n'ayant plus rien dans la cervelle. C'était comme si elle s'était préservée toute sa vie pour commettre une seule et unique stupidité dans sa vie : celle-là.

Tout à coup, le téléphone de la chambre se mit à sonner, retentissant dans le crâne déjà endolori de Heather. Elle décrocha le combiné.

— Allô ?

— Heather, comment ça va ? lui demanda Regina. Ton portable est éteint. Où étais-tu passée ?

— Euh…

— Tu étais censée nous retrouver dans le hall à 10 heures pour qu'on puisse prendre les taxis pour l'aéroport.

Heather consulta sa montre : 10 h 10 ? *Bon sang!*

— Je n'ai pas entendu le réveil.

— Mais on a un avion à prendre. On part maintenant !

Elle posa une main sur son front.

— Je prendrai le suivant.

— Mais tu devais partager le taxi avec moi à l'arrivée.

— Je prendrai un autre taxi pour rentrer à Plano.

— Heather ? Qu'est-ce qui ne va pas ? Tu es encore avec cet homme ? (Regina eut le souffle coupé.) Mon Dieu, tu n'as tout de même pas couché avec lui ?

Eh bien, l'ironie du sort ne prêtait-elle pas à sourire ? Oui, elle avait couché avec Tony ; enfin, elle s'était couchée dans le même lit que lui. Vu qu'ils étaient tous les deux encore habillés, il semblerait qu'ils aient été trop ivres pour faire quoi que ce soit d'autre que de dormir. Mais Regina n'en savait rien. Elle imaginait clairement quelque chose de plus charnel, et, malgré tout, cette idée réjouissait Heather.

— Ça se pourrait, dit-elle de façon évasive.

— Heather ! s'exclama Regina. Ça ne te ressemble pas de coucher avec de parfaits inconnus ! Que dirait ta mère ?

Heather n'en croyait pas ses oreilles. Sa mère ? Regina avait-elle parlé de leurs mères aux autres demoiselles d'honneur ?

— Pour l'amour de Dieu, Regina ! rétorqua-t-elle. Tu en fais trop ! J'ai presque trente ans…

Heather s'arrêta net. Une minute. *Ma mère ?*

Elle sentit la chair de poule courir le long de son bras, de petits frissons agiter toutes ses terminaisons nerveuses. Non, elle ne pouvait pas avoir fait ce qu'elle pensait avoir fait. Ce n'était pas possible.

Elle dit à Regina qu'elle la reverrait à Plano puis raccrocha. Elle s'empara de son portable, l'alluma et consulta son journal des appels. Et elle le vit : la nuit dernière, à 23 h 30, elle avait appelé sa mère. Et pas seulement pour lui faire coucou.

— Oh non ! marmonna-t-elle.

— Quoi ? s'étonna Tony.

— Non, non et non !

— Quoi ? répéta Tony.

— J'ai appelé ma mère hier soir !

— C'est vrai ? (Ses yeux étincelèrent.) Oh oui, je m'en souviens. Juste après qu'on est partis de la chapelle. Je lui ai même parlé, pas vrai ?

Elle avait appelé sa mère. Comment avait-elle pu oublier cela ?

Parce qu'à cette heure de la nuit dernière elle s'était enfilé pas loin de trois litres de champagne. Normalement, elle aurait dû se trouver dans le coma aujourd'hui.

— J'en déduis que ça va nous causer des soucis, ajouta Tony.

Il n'avait pas idée.

Dans l'extase de l'ivresse, elle avait parlé de leur mariage à sa mère. Elle lui avait dit à quel point son nouveau mari était formidable. Comme il était beau, avait du succès dans les affaires, et ainsi de suite.

Tout lui revenait maintenant, et elle en était horrifiée.

Au début, sa mère lui avait semblé abasourdie. Elle avait posé les questions que toutes les mères en possession de leurs moyens auraient posées en de telles circonstances, afin de déterminer si leur fille avait, ou non, complètement perdu la raison. Mais, quand Heather lui avait assuré que son nouveau mari était originaire de Plano, qu'il n'était pas un parfait inconnu et qu'elle savait, bien entendu, ce qu'elle était en train de faire, sa mère s'était laissée raisonner, attribuant sûrement son délire alcoolisé à l'exaltation d'une jeune mariée. Après tout, Barbara avait ainsi droit à une chose qu'elle avait voulue depuis les dix-huit ans de Heather : une fille mariée. Alors sa mère lui avait dit : « À la minute où tu seras rentrée en ville, tu as intérêt à me le présenter, ce nouveau mari ! »

Et Heather lui avait promis de s'exécuter. Seulement, à présent, il fallait qu'elle annonce à sa mère qu'en fin de compte elle n'avait pas vraiment de gendre, et que ses petits-enfants n'étaient pas près d'arriver. La situation pouvait-elle être pire ? D'une façon ou d'une autre, est-ce que tout cela pouvait être pire ?

— Alors, tu regrettes tout ce que tu as fait la nuit dernière ? lança Tony.

— Je croyais que tu l'avais compris, non ?

Tony fouilla dans son portefeuille et en sortit le chèque qu'elle lui avait donné.

— Même ça ?

Heather sentit l'énervement grandir en elle.

— Je n'étais pas complètement inconsciente pendant toute la soirée non plus. Je savais parfaitement ce que j'étais en train de faire quand je t'ai donné cet argent. Il est à toi, Tony. Tu peux le garder.

Il lui adressa un regard las.

— Tu en es sûre ? Je ne voudrais pas que tu reviennes plus tard me dire que je t'ai entubée de 20 000 dollars.

— J'ai déjà dit que tu pouvais les garder. Pas vrai ?

— C'est juste que ça fait une sacrée somme, c'est tout. La nuit dernière, tu disais que tu te sentirais coupable si tu ne me les donnais pas, mais, à vrai dire, c'est moi qui me sens un peu coupable de les accepter.

— Non, rétorqua-t-elle. Je sais à quel point tu veux acheter le *McMillan's*. Je ne te reprendrai jamais cet argent, je veux vraiment que tu le gardes.

Il finit par hocher la tête et ranger le chèque dans son portefeuille.

Heather prit une profonde inspiration pour se calmer, tâchant de mettre toute cette histoire en perspective. Elle se dit que la situation serait plus facile si elle gérait le tout de façon logique. Elle se créa une liste de tâches dans sa tête : *Commander du café au* room service. *En boire trois tasses. Modifier le billet d'avion. Trouver comment on annule un mariage. Revoir mes notions de premiers secours pour pouvoir annoncer la vérité à ma mère et la réanimer si besoin.*

Et surtout, ne jamais, au grand jamais, retomber entre les mains d'un homme comme Tony McCaffrey.

Quatre heures plus tard, Tony rangea son bagage à main dans le compartiment de l'avion, puis s'assit à sa place avant de tapoter un coussin qu'il positionna derrière sa tête. Avant d'embarquer, il s'était gavé d'aspirine, mais la douleur irradiait encore dans tout son crâne.

Il se retourna et vit Heather qui s'engageait dans l'allée. Au moment où leurs regards se croisèrent, elle détourna les yeux et prit place deux rangées plus haut, en face de lui.

Tony détestait cet état de fait. Il s'attendait au moins à ce qu'elle lui adresse la parole. Mais bon, ce matin aussi, il avait cru qu'elle lui ferait une crise d'hystérie, et cela ne s'était pas produit.

Au lieu de cela, elle avait commandé du café au *room service*, puis décroché le téléphone pour modifier son billet d'avion. Elle avait ensuite appelé un numéro de conseil juridique ouvert vingt-quatre heures sur vingt-quatre et appris qu'elle pouvait lancer la procédure d'annulation du mariage grâce à un formulaire en ligne. Elle lui annonça que, pour ce faire, elle comptait se rendre au bureau de l'hôtel. Il avait été étonné de voir que, malgré sa gueule de bois monumentale, elle avait pris les rênes pour gérer les choses de façon rapide et efficace. Il avait du mal à imaginer ce que cela donnait quand elle avait les idées claires.

Plus tard, elle s'était rendue à l'aéroport seule, et, si le hasard n'avait pas fait que son siège se trouve près de celui de Tony, il ne l'aurait pas vue du tout. En dehors de la panique qui la gagnait à l'idée d'annoncer la nouvelle à sa mère, elle n'avait exprimé aucun regret. Pas une seule larme.

Pas l'ombre d'un pincement au cœur.

Tony ignorait s'il devait en être soulagé ou insulté. Oui, il voulait se sortir de ce bazar, et il voulait que Heather le veuille aussi, mais pas de façon aussi déterminée. L'idée d'être mariée à lui était-elle si atroce que ça ?

Arrête. Tu as de la chance de ne pas avoir à gérer une foldingue en train de pleurer toutes les larmes de son corps.

Après tout, elle n'était pas son genre de filles. En ce moment, elle portait un jean et un chemisier bleu, mais tout en elle était terne. Chaque mèche de ses longs cheveux raides était alignée comme un bon petit soldat, parée à l'inspection. Elle portait du maquillage, mais il atténuait les traits de son visage au lieu de les faire ressortir. Elle se déplaçait de façon calme et réservée, comme si elle avait scénarisé chacun des pas qu'elle avait faits depuis sa naissance. Les filles coincées embêtaient Tony. Il ne savait jamais quoi faire pour les rendre heureuses, car rien n'y arrivait jamais.

Bon, d'accord, trois litres de champagne avaient rendu cette fille-là très heureuse, mais combien de fois les femmes comme elle se lâchaient-elles un peu ?

Heather attacha sa ceinture et, lors du décollage, elle fut la seule passagère de toute l'histoire de l'aviation à vraiment regarder les hôtesses de l'air en train d'expliquer les consignes de sécurité. Elle tira ensuite un exemplaire de *Challenges* de son sac et commença à le lire.

Challenges ? Les femmes de son âge n'étaient-elles pas censées lire *Cosmo* ou *Glamour*, ou bien *Marie-chaispasquoi* ?

Décidément, ce n'était vraiment pas son genre de femmes.

Il enfonça sa tête dans le coussin et ferma les yeux, mais, même s'il se croyait assez épuisé pour dormir sept jours d'affilée, il ne parvenait pas même à somnoler. Les quelques heures qui suivirent, il écouta de la musique, mangea des cacahouètes ramollies, sirota un soda et bavarda avec une hôtesse dont la sympathie dépassait le cadre de ses responsabilités. Quand elle lui donna son numéro, il afficha un sourire et le rangea dans la pochette de sa chemise par automatisme. Ensuite, il le déchirerait en petits morceaux pour le jeter à la poubelle. Les aventures d'un soir avaient perdu de leur attrait depuis qu'il s'était réveillé marié ce matin. Pire encore : il était un homme marié qui n'avait pas eu droit à sa nuit de noces. De toute façon, qu'est-ce que ça aurait changé ? Il ne s'en serait pas souvenu.

Quand ils finirent par atterrir, Heather se leva directement, sortit son sac du compartiment et descendit de l'avion avant lui. Quand il traversa la passerelle pour arriver dans le terminal, il la perdit de vue. Il emprunta l'escalator pour se rendre au parking.

Il traversa les portes automatiques et sortit, et c'est là qu'il repéra Heather qui faisait la queue pour prendre un taxi. Il commença à traverser la rue pour entrer dans le parking, mais sa conscience le titillait. Avec un trajet de 48 kilomètres de l'aéroport jusqu'à Plano, le taxi allait coûter un max à la jeune femme.

Ce n'est pas ton problème. Passe ton chemin.

Mais il n'arrivait pas à faire avancer ses pieds. Immobile sur le trottoir, il regardait Heather et se sentait vraiment mal pour toute cette situation. Après tout ce qu'elle avait fait pour lui, était-il juste de la laisser payer son trajet de retour alors qu'il pouvait très bien la ramener ?

Un taxi arriva, et le conducteur sortit du véhicule pour prendre le bagage de Heather. Tony s'avança et prit le sac des mains du chauffeur.

La jeune femme fit volte-face.

— Tony, mais qu'est-ce que tu fais ?

— Un taxi, ça va te coûter une fortune.

— Ça m'est égal.

— On va retourner à Plano ensemble. Je t'emmène.

— Ce n'est pas nécessaire.

— Ce n'est vraiment pas grand-chose.

Elle ouvrit la bouche pour protester, mais la referma ensuite.

— Bon, capitula-t-elle. Je vais rentrer avec toi.

Mais cela n'avait pas l'air de la réjouir le moins du monde.

Dix minutes plus tard, Heather et Tony étaient installés à bord de son Explorer et roulaient vers l'est sur la 635. Se trouver en présence du jeune homme était tout aussi inconfortable que Heather l'avait craint.

Une fois l'avion atterri, elle avait récupéré ses affaires et elle était sortie aussi vite qu'elle l'avait pu pour éviter d'avoir à lui adresser la parole. Elle avait passé ces trois dernières heures à penser à lui, assis à deux rangées d'elle, à se dire constamment qu'il ne fallait pas qu'elle se retourne, qu'elle le regarde, qu'elle lui laisse deviner un tant soit peu qu'elle était incapable d'effacer les souvenirs de la veille.

En vérité, elle n'y arrivait pas. Elle y repensait toutes les cinq minutes.

Et elle détestait cela. Alors qu'elle aurait mieux fait de se morigéner pour ce mariage sur un coup de tête, elle ne cessait de penser à tous les instants torrides qui l'avaient menée là. Mais elle était apparemment la seule à ressentir un malaise. Dans la voiture, Tony ne semblait pas le moins du monde gêné. Il avait mis un CD de country et tapotait des doigts en rythme sur son volant. Elle regarda le compteur de vitesse. Cette portion de route était limitée à quatre-vingt-dix kilomètres-heure, mais il roulait quasiment à cent. Ainsi, il était un de ces hommes qui percevaient la signalisation routière comme des suggestions et non comme la loi. Heather n'en était pas vraiment surprise.

— Tu lisais *Challenges* dans l'avion, lança-t-il.

— Oui, acquiesça-t-elle, le regard las.

— Je crois que je n'ai jamais rencontré une femme qui lisait ça, avant.

— Alors tu ne dois pas connaître beaucoup de femmes expertes-comptables.

— Tu es experte-comptable ? s'étonna-t-il, sourire aux lèvres. D'une certaine façon, ça ne me surprend pas.

Heather poussa un soupir. Une fois dans son existence, elle aimerait bien entendre un homme lui dire : « Experte-comptable ? Pas possible ! J'aurais juré que tu étais top-modèle ! »

Peut-être dans une autre vie.

— Ce que je veux dire par là, c'est que tu as l'air assez pragmatique comme personne, ajouta Tony. (Elle haussa les épaules.) Pas comme moi. J'imagine qu'il faudra pourtant que je m'y mette, hein ? Maintenant que je vais mener mon affaire et tout ça ?

— Hmm, hmm !

Silence, à part la musique country qui sortait des enceintes.

— Alors, où est-ce que tu as fait tes études ? demanda Tony.

Il était toujours aussi bavard que ça ?

— À l'université de Rice.

— C'est une bonne école. Moi, je suis allée à celle du Texas. Mais juste un an. (Il lui sourit.) Ma spécialité, c'était plutôt la descente de tequila et le séchage de cours. Si un jour on crée des diplômes dans ces domaines-là, je rédige une thèse direct.

Elle ne répondit rien, donc il continua à parler. C'était de toute évidence une personne qui n'aimait pas les blancs et se sentait obligée de les combler. Elle aurait voulu lui demander s'il n'avait jamais pensé que le silence est d'or, mais elle n'arrivait pas à en placer une.

— Tu peux me dire pourquoi tu ne me parles pas ? maugréa-t-il.

Elle se tourna brusquement vers lui.

— Quoi ?

— Tu ne m'as pas adressé la parole dans l'avion. Et tu as à peine dit un mot depuis qu'on a quitté l'aéroport.

— Je suis seulement fatiguée à cause d'hier soir.

— Tu pourrais faire un peu la conversation.

— Je ne suis vraiment pas d'humeur.

— Allez, Heather ! Ce n'est pas si difficile…

— Écoute, Tony. Je sais qu'on a passé la nuit dernière ensemble, à faire Dieu seul sait quoi, parce que je ne me souviens pas de tout, mais, ce que je sais, c'est qu'on se connaît à peine. De quoi est-ce qu'on pourrait bien parler tous les deux ?

Le sourire du jeune homme s'évanouit.

— D'accord. J'espérais simplement qu'il n'y aurait pas trop de rancune entre nous.

Elle se détourna pour regarder de nouveau par la fenêtre, sentant un autre petit pincement au cœur. Elle était tout aussi responsable que lui de cette situation et, pourtant, elle le traitait comme si c'était entièrement sa faute.

— Je suis désolée, fit-elle. Je ne veux pas faire ma rabat-joie, mais c'est facile pour toi. Tout ce que tu as à faire, c'est de disparaître. Moi, je dois gérer les conséquences de cette nuit.

— Avec ta mère ?

— Oui.

— Alors, tu vas lui dire quoi ?

— Je ne sais pas exactement, répondit Heather avec un soupir.

— Est-ce qu'elle sait que tu bois ?

— Oui, elle est au courant.

— Est-ce qu'elle sait que tu bois beaucoup ?

— Je ne bois pas tant que ça !

— La nuit dernière, si. Et ça peut te faire une excuse : « Maman, j'avais bu un verre de trop et je ne savais plus ce que je faisais, tu comprends. »

— Ce n'est pas parce qu'elle sait que je bois qu'elle s'en réjouit. Elle, tout ce qu'elle boit, c'est juste une demi-coupe de champagne au Nouvel An. Lui dire que j'ai fait une bêtise parce que j'étais ronde comme une queue de pelle ne m'avancera pas tellement.

— Je ne comprends pas, ironisa Tony. Quelle mère ne serait pas contente que sa fille fasse des folies à Las Vegas ? Elles ne sont pas toutes enchantées par ces histoires de mariage ?

— Elle veut que je me marie. De préférence avant que je sois trop vieille pour lui donner quatre ou cinq petits-enfants. Elle acceptera la situation quelle qu'elle soit, mais, là, j'ai peur de devoir lui dire que, finalement, ça ne va pas se faire.

Évidemment, Tony ne savait pas quoi lui répondre, et c'est pourquoi il s'arrêta de parler. Heather se sentit exactement comme cette rabat-joie qu'elle venait de s'excuser d'être.

Tant pis, qu'on en finisse !

Elle le guida vers la maison de ses parents à l'est de Plano et, quand il s'engagea dans son allée, elle dut résister à l'envie de lui demander de continuer à rouler. Et, s'il pouvait les faire tomber d'une falaise au passage, ce serait encore mieux. De cette façon, elle n'aurait pas à gérer cette crise.

Ils sortirent de la voiture. Tony ouvrit le coffre noir et en tira sa valise.

— Je te recontacte dès que j'en sais plus sur l'annulation, lança Heather.

Tony lui tendit ses affaires.

— Bonne chance.

Elle hocha la tête, puis posa les yeux sur la maison. *C'est maintenant ou jamais, et le choix « jamais » n'est pas envisageable.*

Puis, tout à coup, la porte d'entrée s'ouvrit, et sa mère s'avança sous le porche. Puis son père. Puis elle vit son oncle Burt. Tante Sylvia. Sa cousine Kelsey. Mamie Roberta. Papi Henry. Et tout un lot de tantes, d'oncles et de cousins.

Heather s'immobilisa. Que se passait-il ?

Ils descendirent les marches, s'empressèrent de gagner l'allée, se dispersèrent sur la pelouse. Étant donné la taille de la maison de ses parents, c'était un peu comme de voir des clowns de cirque sortir à flots de toutes petites voitures, et ils ne cessaient d'arriver.

Oh, mon Dieu, non ! C'était infernal !

— Purée, qu'est-ce qui se passe ? lança Tony.

— Je ne sais pas, répondit Heather d'un ton las. Mais ça ne me dit rien qui vaille.

— Pourquoi est-ce qu'il y a tout ce monde chez toi ?

— Ce n'est pas chez moi, c'est chez mes parents.

Sa mère arriva à la voiture en premier, un sourire jusqu'aux oreilles. Elle descendit du trottoir et fonça droit sur Tony, puis s'arrêta devant lui, la main sur le cœur.

— Oh, mon Dieu, Heather ! Il est vraiment aussi beau que tu nous l'as décrit ! s'exclama-t-elle en se jetant au cou du jeune homme avant de déposer un gros baiser sonore sur sa joue. Bienvenue dans la famille !

Chapitre 6

Tony était incapable de bouger, de parler. Il se contentait de rester là, bouche bée. Tout le monde avait sorti son appareil photo et prenait des clichés, comme si la famille était une foule de paparazzis, et Heather et lui les superstars du jour.

— Je suis Barbara, annonça la femme qui l'avait embrassé, un sourire toujours jusqu'aux oreilles. La mère de Heather.

Elle était habillée comme une maman, avec un chemisier en coton à fleurs, un jean ample et des sandales, les mèches de sa coupe au carré bien rangées derrière ses oreilles. Elle attrapa un homme par la manche et le tira vers elle.

— Et voici le père de Heather, Fred.

Si la mère de Heather était tout sourires, ce n'était pas le cas du père : un homme grand, robuste, costaud, le genre d'hommes à déchirer un bottin en deux juste pour s'amuser.

— Bon sang, qu'est-ce que vous faites tous ici ? s'exclama Heather.

— Ta mère nous a appelés pour nous annoncer que tu t'étais mariée, indiqua l'une des femmes. Bien sûr, on a tous voulu rencontrer ton nouveau mari.

Traduction : ils voulaient tous vérifier si Heather n'avait pas perdu la tête. De la façon dont certains la regardaient en ce moment même, le jury était encore en train de délibérer, mais ça ne les empêchait pas de la prendre dans leurs bras et de serrer la main de Tony, de se présenter comme tante Chouette, oncle Bidule ou cousin Machin.

Tony voulut dire quelque chose, mais Heather et lui se retrouvèrent aspirés dans un vortex de corps se dirigeant vers la maison. Il lui lança un regard désespéré signifiant : « Sors-moi de là ! » Mais elle semblait tout aussi abasourdie que lui.

Ils montèrent les marches, passèrent la porte, entrèrent dans le salon et surfèrent sur une vague humaine. Tony discernait à peine la pièce autour de lui. C'était propre et bien rangé, mais tout était très daté, avec un canapé à fleurs d'au moins vingt ans et du mobilier en noyer verni. Sur la cheminée était suspendu l'horrible portrait d'une vieille femme, le genre de choses que seules les familles excentriques affichaient au lieu de les reléguer au fin fond du grenier. Et, quelque part dans cette maison, il devait y avoir des napperons. Et, dans les W.-C., un de ces distributeurs de papier-toilette à crochet. Il en mettrait sa main à couper.

Deux personnes étaient assises sur le canapé et ne les avaient pas salués sur le trottoir. Une d'elles était une dame âgée que Tony ne connaissait pas. L'autre était la cousine de Heather, Regina, qu'il avait rencontrée la veille.

Elle se leva du canapé, toujours aussi impeccablement habillée. Coiffure nette, silhouette parfaite, teint pur, seins qui lui avaient probablement coûté une fortune – le genre de femmes qui lui plaisait habituellement. Mais son air snob lui confirma ce que Heather lui avait dit d'elle la veille : si jamais un jour il craquait pour cette superbe fleur, il découvrirait la peau de vache qui se cachait en dessous, et elle risquait de lui en faire voir de toutes les couleurs.

La famille se dispersa, et Regina se leva devant Heather et Tony, pour afficher un sourire mielleux dont on pouvait sentir la fausseté à des kilomètres à la ronde.

— Eh bien, on dirait que les félicitations sont de rigueur ! Heather, quand je t'ai parlé ce matin, tu aurais pu me dire que tu t'étais mariée.

Heather lança un regard nerveux à Tony.

— Je… je crois que je n'étais pas bien réveillée.

Regina se tourna vers Tony.

— Quand je vous ai rencontré hier soir, je n'aurais jamais imaginé que vous feriez partie de la famille aujourd'hui. Quelle surprise !

Oui, ça pour une surprise.

La dame âgée se leva du canapé. Elle portait un pantalon beige, une blouse en soie et quantité de bijoux en or, et ses cheveux étaient teints en blond cuivré.

— Je suis la tante Beverly de Heather, déclara-t-elle. La mère de Regina.

Sourire doucereux, air calculateur. Tony pouvait repérer ce genre de femmes de très loin. Telle mère, telle fille.

— Alors, parlez-nous de votre mariage, lança Bev. Il n'y a absolument rien de plus adorable qu'un mariage sur un coup de tête à minuit dans une chapelle de Las Vegas.

— Oui ! fit Barbara en poussant un soupir ravi. N'est-ce pas romantique ?

Tony ignorait si Barbara se montrait toujours un peu simplette ou si c'étaient les circonstances exceptionnelles qui avaient fait tomber en panne son détecteur à sarcasmes.

— Alors, racontez-nous un peu ! lança une des femmes. On veut connaître tous les détails.

— Il n'y a pas grand-chose à dire, répondit Heather.

— Vous pourriez commencer par nous raconter comment on finit mariés quatre heures après s'être rencontrés, suggéra un homme avant que la femme à ses côtés lui décoche un coup de coude dans les côtes. Allons, Sylvia ! dit-il en se retournant brusquement. C'est une question logique !

— Chut, Burt ! murmura-t-elle en retour. Cela ne te regarde pas !

Puis Sylvia se tourna et adressa à Tony et à Heather un sourire qui voulait dire qu'elle essayait vraiment de croire que tout se passait pour le mieux. En regardant autour de lui, Tony se rendit compte que tous les autres sourires exprimaient ce même espoir. Il se dit que la seule raison pour laquelle la plupart d'entre eux n'affichaient pas des airs suspicieux, c'était la réputation de bon sens, d'intelligence et de logique que possédait Heather. Même si elle paraissait avoir perdu toutes ces qualités dès l'instant où elle avait mis les pieds à Vegas.

— Regina m'a dit que vous vous connaissiez avant d'aller à Las Vegas, indiqua Bev.

— Euh, oui, répliqua Heather en lançant un regard à Tony, pesant ses mots. Tony est un habitué du bar où je vais de temps en temps.

— Comme c'est mignon ! commenta Bev avant de se tourner vers Barbara, en grimaçant comme si elle venait d'inhaler du soufre. Ils se sont rencontrés dans un bar.

— Un bar qu'il rachète, indiqua Barbara. Heather me l'a dit la nuit dernière. Je te l'avais dit, Fred ? Il va être propriétaire !

— Oui, tu me l'as dit, répondit l'intéressé. Une dizaine de fois.

Puis il se tourna pour regarder Tony, les yeux plissés, ses sourcils épais froncés. *Tu as intérêt à assurer, sinon je t'écrase comme un insecte*, semblait vouloir dire ce regard.

Tony s'était déjà retrouvé coincé dans de drôles de situations dans sa vie, mais les choses commençaient à devenir bizarres, même pour lui. Il fallait que quelqu'un mette le holà – Heather de préférence –, mais elle semblait tout aussi abasourdie que lui. Et il n'avait aucune envie de se mettre tout ce monde à dos en prononçant une parole de travers.

Il se pencha pour murmurer :

— Heather ? Est-ce que je pourrais te parler une minute ?

— Euh… bien sûr. Veuillez nous excuser un instant.

Elle guida Tony dans une autre pièce qui se révéla être une sorte de tanière de mâle, dotée d'un bureau en noyer, d'un canapé en cuir, d'une vaste table basse croulant sous les magazines : *Armes & Tir*, *Connaissance de la chasse*, *Le Tir sportif*.

Mais ce qu'il y avait de plus viril dans cette pièce, c'étaient les trophées de chasse qui emplissaient quasiment chaque centimètre carré des murs : cerfs, élans, bisons et quelques autres créatures que Tony ne reconnut pas. À en juger par leur quantité, Fred Montgomery avait dû faire la fortune de son taxidermiste, qui avait sûrement ainsi pu payer ses frais dentaires, préparer les études de ses enfants et financer un mariage ou deux au passage. Le seul mur où aucun trophée n'était accroché comportait des râteliers de fusils.

— Purée ! s'exclama Tony en regardant autour de lui.

— Mon père aime la chasse. (Elle marqua une pause.) Et c'est un flic à la retraite, donc les armes, c'est sa passion.

Oh, mais c'est génial ! Un flic. Quand Fred découvrirait que Tony avait épousé sa fille et demandé le divorce dans le même week-end, non seulement il allait vouloir tuer Tony, mais il en aurait tous les moyens. Et il saurait ensuite dissimuler le cadavre.

— Est-ce que ta famille croit vraiment que ce mariage est sérieux ? s'enquit Tony.

Heather haussa faiblement les épaules.

— Je ne sais pas exactement qui pense quoi. Tout ce que je sais, c'est que ma mère veut y croire dur comme fer. Et, comme je lui ai répété une bonne dizaine de fois que j'étais heureuse et que tu étais idéal pour moi, je crois que j'ai fini par la convaincre.

— Alors, il faut que tu la « déconvainques ».

— Je sais.

— J'y crois pas, fit Tony en secouant la tête. Je voulais seulement te ramener chez toi, et voilà que je me retrouve là-dedans !

— Je suis désolée.

— Je ne suis pas du genre à jouer les poules mouillées, mais affronter des hommes en colère et armés, ce n'est pas l'idée que je me faisais d'une fête en famille.

— Mon père n'est pas en colère.

— Ah oui ? Il me regarde comme si je faisais partie des suspects numéro un du FBI.

— Ce n'est pas un homme violent.

— Lui, pas violent ? Regarde un peu autour de toi. Avec cet attirail, on dirait qu'il veut survivre à une apocalypse zombie !

— Ce n'est pas de la violence, c'est de la chasse.

— Et c'est un ancien flic.

— C'était seulement son métier, rectifia-t-elle en levant les yeux au ciel. De toute sa carrière, il n'a utilisé son arme qu'une seule fois.

— Oui, et laisse-moi deviner : le type a été tué net et sans bavure ?

— Euh… oui.

— Tu dois dire la vérité à ta famille.

— Je sais, je sais ! C'est seulement que…

— Quoi ?

Elle poussa un soupir.

— C'est seulement que je n'ai jamais vu ma mère dans cet état.

— Quel état ?

— Elle a l'air tellement contente. Si je sors de cette pièce maintenant et que je lui annonce que notre mariage n'est pas sérieux, elle va se sentir humiliée, et je serais prête à parier que tante Bev se moquerait d'elle pour le restant de ses jours.

Tony poussa un soupir. *Je n'ai pas envie d'entendre ça.*

— Tu vois, Bev est la sœur de ma mère, poursuivit Heather. Son mari est riche, elle a une grande maison dans l'ouest de Plano et une fille magnifique qui va bientôt se marier. Ma mère est mariée à un flic à la retraite, ils habitent dans une maison de lotissement vieille de vingt ans dans l'est de Plano. Je suis leur fille unique, et pas l'ombre d'un mariage à l'horizon. Tante Bev rappelle toujours tout ça à ma mère. Alors imagine comment elle va se sentir si je lui annonce maintenant, devant tout le monde, que notre mariage est une blague.

Et voilà ! C'est pour cette raison que Tony ne voulait pas trop s'investir dans ses relations avec les femmes. À la minute où il s'impliquait un peu, il fallait qu'il gère leurs familles, leurs problèmes, leurs émotions, et il n'était pas très doué pour ça.

Il regarda Heather qui fronçait les sourcils. Et – oh non ! – elle avait les yeux humides.

— Qu'est-ce qui ne va pas ? s'enquit-il.

— Rien.

Elle fouilla dans le tiroir du bureau de son père, prit un mouchoir et s'essuya les yeux.

Enfuis-toi maintenant. C'est sa famille à elle, donc son problème à elle. Mais, ensuite, il se rendit compte d'autre chose. Sa mère ne serait pas la seule à se sentir humiliée.

— Tu m'as expliqué ce que ça ferait à ta mère si tu leur disais la vérité, lança-t-il. Et à toi ça te ferait quoi ?

Leurs regards se croisèrent, puis elle détourna les yeux.

— Peu importe. Il faut qu'on le fasse.

— Dis-le-moi.

Elle poussa un soupir.

— Eh bien, voyons… Je pense que tante Bev et Regina vont faire semblant de compatir avec moi, mais en réalité elles seront bien contentes que je ne fasse pas d'ombre au mariage de Regina, après tout, et que je sois toujours la sempiternelle cousine un peu médiocre qu'on peut toujours critiquer.

— Et les autres ?

— Ils ne seront pas méchants, pas comme ça. Ils m'adresseront seulement quelques paroles réconfortantes vides de sens et ils se demanderont comment une fille aussi intelligente que moi a pu se retrouver dans une situation de ce genre. Je devais vraiment être désespérée, n'est-ce pas ? Ensuite, il y aura le mariage de Regina. Dans un mois, je serai sa demoiselle d'honneur, une fois de plus. Tout le monde se souviendra de mon mariage annulé. Les gens compatiront encore et encore, et se promettront de trouver à cette pauvre Heather un homme avant qu'elle soit trop vieille pour intéresser quelqu'un. Et, là, je passerai aux *blind dates* avec les hommes de quarante ans qui vivent encore chez leurs mères et passent leur vie à jouer aux jeux vidéo.

— Tu plaisantes !

— J'aimerais bien.

— C'est vraiment comme ça que ça va se passer ?

— Et là tu as droit à la version édulcorée. Mais tout ça ne te regarde pas.

— Non, ça me regarde. Je te dois une fière chandelle, Heather. Après ce que tu as fait pour moi hier soir, s'il y a bien une chose que je ne veux pas, c'est que tu te retrouves blessée par toute cette histoire.

— Mais il n'y a rien à faire. (Elle jeta son mouchoir dans la corbeille à papier.) Tu sais quoi ? Tu n'as qu'à y aller. Je vais gérer le problème et je n'ai pas besoin de t'avoir dans les parages pour ça, affirma-t-elle.

Heather se retourna pour sortir de la pièce, et Tony poussa un soupir de frustration. Il se tirait largement gagnant de cette situation, alors qu'elle frôlait l'overdose d'humiliation.

Non, se dit-il, subitement convaincu. *Tu dois faire quelque chose pour que Heather puisse sauver la face devant sa famille.*

Mais il ne savait vraiment pas ce qu'il pouvait faire.

Heather retourna dans le salon pour y trouver sa mère, toujours tout sourires.

— Heather ! Mais où est Tony ? Je sers le café et le cheese-cake !

La jeune femme serra les dents. Sa mère avait toujours été du genre à s'exclamer haut et fort, mais, là, c'était ridicule.

— Il faut que je te dise quelque chose, commença Heather, avant de se tourner vers le reste de la famille. En fait, je voudrais vous dire quelque chose à vous tous.

— Quoi que ce soit, ça ne peut pas être mieux que ce que tu as dit à ta mère hier soir, lança tante Sylvia, l'air ravi.

Tout le monde rit de bon cœur. Puis le silence se fit, et Heather se retrouva là, tout le monde suspendu à ses lèvres, attendant qu'elle s'exprime enfin.

— Alors, où est ton mari ? s'enquit Regina en regardant aux alentours, le nez en l'air, comme un chien flairant une piste.

— Euh… justement, c'est de ça que je veux vous parler, déclara Heather.

Un regard calculateur anima le visage de Regina.

— Il n'est quand même pas… parti, hein ?

Heather commençait à acquiescer lorsqu'elle entendit la voix de Tony derrière elle :

— Bien sûr que non, je suis là.

Il fit quelques pas pour se tenir près de Heather, et elle se dit qu'il devait être animé d'une sorte de curiosité morbide et masochiste. Mais son attitude ne changeait rien à rien. Il fallait qu'elle dise la vérité, et il fallait qu'elle le fasse maintenant.

— C'est au sujet de notre mariage. En fait, ce n'est pas exactement ce que vous croyez.

Le sourire de sa mère se réduisit de façon considérable. Les proches s'assombrirent.

Le regard de Regina se mit à briller.

— Vous voyez, ce qui s'est passé, c'est que…

Tony posa son bras autour des épaules de la jeune femme.

— Laisse-moi faire.

Elle ouvrit la bouche pour reprendre la parole, mais il lui serra le bras pour la faire taire.

— Heather a raison, déclara Tony. Ce n'est pas exactement ce que vous croyez. Comme ça, on dirait qu'on est deux personnes impulsives qui ont fait quelque chose de débile. Parce que c'est vrai, on se connaît à peine et on se retrouve déjà mariés.

Le regard de Regina ne cessait d'aller de l'un à l'autre, espérant de toute évidence voir arriver une catastrophe. Heather regarda sa mère, qui avait porté ses mains à sa gorge, les yeux emplis d'effroi.

— Et on pourrait penser qu'on se réveillerait le lendemain en se disant qu'on a fait une bêtise, poursuivit Tony. Enfin, se marier à Las Vegas ? Il ne faut pas être un peu malade pour faire ça ? Mais il m'a suffi de regarder Heather pour me dire… (Il se tourna pour river ses yeux aux siens.) Pour me dire : comment est-ce qu'une telle folie a pu déboucher sur quelque chose d'aussi parfait ?

Sur ces paroles, il prit Heather dans ses bras et la fit légèrement basculer en arrière pour l'embrasser.

Plusieurs hoquets de surprise se firent entendre au sein de la famille, et Heather elle-même aurait haleté si Tony n'avait pas posé ses lèvres sur les siennes. Pendant quelques secondes, elle oublia qu'elle se trouvait dans la maison de sa mère, entourée de toute sa famille. À vrai dire, elle oublia tout, sauf Tony et son indicible talent pour embrasser les femmes.

Comme il la faisait lentement se redresser, tout le monde se mit à applaudir, sifflets à l'appui. Heather finit par revenir à elle. Elle n'était pas assez stupide pour croire que, sur le chemin entre le bureau de son père et le salon, Tony soit tombé fou amoureux d'elle. Alors qu'est-ce qu'il était en train de faire, bon sang ?

Dis-leur la vérité. Tu ne peux pas continuer cette mascarade. Rétablis tout de suite cette situation ridicule et hors de contrôle.

Puis elle balaya sa famille du regard. Sa mère rayonnait de joie. Oncle Burt tournait les pouces vers le haut. Tante Bev semblait se trouver mal. Regina en avait la mâchoire qui tombait. Papi Henry mangeait une poignée de biscuits à apéritif au fromage, et rien ne semblait capable d'attirer son attention.

Les mots ne voulaient pas sortir de la bouche de Heather. Tout ce qu'elle pouvait faire, c'était de rester plantée là, à regarder sa famille en train de la fixer. Comme si des sons étouffés lui parvenaient aux oreilles sans qu'elle puisse bien les distinguer, elle entendit Tony dire à sa mère qu'il la remerciait pour son invitation à partager du café et du cheese-cake, mais qu'ils allaient devoir la décliner.

— Mais vous devez avoir faim, insista sa mère. Vous n'avez pas dû bien manger dans l'avion.

— Barbara, commença tante Sylvia en haussant un sourcil, ils ont envie d'être *tout seuls*.

Tony adressa un clin d'œil et un sourire d'acquiescement à tante Sylvia, qui se mit à glousser comme une écolière japonaise. La mâchoire de Regina s'affaissa encore un peu plus. La mère de Heather se mit à sourire comme si elle se voyait déjà mamie.

Dis-le, s'ordonnait Heather. *Dis-leur la vérité. Dis-leur qu'il n'est pas vraiment ton mari et que ce n'était qu'une histoire d'un soir à Las Vegas.*

Mais alors Tony la poussa précipitamment vers la porte, et, de toute façon, aucun mot n'arrivait à sortir de sa gorge. Ce n'est qu'une fois à l'intérieur de sa voiture, portières fermées, qu'elle retrouva sa voix.

— Non, mais qu'est-ce que c'était que cette histoire ? pesta-t-elle. Je pensais que tu voulais que je leur dise la vérité !

— J'y ai réfléchi et je me suis rendu compte que ce n'était pas la peine. Du moins pas tout de suite.

— Qu'est-ce que tu veux dire par là ?

— Voilà le plan, commença Tony. On peut attendre que le mariage de Regina soit passé. D'ici là, notre histoire sera moins omniprésente dans ta famille. Nous pourrons dire à tout le monde que ça n'a pas marché. Et alors l'annulation sera officielle, et, en façade, nous aurons juste procédé à un divorce tranquille. Tu pourras même leur dire qu'on s'est quittés sans se déchirer.

— Mais à quoi ça peut bien servir ?

— Tu l'as dit toi-même : tu ne veux pas débarquer dans une église remplie de gens qui auront pitié de toi. Grâce à mon plan, tu n'as pas besoin de passer par là. Si on attend un mois, ça veut dire que ça a été un vrai mariage, qu'on a vraiment voulu le faire. Mieux vaut leur dire au bout d'un mois que ça ne marchait pas entre nous que de leur avouer qu'on se rappelle à peine qu'on s'est mariés hier soir.

Heather eut un mouvement de recul.

— Est-ce que tu es devenu fou ?

— Allez, Heather ! Tu as réellement envie de retourner là-dedans et de leur dire : « Hé, vous savez, il m'a épousée en état d'ivresse, et maintenant il veut tout annuler » ?

— Non, mais…

— Tu veux vraiment dire à ta mère à quel point tu as dû boire pour te mettre dans un état pareil et faire quelque chose d'aussi déjanté ?

— Non, mais…

— Si on attend un mois, tu pourras faire un grand sourire et un clin d'œil à ta vilaine cousine, et lui dire : « Notre mariage n'a peut-être pas fonctionné, mais au moins on s'est bien amusés le temps que ça a duré. »

Il afficha un sourire et ajouta :

— Tu vois ? C'est une sacrée différence.

— Oui, mais…

— Alors, c'est décidé. Rester mariés pendant un mois, ce n'est pas si…

— Tony !!

Il s'arrêta net.

— Quoi ?

— Tu n'as pas pris une petite minute pour te rendre compte que ton plan si habile avait peut-être un léger défaut ?

— Un défaut ?

Le téléphone portable de Heather se mit à sonner. Elle le saisit dans son sac et répondit.

— Maman ? On vient de partir. Qu'est-ce qu'il y a ?

Elle écouta un instant.

— Euh… oui. D'accord. Je reviens vers toi un peu plus tard là-dessus… (Pause.) Oui. Je te rappelle plus tard, promis.

Elle raccrocha le téléphone, et sa main retomba mollement sur son genou.

— Qu'est-ce qu'il y a ? s'enquit Tony.

Heather tourna lentement la tête vers lui.

— Ma mère voudrait connaître ton adresse.

— Mon adresse ? Pourquoi voudrait-elle savoir…

Il s'arrêta net, ses yeux s'écarquillèrent.

— Elle pense qu'on va vivre ensemble en fait ?

— Bien sûr que oui ! On est mariés, je te rappelle ! Tu es en train de me dire que ça ne t'a même pas effleuré l'esprit ?

— Oh ! fit-il, un peu penaud. J'imagine que c'est ça, le défaut de mon plan.

— J'étais fin prête à leur avouer la vérité, et maintenant tout est devenu un énorme et atroce bazar, une fois de plus. Comment as-tu pu me faire ça ?

— Mais ta mère n'a pas besoin de savoir qu'on ne vit pas ensemble.

— Oh si, elle le saura.

— Non. Si tes parents passent chez toi et se demandent où je suis, tu peux simplement leur dire que je suis sorti faire une course ou quelque chose de ce genre. Ils ne sauront jamais rien de la vérité.

— Non. Ils sauront, je peux te le garantir.

— Et comment ça ?

— Comment ça ? répéta Heather, sa voix partant dans les aigus. Mais parce que je vis chez eux !

Il eut un mouvement de recul.

— Tu vis encore chez tes parents ?

— Je ne vis pas « encore » chez mes parents ! Mon bail s'est terminé. Je voulais acheter un appartement, mais je n'en ai pas encore trouvé. Entre-temps, j'habite chez eux.

Elle chercha la poignée de la portière.

— Attends un peu, lui demanda Tony en saisissant son bras. Tu vas où ?

— Je vais leur dire la vérité, comme j'aurais dû le faire depuis le départ. Bien sûr, après ta prestation d'époux enamouré digne d'un oscar, je vais vraiment avoir l'air d'une imbécile.

— Non, tu n'es pas obligée de leur dire.

— Mais si !

— Tu vas te détendre un petit peu ?

— Tu vas arrêter de me dire ça ? La dernière fois que je me suis un peu « détendue », je me suis retrouvée la bague au doigt !

— Alors, voici le plan B. J'ai une chambre d'amis. Tu n'as qu'à habiter chez moi jusqu'au mariage de Regina.

Elle lui adressa un regard dénué d'expression.

— Qu'est-ce que tu viens de dire ?

— Dès que j'aurai signé la vente demain, je passerai le plus clair de mon temps au bar. On se verra à peine. Et si quelqu'un passe on pourra faire semblant d'être de jeunes et heureux mariés. (Il haussa les épaules.) Problème réglé, affirma-t-il.

— Problème réglé ? Moi, vivre avec un homme que je ne connais pas pendant un mois, ça règle le problème ?

— Eh ben… oui !

Elle secoua la tête, l'air incrédule.

— Mais tu prends vraiment tout à la légère comme ça ?

— Acheter le bar, ça, c'est un truc que je ne prends pas à la légère. Et tu m'y as aidé, alors je t'aide à mon tour avec tout ça.

— Mais tout ça, c'est ta faute, à toi !

Il afficha un grand sourire.

— Raison de plus pour que je t'aide à t'en sortir.

Elle leva la main.

— Écoute, je vois ta logique tordue, tu essaies juste d'être sympa, mais je ne peux pas vivre avec toi pendant un mois. Ça me ferait bizarre.

— J'espère que tu dis « bizarre » comme un compliment, fit-il remarquer avec un sourire.

Elle inclina la tête en poussant un soupir irrité. Malgré toutes ses protestations, si elle y retournait maintenant, elle allait vraiment avoir l'air pitoyable. Elle imagina l'air mesquin de Regina, les larmes coulant sur les joues de sa mère, les affreux prétendants plus ringards les uns que les autres qui viendraient frapper à sa porte jusqu'à la fin de ses jours.

Il fallait qu'elle règle cela tôt ou tard. Mais elle avait encore mal au crâne et manquait de sommeil. Dans cet état, le plus tard possible semblait le mieux.

— Je ne te connais même pas, objecta Heather.

— On a pourtant appris à se connaître hier soir.

— Eh, tout ça, c'est fini, ne t'imagine même pas que…

— Des colocataires, on sera des colocs.

Il fit démarrer la voiture.

— Attends un peu, je n'ai pas dit oui.

— Mais tu n'as pas dit non.

— Tony…

— Qu'est-ce qu'il y a ? s'étonna-t-il en lui lançant une œillade suspicieuse. Tu aurais peur de vivre avec moi ?

— Peur, moi ? fit-elle en clignant des yeux.

— Tu ne te fais pas confiance. C'est ça, ton problème. Tu affirmes haut et fort qu'il est hors de question qu'on continue à « apprendre à se connaître », mais la vérité, c'est que tu as peur de ne pas pouvoir t'empêcher de me sauter dessus.

Elle se préparait à répliquer quand elle distingua un sourire malicieux au coin des lèvres du jeune homme. Elle s'affaissa, résignée.

— Tu ne lâches jamais rien, pas vrai ?

— Écoute, Heather. Je suis allé à Las Vegas et j'ai gagné 20 000 dollars. Toi, tout ce que tu as récolté, c'est une gueule de bois et un mari dont tu n'as jamais voulu. Te laisser vivre avec moi jusqu'à ce que les choses se calment, c'est le moins que je puisse faire.

Cet homme arrivait à lui retourner le cerveau d'une façon incroyable. Elle avait l'impression de s'enfoncer dans des sables mouvants et, dès qu'elle s'efforçait de s'accrocher à quelque chose, elle ne faisait que sombrer un peu plus.

Mais, quand elle reposa les yeux sur la maison, elle sentit que Tony avait raison. Un vrai mariage n'ayant pas fonctionné valait bien mieux qu'une erreur lors d'une nuit d'ivresse. Et elle devait avouer qu'elle avait adoré l'air abasourdi que Regina avait affiché quand Tony l'avait embrassée. C'était mesquin, méchant, risqué à tous points de vue, mais Heather s'en réjouissait encore de toutes les fibres de son être.

— D'accord, acquiesça-t-elle. Bien sûr, pourquoi pas ? Si j'ai été assez folle pour t'épouser, pourquoi est-ce que je ne serais pas assez folle pour emménager avec toi ?

— Exactement, répliqua Tony, comme si le sarcasme de sa phrase ne l'atteignait pas. Elles sont où, tes affaires ?

— Je n'ai pas envie d'y retourner maintenant. Je ferai ça demain. J'ai tout le nécessaire dans la valise que j'avais prise pour Las Vegas. La plupart de mes affaires sont dans un garde-meuble en attendant que je me trouve un logement, donc je n'ai pas grand-chose à récupérer chez mes parents de toute façon.

Tony sortit de l'allée de la maison, et Heather se dit que tout allait bien se passer. Dans un mois, le mariage de Regina serait terminé, et ils pourraient annuler le leur, annoncer à tout le monde qu'ils se quittaient à l'amiable.

« Notre mariage n'a peut-être pas fonctionné, mais au moins on s'est bien amusés le temps que ça a duré. »

En travaillant un peu le ton de sa voix, elle pourrait dire cette phrase. Elle pourrait se transformer en tout ce qu'elle n'avait jamais été : une belle célibataire qui avait connu une histoire enflammée, l'avait vécue pleinement et se préparait à passer à de nouvelles aventures. Pour une fois dans sa vie, c'était cela qu'elle voulait être, pas cette pauvre, banale et pitoyable Heather, qui n'arrivait même pas à avoir un seul homme dans sa vie.

Chapitre 7

Quand ils arrivèrent devant l'immeuble de Tony, Heather poussa un soupir qu'elle avait retenu sur tout le trajet. Elle s'était sentie tendue pendant le voyage, se demandant dans quoi elle s'était embarquée. Et s'il habitait dans un taudis ? Et si ses voisins étaient des criminels ? Et si elle allait vivre dans un endroit où elle n'oserait pas mettre les pieds le soir, ou même le jour ?

Mais tout avait l'air normal. Briques rouges, stores noirs, peintures récentes, terrain bien entretenu, voitures de modèle récent dans le parking. C'était un bel endroit. Elle pourrait s'installer là, elle s'en sentait capable.

Jusqu'à ce qu'elle suive Tony dans son appartement.

Une tornade semblait être passée par là.

Des journaux s'étalaient sur le canapé, un jean et un tee-shirt sale encombraient le dossier d'une chaise du salon, des factures et des prospectus jonchaient la table de la salle à manger, un grand saladier en plastique occupait la table basse, vide à l'exception de quelques grains de pop-corn tout au fond. Un panier débordant de linge se trouvait par terre près du canapé, et elle ignorait si son contenu était propre ou sale. Peut-être les deux.

La cheminée était jolie, avec un âtre surélevé et un manteau incrusté de tuiles vert émeraude, mais elle ne semblait pas avoir déjà été utilisée pour autre chose que pour y empiler des vieux numéros d'*Auto Moto* et de *L'Équipe*. Les murs étaient nus, aucune décoration, rien de très cosy. Pas de posters ni de photos : rien.

Et la cuisine. Elle ne pouvait pas la voir depuis le salon, mais elle voyait la poubelle. La poubelle qui débordait d'ordures. Un petit frisson de dégoût lui parcourut l'échine.

La seule chose impeccable de cet appartement était l'écran plasma, de la taille d'une affiche dans Times Square, ce qui venait compléter la suite de clichés que constituait l'appartement de Tony, symbole incontestable du célibat. Heather savait qu'il devait y avoir un appartement décent sous tout ce bazar, mais il fallait une sacrée dose d'imagination pour le voir, et elle n'avait jamais eu ce genre d'imagination.

— C'est chouette comme endroit, déclara-t-elle.

— Attention ! Je sais déceler les sarcasmes quand j'en entends.

Tony fit rouler sa valise contre un mur puis rabaissa la poignée.

— J'aime bien le style « décontracté », précisa-t-il.

— Ah, ça s'appelle comme ça ?

— J'aurais dû m'en douter : tu es une maniaque, c'est ça ?

— Il n'y a rien de mal à aimer l'ordre.

— Les autres femmes qui sont venues ici n'ont pas eu l'air de s'en soucier.

— Tu couches avec des aveugles ? C'est une tendance sexuelle que je ne connaissais pas.

— Elles ne regardent pas le décor, précisa-t-il avec un sourire. Elles sont trop occupées à me regarder, moi.

Égocentrique !

Il s'empara de sa valise.

— Viens, je vais te montrer la suite présidentielle.

Il l'amena dans sa chambre d'amis. Des cartons étaient éparpillés un peu partout. Un vieux buffet se trouvait contre un mur, en face d'un canapé de la taille du *Titanic*, recouvert d'un plaid orange. Un néon Budweiser était posé contre le sofa, son cordon tout emmêlé. C'était comme si une explosion avait projeté dans la pièce tout le contenu d'une chambre d'étudiant.

— Eh bien, c'est joli ! lança Heather.

Il poussa quelques cartons de côté.

— Je me sers de cette pièce comme d'un rangement.

Elle regarda dans l'un des cartons qui était rempli de « hors-séries spécial maillots de bain » de magazines masculins.

— Oui, ce serait bête de jeter ça.

— J'ai essayé une fois, indiqua Tony en secouant tristement la tête. Mais, ensuite, je me suis imaginé toutes ces belles femmes dans les ordures, et je n'ai pas eu le courage de m'en débarrasser.

Heather voulut suggérer que ces femmes de papier ne le prendraient pas si mal que ça, mais elle se rendit compte d'un problème plus urgent.

— Tu ne m'avais pas dit qu'il n'y avait pas de lit.

— C'est un canapé-lit.

Il poussa encore quelques cartons et déplia le sofa pour dévoiler un matelas qui ressemblait au pire cauchemar des orthopédistes.

— Waouh ! s'exclama Tony. Je ne me rappelais pas qu'il était tellement… usé. Peut-être que tu ferais mieux de prendre mon lit.

— Non, ça ira. Tu ne m'as rien promis de très luxueux.

— Tu en es sûre ?

Oh oui ! Occuper le lit de Tony pendant qu'il dormait là rendrait cette étrange expérience encore un peu plus étrange.

— Oui, j'en suis sûre. Ça ira bien.

Il sortit du placard des draps, des coussins et une couverture, et les jeta sur le lit. Heather fit la grimace en pensant à toute la poussière qu'ils avaient dû amasser au fin fond de ce placard, mais, fatiguée comme elle l'était en ce moment, elle serait sûrement capable de s'endormir sur le banc dégoûtant d'un quai de métro.

À ce moment précis, le téléphone de Tony se mit à sonner. Il regarda l'identité de la personne qui appelait.

— Excuse-moi, il faut que je réponde, indiqua-t-il à Heather.

Il se faufila par la porte, la laissant seule à contempler l'affreux canapé-lit, les cartons remplis de femmes nues et les murs désespérément vides. Elle pouvait sûrement arranger un peu les choses, mais, quoi qu'elle fasse, elle aurait toujours l'impression de vivre dans un mélange de chambre d'étudiant et de foyer pour sans-abri.

C'est alors qu'elle jeta un coup d'œil à la salle de bains attenante, pour se rendre compte que la chambre n'était rien en comparaison. En l'absence de nettoyage régulier et de ventilation digne de ce nom, l'humidité du Texas pouvait causer une invasion de moisissures en un rien de temps. Et c'était ce qui s'était passé dans cette salle de bains.

Alors que Heather fouillait sous le lavabo en quête de produits ménagers, son téléphone portable sonna. Elle le prit dans son sac.

Alison.

Heather se demanda un moment si elle ne ferait pas mieux d'ignorer l'appel. Alison était peut-être sa meilleure amie, mais Heather craignait de lui raconter ce qui s'était passé à Las Vegas et ce qu'elle était en train de faire en ce moment. Elle imaginait très bien la montagne de questions auxquelles elle aurait droit, allant de « À quoi est-ce qu'il ressemble tout nu ? » ou « Est-ce qu'il est aussi bon au lit que tout le monde le dit ? » à la pire d'entre toutes : « Tu veux vraiment divorcer d'avec lui ? Tu es folle ? »

Demain. Elle s'occuperait de ça demain. Ce soir, elle avait d'autres choses plus pressantes à gérer.

Elle se dirigea vers le salon, avec l'intention de demander à Tony s'il avait une bouteille d'Ajax et une éponge ultrarésistante. Si cela le vexait, eh bien, tant pis ! Elle ne pouvait tout simplement pas passer le mois suivant à utiliser une salle de bains qui ressemblait à un dépotoir.

Tandis qu'elle s'approchait de l'encadrement de la porte et entrait dans le salon, elle le vit avachi sur le canapé, encore à parler au téléphone. Même au milieu de cet appartement chaotique, en chaussettes, la chemise froissée et les pieds sur la table basse, il avait toujours l'air terriblement séduisant.

Arrête de le regarder comme ça. Il n'est pas vraiment ton mari. Et de toute façon, même s'il l'était, tu n'en voudrais pas, n'est-ce pas ?

Elle commença à rebrousser chemin vers sa chambre, où elle attendrait qu'il finisse sa conversation, mais il leva un doigt, lui demandant un petit instant.

Il se retourna, baissa la voix, mais elle entendait toujours ce qu'il disait.

— Du calme, ma jolie ! Bien sûr que tu as le droit d'être contrariée… (Pause.) Mais bien sûr ! Je peux être là dans vingt minutes… Oui, je sais. Tu en aurais bien eu besoin de ces 30 millions.

Enfin Tony termina l'appel et fourra le téléphone dans sa poche.

— Il faut que je sorte un instant, annonça-t-il en prenant ses chaussures.

— Il y a un problème ? s'enquit Heather.

— On peut dire que j'ai une amie dans le besoin.

— Une amie ?

— C'est Rona. De temps à autre, elle a besoin de pleurer sur une épaule compatissante. Elle ne gère pas très bien les situations de crise.

— Les crises ? Que lui arrive-t-il ?

— Eh bien, d'habitude, elle se fait larguer par son petit ami, ou elle se fait virer, ou elle se dispute avec sa coloc, ou elle se fait rater par son coiffeur. (Il enfila ses chaussures et noua ses lacets.) Cette fois, elle a perdu au loto à quatre chiffres près.

— Et c'est une crise, ça ? s'étonna Heather. La moitié des participants a dû rater le bon numéro de quatre chiffres.

— Oui. Mais, tu vois, elle a eu un flash où elle voyait les numéros gagnants, et ensuite sa sœur l'a appelée, et, le temps qu'elle achète ses billets, elle ne se souvenait plus de ces numéros.

— Si elle ne s'en souvient pas, comment sait-elle que c'étaient les numéros gagnants ?

— Allons, Heather, tu fais preuve de logique, là. Rien à voir avec Rona. Dans des situations comme ça, la logique, ça la fait pleurer.

— Alors, que je comprenne bien : tu vas consoler une femme qui pleure parce qu'elle pense qu'on lui a volé son jackpot de plusieurs millions de dollars ?

— C'est ça.

Heather lui adressa un regard abasourdi. Elle savait que les occupations de Tony n'étaient pas celles de Monsieur Tout-le-monde, mais cela semblait bizarre, même pour lui.

C'est alors qu'elle comprit.

— Laisse-moi deviner, commença-t-elle. Cette femme qui a failli être multimillionnaire, elle est vraiment canon.

— Euh… oui.

— Et le meilleur moyen de l'empêcher de pleurer, c'est de la mettre dans son lit ?

Il termina de lacer ses chaussures et se leva du canapé sans répondre. Elle savait qu'elle avait tapé dans le mille.

— Attends un peu, lança Heather. Tu as oublié que tu étais un homme marié ?

— Non, je n'ai pas oublié ça.

— Si tu sors avec une autre femme, quelqu'un de ma famille pourrait te voir.

— Allez, Heather ! Il ne va rien se passer. On ne fréquente pas tout à fait les mêmes coins.

— Ça reste une possibilité.

— Assez peu probable.

— Écoute, Tony. Je te connais, il n'y aura pas que Rona dans le mois à venir. Tu sautes sur tout ce qui bouge.

— Tu exagères, je ne saute pas « sur tout ce qui bouge ». Sinon, tu n'aurais même pas le temps de me voir.

— Ce n'est que pour un mois, précisa Heather.

— Est-ce que tu as la moindre idée de ce que ça va être long, un mois tout entier sans sexe ? lança-t-il en se dirigeant vers la porte.

— Hé ! l'interpella Heather. Je pensais qu'on avait passé un accord !

Tony se retourna, l'air exaspéré.

— Oui, on a passé un accord : c'est qu'on reste mariés aux yeux de ta famille. Mais c'est tout, personne d'autre n'a besoin de le savoir.

— La situation est déjà assez dingue comme ça, et maintenant tu veux tout faire empirer ?

— Quand on est avec ta famille, on est mariés, et quand ils ne sont pas là il n'y a plus de mariage qui tienne. Qu'est-ce qu'il y a de dingue là-dedans ?

— Un mariage qui va et qui vient comme ça ? Mais, bien sûr, il n'y a rien de dingue là-dedans !

— Bon, c'est peut-être un peu dingue, mais...

— Ça ne t'a même pas traversé l'esprit que si tu vois d'autres femmes cela pourrait causer des soucis ? ironisa Heather. Serait-ce une autre faille de ton plan si habile ?

Il fronça les sourcils.

— Le sarcasme, ça ne te va pas vraiment.

— Si tu vas voir d'autres femmes, dis-le tout de suite, et on annule tout.

Il pencha la tête sur le côté et la regarda comme s'il y songeait sérieusement. Puis un grand soupir souleva son corps. Il s'enfonça dans le canapé et se déchaussa de nouveau.

— Tu restes à la maison ? lui demanda Heather.

— Oui, répondit-il, l'air résigné. En fin de compte, tout ça, c'était mon idée. Si je dois faire semblant d'être ton mari, je crois qu'il faut aussi que je fasse semblant d'être fidèle.

— Ce n'est que pour un mois.

— Oui, répliqua-t-il sur un ton nostalgique, comme si elle venait de dire : « Ce n'est que pour les vingt prochaines années. »

Il sortit son téléphone.

— Je vais rappeler Rona et la calmer à distance. Un petit peu de blabla et quelques sextos, et elle devrait être remise d'aplomb.

— Quoi ?

— Eh bien, Heather, je crois que tu es en train de rougir, fit-il remarquer avec un sourire.

— Je ne rougis jamais, déclara-t-elle en détournant le regard.

— Hmm, hmm ! Et tu n'aimes pas échanger des sextos ?

Elle marqua une pause.

— Les sextos, c'est puéril.

— Puéril ? s'esclaffa Tony. Ma jolie, il n'y a rien de puéril à ce que je fais avec mon téléphone. Ça veut dire que tu n'as jamais essayé ?

— Dans le genre grossier ! Ce n'est pas le genre de questions qu'on pose à une dame.

— Si tu fais des cochonneries au téléphone, tu n'as rien d'une dame, donc je dirais que la question est honnête.

— Bon. OK, Tony, tu as gagné. Je n'ai jamais fait ça. Et je n'ai jamais fait l'amour sur une plage à minuit ou dans les toilettes d'un avion, ou dans une voiture non plus. Il y a d'autres choses que tu voudrais savoir ?

— Non, mais j'ai un petit conseil pour toi.

— Et c'est quoi ?

— Ne t'embête pas avec tous ces trucs, c'est très surfait. Le sable, les espaces confinés, le levier de vitesse qui te gêne dans tous tes mouvements, commenta-t-il avec un sourire. Mais les sextos, avec ça on peut vraiment s'amuser.

Heather laissa tomber les bras sur les côtés.

— Tu ne lâches jamais l'affaire, pas vrai ?

— Si, je lâche l'affaire, là. Il faut que j'appelle Rona.

Il commença à composer le numéro sur son téléphone, puis se figea.

— Hé ! J'ai une idée : et si on se faisait une conversation sur Skype ? Comme ça on pourra jouer à trois.

Heather secoua la tête, incrédule. Tout ce dont elle avait envie, c'était d'une salle de bains propre. Était-ce vraiment trop demander ?

— Oublie tes histoires de téléphone, j'ai besoin de produits ménagers.

— Tu vas faire quoi avec ? Me laver la bouche au savon noir ?

— La salle de bains, Tony. C'est une horreur.

— Vraiment ?

— Tu sais parfaitement que c'est le cas.

— Désolé. Je n'ai jamais ressenti le besoin de faire du récurage de salle de bains le top de mes priorités.

— C'est peut-être une erreur.

— Tu sais ce qui te permettrait d'oublier cette histoire de salle de bains ?

— Quoi ?

— Des sextos.

Levant les yeux au ciel, Heather retourna dans sa chambre puis dans la salle de bains, où elle trouva un savon et un torchon. Si c'était tout ce qu'il y avait là, elle allait devoir faire avec.

Elle commença à nettoyer le lavabo du mieux qu'elle put. Ce n'était pas parce que Tony ne trouvait pas le ménage important que ça ne l'était pas. Tôt ou tard, il finirait par attraper une terrible maladie parce qu'il était incapable d'entretenir son appartement, et qui aurait raison dans ce cas-là ?

Mais, au bout de quelques minutes, elle commença à l'imaginer en train de ricaner, l'air désapprobateur, devant cette personne trop sérieuse et trop propre qu'elle était. Elle ralentit ses mouvements et, quelques instants plus tard, mit le torchon de côté, se rinça les mains et s'assit sur la cuvette des toilettes, se sentant bête.

Elle avait voulu lui demander une bouteille d'Ajax. Bon sang, elle lui parlait de produits ménagers pendant qu'il lui parlait de sextos ! Et ça, c'était toute l'histoire de la relation qu'il y avait entre eux, leur microcosme.

Heather se prit la tête entre les mains. *Leur microcosme !* Rien que le fait qu'elle connaisse ce mot faisait d'elle une des femmes les plus ennuyeuses de la planète.

Si elle tendait l'oreille, elle pouvait entendre le son de la voix de Tony. Il ne faisait aucun doute que sa conversation avec Rona était chaude, une conversation d'un genre qui n'avait rien à voir avec le ménage. Et, un instant, elle regretta de ne pas être une femme du style à ignorer les contingences du quotidien et à se lâcher pour de bon, même si elle ne parvenait pas à trouver un seul cas de figure où elle en serait capable.

Quand Tony annonça à Rona que finalement il ne viendrait pas chez elle, elle se mit à pleurnicher de plus belle. Il tenta de plaisanter pour lui faire passer sa mauvaise humeur, mais elle continuait à se plaindre que quelqu'un d'autre profitait des millions de dollars qui lui appartenaient de plein droit.

En fin de compte, il craqua et lui répéta texto ce que Heather avait dit : si elle ne se souvenait pas des numéros, comment savait-elle qu'ils étaient gagnants ? Il aurait dû suivre son propre conseil et oublier toute logique, car Rona lui rétorqua qu'elle le savait, tout simplement, qu'il était vraiment un monstre de faire preuve de si peu de pitié et que, si un jour elle gagnait 1 million de dollars, elle ne risquait pas de lui en laisser un seul cent. Après avoir entendu ça, il en conclut qu'il pouvait faire une croix sur les sextos.

Encore une preuve qu'il ne savait vraiment pas se taire au bon moment.

Et puis, sortie de nulle part, une autre femme lui vint à l'esprit. Babette. *Oh, mon Dieu, Babette !* Comment avait-il pu l'oublier ?

Babette était hôtesse de l'air chez Air France, une femme à côté de qui même la pire des nymphomanes ressemblait à une vierge effarouchée, le genre de femmes qui était capable de lui faire découvrir de nouveaux horizons sexuels, et ce, sans engagement. Elle rentrerait dans une ou deux semaines pour leur rendez-vous mensuel. Tony avait hâte de passer du temps avec elle, un peu comme un gosse qui attend Noël. Malheureusement, maintenant qu'il avait promis à Heather qu'il n'y aurait pas d'autre femme, il était hors de question qu'il voie Babette.

Il s'allongea sur le dos, tâchant de se motiver pour ce mois d'abstinence, même s'il allait forcément en baver. C'était un tout petit prix à payer en échange de ce que Heather avait fait pour lui. En fait, peut-être même que cela lui apporterait du nouveau.

Oui, voilà, du nouveau.

S'il s'imposait un mois de chasteté, son sang, faute d'aller ailleurs, irriguerait mieux son cerveau, ce qui signifiait qu'il pourrait mieux se concentrer, faire évoluer ses affaires avec des idées claires, prendre les bonnes décisions. Personne au bar n'aurait besoin de savoir qu'il était marié. Si quelqu'un remarquait qu'il n'était pas comme d'habitude, il se contenterait de répondre qu'il se focalisait sur ses affaires pour quelques semaines et qu'une fois que tout serait bien en place le Tony d'avant ferait son grand retour. Personne ne poserait de questions, pas vrai ? Cela ne créerait aucun problème. Le mois serait passé avant même qu'il s'en aperçoive.

Et, s'il se répétait ce raisonnement environ une centaine de fois, peut-être qu'il finirait par y croire.

Le lendemain, à 7 h 50, Heather sauta de son tram et fila vers la porte du bâtiment où elle travaillait, la tête embrouillée par une mauvaise nuit de sommeil, chose dont elle s'était doutée dès l'instant où Tony avait déplié le canapé la veille. Elle serra contre elle son attaché-case, son gobelet Starbucks et le parapluie qui empêchait la fine bruine de lui faire frisotter les cheveux. Elle passait déjà quinze minutes tous les matins à les lisser, et elle n'avait sûrement pas besoin de la pluie pour ruiner tous ses efforts et la transformer en Bozo le clown.

Quelques minutes plus tard, elle traversait la série de bureaux en open space de *Greenfield & Associates*, tournant à droite puis à gauche, tel un rat de laboratoire dans un labyrinthe. Pourtant, elle ne trouva pas de fromage sur son bureau. Rien qu'une pile de dossiers, le clignotement des messages sur le répondeur et une note de service du boss qui voulait la voir dès qu'elle arriverait. Vu que Heather se sentait déjà assez pitoyable, ça devait être au sujet du dossier Morehouse. C'était toujours comme ça. Quand elle passait une sale journée, ce dossier infernal revenait toujours pointer le bout de son sale petit nez.

La jeune femme venait de poser sa mallette et son café sur son bureau quand son téléphone sonna. Elle regarda le numéro d'appel. Alison. Encore.

Non. Pas tout de suite. Elle ne pouvait pas raconter à Alison ce qui s'était passé alors qu'elle était assise dans l'open space, là où tout le monde pouvait l'entendre.

Une minute plus tard, elle entendit la sonnerie annonçant l'arrivée d'un texto sur son portable. Elle sortit l'appareil de sa mallette. Sans surprise, c'était Alison.

J'ai essayé de t'appeler. Il s'est passé quoi à Vegas ?

Si elle lui répondait aussitôt et lui racontait toute l'histoire par texto, elle risquait d'y passer la journée. Elle répondit plutôt :

Downtown Deli. Midi. Je te raconterai.

Une minute plus tard, Alison tapa :

Tu as vraiment fait un truc de dingue?

Le cœur de Heather bondit. Puis elle se dit de se calmer. En aucune façon Alison ne pouvait être au courant. Elle lui envoya en retour:

Pourquoi tu poses la question?

Réponse immédiate:

J'ai parlé à ta mère.

Oh, mon Dieu!

Heather se rendit à la salle de conférences d'un pas pressé, puis appuya sur la touche de raccourci de son téléphone portable. Alison répondit à la première sonnerie.

— Heather, raconte-moi tout maintenant, et ne me mens pas. Est-ce que tu t'es vraiment mar... Bon sang, même moi, j'ai du mal à le dire!

Heather ferma la porte de la pièce, comprenant qu'elle n'aurait pas moyen d'y échapper.

— Oui. Je me suis mariée.

— À Las Vegas?

— Oui.

— Oh, mon Dieu! (Longue pause.) Avec qui tu t'es mariée? demanda-t-elle d'un ton très soupçonneux.

Si Alison avait parlé à sa mère, elle connaissait déjà la réponse à cette question. Elle ne faisait que chercher une confirmation. Pour se calmer, Heather prit une profonde inspiration.

— Tony McCaffrey.

— Pas possible ! s'écria Alison. C'est juste pas possible que tu aies épousé...

— Non, ne dis rien, s'il te plaît. Et, pour l'amour du ciel, n'en parle à personne !

La porte de la salle de conférences s'ouvrit subitement en grand. Le responsable de la comptabilité entra, plusieurs personnes à sa suite.

— Euh... il me semblait avoir réservé la salle de conférences pour 8 heures ?

— Toutes mes excuses, fit Heather. Je m'en vais tout de suite.

Passant devant eux, elle sortit dans le couloir et murmura :

— Alison, je ne peux pas te parler maintenant. Viens déjeuner avec moi, et je te dirai tout. N'en souffle pas un mot. Tu m'entends ?

— Compris. Mais, Heather...

— Le *Downtown Deli* à midi, indiqua Heather avant de raccrocher.

Chapitre 8

Quand Heather pénétra dans le *Downtown Deli*, les succulents effluves des plats alléchants lui mirent l'eau à la bouche. Puis elle se visualisa en train d'essayer tant bien que mal de rentrer dans cette robe de demoiselle d'honneur d'une taille trop petite. Elle maudit Regina et passa devant le présentoir des desserts sans s'arrêter. Elle glissa sur une banquette en face d'Alison.

— J'aurais juré que ta mère délirait, commença son amie. Mais, selon toi, elle dit vrai ?

— Pourquoi est-ce que tu as parlé à ma mère ?

— J'ai commencé à m'inquiéter quand j'ai vu que tu ne me rappelais pas. Jure-moi que toute cette histoire n'est pas une invention. Jure-moi que…

Heather leva la main et dit :

— Je le jure.

Alison porta les mains à sa bouche.

— Raconte-moi comment ça s'est passé. Explique-moi comment, la semaine dernière, tu pouvais te plaindre de ne pas être sortie avec un seul garçon en six mois et comment, maintenant, tu as réussi à épouser un homme comme Tony en une seule nuit, lança-t-elle avant de fermer les yeux. Mon Dieu, rien que de le dire, c'est trop bizarre !

— Ce n'est pas ce que tu crois.

— Ce que je crois, c'est que tu es la femme la plus chanceuse sur toute cette satanée planète !

— Mais non, ce n'est pas un vrai mariage.

— Pas un vrai ? Tu as pourtant le contrat, non ?

— Oui.

— Alors, c'est un vrai mariage, maugréa Alison. Bon sang, Heather, tu sais à quel point c'est douloureux pour moi ? C'est comme la fois où tu as dansé avec le mec le plus sexy de toute l'école à la fête de Noël, alors que moi, j'étais coincée à la maison, sans cavalier. Et toi, tu y es allée quand même, alors qu'on avait conclu un pacte !

— Enfin, Alison, c'était au lycée. Tu exagères.

Le serveur se présenta, et Alison commanda un club sandwich au bœuf et une salade de pommes de terre. Heather serra les dents et demanda une salade, avec la sauce à part. Pendant qu'elles attendaient leurs plats, elle raconta toute l'histoire à son amie, le moment où elle avait gagné les 20 000 dollars, la balade en limousine, la chapelle et le réveil migraineux avec Tony dans le même lit qu'elle. Puis elle lui narra comment ils en étaient arrivés à mentir à sa mère.

Alison se renfonça dans sa chaise, abasourdie.

— Tu plaisantes ! Ce n'est vraiment pas un vrai mariage ? Pas de « jusqu'à ce que la mort nous sépare » ?

— Non, c'est plus dans l'esprit « jusqu'à ce que le dégrisement nous pousse au divorce », répliqua-t-elle en secouant la tête. J'aurais dû protester au moment où il m'a embrassée. Je me suis dit que je devais le faire. Les mots étaient tout prêts dans ma tête. Mais, ensuite, j'ai vu ma mère, puis Regina, et j'ai juste… Je n'ai pas réussi à le faire, dit-elle en secouant la tête, impuissante.

— Hé, tu sais, si Tony m'avait embrassée, j'aurais moi aussi perdu la raison, la rassura Alison avec un sourire. J'aurais bien aimé voir la figure de Regina quand il a fait ça. Elle devait avoir les yeux qui lui sortaient de la tête. C'est trop cool ! ricana-t-elle.

Heather ne put réprimer un léger sourire.

— C'était assez amusant à regarder. (Puis son sourire s'évanouit.) Mais tout cela n'est qu'un mensonge.

— Mais un mensonge qui vaut le coup. Alors, c'est Tony qui a trouvé ce plan ?

— Oui, mais ce n'est pas la première fois qu'il fait quelque chose d'aussi déjanté. Tu sais que, une fois, il s'est réveillé tout nu sur une plage de Cancún alors qu'il ne se rappelait même pas avoir pris l'avion pour le Mexique ?

— Attends, laisse-moi le temps d'imaginer la scène.

Alison ferma les yeux, poussa un soupir, puis les rouvrit.

— Et tu l'as pour toi toute seule pendant un mois tout entier…

— Pour moi toute seule ? Pas vraiment, non.

— Tu vis avec lui, pas vrai ? Ce n'est pas parce que vous n'avez pas fait l'amour pendant la nuit de noces – j'ai du mal à croire que tu aies loupé une occasion comme ça, d'ailleurs…

— J'étais inconsciente !

— … que ça ne veut pas dire que tu ne peux pas saisir l'occasion maintenant.

— Pas question. Ce n'est pas comme ça que ça se passe. Ce n'est pas comme s'il allait me traiter comme sa femme pour la simple raison que mon nom s'est retrouvé par hasard à côté du sien sur un contrat de mariage.

— « Sa femme » ? Mais non, oublie cette histoire de mariage. Devenez amis et plus si affinités ! Séduis-le.

— Je ne veux pas de lui. Cet homme est un cauchemar. Je crois qu'il n'a pas nettoyé son appartement depuis l'an 2000.

Alison sembla complètement ahurie.

— Tu es en train de me dire que tu le trouverais plus séduisant s'il avait une éponge et une bouteille d'Ajax à la main ?

En vérité, Heather avait toujours rêvé de trouver un homme qui pourrait vraiment l'aider à entretenir la maison. Était-ce si bizarre que ça ?

Bon, d'accord, peut-être un peu. N'en était-elle pas déjà arrivée à cette conclusion la veille ?

— Tu ne peux parler de cette histoire à personne, réitéra Heather. Seule ma famille est au courant.

— Et tu gardes tout ça pour toi ?

— C'était stupide. Je veux que le moins de monde possible soit au courant.

— Tu plaisantes ? Tu devrais le crier sur tous les toits !

Heather s'empara de la manche de son amie et l'attira vers elle.

— Pas un mot, Alison. Pas un seul mot.

Alison serra les dents, se frotta les yeux, puis dévisagea Heather.

— D'accord, finit-elle par concéder. Je ne dirai rien. (Puis elle afficha une mine songeuse.) Tu crois que c'est dans le genre de Tony de faire des choses comme ça ?

— Tu veux dire comme épouser une femme qu'il ne connaît ni d'Ève ni d'Adam ? En réalité, oui.

— Non, comme concocter un plan pour que tu évites l'humiliation aux yeux de ta famille. Je n'aurais jamais pensé qu'un gars comme lui en serait capable.

Pour la première fois, Heather prit le temps d'y réfléchir. Oui, il avait fichu un sacré bazar, mais il s'était montré plutôt loyal. Tony McCaffrey était-il vraiment celui qu'il paraissait être ?

Mais, même si c'était le cas, ce qu'elle avait dit était vrai. Elle ne voulait pas d'un homme dans son genre. Bien sûr, si un jour elle pouvait trouver un homme qui ressemble à Tony, qui sourie comme Tony, qui rie comme Tony, qui embrasse comme Tony, mais plus terre à terre, stable et responsable, elle ne dirait pas non. Cela dit, ces qualités allaient rarement ensemble, et elles ne se retrouvaient assurément pas en la personne de Tony McCaffrey.

À 11 heures, Tony signa les papiers, transféra les fonds et devint le nouveau propriétaire du bar le *McMillan's*. Après avoir quitté le cabinet du notaire, il se rendit directement au bar. Il se gara dans le parking, éteignit son moteur et resta assis là, à contempler le bâtiment. L'établissement avait l'air convivial, accueillant, le genre d'endroit où l'on avait envie d'entrer, de s'asseoir et de se détendre. Peut-être qu'un jour il construirait une terrasse du côté nord, pour que les clients puissent manger ou boire dehors. Frank embauchait de temps à autre des groupes locaux pour animer les soirées, et Tony avait l'intention de continuer dans cette voie-là. Peut-être qu'il pourrait même faire bouger les choses avec un petit karaoké, laisser le micro aux improvisateurs un soir par semaine, enfin tout ce qui pourrait attirer les gens pour qu'ils viennent manger, boire et s'amuser.

Il se sentait bien. Non, il se sentait au top. Il était en train de faire quelque chose de sa vie. Quelque chose de grand. Beaucoup de gens rêvaient d'être leur propre patron, mais lui avait réussi à transformer son rêve en réalité.

Quand il entra, Tracy, Jamie et Kayla bavardaient avec Lisa à une extrémité du bar. Kayla était jolie, intelligente et efficace, le genre de serveuse qui parvenait à faire trois choses à la fois tout en cherchant une quatrième tâche à accomplir. Lisa était une bonne barmaid, et elle vendait les boissons comme personne. Jamie, serveuse et assistante du manageur, se montrait tout aussi compétente en temps normal, mais, à huit mois de grossesse, elle avait un peu ralenti, ce qui était compréhensible. Et Tracy…

En réalité, Tony n'avait jamais réussi à totalement évaluer ses compétences. Il était trop occupé à admirer ses longues et belles jambes, ainsi que sa poitrine généreuse.

Bas les pattes ! Un mois. Tu peux le faire.

Tout le monde le regarda approcher avec impatience. Il tira un tabouret de bar et s'assit.

— Et c'est une affaire qui roule ! annonça-t-il. Vous avez devant vous le nouveau propriétaire du *McMillan's*.

Les filles l'acclamèrent et l'embrassèrent à qui mieux mieux. Tony se sentit pousser des ailes.

Chuck passa la tête par la porte de la cuisine.

— Est-ce qu'on a un nouveau patron ?

— Tony vient de signer les papiers, expliqua Kayla. Il est officiellement le nouveau propriétaire.

— Hey ! Super nouvelle ! s'exclama Chuck, se précipitant hors de la cuisine pour serrer la main de Tony.

Chuck était un homme d'âge moyen qui avait passé toute sa vie dans les cuisines d'un restaurant ou d'un autre, et il était capable de concocter des repas succulents avec quasiment n'importe quoi. Emilio vint à sa suite : c'était le jeune apprenti de Chuck. D'après ce que Franck avait affirmé, il faisait du bon travail. Tony avait l'intention de s'assurer que tous les deux restent dans l'équipe à présent.

— Il faut qu'on retourne en cuisine, indiqua Chuck. L'heure du déjeuner approche.

— Des employés dévoués, fit remarquer Tony avec un sourire. J'aime ça.

— J'espère que tu as pensé à nos augmentations, lança Kayla. Franck était un vrai radin. Toi, tu seras bien plus généreux, n'est-ce pas ?

— Bien sûr, ma jolie, répondit-il, la tête encore dans les nuages. C'est la première des choses que je compte faire.

Comme il se doit. Quoi de plus important que le personnel dans une entreprise ?

Les serveuses se dispersèrent pour se préparer au service du midi, et Tony resta au comptoir quelques minutes de plus, savourant le plaisir de posséder son bar et d'être son propre patron. De plus, dans un mois, quand son mariage serait annulé, il n'aurait plus de colocataire, ce qui signifiait qu'il pourrait inviter Tracy à partager son lit *king size* et reprendre sa vie de joyeux célibataire.

Heather était épuisée quand elle prit le train qui la ramènerait chez Tony au départ de la gare de Saint-Paul. Ce lundi de travail s'était révélé infernal, avec des clients mécontents de toutes parts. Le dossier Morehouse n'avait été que le début. Elle ne s'était toujours pas remise de sa nuit de débauche à Las Vegas. Peut-être ne s'en remettrait-elle jamais vraiment. Peut-être traînerait-elle cette gueule de bois pour l'éternité, en guise de punition divine pour avoir agi aussi bêtement.

Elle s'affaissa sur un siège du train et sortit son polar, désireuse de se plonger dans les problèmes de quelqu'un d'autre, mais, quand le train s'arrêta à Pearl Street, elle leva le nez et vit une énorme femme qui portait un legging noir et un débardeur léopard. Celle-ci s'avança bruyamment et se laissa tomber juste à côté de Heather, remplissant son siège et la moitié de celui de sa voisine, puis elle se mit à fredonner les airs de gospel qui sortaient des écouteurs de son iPod. Heather poussa un soupir. Parfois, les voyages en train étaient vraiment désagréables. Mais sa seule alternative consistait à affronter les bouchons du Central Expressway entre Plano et le centre-ville de Dallas, sans oublier de payer 150 dollars de parking par mois.

Ce jour-là pourtant, la voiture n'avait pas l'air d'être une si mauvaise option.

Heather fourra son livre dans son sac et ferma les yeux, espérant pouvoir somnoler jusqu'à sa destination, mais, alors qu'ils étaient sur le point d'entrer dans le tunnel de Cityplace, son téléphone sonna. Elle le sortit de son sac et regarda de qui provenait l'appel. C'était sa mère.

Avec un grand soupir, elle pressa le bouton vert pour prendre l'appel, puis elle perdit la communication au moment où le train entra dans le tunnel. Il en sortit cinq minutes plus tard, station Mockingbird, et Heather vit que sa mère lui avait laissé un message vocal.

« Bonjour, ma chérie. J'ai essayé de te joindre au travail, mais tu devais déjà être en route pour chez toi. Je me suis dit que tu voudrais peut-être venir prendre un verre avec tante Bev et moi… »

Une alerte rouge retentit dans l'esprit de Heather. Tante Bev ? Depuis quand tante Bev et sa mère prenaient-elles des verres ensemble ? Et, pour ce qui était de sa mère, un verre de quoi ? Une tasse de thé ? Et depuis quand faisaient-elles des choses aussi conviviales toutes les deux ?

Et puis sa mère prononça la phrase choc : « Si tu as ce message, viens nous retrouver au *McMillan's*. J'ai hâte de voir cet endroit ! »

Heather se retrouva submergée par une appréhension terrible, comme si elle allait être frappée par un ouragan. Sa mère ? Avec tante Bev ? Au *McMillan's* ?

À la seconde qui suivit, Heather comprit : ce n'était pas le genre d'endroit que sa mère fréquentait, mais, maintenant qu'elle avait enfin un gendre séduisant et entreprenant à exhiber, elle n'avait que trop hâte de le faire, et auprès d'une personne en particulier : sa sœur snobinarde.

Et, à l'instant où elles mettraient les pieds au *McMillan's*, Tony céderait à la panique.

Heather rappela automatiquement la maison de ses parents. Pas de réponse. Chez tante Bev. Pas de réponse non plus.

Dieu du ciel, elles étaient déjà parties !

Tony. Il faut le prévenir.

Elle n'avait pas son numéro de portable, donc elle appela l'annuaire téléphonique pour obtenir le numéro du *McMillan's*. Avant que la voix automatique lui donne le numéro, elle eut l'impression d'attendre une éternité. Elle choisit l'option « mise en relation directe ».

Une sonnerie retentit. Une autre. Et encore une autre. Quelqu'un finit par décrocher.

— *McMillan's*. En quoi puis-je vous aider ?

Ouf !

— Il faut que je parle à Tony.

— C'est de la part de qui ?

— Dites-lui que c'est Heather. Il faut que je lui parle tout de suite.

— Je suis désolée, il n'est pas là.

— C'est faux. Je sais qu'il est là, vous devez me le passer.

— Je vous ai dit qu'il n'était pas là.

— Où est-ce qu'il est passé ?

— Je n'en ai pas la moindre idée.

Non. Vu qu'il avait signé les papiers le matin même, Heather était presque sûre qu'il se trouvait au bar en ce moment précis.

— Est-ce que vous avez son numéro de portable ?

— Désolée, mais non. Vous devriez réessayer demain. Vous aurez peut-être plus de chance.

— Mais...

« Clic », téléphone raccroché.

C'était la cata. Même si Tony n'était pas là, qu'allait dire sa mère aux employés du bar ?

Heather referma son téléphone portable sans ménagement et le fourra dans son sac à main, jurant entre ses dents.

— Ma chérie ? Je peux te donner un petit conseil ?

Heather se tourna pour voir l'énorme femme en léopard assise à côté d'elle.

— Quoi ?

— Tu ne devrais pas courir après les hommes comme ça, affirma-t-elle en agitant un doigt. Il n'y en a pas un seul qui en vaille la peine.

Et, sur ce, elle retourna à ses fredonnements à la gloire de Dieu, et Heather commença à prier. *Seigneur, faites que je puisse descendre de ce train, courir au* McMillan's *et empêcher la calamité qui va bientôt nous tomber dessus.*

Au *McMillan's*, Tony se trouvait dans son bureau et mettait un peu d'ordre dans ses affaires, maintenant que Frank avait quitté les lieux. L'ancien patron n'avait jamais su se débrouiller avec la paperasse, et son bureau était sens dessus dessous, même aux yeux de Tony. Il détestait faire le ménage chez lui, dans sa vie personnelle, mais, là, c'étaient les affaires, et il était bien décidé à maintenir les choses en ordre.

Alors, il regarda sous le bureau et vit au moins deux dizaines de fils électriques emmêlés les uns dans les autres comme des spaghettis. Il poussa le fauteuil et s'accroupit sous le bureau pour remettre les choses en place. Quinze minutes plus tard, il commençait à s'y retrouver, mais il avait toujours un véritable bazar entre les mains. C'était comme si tous ses efforts ne lui avaient valu qu'une crampe à la nuque.

— Hé, Tony !

Il sortit la tête de sous le bureau pour voir Jamie dans l'encadrement de la porte.

— Je suis un peu occupé, là, dit-il. Ça peut attendre ?

— Euh… non. Je crois que tu vas devoir abandonner tes fils.

— Qu'est-ce qui se passe ?

— Il y a une cliente dans la salle qui veut te parler.

— C'est qui ?

— Elle dit qu'elle est ta… euh…

— Mais quoi ?

— Ta belle-mère.

Tony sortit de dessous le bureau avec une telle précipitation qu'il se cogna la tête. *Ma belle-mère ? Purée !* Barbara Montgomery. Qui d'autre ? Mais qu'est-ce qu'elle pouvait bien fabriquer ici ?

Il se releva et se hâta de sortir du bureau. Quand il vit Barbara et sa sœur, Bev, installées à une table, son cœur bondit dans sa poitrine. Kayla et Tracy regardaient par-dessus l'épaule de Barbara un objet qu'elle tenait entre ses mains. Les filles écarquillèrent les yeux. En un même mouvement elles levèrent les yeux en direction de Tony, et, pour une des rares fois de sa vie, il ne sut vraiment pas quoi dire.

— Et regardez celle-ci, entendit-il Barbara dire tandis qu'il s'approchait. C'est un des oncles de Heather qui l'a prise. Ils ont l'air mignons tous les deux, pas vrai ?

Tony se sentit gagné par l'effroi. Des preuves en images.

Il était un homme mort.

Chapitre 9

Heather descendit du train, balança son sac et sa mallette dans sa voiture, puis traversa le parking pour se rendre au *McMillan's.* Avec un peu de chance, sa mère ne serait pas encore arrivée, et Heather pourrait l'arrêter avant qu'elle entre. Puis la jeune femme vit une Toyota blanche stationnée devant le bar, avec une bosse sur la portière du conducteur.

Trop tard!

Prenant une profonde inspiration, Heather ouvrit la porte et pénétra dans le bar. Ce qu'elle vit la pétrifia de terreur.

Sa mère, assise à une table près de la fenêtre, papotait, tout excitée. Tante Bev se trouvait à côté d'elle, l'air amer. Elles étaient entourées d'un public attentif composé de trois serveuses, et tout le monde se passait des photographies. Tony, non loin, semblait avoir envie de se pendre d'une minute à l'autre.

— Heather! s'exclama sa mère un peu trop fort. Tu as eu mon message. Viens t'asseoir avec nous, ma chérie!

Heather se dirigea vers la table, avec l'impression de se trouver dans un de ces cauchemars absurdes où rien ne semble avoir de sens. Tony se faufila à ses côtés, posa une main sur son épaule et lui murmura à l'oreille :

— Je crois qu'on a un problème, là.

Bon sang, ce qu'il pouvait avoir raison !

— Vous voyez ? lança sa mère en désignant Tony et Heather du doigt. Ce n'est pas le couple le plus mignon de la terre ?

Tony éloigna rapidement sa main de l'épaule de Heather. Trop rapidement, ce qui donna à la jeune femme la désagréable impression que la vérité allait bientôt éclater. Cette histoire ne pouvait vraisemblablement pas se terminer bien.

Puis elle remarqua l'assiette de sa mère.

— Maman ? Qu'est-ce que tu manges ?

— Des tapas, répondit-elle en en prenant d'autres. Et elles sont délicieuses.

— Des *jalapeños* frits ? Et tes aigreurs d'estomac ?

— C'est précisément ce que je lui ai demandé, fit remarquer Bev.

— Et tu bois de l'alcool ? s'étonna Heather.

— Eh bien, mais oui ! s'exclama sa mère. Jamie m'a dit que le cosmo était un régal, et je trouve qu'elle a bien raison.

— Je ne sais pas ce qui te prend, intervint tante Bev d'une voix cinglante. En temps normal, tu ne bois pas une goutte d'alcool.

— Tu n'es pas toujours derrière mon dos, tous les jours de ma vie, rétorqua sa mère, écorchant un ou deux mots au passage. Tu ne sais rien de ce que je fais.

— Renifler la bouteille de xérès, ça ne compte pas. Mais qu'est-ce qui t'arrive ?

— Pour l'amour du ciel ! marmonna Barbara. Tu ne voudrais pas te détendre et profiter un peu de ce moment ? (Puis elle se tourna vers Jamie.) Apportez-nous un autre verre.

— Maman…

— Et un pour Heather. Tu as déjà pris un cosmo, ma chérie ?

— Ça va faire son troisième verre, précisa Bev à Heather.

La jeune femme se tourna brusquement.

— Maman ? Trois verres ?

— Ça va, ça va. Ils sont tout petits. Les verres à Martoni… (Elle s'interrompit pour s'éclaircir la voix.) Les verres à Martini ne contiennent pas tant de liquide que ça.

— Barbara, tu es ivre, déclara sa sœur.

Barbara leva le menton.

— Non, Bev. Ivre, c'est toi qui l'étais le soir des fiançailles de Regina. Six gin tonics ? Non ?

— Je fêtais la bonne nouvelle, se défendit tante Bev.

— Eh bien, je fais de même ! répliqua la mère de Heather. (Elle se tourna vers Jamie avec un grand sourire.) Un autre cosmo. Il y aura un joli pourboire pour vous et votre futur bébé, ajouta-t-elle dans un murmure.

Jamie sourit et se dirigea vers le bar. Heather n'arrivait pas à y croire. Ce n'était vraiment pas possible.

Bev parcourut la pièce du regard pour s'arrêter sur Tracy, qui se penchait en avant pour essuyer une table, sa jupe remontant jusqu'au sommet de ses cuisses.

— Votre tenue de service est très légère, fit remarquer Bev à Tony. Mais j'imagine que c'est ce qu'il faut pour attirer le genre de clients que vous voulez dans un endroit comme celui-ci.

— Bev, commença Barbara, arrête de jouer les prudes. Moi, je les trouve adorables, ces tenues, ajouta-t-elle en souriant à Tony.

« Adorables » ? Des débardeurs qui s'arrêtaient au ras du nombril et des minijupes ? Mais qu'arrivait-il à sa mère ? Cette femme qui pensait que toutes les filles en maillot deux pièces feraient mieux d'enfiler un tee-shirt ? Cette femme qui n'avait vu un film interdit aux moins de seize ans qu'à l'âge de quarante ans ?

— Dites donc, lança tante Bev à Tony et à Heather, je crois que je ne connais personne qui se soit marié à Las Vegas, surtout quelques heures seulement après avoir rencontré leur époux. C'est un peu impulsif, non ?

Barbara afficha un sourire indulgent.

— Eh bien, Bev, ne le prends pas trop mal si Jason a mis deux ans avant de faire sa demande à Regina. Je suis sûre que ça ne veut pas dire qu'il l'aime moins.

Tante Bev ouvrit la bouche pour répondre, mais aucun mot n'en sortit. Heather ressentit un élan de joie. *Tu as tapé dans le mille, maman ! Bravo !*

— Cet endroit va avoir un succès fou, clama Barbara assez fort pour que tout le monde dans la salle puisse l'entendre. Tony est un garçon tellement charmant, et il a un si beau sourire. Le succès est à lui !

Heather lança un regard à Tony. Il avait l'air d'un homme coincé pile sur le trajet d'un bulldozer.

— Et cet endroit est une belle réalisation, persifla tante Bev. Travailler dans un bar, c'est une profession qui inspire le respect.

Barbara éclata de rire.

— Allons, Bev ! Dire que Tony travaille dans un bar, c'est un peu comme dire que Bill Gates est informaticien.

Bien envoyé, maman ! Tu l'as encore eue !

— Oh ! fit Barbara. J'allais oublier : ton père et moi avons un cadeau de mariage pour vous deux.

— C'est vrai ? s'étonna Tony.

— On aimerait vous l'apporter dans votre appartement demain soir. Vous serez là vers 18 heures ?

— Euh… je crois que non, indiqua-t-il. Mon affaire commence tout juste, vous savez. Je vais sûrement devoir y passer des heures pendant un moment.

— Oh, ce n'est pas grave ! répondit Barbara, balayant l'objection d'un geste de la main. Fred et moi pouvons l'apporter ici.

— Non !

Tony lança un coup d'œil à Heather puis reporta son regard sur la mère.

— Non, ça va aller. Je peux rentrer un peu plus tôt à la maison pour une fois. Pas de problème.

— Bien, dit Barbara avec un grand sourire aviné. On passera vers 18 heures.

Tony fit glisser son bras sur les épaules de Heather, la serrant un tout petit peu trop fort.

— Heather ? J'ai une chose à te montrer dans mon bureau. Tu viens avec moi ?

— Euh… oui, bien sûr. On revient dans une minute, précisa-t-elle à l'intention de sa mère.

Sur tout le trajet qui menait à son bureau, Tony eut l'impression d'être sur le point d'exploser de colère. Il guida Heather à l'intérieur, ferma la porte derrière eux et exprima le fond de sa pensée :

— Non, mais qu'est-ce qui se passe, là ? Tu savais qu'elles venaient ?

— Ma mère a laissé un message sur mon répondeur quand j'étais dans le train. J'ai essayé de la rappeler, mais elle était déjà partie de la maison.

— Tu as essayé son portable ?

— Ma mère ? Un portable ? C'est déjà bien qu'elle arrive à composer un numéro sur un téléphone fixe.

Tony crispa les doigts sur l'arrière de son fauteuil, fermant les yeux pour ne pas céder à l'énervement.

— Eh, j'ai essayé d'appeler pour te prévenir ! précisa Heather.

— Faux. J'étais là tout l'après-midi. Tu n'as pas appelé.

— Bien sûr que si. La personne qui m'a répondu m'a dit que tu n'étais pas là.

— Mais si, j'étais là. Je suis là depuis la signature ce matin.

— Pas selon la femme qui a répondu à mon appel.

— Ça fait une heure que je suis dans ce bureau. Pourquoi ne m'a-t-elle pas… (Il s'arrêta net et ferma les yeux.) Oh non !

— Quoi ?

— Non, rien.

— Quoi ?

Il ouvrit les yeux.

— Les habitudes ont la vie dure.

— Qu'est-ce que tu veux dire par là ?

— Tu vois, ici, les barmaids et les serveuses…, eh bien, elles savent…

— Elles savent quoi ?

— Que si une femme appelle ici pour me parler…

Heather lui adressa un regard dénué d'expression pendant quelques instants. Puis sa mâchoire s'affaissa.

— Oh non, mais tu plaisantes ! Tu veux dire qu'elles te couvrent ? Qu'elles disent que tu n'es pas là aux femmes que tu ne veux pas voir ?

— Euh… oui, quelque chose dans ce genre.

— Alors, c'est ta faute, déclara Heather.

— Ma faute ? Ma faute ! C'est ta mère qui est venue ici avec un paquet de photos ! Qu'est-ce qui lui prend, de toute façon ?

— Elle est simplement heureuse que je me sois mariée.

— Ah oui ? Eh bien, il y a au moins une personne qui est contente de ça.

Heather le dévisagea.

— Hé, l'ami, je te signale que c'était ton plan, pas le mien.

— Mais je ne pensais pas que tout le monde serait au courant !

— Et tu crois que moi, ça me fait plaisir ?

— Tu ne comprends pas, Heather. Tu as vu les expressions sur leurs visages ? Le fait que je suis marié, ça change tout !

— D'accord, donc on s'attendait à ce que cela reste dans la famille. Mais, après tout, qu'est-ce que ça change ? Tu seras divorcé dans un mois, tu pourras retourner à tes terrains de drague préférés, donc je ne vois pas pourquoi c'est tellement… (Sa voix s'érailla, et un éclair de compréhension traversa son visage.) Ah, ça y est, je vois.

— Quoi ?

— Ce que tu veux dire en réalité, c'est que d'être marié à moi, ça change tout.

Tony s'immobilisa.

— Comment ça ?

— Allez, tu peux me dire la vérité ! Ça ruine ta réputation si les gens savent que tu es marié avec une femme qui n'est pas exactement Miss Univers.

— Ce n'est pas vrai.

— J'ai vu le regard de tes serveuses. Et je suis lucide, Tony. Les hommes comme toi ne sortent pas avec les filles comme moi.

— Il n'y a rien de mal à être avec une fille comme toi.

— Je n'ai jamais dit que c'était le cas. Mais c'est toi qui as un problème avec ça.

Il eut un mouvement de recul.

— Moi ? Mais de quoi tu parles ?

— Ben, pour toi, tant qu'une femme ne fait pas du 95 C, c'est comme si elle n'existait pas.

— Tu crois que c'est tout ce que je recherche chez une femme ?

— Oh non, bien sûr ! Ce n'est que le premier élément. Ensuite, il y a les cheveux blonds, le bronzage parfait, le joli petit cul et cette impression de vide entre les deux oreilles.

— Tu veux dire que les femmes avec qui je sors sont débiles ?

Elle lui lança un regard lourd de sous-entendus.

— Rona et son loto ?

— D'accord, marmonna-t-il. Certaines d'entre elles n'ont pas vraiment inventé le fil à couper le beurre. Et alors ? Ce sont de belles femmes.

— Une idée comme ça : tu devrais arrêter de te fier aux apparences pour changer. Trouver une femme qui sache à peu près combien font deux et deux.

— Tu veux dire : comme des comptables ?

Heather leva le menton.

— Il y a bien pire que les comptables. Et, de ce que j'ai vu, le pire ne te fait pas peur.

— Les femmes avec qui je sors ne te concernent pas.

— Écoute, Tony. Toi et moi, on sait que, si j'étais une belle bimbo écervelée, tu ne serais pas aussi énervé que tout le monde soit au courant de notre mariage. Toutes les filles seraient jalouses, et tous les mecs te donneraient des tapes dans le dos. Mais comme c'est moi…

— Ce n'est pas vrai.

— Admets-le. Tu as honte de m'avoir épousée.

Tony ouvrit la bouche pour objecter, mais il l'ouvrit une seconde trop tard.

— Donc j'ai raison, déclara Heather, l'air hautain. Est-ce que tu as une idée de ce que cette attitude révèle sur toi, à quel point tu es superficiel ?

Tony aurait voulu tout nier en bloc, mais, quand il s'était trouvé là, debout, à côté d'elle, avec sa mère répétant, tout excitée, qu'ils formaient un si joli couple…

Heather avait raison. Cela l'avait gêné. Il avait détesté la façon dont tout le monde lui avait lancé ce regard confus, surpris, qui semblait vouloir dire : *Tu aurais pu avoir n'importe quelle femme au monde, et tu l'as choisie, elle ?*

Il entendit quelqu'un toquer à la porte, et Jamie passa la tête par la porte.

— Heather ? Ta mère est aux toilettes.

— Oui ?

— Elle a l'air un peu malade.

Tony se tourna vers Heather.

— Je croyais que ta mère ne buvait pas d'alcool.

— Elle en boit, mais pas souvent. (Elle se tourna vers Jamie.) J'arrive dans une minute.

La serveuse acquiesça et sortit du bureau.

— Si elle ne boit pas, pourquoi est-ce qu'elle s'est enfilé trois cosmopolitans ? demanda Tony.

— Tu ne t'en doutes pas un petit peu ?

Il fronça les sourcils.

— Je ne m'en doute absolument pas.

— C'est une façon d'approuver ton activité, Tony, en particulier devant tante Bev.

— Une façon d'approuver ?

— Tu ne vois pas ? Si tu avais acheté un sex-shop, elle aurait chanté les louanges des vibromasseurs et des préservatifs phosphorescents.

— Hein ?

Heather balaya l'image d'un geste de la main.

— Laisse tomber, tu ne peux sûrement pas comprendre.

— Demande-lui simplement d'arrêter de crier sur tous les toits à quel point je suis génial et que je vais avoir du succès. D'accord ?

— Ah, parce que ça aussi, ça te dérange ?

— Elle a quand même parlé de moi et de Bill Gates dans la même phrase.

— Attends un peu : le fait qu'elle dise des choses gentilles à ton sujet, ça te gêne ?

— Mais elle ne me connaît même pas !

— Elle n'a pas besoin de te connaître, tu fais partie de la famille.

— De la famille ? Mais je ne fais pas partie de cette famille !

— Elle le pense, elle. Et tu sais pourquoi ? Parce que tu m'as embrassée devant tout le monde et tu leur as dit que j'étais l'amour de ta vie !

Chose que Tony regrettait chaque instant un peu plus.

— Je suis désolée si ma mère t'a embarrassé, déclara Heather, même s'il était évident qu'elle ne l'était pas du tout. Quoi que tu penses d'elle, elle t'aime bien. C'est pour ça qu'elle en fait des tonnes. Et je suis désolée si moi, je t'ai embarrassé devant toutes les personnes présentes ici et si j'ai ruiné ta réputation.

— Je n'ai jamais dit ça. C'est toi qui as mis ces mots dans ma bouche.

— C'est vrai. Ce sont des mots que tu penses mais que tu ne dis pas. Mais tu sais quoi ? Juste entre toi et moi : ta réputation a bien besoin d'être un peu dépoussiérée.

— Quoi ?

— Ça ne me réjouit pas vraiment de passer le mois qui vient avec un ado attardé, mais passer ce temps avec moi pourrait te faire du bien, en réalité.

— Du bien ?

— Oui. Tu pourrais, par exemple, commencer à voir plus de choses en une femme que son anatomie. Ce n'est pas sûr que tu y arrives. Mais qui sait ? Un miracle pourrait survenir.

Heather ouvrit la porte et sortit du bureau, laissant un sillage de haine sur son passage. Elle le trouvait superficiel ? Très bien, mais c'était sa vie, et il comptait la mener comme il l'entendait. Il aimait les choses simples, pas prises de tête, qui font du bien, sans personne pour lui dire quoi faire ou ne pas faire. Seulement, pour le mois à venir, quelqu'un d'autre allait se mêler de sa vie, et cette idée le mettait particulièrement mal à l'aise.

Alors, comme ça, elle pensait qu'elle serait bien pour lui ? Erreur. C'était une matheuse coincée du derrière, dont la famille pouvait être définie en un seul mot : envahissante. Il faudrait des mois de fouilles approfondies pour déterrer son sens de l'humour, en admettant qu'elle en ait un, et elle avait un complexe de supériorité aussi grand que les plaines du Texas.

Tony resta assis à fulminer dans son bureau pendant plusieurs minutes, et, au moment où il en sortit, Heather avait récupéré sa mère et était partie, emmenant Bev. Il se hissa sur un tabouret de bar et demanda un Coca à Lisa. Il redoutait la suite de la soirée, alors qu'il aurait dû s'en réjouir. Non seulement ses employés savaient maintenant qu'il était un homme marié, mais ils répandraient aussi la nouvelle auprès des clients. Alors, la terre entière serait au courant. Et Tony ne pouvait absolument rien faire pour empêcher ça.

Heather roula jusqu'à la maison de ses parents, sa mère installée sur le siège passager. Barbara, l'air un peu dans les vapes après l'épisode des toilettes du bar, s'était accoudée au tableau de bord et avait posé le menton sur sa main.

— J'imagine que ces cosmopolitans étaient un peu plus alcoolisés qu'ils n'en avaient l'air, hein ?

— Oui, maman, un petit peu.

— Je me suis ridiculisée ? Je parie que Tony me trouve ridicule.

— Bien sûr que non ! répliqua Heather. Il aime que les gens passent de bons moments. C'est pour ça qu'il a acheté un bar.

— Bev n'a pas passé un bon moment du tout. (Malgré tout, Barbara parvint à afficher un sourire tremblant.) Quel dommage, hein ? Mais, quand je lui ai demandé si elle voulait venir, elle ne pouvait pas vraiment dire non sans passer pour la rabat-joie de service.

En quelques instants, son sourire se teinta d'inquiétude.

— Heather ?

— Oui, maman ?

— Tout cela, c'est bien pour toi, n'est-ce pas ?

— Qu'est-ce que tu veux dire ?

— Tu sais comme ton père est soupçonneux de nature. Il dit que ça ne te ressemble pas de faire quelque chose de si impulsif. Il se fait du souci.

— Papa est un ancien flic. Il soupçonne tout et tout le monde.

— Je sais. Il ne peut même pas aller à l'épicerie sans se demander s'il n'y a pas des otages ligotés dans l'arrière-boutique. (Elle fronça les sourcils en regardant Heather.) Tony, c'est le bon pour toi, n'est-ce pas ?

Oh là là ! Qu'était-elle censée répondre ? *Oui, il est parfait. Comment je le sais ? Facile : après neuf coupes de champagne, j'ai toujours les idées un peu plus claires.*

— On ne peut jamais être complètement sûre, maman. Même quand on se fréquente depuis longtemps. J'imagine que l'avenir nous le dira, hein ? ajouta-t-elle avec un sourire.

— Oui, j'imagine.

Encore un mois, et l'avenir t'en dira encore plus.

— Tu as toujours été une fille intelligente, Heather, reprit sa mère. Si tu affirmes que ce mariage est une bonne chose, alors c'est une bonne chose. (Barbara prit une profonde inspiration puis expira lentement.) Je vais juste me reposer un petit peu maintenant, d'accord ?

— D'accord.

Tandis que les paupières de sa mère se fermaient, Heather se demanda si cette situation pouvait se compliquer encore. Elle avait espéré revenir au célibat sans que trop de monde sache qu'elle avait été mariée, mais, après ce qui venait de se passer ce soir, le nombre de personnes informées allait augmenter d'heure en heure.

Cependant, elle savait que, si cela l'embêtait, elle, ce n'était rien en comparaison de la gêne que ressentait Tony.

Sur le moment, cela avait été très satisfaisant de lui dire ce qu'elle pensait exactement de ses goûts en matière de femmes, mais, à présent, elle regrettait de s'être montrée aussi dure. Parce que, maintenant, la vérité toute crue lui avait été révélée : Tony et toutes les personnes de ce bar pensaient qu'elle n'était pas assez bien pour un homme comme lui.

Heather aurait voulu pouvoir affirmer qu'elle s'en moquait. Rationnellement, elle s'en moquait. Mais elle ressentait toujours ce petit pincement au cœur, celui qui lui indiquait qu'elle n'était pas assez jolie pour s'afficher avec un homme aussi séduisant que Tony. Cela dit, en vérité, elle ne s'intéressait pas vraiment à Tony, en dehors du fait qu'il était beau à regarder. C'était le genre d'hommes qui ne pensait qu'à avoir ses sept cents chaînes du câble, sa bière bien fraîche et des femmes nues. Quant aux qualités qu'elle appréciait chez un homme, le bilan était simple : il n'en avait aucune.

Alors que l'happy hour avançait, les prévisions de Tony se réalisaient. La rumeur se répandit vite, et on le félicita à la fois pour l'achat du bar et pour son mariage.

Juste avant 19 heures, il vit deux hommes passer la porte de l'établissement. Ils venaient souvent là les mêmes soirs que Tony dans trois buts : boire beaucoup, regarder du sport à la télé et draguer des filles. Tracy se dirigea vers leur table, ce qui signifiait qu'ils allaient très bientôt tout savoir.

Et, bien évidemment, à peine trente secondes plus tard, Andy se tourna et lui cria :

— Hé, Tony ! Viens par ici !

Tony poussa un soupir de résignation et se dirigea vers eux, un sourire factice collé au visage.

— Salut, les gars ! Comment ça gaze ?

Ils se levèrent tous les deux et lui serrèrent la main, le félicitant pour sa nouvelle acquisition, puis ils blaguèrent en lui faisant toutes sortes de suggestions : organiser une soirée bière gratuite, ou un événement de combat de bonbons, ou alors un concours de tee-shirts mouillés.

Passé cette hilarité plus ou moins justifiée, Kyle se tourna vers Tony.

— Tracy vient de nous dire un truc, et on voudrait savoir si c'est vrai.

Tony poussa un soupir intérieur.

— Et c'est quoi ?

— Elle a dit que…

Kyle s'interrompit pour rire un peu.

— Bon, reprit-il, je sais, tu ne vas pas me croire, mais elle a dit que ce week-end tu t'étais… marié.

Tony détestait ça. Vraiment. C'était comme s'il avait sauté dans un wagon de marchandises à

Las Vegas, que le train n'arrêtait pas de prendre de la vitesse et qu'il n'avait aucun moyen d'en descendre.

— Oui, je me suis marié.

— C'est pas vrai ! fit Andy en clignant des yeux, incrédule.

— Si, c'est vrai, confirma Tony.

— Alors, tu t'es marié avec qui ? Je ne me rappelle pas t'avoir vu fréquenter une femme assez longtemps pour ça.

— Vous ne la connaissez pas.

Andy secoua la tête.

— Qu'est-ce qui s'est passé, mon pote ? T'achètes un bar, ce qui veut dire que tu paieras plus jamais tes consos et que tu seras entouré de femmes tous les soirs. Et, au même moment, tu te maries ? C'est dingue !

— La même femme tous les soirs ? Je croyais que tu aimais varier les plaisirs, fit remarquer Kyle.

Tony eut du mal à prononcer sa réponse :

— La variété, c'est surfait.

Kyle se tourna vers Andy, l'air abasourdi.

— Tu le crois, toi, qu'il vient de dire ça ?

— J'ai bien entendu, oui. Il se passe un truc. Peut-être que les poules ont des dents.

Puis Andy adressa un sourire taquin à Tony.

— Alors… quand est-ce que tu nous présentes ta petite dame ?

— Un de ces quatre, promis. Buvez un coup, les gars. J'ai un truc à faire en cuisine.

Tandis que Tony s'éloignait, Andy et Kyle marmonnaient encore, étonnés. Tony ne pouvait pas leur en vouloir. Il avait lui-même du mal à y croire.

Il s'était quand même retrouvé à devoir gérer une épouse qui lui avait fait une scène, une belle-mère ivre, une famille envahissante et les regards surpris des clients du bar qui se demandaient comment ce tombeur avait pu se marier.

Il se répéta son mantra, celui qu'il allait devoir se dire et se redire jusqu'à ce qu'il retrouve son célibat :

Un mois. Un petit mois, et tout ça sera terminé.

Chapitre 10

Il était presque 18 heures le lendemain quand Tony sortit de sa voiture et se précipita dans son appartement. Sur tout le trajet, il avait prié pour que Barbara et Fred soient à l'heure, leur donnent leur fameux cadeau, probablement un affreux chandelier en argent, et quittent les lieux.

Il vit la voiture de Heather garée devant la maison. La veille, Tony était rentré si tard du bar qu'elle s'était déjà couchée, et, au moment où il s'était levé ce matin, elle était déjà partie à son travail. Cela lui donna l'espoir que, après la visite de ses parents, ils pourraient faire chacun leur vie jusqu'aux noces de Regina et l'annulation de leur propre mariage. Ensuite, sa vie habituelle reprendrait son cours. Il ouvrit la porte de son appartement, entra et s'arrêta net.

Bon sang, mais qu'est-ce qui s'était passé ici ?

C'était comme si une gigantesque tornade avait balayé l'appartement pour en emporter tout le bazar. La cheminée était dégagée, on pouvait voir le bois de la table de la salle à manger. Quelques magazines étaient artistiquement disposés sur la table basse, ce qui donnait à son salon des airs de salle d'attente.

Il baissa les yeux sur le sol. C'était donc ça, la couleur de sa moquette ?

Les murs avaient même l'air plus blancs, mais peut-être seulement parce qu'il n'y avait rien d'entassé juste devant. Dans l'air flottait cette odeur caractéristique de Javel, d'ammoniaque et autres produits qu'on retrouvait dans les hôpitaux et les toilettes publiques. Tony ne supportait pas l'odeur du désinfectant, tout comme d'autres ne supportaient pas l'odeur des cadavres.

— Heather !

Il entendit du bruit dans la cuisine, et Heather passa la tête par la porte. Ses cheveux étaient relevés au sommet de son crâne et attachés par un chouchou, mais quelques mèches s'étaient échappées et retombaient sur ses joues. Elle portait des gants en caoutchouc roses et affichait un air déterminé.

— J'ai presque fini, dit-elle. Il faut encore que je frotte l'évier.

Elle retourna dans la cuisine. Tony s'y avança, ébloui par la lumière qui se reflétait sur toutes les surfaces.

— Mais qu'est-ce que tu fais ?

— Alors c'est vrai ? Tu ne sais même pas reconnaître un appartement propre quand tu en vois un ?

Tony jeta un coup d'œil au placard ouvert. Les boîtes en tout genre étaient alignées selon leur taille, comme des petits soldats disciplinés – de malheureux petits soldats qui n'avaient jamais le droit à un seul jour de permission.

— Mon Dieu, qu'est-ce qui s'est passé là-dedans ? s'écria-t-il.

— Eh bien, j'ai surtout jeté quelques trucs !

Il se retourna brusquement.

— Tu as jeté mes provisions ?

— Seulement quand c'était moisi. Mais pas de panique, tes Kinder sont encore là.

Il ouvrit le frigo en grand.

— Bon sang, il n'y a plus rien !

— Bien sûr que si : des fruits, des légumes, de la bonne nourriture, des produits frais.

Elle rinça une dernière fois l'évier et retira ses gants.

— C'est sympa comme changement, non ?

— Mais d'où ça vient, tout ça ?

— Je suis passée à l'épicerie en rentrant. Je suis sortie du travail quelques heures plus tôt que d'habitude. (Elle balaya la pièce du regard et poussa un soupir las.) J'aurais sûrement dû m'y mettre encore plus tôt, mais, après être passée chez mes parents pour récupérer mes affaires, je n'avais plus beaucoup de temps.

— J'imagine qu'ils t'ont donné le cadeau lorsque tu étais là-bas, dit Tony.

— Non, ma mère voulait nous le donner à tous les deux en personne.

— Alors ils viennent toujours ce soir.

— Ils seront là dans quelques minutes.

Super!

Puis il eut une pensée effrayante.

— Tu n'as pas mis ton nez dans les affaires de l'autre chambre, au moins ?

— Je me suis seulement occupée du plus gros. Je me suis contentée de jeter ce qui ressemblait clairement à des ordures.

— Et les cartons qu'il y avait ? Mes magazines ?

Heather leva les yeux au ciel.

— Allez, pas de panique ! Tes filles nues vont très bien, elles sont encore là.

— Ne touche surtout pas à mes revues de maillots de bain, exigea-t-il en la pointant du doigt. Ce sont des collectors.

— Elles sont dans un carton, dans le placard. Avec tous tes magazines *Auto Moto* vieux de cinq ans et tes trophées de softball. Tu as vraiment joué dans une équipe de softball sponsorisée par Lustucru ? demanda-t-elle, l'air perplexe.

— Attends ! On a battu l'équipe de Monsieur Propre et on a gagné le championnat cette année-là. Une équipe de choc.

— Des adultes qui jouent au softball. Au secours !

— Il faut que tu arrêtes de déplacer mes affaires.

— Bien sûr. Et la prochaine fois je ferai la poussière autour des chaussettes qui traînent sur la télé.

— Pourquoi est-ce que tu fais tout ça ? insista Tony.

— Parce que c'est agréable, une maison propre, lança-t-elle. Et parce que, si ma mère me voyait vivre dans cet appartement dans son état initial, elle en ferait une syncope.

Pour sa mère. Bien sûr. Il aurait dû s'en douter.

— Est-ce que tu peux te contenter de nettoyer ce qui se voit de l'extérieur ?

— Non. Ma mère fourre vraiment son nez partout. Quand elle dit qu'elle va seulement aux toilettes, elle ment.

Heather se frotta les mains et contempla l'appartement.

— Voilà, c'est tip-top, déclara-t-elle avec un sourire satisfait.

« Tip-top. » Bon sang, Tony détestait ce mot !

Tout à coup, quelqu'un frappa à la porte.

— C'est eux, lança Heather, retirant l'espèce de chouchou de ses cheveux. Pourrais-tu au moins faire semblant de sourire ? Tu es très fort pour ça. Reste naturel.

— Mes beaux-parents débarquent chez moi. Il n'y a rien de naturel là-dedans.

Tout en levant les yeux au ciel, Heather ouvrit la porte. Barbara s'engouffra dans l'appartement, et Fred la suivit en traînant des pieds. Heather s'avança pour embrasser sa mère. Et, maintenant que Tony se retrouvait coincé dans ce cercle familial, il devait lui aussi sacrifier au rituel de l'embrassade maternelle.

Heureusement, Fred était moins démonstratif. Il se contentait de rester debout, un grand paquet cadeau plat à la main, emballé dans le genre de papier que Tony ne supportait pas : argenté avec des cloches et des fleurs sur le thème du mariage.

Je ne me marierai jamais de la vie. Pas pour de vrai. Jamais, jamais, jamais.

Heather guida ses parents vers le canapé, puis s'assit sur la banquette à côté de Tony.

— Oh là là ! s'exclama Barbara en balayant la pièce du regard. Fred, regarde un peu ! Tony s'occupe vraiment bien de son appartement ! C'est incroyable. Enfin, c'est tellement rare de nos jours de trouver un jeune homme capable d'entretenir son intérieur tout seul.

— Eh bien, merci, Barbara ! répondit Tony. Ce n'est pas parce que je suis un homme que je ne suis pas capable d'avoir un chez-moi tip-top, n'est-ce pas ?

Heather lui adressa un regard signifiant « Arrête de faire le malin », qu'il ignora royalement.

— Je peux vous offrir quelque chose à boire ? demanda Heather à ses parents.

— Ta mère a déjà bien assez bu hier soir, marmonna Fred. Si elle retourne au bar, donnez-lui de la bière sans alcool, suggéra-t-il à Tony.

Barbara leva le nez en l'air.

— Je boirai ce que je voudrai, quand je le voudrai, Fred Montgomery. Et tu n'as pas ton mot à dire là-dessus.

— Très bien. Alors tu devras trouver quelqu'un d'autre pour aller chercher ta voiture le lendemain.

Barbara se tourna vers Tony.

— Ne vous occupez pas de Fred. C'est son arthrite qui parle. Ça le rend toujours grincheux. J'ai passé une excellente soirée hier. Les apéritifs étaient juste un peu trop épicés pour moi, c'est tout. (D'un geste de la main, elle désigna le paquet cadeau.) Allez, ouvrez-le !

En bon époux, Tony s'approcha et aida Heather à déchirer l'emballage. Quand il vit ce qui se trouvait dans le paquet, il en fut abasourdi. Il avait eu peur de recevoir un grille-pain, un mixeur ou des torchons, mais ça ?

Grâce à cette chère Barbara et à ce cher Fred, ils avaient désormais un portrait très grand et très vieux de la femme la plus laide de la Terre. Tony reconnut le tableau qui était suspendu au-dessus de la cheminée des parents de Heather. Et voilà que Heather et lui se retrouvaient coincés avec cette horreur ?

— Oh, mon Dieu ! fit Heather en fixant la toile du regard. C'est mamie France.

Barbara esquissa un sourire.

— J'ignore pourquoi tu es surprise. Tu savais qu'un jour elle te reviendrait.

— Euh… oui, mais… (Heather lança un regard nerveux à Tony.) Mais elle est sur votre cheminée depuis que vous vous êtes mariés. Vous ne pouvez pas me la laisser.

— Bien au contraire. Je suis censée te la transmettre. C'est à ça que ça sert, les héritages. La mère de Fred nous l'a transmise, et nous te la transmettons à notre tour. (Barbara fit face à Tony.) Vous savez, c'était une jolie femme pour son époque.

— Oui, répliqua Tony. Je comprends bien.

En vérité, il n'y comprenait rien du tout. Si elle était jolie, alors à quoi ressemblaient les moches ?

— Mais elle est restée vieille fille jusqu'à sa mort, ajouta Barbara. Elle a dirigé le journal de Sorrento, une ville du Texas, pendant cinquante-deux ans. C'était une féministe avant l'heure. Les hommes n'étaient pas vraiment prêts pour cela à cette époque.

— Eh bien, je suis un proféministe, moi, déclara Tony. J'aime les femmes fortes.

Heather lui lança un autre regard lourd de sous-entendus, qu'il ignora tout autant.

— Et vous avez la place idéale pour le tableau, fit Barbara en donnant un coup de coude à Fred. Essaie de le mettre au-dessus de la cheminée, qu'on voie ce que ça donne.

Non. Pas possible. La dernière chose que Tony voulait voir, c'était mamie France et sa tête de vieille fille aigrie qui le toiserait pendant tout un mois. Mais Barbara afficha un autre sourire, et Fred fronça les sourcils. Ces indices gestuels indiquèrent à Tony qu'un débat sur la question risquait de se terminer en bain de sang.

Fred prit le portrait et le posa sur le manteau de la cheminée. Barbara posa une main sur sa joue, regardant le tableau avec un sourire doux-amer.

— Elle est belle à cet endroit, non ?

— Oui, répliqua Heather, l'air un peu mal à l'aise. Elle est belle.

— Mamie France aurait adoré se trouver là.

— Merci, maman, dit Heather. De cette façon, j'ai l'impression d'être à la maison, quand elle me regarde comme ça, tu sais.

Tony songea à un film d'horreur qu'il avait vu un jour, où les yeux du personnage d'un tableau suivaient toutes les personnes qui passaient devant la toile. Il aurait pu jurer que les yeux de mamie France le suivaient un petit peu, eux aussi.

— Vous avez rencontré une grande partie de notre famille, dit Barbara à Tony. Est-ce qu'on rencontrera la vôtre à un moment ou à un autre ?

Tony s'immobilisa.

— Euh… non. Ma famille n'habite pas vraiment dans le coin.

— Oh, quel dommage ! dit Barbara.

— Que fait votre père ? demanda Fred.

— C'est un officier de la marine à la retraite. Il vit à Fort Lauderdale.

Fred lui adressa un bref hochement de tête.

— Belle profession.

Tony ne fut pas surpris de cet avis. Les policiers et les militaires étaient faits du même bois. En vérité, Tony retrouvait beaucoup de son propre père en la personne de Fred. Avare de sourires. Peu causant. Et le peu de paroles qu'il prononçait faisait sentir à Tony qu'il jugeait tous ses faits et gestes.

— Et votre mère ? demanda Barbara jovialement.

— Elle est morte quand j'étais petit.

— Oh, je suis navrée !

— C'était il y a longtemps, répliqua Tony en haussant les épaules.

— Quel âge aviez-vous ?

— Dix ans.

— C'est trop jeune, commenta-t-elle avant de sourire. Et le reste de la famille ?

— J'ai quelques tantes et oncles sur la côte Est. Je ne les vois pas très souvent.

— Je suis désolée que vous ayez si peu de famille dans la région. Mais regardez : maintenant, vous avez toute la famille qu'il vous faut.

— Oui, Tony, renchérit Heather. C'est pas génial ? Et peut-être que le reste de cette grande famille voudra venir voir ton nouveau bar.

Il fit glisser sa main sur la cuisse de la jeune femme et serra très fort.

— Je ne sais pas s'ils seront tous intéressés par un bar de paris sportifs.

— Allez, Fred ! lança Barbara. Il est temps de rentrer. Tony a besoin de retourner au bar. Je passe juste au petit coin, et on y va.

Tony lança un regard à Heather, laquelle le lui rendit, l'air de dire : *Je te l'avais bien dit.*

En l'absence de Barbara, Heather parla avec son père d'une affaire qui concernait leurs proches. Ou plutôt elle parla à son père. Comme d'habitude, Fred ne dit pas grand-chose. Pendant tout ce temps, Tony imaginait Barbara en train de jeter un coup d'œil dans sa chambre, de fouiller dans son placard à pharmacie ou de soulever la lunette des toilettes pour vérifier que tout était bien « tip-top », comme il l'avait annoncé. La mère revint au salon quelques minutes plus tard, tout sourires, ce qui signifiait que son appartement avait passé l'inspection avec succès.

Fred et elle s'apprêtèrent à partir. Tandis qu'ils s'avançaient vers la porte, le père regarda une nouvelle fois le portrait, puis se pencha vers Tony et murmura :

— Moi, ça fait trente-deux ans qu'elle me dévisage. Maintenant, elle est toute à vous, ajouta-t-il en se tordant la bouche dans ce qui ressemblait presque à un sourire.

En cet instant, la seule satisfaction que ressentait Tony, c'était de penser que cette croûte finirait par retourner sur la cheminée de Fred. *Attendez un petit mois, et elle va revenir vous dévisager, vous verrez.*

Dès que Tony referma la porte, il se tourna vers Heather qui paraissait étonnamment sereine.

— Ne me dis pas que je suis le seul à ressentir ça, lança-t-il. Dis-moi que ce portrait te fait peur à toi aussi.

— Ce portrait est l'objet le plus terrifiant sur cette planète. Quand j'étais petite, j'aurais juré qu'elle me suivait des yeux. Je ne sais toujours pas si c'est le cas ou pas.

Le visage de la vieille femme donnait à Tony la chair de poule.

— On va la mettre dans ta chambre, face contre le mur, suggéra Tony.

— Non. Si ma mère passe et ne voit pas le tableau, elle en sera blessée. Et, au moins, ça remplit le vide. Il n'y avait rien là avant. (Elle porta la main à sa bouche.) Oh là là ! On dirait qu'on a trouvé une autre faille à ton plan si habile, n'est-ce pas ?

Il la dévisagea, puis tourna une mine dégoûtée vers le portrait, s'imaginant rentrer à la maison pour faire face à cette horreur tous les jours. Oui, ça allait faire mal. Mais bon, toute cette expérience serait douloureuse.

— Bon, Franny, lança-t-il, l'air résigné. Tu as un chez-toi pour un mois.

— Son nom, c'est France, rectifia Heather. Elle détestait qu'on l'appelle Franny. Un peu de respect pour les morts.

— Mamie Franny.

— Elle t'aurait castré pour ça.

— Une harpie armée d'un hachoir. Dur de faire pire.

— Dans le Texas, c'est le régime de la communauté de biens qui est en vigueur, répliqua Heather. Tu auras le droit de te battre contre moi pour la récupérer après notre divorce.

— Oh non, elle est toute à toi !

— Peut-être qu'on pourrait la couper en deux. Comme ça, elle ne serait qu'à moitié moche. Oh, je sais ! Si tu acceptes de la prendre, je te donnerai en prime la collection d'aimants de mon grand-père. Il a tous les cinquante États d'Amérique.

— C'est tentant, fit Tony, mais je pense que je vais passer mon tour.

— Dis-moi les horreurs de famille que tu as, toi. Peut-être qu'on peut échanger.

— Je n'ai rien, en réalité. Comme je le disais à tes parents, ma famille est assez restreinte. (Il consulta sa montre et saisit ses clés.) Il faut que je retourne au bar.

À mi-chemin de la porte, il se retourna et désigna Heather du doigt.

— Et ne t'avise pas de tout nettoyer pendant que je ne suis pas là.

Heather croisa les bras et lui offrit un autre sourire mielleux, lui signifiant ainsi qu'à son retour il risquait de découvrir qu'elle avait récuré les canalisations avec un coton-tige et stérilisé sa télécommande.

Bon sang ! Trois jours plus tôt, il était un gentil célibataire normal, avec des sous-vêtements par terre et un frigo vide, mis à part des bières et la pizza de la veille. Maintenant, il avait une décoration murale terrifiante et une épouse maniaque, ainsi que la terrible impression que la série de choses bizarres ne ferait que continuer.

Chapitre 11

Le samedi soir suivant, Heather buvait des Martini Dry avec Alison *Chez Chantal*, qui se trouvait au bas de la rue du *McMillan's* – un endroit bruyant, tout en angles, avec beaucoup de chrome et de verre, et des hommes en costume-cravate un peu partout. L'atmosphère était prétentieuse, au point que c'en était étouffant. Regina y passait beaucoup de temps, ce qui était une raison suffisante pour que Heather s'en tienne éloignée, mais, vu qu'elle avait dit à Alison que le *McMillan's* était zone interdite pour l'instant et peut-être pour toujours, il fallait bien qu'elles trouvent un autre endroit où boire des verres.

— Cet endroit est nul, maugréa Alison. Ces hommes sont flippants, et les serveuses sont des pouffiasses qui pètent plus haut que leur cul. Et puis 10 dollars pour un Martini, ça n'a pas de sens.

Heather non plus n'aimait pas cela, mais il était hors de question qu'elle aille au *McMillan's*, un point c'est tout. Elle se souvenait encore de la façon dont les serveuses l'avaient regardée, elle, puis Tony, leur mine signifiant de toute évidence : « Une fille comme elle ? C'est une blague ! » La vérité, c'était que ces filles terriblement superficielles se souciaient plus des apparences que de la personnalité. Alors pourquoi se soumettre à leurs regards ?

Puis elle se rendit compte que ses pensées ressemblaient bizarrement au contenu des e-mails prétendument « bons pour le moral » que son amie Kathy lui transmettait tout le temps, ces messages avec des smileys, des bébés animaux et des gifs animés lui répétant à quel point elle était spéciale. Visiblement, tout le monde pensait que les personnes comme Heather avaient besoin de réconfort, et elle commençait à en avoir un peu marre.

Alison regarda par la fenêtre.

— En tout cas, il y a du monde au *McMillan's* ce soir. Ça a l'air sympa.

Heather savait qu'Alison pouvait voir le bar de Tony depuis la table où elles s'étaient installées. C'est d'ailleurs pour cette raison qu'elle avait refusé de s'asseoir à côté de la fenêtre. Seulement, maintenant, elle regrettait son choix. C'était trop dur de jeter des coups d'œil furtifs dès qu'Alison tournait la tête.

— Les affaires ont l'air de rouler, déclara son amie.

Heather haussa les épaules et prit une autre gorgée de Martini Dry à 10 dollars.

— Regarde un peu toutes les voitures dans le parking, insista Alison.

— Il y a plus de monde ici, répliqua Heather.

— Oui, des obsédés et des allumeuses.

— Il y en a plein comme ça au *McMillan's* aussi.

— La différence, c'est qu'ici les obsédés et les allumeuses se prennent pour le nombril du monde.

(Alison pianota des doigts sur la table.) En parlant d'obsédés, comment va ton mari ?

— Il faut que tu arrêtes de l'appeler comme ça.

— D'accord. Alors, comment se porte l'obsédé avec qui tu cohabites en ce moment ?

Heather baissa les yeux sur son verre.

— Je ne saurais pas dire.

Alison lui adressa un regard prudent.

— C'est dingue. Tu commences par insister pour qu'on vienne dans ce coin à plans drague foireux, et ensuite tu fais semblant de ne pas t'intéresser à Tony, alors que depuis tout à l'heure tu n'arrêtes pas de regarder le *McMillan's* par-dessus ton épaule. Tu vas avoir une crampe, à force.

— Je me demande juste si tout se passe bien, maintenant qu'il a acheté cet endroit. C'est tout.

— Si on y va, on pourra le savoir. Pourquoi est-ce qu'on n'y va pas ?

— Les choses seront bien plus faciles si Tony et moi, on évite de trop se voir.

— Mais tu vis avec lui. Comment est-ce que tu comptes t'y prendre ?

— Eh bien, on se croise très peu. Le soir il rentre très tard, et moi, je me lève tôt pour aller au travail.

— Alors, couche-toi un peu plus tard et séduis-le.

— Alison, tu veux bien arrêter, s'il te plaît ?

— Ça ne devrait pas être bien compliqué : il est privé de sexe pour un mois.

— Je ne couche pas avec les hommes sous prétexte qu'ils en ont envie et que je me trouve dans les parages. Je n'aime pas qu'on se serve de moi.

Alison leva les yeux au ciel.

— Mon Dieu, rien qu'une fois dans ma vie, faites que Tony se serve de moi !

— C'est rabaissant.

Alison croisa les bras sur la table et regarda son amie.

— Tu sais quel est ton problème ?

Heather avait plein de problèmes, elle ignorait duquel Alison voulait parler précisément.

— Tu ne sais pas reconnaître une belle occasion quand tu en vois une. C'est comme si tu te retrouvais devant un énorme buffet à volonté et que tu décidais de ne rien manger.

— Arrête de parler de buffets à volonté, rétorqua Heather en posant les yeux sur le petit tas de légumes verts, de tomates, de carottes râpées, accompagnés de vinaigrette allégée, qui ne valaient même pas un dixième des 14 dollars qu'elle avait payés. Il faut encore que je perde une taille d'ici à la fin du mois.

— Heather, concentre-toi sur la conversation.

— Je suis concentrée. Je me concentre sur le fait que je suis une idiote d'avoir accepté le plan de Tony, pour commencer.

— Tu n'es pas une idiote. Il faut que tu ailles au mariage de ta snobinarde de cousine avec un mec hypercanon.

Heather commençait à se dire que cette comédie n'en valait pas la peine, puis elle pensa à la mine vexée de Regina et se rendit compte que le jeu en valait peut-être la chandelle.

La serveuse vint à leur table, tenant un plateau rempli de boissons en équilibre sur le bout de ses doigts. Elle portait l'uniforme de la maison : une combinaison noire ultramoulante avec une ceinture ajourée, de lourdes chaînes en argent nouées à la taille et une paire de talons aiguilles noirs. Elle ressemblait à Catwoman en version sado-maso. Elle leur adressa un regard d'ennui profond, à la Paris Hilton, puis elle leur demanda si elles voulaient un autre Martini Dry.

— Non merci, lança Alison les yeux rivés sur son verre. Une autre boisson à ce prix, et je ne pourrai même plus payer mon loyer.

La serveuse leva le menton et baissa les yeux sur la jeune femme.

— Vous pouvez aller en bas de la rue, au *McMillan's*. Ils font une soirée « bière à 2 dollars » à ce qu'il paraît.

Alison se tourna vers Heather.

— Tu vois, je t'avais dit qu'on aurait mieux fait d'aller là.

— On va juste vous prendre l'addition, dit Heather à la serveuse, qui partit, les yeux levés au ciel de façon presque ostentatoire, tout en se dirigeant vers la table suivante.

Là, elle distribua les boissons de son plateau à trois hommes en costume-cravate, qui ne se gênèrent pas pour admirer son décolleté et se plonger dans leurs fantasmes de jeux sexuels avec une telle dominatrice.

— Et une raison de plus de détester cet endroit, marmonna Alison. J'aimerais bien qu'on retourne à… Waouh ! Qu'est-ce qui se passe là ?

Alison tourna les yeux vers la fenêtre. Heather virevolta et regarda, au bout de la rue, le *McMillan's*. Elle vit une ambulance stationnée devant le bar, ses gyrophares illuminant l'obscurité, et un sentiment de crainte la traversa.

— Je ne sais pas, dit Heather.

— Allons voir !

Heather marqua une pause de seulement quelques secondes avant de jeter sa monnaie sur la table près de l'addition et de saisir son sac à main.

Elles sortirent de *Chez Chantal* et s'approchèrent du parking du *McMillan's*. Heather aperçut des badauds plantés là, comme c'était souvent le cas lorsqu'il y avait des accidents : des gens qui parlaient entre eux, spéculant sur des événements dont ils ne savaient rien, et souvent plus gênants qu'autre chose pour les secouristes. Puis la porte s'ouvrit sur des ambulanciers qui portaient une femme allongée sur un brancard. Heather regarda par-dessus l'épaule de quelqu'un.

Il s'agissait de Jamie, l'assistante de Tony, qui était enceinte jusqu'aux yeux. Elle était bien consciente, et, vu qu'il n'y avait ni sang ni cris, Heather se dit que cela ne devait pas être trop grave. Mais il fallait penser au bébé. Dans cette situation, des milliers de choses pouvaient mal se passer.

Tony suivit les ambulanciers jusqu'à la porte. Il tapota rapidement l'épaule de Jamie et lui dit quelques mots pendant qu'ils la faisaient monter dans le véhicule. Puis les secouristes refermèrent les portes et partirent. Ils n'avaient pas enclenché les sirènes, ce que Heather prit également pour un bon signe. Mais, quand Tony posa une main sur son front, les yeux fermés comme s'il souffrait d'une migraine carabinée, elle se dit que tout n'était peut-être pas si rose.

Heather se fraya un chemin dans la foule pour l'interpeller avant qu'il rentre :

— Tony ? Qu'est-ce qui ne va pas ? Que se passe-t-il ?

— Heather ? Qu'est-ce que tu fais ici ?

— On prenait un verre un peu plus loin, *Chez Chantal*, et on a vu l'attroupement.

— *Chez Chantal* ? répéta-t-il, la mine dégoûtée. Qu'est-ce que tu faisais là ?

— Je lui ai posé la même question, intervint Alison. Les hommes sont pervers, les serveuses hautaines... Et 10 dollars le Martini Dry ? Ils sont sérieux ?

— Tony, je te présente mon amie, Alison, qui va se taire maintenant. Qu'est-ce qui arrive à Jamie ?

— Elle va bien. Elle a juste eu des contractions et elle n'arrive pas à joindre son mari. Elle est à six semaines de la date prévue, et je ne voulais prendre aucun risque. C'est pour ça que j'ai appelé les secours directement.

— C'est une bonne initiative.

— Oh oui, c'était super ! Comme s'il n'y avait pas assez de bazar dans le coin ce soir. Du coup je me suis dit : « Et si j'appelais une ambulance pour empirer les choses ? »

Heather eut un mouvement de recul.

— De quoi tu parles ?

— Désolé, j'ai pas le temps de rester bavarder. Tu vois, j'ai une affaire qui est en train de couler à l'intérieur et j'aimerais bien être là pour les adieux.

Ou peut-être que je ferais mieux de brûler la baraque pour récupérer l'argent de l'assurance. Si vous voulez bien m'excuser, mesdames.

La foule s'écarta, et Tony retourna à l'intérieur. Alison se pencha vers Heather.

— Qu'est-ce qui lui prend ?

Heather l'ignorait, mais ce défaitisme sarcastique ne ressemblait guère à Tony.

— Je ne sais pas, mais j'ai l'intention de le découvrir.

Elles entrèrent dans le bar, et la jeune femme fut abasourdie. Toutes les tables étaient occupées, et le bar était plein à craquer. L'endroit bruissait de conversations et vibrait d'énergie humaine. Il y avait des gens qui mangeaient, qui se parlaient, qui riaient et buvaient. En ce moment précis, ce bar semblait être tout ce qu'il y avait de plus rentable, et Tony aurait dû s'en réjouir.

Pourquoi n'était-ce pas le cas ?

Tony sortit des grilles de burgers de dessous la lampe chauffante et râla aussitôt : ils avaient cuit trop longtemps et avaient l'air secs. Il les posa sur des plateaux pour que les serveuses les donnent aux clients. À supposer, bien sûr, que les serveuses n'aient pas jeté l'éponge et pris leurs jambes à leur cou.

En tant qu'adulte, il n'avait jamais vraiment connu de stress. Il avait orienté toute sa vie pour éviter les moments de tension, choisissant avec soin son environnement, triant les gens qu'il fréquentait et les boulots qu'il faisait, se créant de toutes pièces une sorte d'existence où il n'avait plus qu'à s'asseoir, à se détendre et à profiter de la vie. Pas vraiment de pression, pas de grosses échéances. Il pensait que c'était ce qui l'attendait quand il avait acheté ce bar, avec, en bonus, le plaisir d'être son propre patron et de faire des bénéfices. Quelle illusion!

— Tony, que se passe-t-il?

Il pivota pour voir Heather qui se tenait derrière lui, et ce n'était pas exactement la première personne qu'il aurait aimé trouver en cet instant. D'abord, elle était allée *Chez Chantal* financer la concurrence, et voilà qu'elle se fourrait maintenant dans ses pattes, ce qui risquait de le pousser à faire moins bien que ladite concurrence. En plus, si ses serveuses ou n'importe laquelle de ses copines habituelles les voyaient, les spéculations sur leur mariage repartiraient de plus belle.

— Je ne peux pas te parler maintenant, lui dit-il. Je suis occupé.

— Oui, ça saute aux yeux. C'est quoi, le problème?

— Le problème, c'est que j'ai trop de clients et pas assez d'employés.

— Pourquoi ça? Jamie est partie, mais qu'y a-t-il d'autre?

Il s'arrêta et prit une profonde inspiration, mais il se sentait toujours aussi nerveux.

— Si tu veux vraiment tout savoir, Tracy a annoncé qu'elle était malade à la dernière minute. J'ai embauché une nouvelle serveuse qui a commencé aujourd'hui, mais elle ne tient pas le choc. Kayla et Danielle sont là, mais c'est tout. J'y arrivais tout juste ce soir, jusqu'au moment où Jamie a commencé à sentir des contractions. Le groupe qui doit jouer ce soir est assez populaire, ce qui veut dire que beaucoup de gens sont venus au bar... Sauf que, maintenant, je ne peux pas gérer la foule.

— Demande au groupe de commencer plus tôt, que les gens pensent à autre chose qu'à boire et à manger.

— Bonne idée, à part que le batteur n'est arrivé qu'il y a vingt minutes et qu'il était trop défoncé pour rester assis bien droit. Donc ils sont coincés. Les autres membres du groupe ont passé quelques coups de fil pour voir s'ils pouvaient lui trouver un remplaçant au pied levé, mais ils n'y arriveront probablement pas. Tous ces gens sont venus pour les voir et ils ne vont sûrement pas être de très bonne humeur si le concert est annulé.

— Tu ne peux pas appeler une serveuse ou deux en renfort ?

— Je ne trouve personne d'autre.

— Il te faut plus d'aide.

— Ah oui ? Tu crois ? Je n'ai pas le temps de papoter, Heather. Rentre à la maison.

Il retourna à son travail, les nerfs tellement à vif qu'il en était presque paralysé. Soudain, tout lui paraissait flou, impossible à reconnaître. Les lumières crues de la cuisine, Chuck et Emilio en train de retourner des burgers au ralenti, la vapeur qui sortait du gril, Heather debout derrière lui, à regarder un homme qui n'avait jamais rien fait de constructif dans sa vie, qui avait touché le gros lot et était en train de tout gâcher. Dans un accès d'impuissance, Tony retourna vers les lampes chauffantes et saisit un panier de frites. Il tâtonna, tenta de l'attraper, mais le panier lui glissa des doigts, et il finit par tout renverser.

— Bon sang ! Où est le balai ?

Il regarda à droite et à gauche, le vit enfin posé contre le mur. Heather le prit par le bras.

— Tony, arrête !

— Va-t'en, Heather.

— Je t'ai dit d'arrêter.

Elle lui serra le bras de toutes ses forces et le regarda dans le blanc des yeux, la mine grave.

— Tu pètes un câble, et ça ne sert à rien. Ce qu'il te faut, c'est un plan d'attaque.

— J'avais un plan quand j'avais des employés. Maintenant je n'ai qu'un sol plein de frites à ramasser et un bar rempli de clients mécontents.

— Alors il est temps de passer au plan B.

— Je n'ai pas de plan B !

— Alors écoute-moi, parce que j'en ai un, moi.

— Heather…

— Écoute un peu ! (Elle desserra progressivement son étreinte.) Tout d'abord, il faut que tu passes derrière le bar et que tu aides Lisa jusqu'à ce que vous vous soyez occupés de toutes les boissons. Si on sert l'alcool aux clients, ils perdront la notion du temps et ne se rendront pas compte que les plats sont en retard.

— Mais tu ne comprends pas ? C'est déjà trop en retard pour la plupart d'entre eux. Quand on fait attendre des gens qui ont faim, ils se mettent en rogne !

— Donne des chips et des sauces gratuites à toutes les tables. Quelque chose qu'ils puissent grignoter en attendant que leur commande arrive. Je peux demander à Alison de le faire, comme ça tes serveuses pourront faire autre chose.

— Offrir de la nourriture ? Et comment je fais mon chiffre ?

— Tu ne te poses pas la bonne question. Ce qu'il faut se demander, c'est : comment satisfaire les clients alors qu'ils ont attendu leurs plats pendant une heure, pour faire en sorte qu'ils reviennent ? (Elle saisit un tablier suspendu à un crochet et l'enfila.) De quelles tables Jamie s'occupait-elle ?

— Celles du côté ouest. Mais qu'est-ce que tu fais ?

— Je prends ses tables en charge.

— Toi, tu vas faire le service ?

— Ne fais pas comme si ça te choquait. Quand j'étais étudiante, j'étais responsable d'un salon de thé le week-end.

— Ce n'est pas la même chose de travailler dans un bar.

— Des bières et des burgers. Des cafés et des pâtisseries. C'est la même chose.

Kayla se précipita dans la cuisine en secouant la tête.

— Ça commence à se gâter en salle. Mes commandes sont prêtes ?

— Oui, répondit Tony, en jetant un autre regard sur le gril. Les quatre commandes.

Kayla se pressa de prendre un des plateaux, et Danielle fit irruption dans la cuisine.

— Quelqu'un a renversé un verre. Il me faut une serpillière.

Tandis qu'elle ouvrait le placard, la nouvelle serveuse entra à son tour, repoussant les cheveux de son visage, l'air perdue. Elle s'arrêta et se tint là : elle semblait toute petite et effrayée.

— Erika, commença Tony en tâchant de dissimuler la panique dans sa voix, tiens, tu as quelques commandes de prêtes.

Il vit les larmes lui monter aux yeux et ressentit une vague d'appréhension. *Pas de larmes. Pour l'amour du ciel, une femme qui pleure, c'est la dernière chose dont j'ai besoin ce soir !*

— Erika, ressaisis-toi. Il faut que tu ailles servir ces plats. On n'a pas le temps de…

Heather posa une main sur son bras, le réduisant au silence. Elle prit la fille par les épaules et la regarda.

— Hé, du calme, d'accord ? Dis-moi ce qui ne va pas.

— Ils me demandent tellement de choses ! Je leur apporte un truc, et tout de suite ils en veulent un autre. J'ai seulement travaillé dans une cafétéria avant, derrière un buffet, pour des personnes âgées, des gens qui ne vont pas si vite !

— Je sais bien, ma belle, mais ici ce n'est pas une telle folie, d'habitude. Tony comprend que tu es nouvelle et que c'est ton premier soir. Si les choses se passent mal, ce n'est pas ta faute, d'accord ? Je veux juste que tu fasses du mieux que tu peux.

La fille hocha la tête, l'air confus.

— Qui êtes-vous ?

Heather lança un regard à Tony, comme si elle ne savait pas exactement quoi lui répondre.

— Heather est ma femme, déclara-t-il. Elle est venue nous aider ce soir.

« Heather est ma femme. » C'était la première fois qu'il prononçait cette phrase tout haut. Rien que de le dire aurait dû lui donner de l'urticaire, mais il était trop préoccupé pour se demander pourquoi ce n'était pas le cas.

Lisa ouvrit la porte en grand.

— Tony, on est à court de Shiner Bock. Il y en a en réserve ?

— Purée ! marmonna-t-il. Non, je n'ai pas d'autre livraison de prévue avant deux jours.

— Propose-leur une bière différente, suggéra Heather. Quelque chose qu'ils n'ont jamais goûté auparavant.

Lisa regarda Tony. Il leva les bras, paumes vers le ciel, en haussant les épaules. Elle traduisit aussitôt sa pensée : *Il faut tout essayer.* Elle hocha la tête et sortit de la cuisine en trombe.

— Lisa, attends, l'interpella Heather avant de poser les yeux sur les autres employés. Écoutez tous. Je sais que c'est très dur ce soir, mais merci de vous donner autant de mal. Si vous arrivez à faire tourner le bar pour le restant de la soirée, vous aurez une prime de 50 dollars ce mois-ci.

Tony se tourna brusquement. Qu'est-ce qu'elle venait de dire, là ? Une prime, sans compter la nourriture offerte ? Non, mais c'était quoi son numéro ?

Heather hocha brièvement la tête à l'adresse de ses troupes.

— Bien. Allez, tout le monde, c'est parti !

Les filles se dispersèrent, prenant des plateaux ou des serpillières, et sortant de la cuisine à toute vitesse. Chuck et Emilio retournèrent au gril avec entrain. Tony prit Heather à part et lui chuchota, courroucé :

— Des primes ? Non, mais tu as perdu la tête ?

— Si à la fin de la soirée tu trouves que ça ne vaut pas le coup, je paierai ces bonus de ma poche. Maintenant, va dans la salle t'assurer que tout le monde a bien de quoi boire.

— Bon Dieu, c'est une catastrophe !

— Si tu gères bien les choses, ça n'en sera pas une.

— Tu peux me rappeler pourquoi j'ai eu l'idée d'acheter ce bar ?

— Pour réaliser ton rêve, tu te rappelles ?

— Je ne me sens pas vraiment dans un rêve en ce moment, soupira Tony. Peut-être que je ne suis tout simplement pas fait pour être patron.

— Peut-être que tu as raison.

Tony fronça les sourcils.

— Tu n'étais pas censée me contredire plutôt, là ?

Elle s'approcha et baissa d'un ton :

— Tu as un peu peur parce que ta nouvelle affaire n'est pas facile à gérer. Eh bien, j'ai un scoop pour toi, gros bêta : si c'est pas facile, ça veut dire que c'est bien. Ça signifie que tout ce que tu fais en vaut la peine.

Tandis qu'elle se retournait pour s'éloigner, Tony demeura debout, incrédule. C'était bien la dernière chose à laquelle il s'attendait : qu'elle lui dise de s'en remettre et de s'activer. Alors qu'elle n'était même pas censée être là !

Arrivée à la porte de la cuisine, Heather se retourna.

— Et au fait, Tony ?

— Oui ?

— N'oublie pas de sourire.

Puis elle eut le culot de lui adresser un grand sourire et un clin d'œil, comme si tout ce chaos n'en était pas vraiment un, juste une petite bosse sur la route, qu'on dépasse pour ensuite accélérer de nouveau.

« Sourire » ? Est-ce qu'elle avait perdu la tête ?

Quelques minutes plus tard, il envoyait des boissons comme si sa vie en dépendait et il souriait comme s'il n'avait pas l'ombre d'un souci. Il vit Heather porter un tablier à Alison et l'envoyer en cuisine pour aller chercher des chips et des sauces à distribuer à toutes les tables. Il regardait Heather comme si elle était folle à lier, mais il s'était rendu compte à quel point la jeune femme savait se montrer persuasive. Peu de temps après, chaque table était pourvue de quelque chose à grignoter, même si ce n'était pas ce qu'ils avaient commandé. Une fois que la situation fut sous contrôle, Alison se mit à aider au service et à la cuisine.

Le groupe de musique ne trouva jamais de batteur remplaçant, mais ils trouvèrent quelqu'un parmi les clients qui savait un peu jouer et qui avait les idées claires, et ils jouèrent ensemble. C'était comme un pansement sur une jambe de bois, mais au moins les clients ne se mirent pas en colère. Un problème survint avec une carte de crédit, mais Heather s'en chargea en un clin d'œil, ce qui ne surprit guère Tony. Elle était comptable, après tout, donc elle était à l'aise avec les chiffres et l'argent. Bien sûr qu'elle pouvait s'en charger.

Ce qui le stupéfiait le plus, c'était de voir avec quelle aisance elle gérait tout le reste.

Elle s'occupa des tables de Jamie, prit les commandes des clients avec une efficacité hors pair et, en même temps, elle donnait des directives à l'équipe sans avoir l'air trop autoritaire. Ses ordres ressemblaient plus à des suggestions. L'équipe la suivit volontiers et se mit au travail de bon cœur. Il s'était retrouvé à faire le reste : porter des plats aux tables, refournir le bar, aller chercher du papier-toilette pour les W.-C., rire à quelques blagues, donner quelques tapes dans le dos et serrer quelques mains. Plusieurs clientes se mirent un peu en colère, mais, comme c'étaient des femmes, Heather, qui vint immédiatement à son secours, lui souffla qu'il était temps d'user de ses charmes. Et ça, il savait faire.

Mais, apparemment, c'était à peu près tout ce qu'il savait faire.

Après son énervement quand il avait vu Heather se pointer, puis ses doutes face à son plan, il avait été soulagé de voir les affaires s'arranger pour, finalement, se sentir comme un larbin dans son propre établissement. Bien sûr, les compétences de Heather ne le surprenaient pas vraiment. Le fameux matin à Las Vegas, elle avait déjà pris les choses en main et s'était renseignée sur le divorce malgré sa gueule de bois, ce qui avait poussé Tony à se sentir à peu près inutile.

Quand l'activité commença à ralentir et que les lieux se vidèrent un peu, il se rendit au bar et commanda une bière à Lisa. Une sensation de malaise envahit son estomac, et il avala une lampée d'alcool, tâchant de conjurer cette impression d'incompétence qui l'avait gagné. Ce qui aurait fonctionné, s'il n'avait pas eu à lever les yeux sur Heather, encore tout affairée, comme le lapin Duracell, à aider, à se montrer aimable, tellement capable de réussir tout ce qu'il n'arrivait pas à faire qu'il fut contraint de regarder la vérité en face.

Il n'avait aucune idée de la façon dont il fallait gérer un bar.

Quelques minutes plus tard, Heather empira encore les choses en se hissant sur un tabouret près de lui et en lui donnant un coup de coude amical.

— Alors, qu'en dis-tu ? lança-t-elle. Tout est bien qui finit bien, non ?

— En effet.

— Tu ne vas pas me croire quand je te dirai le chiffre que j'ai fait, et seulement sur mes tables.

— Ça doit faire pas mal, j'en suis sûr.

— En réalité, une fois qu'on est lancé, les affaires marchent toutes seules. Alors que le petit déjeuner au salon de thé, ça, c'était un véritable enfer.

Peut-être, mais quelque chose me dit que tu t'en tirais tout à fait bien.

— Tu dois être fatiguée, lui dit-il. Pourquoi tu ne rentrerais pas ? Je vais faire la fermeture.

— Non, je vais rester et aider à nettoyer, objecta-t-elle.

— Ce n'est pas nécessaire. Je peux très bien m'en occuper.

— Je t'assure que ça ne me dérange pas. Quand tu auras tiré le rideau, je pourrais te préparer le dépôt pour la banque. Qu'en dis-tu ?

— Tu n'es pas obligée.

— Ce n'est pas un problème. Je suis comptable, tu te rappelles ? Les chiffres, c'est ma passion. Et, ce soir, je pense qu'il va y en avoir, du chiffre.

— Oui, s'il reste des bénéfices après toute cette nourriture offerte et les primes des employés.

Le sourire de Heather s'évanouit.

— Allez, Tony ! Tes clients sont satisfaits, et tes employés sont contents. Que veux-tu de plus ?

— De l'argent sur le compte en banque, ce serait pas mal.

La mine de la jeune femme devint grave.

— Si les décisions que j'ai prises te dérangent, je te rembourserai.

— Non, c'est ma faute. Je t'ai laissée faire.

— Oui, et c'était plutôt une bonne chose.

— Le jury délibère encore à ce sujet.

— Non. Tu vas faire un max de bénéfices ce soir, malgré ces quelques « cadeaux ». Mais, même si ce n'avait pas été le cas, cela en aurait valu la peine. Tu as gagné des clients ce soir.

— Et ces clients vont me coûter combien ? Ils vont me pousser à la faillite ?

— Allez, Tony ! Tu ne crois pas que tu en fais un peu trop ? (Elle afficha un sourire incertain.) Attends un peu qu'on termine les comptes de ce soir, et tu verras que j'ai raison.

— Je vais m'en occuper.

— Mais ça ne me dérange vraiment pas. Je vais juste…

— Heather, que tu le veuilles ou non, c'est encore moi le patron ici. Et ça veut dire que lorsque je te demande de rentrer tu rentres.

Elle le dévisagea un long moment, son expression passant de la surprise à une colère à peine voilée. Elle fit une moue, comme si elle avait voulu rétorquer quelque chose mais qu'elle se retenait. Puis elle prit la parole d'un ton calme, comme si des glaçons sortaient de sa bouche :

— Bien sûr, Tony. Comme tu voudras.

Elle se rendit dans la cuisine. Quelques instants plus tard, elle en émergea sans son tablier, son sac accroché à l'épaule, et elle fonça vers la porte, refusant de lui accorder le moindre regard.

— Heather ! s'écria Erika. Attends !

La jeune femme se retourna, et la serveuse se précipita vers le bar, deux tickets à la main.

— Je me suis emmêlé les pinceaux avec ceux-là. J'aurais dû facturer une bière sur celui-ci, mais je l'ai mise sur l'autre. Et ce n'est même pas la bonne bière. Qu'est-ce que je dois…

— Demande à Tony.

— Hein ?

— Il va t'aider là-dessus.

— Mais…

— C'est lui, le patron. Ne l'oublie pas. Moi, je le sais et je le garde bien en tête, ajouta-t-elle en regardant Tony.

Sur ce, elle se dirigea vers la porte, l'ouvrit en grand et sortit du bar, laissant derrière elle comme un sillage de mécontentement. Tony serra les dents, se disant qu'il s'en fichait. Il ne lui avait jamais demandé son aide, pour commencer, et il ne lui avait sûrement pas demandé de prendre la situation en main de la façon dont elle l'avait fait.

Erika se retourna pour lancer un regard d'impuissance au jeune homme.

—Je suis désolée, dit-elle en lui tendant les deux tickets. Je ne voulais pas tout mélanger. Est-ce que tu peux remettre ça en ordre pour moi ?

Bien sûr que oui, il le pouvait.

Mais il mit dix bonnes minutes à régler un problème que Heather aurait résolu en deux. Il envoya Erika faire autre chose de travers et retourna au bar commander une nouvelle bière à Lisa.

—Quelle soirée ! fit remarquer celle-ci.

—Oh que oui !

—Au fait, je n'ai pas eu l'occasion de te le dire, mais le mari de Jamie a appelé. Ils ont eu une petite fille dans la nuit. Elle fait 2,9 kg. Elle sortira de la maternité très vite. (Tony hocha la tête.) Heureusement que Heather est venue ! continua-t-elle. Je ne sais pas ce qu'on aurait fait sans elle.

Merci, Lisa. J'avais vraiment besoin d'entendre ça.

—On se serait débrouillés, répondit-il.

—Mais, grâce à elle, on n'a pas eu besoin de se débrouiller, fit-elle en riant un peu. Heather ne m'a pas l'air d'être une fille qui se contente de se « débrouiller ».

Merci, Lisa. Une autre lapalissade.

— Que fait-elle dans la vie ? s'enquit-elle.

— Elle est comptable.

— Vraiment ? s'étonna Lisa en clignant des yeux.

Son incrédulité ne surprit pas Tony, mais lui tapa vraiment sur les nerfs.

— Est-ce que ça te pose un problème ?

Lisa se détourna pour poser deux verres à vin dans l'évier.

— Oh… non ! Je me disais juste que…

Tony savait ce qu'elle allait éviter de dire. Qu'elle n'aurait jamais pensé qu'un homme comme lui soit capable d'épouser une femme intelligente et professionnelle. De toute évidence, la terre entière pensait la même chose, et il n'était pas sûr que ça lui fasse tellement plaisir.

Lisa posa les verres dégoulinants sur le rebord.

— Je me disais juste qu'elle avait peut-être tenu un restaurant auparavant, parce qu'elle avait l'air d'en connaître un sacré rayon.

— À la fac, elle était responsable d'un salon de thé le week-end.

— Ceci explique cela. J'ai déjà travaillé dans un endroit de ce genre. Si tu trouves que c'était difficile ce soir, tu devrais aller jeter un œil là-bas le samedi matin.

Tony poussa un soupir silencieux. Encore autre chose qu'il ne voulait pas entendre ce soir.

Lisa jeta un coup d'œil par-dessus son épaule, puis avoua d'une voix douce :

— Il faut que je te dise, Tony. Certaines des filles, et moi aussi, on se posait des questions sur Heather, tu sais ?

— Comment ça ?

— Ben, tu vois, vous vous êtes mariés tellement vite, et tout. Ne le prends pas mal, mais elle ne ressemble pas à ton genre de filles. Seulement, maintenant… (Elle haussa les épaules, et ses lèvres s'étirèrent en un sourire.) Heather est intelligente, et gentille. Je ne sais pas ce qu'en pensent les autres filles, mais moi, je trouve que tu as bien choisi.

Elle se sécha les mains puis s'éloigna pour s'occuper d'un client, abandonnant Tony à sa place. Assailli de toutes sortes de pensées, il faisait tout son possible pour rester en colère, se dire que Heather avait joué à la chef ce soir alors qu'elle n'en avait aucun droit. Mais ses arguments tombèrent rapidement à l'eau, lui laissant l'impression d'être le pire imbécile de tous les temps.

Déjà, Heather lui avait donné les 20 000 dollars pour acheter cet endroit qu'il était incapable de gérer. Puis, alors qu'elle avait débarqué pour l'aider, il s'était mis en colère, s'était défoulé sur elle et lui avait demandé de rentrer. Un sentiment de malaise le gagna, et il avala une autre gorgée de bière, tâchant de noyer cette sensation. Mais il ne pouvait y échapper.

Heather s'était mise en quatre pour lui rendre service – et pas qu'une fois –, et que lui avait-il donné en échange ? Un énorme bloc d'ingratitude.

Il s'était planté. Bien comme il faut. Et, d'une façon ou d'une autre, il allait falloir qu'il se rattrape.

Chapitre 12

Trente minutes plus tard, quand Tony arriva chez lui, une partie de lui souhaitait que Heather soit déjà partie se coucher, pour qu'il n'ait pas à l'affronter ce soir. Mais, en entrant, il trouva les lumières du salon allumées. *Purée!* Elle était encore debout.

Quand il passa la porte, il la découvrit assise sur le canapé, portant une horrible robe de chambre en éponge et des chaussons roses peluchés tout aussi horribles. Elle avait les cheveux mouillés, comme si elle sortait de la douche. À la télé passait une émission de minuit que seuls les insomniaques pouvaient regarder. Heather saisit la télécommande et éteignit l'écran. Puis elle se tourna et lui adressa un regard grave qui aurait pu le pétrifier.

Et quelle était cette odeur qu'il sentait ? Des produits d'entretien ? *Bon Dieu!* Il aurait dû se douter qu'elle allait passer sa colère en nettoyant l'appart à fond.

Il ferma la porte derrière lui, la verrouilla, puis se retourna lentement pour affronter son regard courroucé, poussant un profond soupir.

— Tu as nettoyé un truc juste pour m'énerver, c'est ça ?

— J'ai récuré le haut du réfrigérateur, fait la poussière sur les rebords des fenêtres, aspiré sous le canapé.

— Rien d'autre ?

— Ah oui ! J'ai stérilisé ta brosse à dents.

— T'as fait quoi ?

— C'était une horreur. Tu aurais dû en changer il y a des mois et des mois.

— Tu l'as stérilisée ?

— Ça m'a fait un bien fou, commenta-t-elle en lui lançant un regard glacial.

— Elle va avoir un goût de désinfectant, non ?

— Si j'ai bien travaillé, oui.

Bon, d'accord, il l'avait bien cherché. Il n'avait aucune envie de remettre cette femme en colère, sinon elle allait amidonner ses sous-vêtements ou effacer les chiffres de son clavier d'ordinateur à force de le frotter.

Tony sentit qu'elle cogitait une tirade furieuse à déverser sur lui. Il leva la main pour la faire taire, puis il s'assit. Il posa les coudes sur ses genoux et noua ses mains devant lui. Il les regarda un instant, puis leva les yeux pour croiser le regard de Heather.

— Je me suis comporté comme un salaud et un ingrat ce soir, n'est-ce pas ?

Elle cligna de ses grands yeux bleus, se calmant quelque peu.

— Oui, c'est vrai. Je me suis tuée à la tâche pour toi pendant toute la soirée.

— Je sais bien.

— Et c'est comme ça que tu me remercies ?

— Tu as raison, j'ai déconné.

— Oui, c'est clair.

— Grave.

— Tout à fait.

— Sur une échelle de un à dix…

— Bon sang, arrête de te rabaisser comme ça ! C'est à moi de le faire.

Il se redressa et se cogna la tête contre l'arrière du canapé.

— Autre chose que je ne sais pas bien faire : m'excuser.

— Ah, parce que ce sont des excuses ? s'étonna-t-elle en lui lançant un regard sceptique.

— Il est tard, je suis fatigué. C'est le mieux que je puisse faire. Mais je peux réessayer demain si tu veux.

— Non, non, ça fera l'affaire.

Elle tordit la bouche dans une grimace irritée.

— Mais tu aurais pu au moins me laisser me défouler un petit peu avant.

— Alors vas-y, dit-il en fermant les yeux. Défoule-toi, je le mérite bien.

— Eh bien, non ! Je ne peux plus le faire maintenant. Pas si tu as déjà admis tes torts. Quelle satisfaction je pourrais bien en tirer ? (Elle se réinstalla dans le canapé.) Et maintenant tu veux bien me dire pourquoi tu es un salaud et un ingrat ?

Il détestait devoir s'épancher, mais elle méritait bien une explication.

— Ça ne t'a posé aucun problème de prendre les choses en main ce soir, pas vrai ?

Elle marqua une pause.

— Eh bien, je ne dirais pas qu'il n'y avait aucun problème…

— Tout s'est mis à aller comme sur des roulettes dès que tu es arrivée.

— Il y a bien eu quelques accrocs…

— Que tu as maîtrisés immédiatement.

— Il y a eu ce problème de carte de crédit.

— Dont tu t'es occupée avec brio.

— Euh, peut-être, mais…

— Est-ce que tu avais vraiment besoin d'être aussi compétente, bon sang ?

Elle le regarda comme s'il avait perdu la tête.

— Mes compétences te posent un problème ?

— Quand tu as des compétences et que moi, j'en ai pas, là oui, c'est un problème.

Elle eut l'air abasourdie.

— Alors c'est pour ça que tu as agi de cette façon ? Parce que je me débrouillais mieux que toi pour gérer le bar ? (Il fit la grimace, détestant l'image que cette phrase donnait de lui.) Tu t'es senti menacé ?

— Pas de psychologie de comptoir, s'il te plaît. On se croirait dans une émission de télé, là.

Elle se renfonça dans le canapé, lui adressant un regard incrédule.

— Pourquoi est-ce que tu ne m'as pas dit ce que tu ressentais, au lieu de m'attaquer comme ça ?

— Ah, bien sûr ! Tu en connais beaucoup, toi, des hommes qui diraient à une femme : « Est-ce qu'on pourrait parler ? J'aimerais bien te faire part de mes sentiments » ? (Tony se frotta les yeux du dos de la main, puis laissa échapper un profond soupir.) Peut-être que mon père avait raison, ajouta-t-il.

— Ton père ?

— Oui. Cet homme était un cliché ambulant. Tu sais, du genre à dire à son fils qu'il ne serait jamais bon à rien.

Heather eut un mouvement de recul.

— C'est terrible !

— Nan, pas vraiment. Je me dis que, si je foire ma vie, je serai à la hauteur des attentes de mon père.

— Mais non, tu ne vas pas tout foirer.

— Ne le dis pas à mon père, ça lui briserait le cœur.

— Eh bien, il faut juste un temps d'adaptation. Tu es né pour gérer un endroit comme le *McMillan's*.

— Vu ce qui s'est passé ce soir, je n'en suis pas si sûr.

— Écoute-moi, Tony. Les problèmes que tu as eus ce soir ne sont pas vraiment des problèmes. Tout le monde peut apprendre à les gérer. Mais toi, tu as une qualité que la plupart des gens n'ont pas.

— Et qu'est-ce que c'est ?

— Pour un bar de quartier, l'atmosphère, c'est primordial. La convivialité, le bon accueil que les gens recherchent dans cet endroit. Toi, tu sais comment mettre les gens à l'aise. Tu n'as qu'à distribuer tes grands sourires chaleureux, et le tour est joué.

Il lui jeta un regard en coin.

— Alors tu trouves que mon sourire est chaleureux ?

— Bien sûr que oui ! C'est lié à ton ego démesuré.

— Donc tout ce que j'ai à faire, c'est de sourire à tout le monde, et le bar va avoir un succès monstre ?

— Non. Tu auras un succès monstre si tu te démènes vraiment. Le sourire, c'est juste une assurance.

« Si c'est pas facile, ça veut dire que c'est bien. Ça signifie que tout ce que tu fais en vaut la peine. » Mais, comme il commençait à s'en rendre compte, y arriver tout seul allait être sacrément difficile.

— Est-ce que tu voudrais être mon assistante en intérim pour le soir ? lui demanda-t-il. Seulement jusqu'à ce que Jamie revienne. Et je te paierai, bien sûr.

Il avait sorti cette proposition avant même d'y avoir réfléchi de son côté et, à en juger par la mine de Heather, il venait de dire une énormité. Elle devait gagner des mille et des cents dans son boulot de comptable, et il ne lui offrait rien d'autre qu'une occasion de se tuer à la tâche dans un autre boulot qui lui rapporterait des clopinettes.

— Oublie ça, fit-il. C'est stupide. C'est juste que… (Il souffla.) J'ai besoin d'avoir avec moi quelqu'un qui sait ce qu'il fait. Mais seulement jusqu'à ce que je commence à savoir ce que moi, je fais.

— Non, ce qu'il faut que tu fasses, c'est que tu nommes Kayla au poste d'assistante. Elle est réactive et fiable, et elle s'entend bien avec tout le monde. Et moi, je serai une consultante qui peut gérer quelques tables au besoin.

— D'accord.

— Mais je ne veux pas que tu me paies pour ça.

— Je ne peux pas te laisser travailler gratuitement.

— Ne discute pas. Tu n'aurais de toute façon pas les moyens de me payer à mon juste prix. (Après ce qu'il avait vu ce soir, il savait à quel point cette remarque était pertinente.) Un autre conseil : tu devrais faire une grande soirée d'ouverture.

— Mais le bar est déjà ouvert.

— Eh bien, une soirée de réouverture dans ce cas ! Pour que les gens sachent que c'est une nouvelle direction et qu'il a changé de nom.

— Changé de nom ?

— Je crois qu'il est temps que le *McMillan's* devienne le *McCaffrey's*.

Tony devait admettre qu'il trouvait l'idée séduisante. Il n'avait pas vraiment décidé de mettre son nom sur ce lieu, mais la pensée lui avait traversé l'esprit, et l'optimisme de Heather était contagieux.

— Peut-être bien, répondit-il.

— Absolument, oui. Commande une enseigne, et nous la dévoilerons à la grande soirée d'ouverture. Nous ferons de la publicité. Plus il y aura de monde, mieux ce sera, et, cette fois-ci, nous serons prêts à les accueillir. Je te rédigerai un communiqué de presse et j'enverrai les invitations. On pourra faire un brainstorming pour les boissons et les menus spéciaux du soir. Si on fait ça bien, on pourra attirer la moitié de la ville. Qu'en penses-tu ?

Tony avait la tête qui tournait.

— Je crois que la tornade Heather vient de sévir, là.

— Je vais prendre ça comme un compliment.

— Avec toi, les choses paraissent si simples.

— Elles le sont.

Faux. Si c'était si simple que ça, il aurait déjà commencé à préparer la soirée. Tenir un bar était plus dur qu'il ne l'avait pensé, mais, d'une façon ou d'une autre, avec l'aide de Heather, la tâche ne semblait plus aussi insurmontable.

Heather réprima un bâillement, puis se laissa glisser au bord du canapé.

— Il est tard. Je vais aller me coucher.

— Oui, je ne vais pas tarder non plus.

C'est alors qu'il remarqua ses cheveux. Ils étaient humides à cause de la douche, mais, pour la première fois, il vit que sa chevelure, d'habitude si lisse et bien nette, était au naturel une véritable cascade de bouclettes, qui retombait sur ses épaules et dans son dos.

Avant qu'elle se lève, il passa les doigts dans une de ses mèches en disant :

— Euh, qu'est-ce qui se passe ?

Elle s'éloigna de lui en frissonnant et tenta de lisser sa mèche pour la remettre en place.

— Alors c'est comme ça qu'ils sont vraiment ? Frisés ? s'enquit-il.

Heather eut l'air dégoûtée.

— « Frisés », c'est un gentil mot pour décrire cette chose.

— Donc tu les lisses, en général.

— Tous les matins.

— Pourquoi ?

— Tu te moques de moi ? Sans mon fer à lisser, je ressemble à un caniche.

— Tu veux bien arrêter d'être aussi coincée ? protesta Tony en secouant la tête.

— Ce n'est pas être coincée que de vouloir avoir les cheveux raides, répliqua-t-elle en fronçant les sourcils.

— Mais tu veux que tout soit lisse dans ta vie. Net. Parfait.

— Contrairement à ce que tu penses, cela n'est pas un défaut.

— Non, mais ça t'empêche de t'amuser. Lâche-toi un peu, Heather. Va marcher sous la pluie, roule-toi dans la boue, chante sous la douche. Mange un Kinder, ajouta-t-il en affichant un grand sourire.

— Et tu voudrais peut-être que je passe la tête par le toit ouvrant d'une limousine, par exemple ?

— Tu n'as qu'un mot à dire, et j'en loue une autre.

Elle secoua la tête.

— Tu es vraiment cinglé.

— Tu me l'as déjà dit. Mais je ne suis pas sûr que ma folie te rebute vraiment.

— Comment est-ce que je pourrais t'en convaincre ?

— Maintenant que j'ai vu ça, fit-il en désignant ses cheveux, rien ne saurait me convaincre.

— Ce n'est pas parce que j'ai des mèches folles que je suis folle. Pas vrai ?

— Non, mais ça me pousse à me demander ce que tu peux bien cacher d'autre.

Il le pensait vraiment. Après cette soirée, il s'était rendu compte que Heather gagnait à être connue. Et, alors qu'elle le dévisageait, elle aussi, de ses yeux bleus brillant comme la surface d'un Martini glacé, Tony sentit quelque chose remuer en lui, une sorte de prise de conscience qu'il n'avait jamais ressentie auparavant.

Cela ne signifiait pas qu'elle était subitement devenue belle. Mais, à force de regarder ses joues rosies par l'eau chaude de la douche, de poser les yeux sur sa peau claire et laiteuse, de descendre le long de son cou qui semblait si chaud et attirant, le jeune homme se mettait à voir la beauté sous un nouvel angle.

— Tony, tu me dévisages, lui fit remarquer Heather.

Il croisa son regard de nouveau.

— Je ne fais qu'admirer mon épouse.

— Il n'y a rien à admirer chez ta femme.

— Et pourquoi ne laisse-t-elle pas son mari en juger ?

Le cœur de Heather se mit à battre la chamade.

— Il est tard, il faut que j'aille me coucher.

Elle tenta de se lever du canapé, mais Tony lui saisit le poignet.

— Tu sais quoi, ma jolie ? Comme tu m'aides, je vais t'aider aussi.

— Quoi ?

— Tu me montres comment faire marcher mon bar, commença-t-il en se penchant vers elle et en insistant sur chaque mot, et moi, je te montre comment t'amuser comme tu ne l'as jamais fait dans ta vie.

Sa voix grave et attirante formait comme une mélodie dans les oreilles de Heather et déclenchait des vagues de pur plaisir dans son corps tout entier.

Il est en train de te séduire.

Cette idée était invraisemblable. Mais Heather n'avait jamais été du genre à tirer de mauvaises conclusions quand les données se trouvaient pile sous son nez. Au moment où cette pensée jaillit dans son esprit, tous ses sens se réveillèrent, même si elle savait qu'elle n'avait aucunement l'intention de se retrouver un jour au lit avec lui.

Quand il reprit la parole, sa voix était presque devenue un murmure :

— Je pensais à cette limousine.

Flash-back. Lèvres, mains, baisers, caresses…

— Eh bien, quoi ?

— Je ne vois pas pourquoi on ne reprendrait pas là où on s'était arrêtés.

Il joua du doigt avec une mèche des cheveux de Heather, pour la faire ensuite retomber sur son épaule. Puis il inclina la tête, se pencha et l'embrassa dans le cou. Elle était si étonnée qu'elle ne pouvait plus bouger. *Arrête-le. Maintenant. Rien de bon ne peut ressortir de tout ça.*

Mais, pour une raison ou pour une autre, elle demeura assise là, comme paralysée, pendant qu'il posait les lèvres le long de son cou, et elle se souvenait de ce qu'elle avait ressenti la dernière fois. Seulement là, la sensation était encore meilleure, car Heather n'était pas anesthésiée par le champagne. Il approcha la bouche de son oreille, et elle sentit son souffle chaud contre sa peau quand il reprit la parole :

— Sur la banquette arrière de cette limousine, j'avais envie de te faire l'amour, tu n'as pas idée.

— Je ne t'aurais pas laissé faire, déclara-t-elle, un peu à bout de souffle. Je ne fais pas ce genre de choses.

— Heather, tu avais tellement envie de moi à ce moment-là que j'étais étonnée que tu ne m'aies pas arraché mes vêtements.

Et, si ça continue, c'est lui qui va m'arracher mes vêtements à moi.

Jusqu'ici, le souvenir de leur balade en limousine avait été assez vague, mais, maintenant, elle se souvenait précisément de l'effet qu'il lui avait fait. Sauf que ça n'était pas une bonne idée. Entamer une relation intime avec Tony, c'était la catastrophe assurée. N'en avait-elle pas déjà eu la preuve ?

Peut-être se trompait-elle. Peut-être les choses avaient-elles changé. Peut-être lui avait-elle fait de l'effet. Peut-être que, après cette soirée au bar, il avait fini par accorder de la valeur à une femme qui savait faire plus que d'enfiler des vêtements sexy sur un corps de top-modèle. Peut-être que…

Mais toute parole disparut de son esprit, et elle ne fut plus capable de penser à quoi que ce soit.

Il inspira profondément et posa la main sur sa cuisse, puis la glissa sous le bas de son tee-shirt. Plus il remontait, plus elle sentait son cœur battre d'excitation. Il l'embrassa sur la joue, ses lèvres traçant un chemin lent et brûlant vers sa bouche.

— Ce mois-ci, je ne peux pas voir d'autres femmes, et toi, tu ne peux pas voir d'autres hommes non plus, murmura-t-il. C'est juste toi et moi. Et si on en profitait ?

Sans attendre sa réponse, il l'embrassa. *Ahhh !* Voilà, elle s'en souvenait maintenant. Elle se souvenait précisément de ce qu'elle avait ressenti quand il l'avait embrassée, à l'arrière de cette limousine. *Bon sang !* Ce qu'il était doué.

Pourtant, au moment où elle sentait son esprit se remplir de satisfaction, quelques neurones s'agitèrent. Que venait-il de dire ? Que ni l'un ni l'autre ne pouvait coucher ailleurs, et qu'ils n'avaient donc qu'à coucher ensemble ?

Quand elle se rendit compte de la réalité de la situation, elle sentit l'humiliation monter en elle. Elle le repoussa en posant la paume de sa main contre son torse.

— Stop !

Il s'immobilisa.

— C'est quoi, le problème ?

Elle le regarda droit dans les yeux.

— Tu es coincé : tu dois faire abstinence pendant les quelques semaines à venir. Je sais que c'est dur pour toi. Mais je ne vais pas te laisser me courir après pour la seule et unique raison que tu ne peux trouver aucune autre femme pour l'instant.

Elle se leva et se dirigea vers sa chambre, mais il attrapa son bras et l'attira pour qu'elle se rassoie.

— Attends un peu. Tu crois vraiment que ça se résume à ça ?

— Oh, allez ! Mets-moi à côté de trois de tes serveuses. Laquelle tu choisirais ?

— Pourquoi est-ce que tu te rabaisses toujours à ce point ?

— Je ne me rabaisse pas. J'ai des qualités que ces femmes n'auront jamais. Mais je ne suis pas le genre de femmes qui t'attire, donc, si tu te rapproches de moi, c'est seulement parce que tu as envie de tirer un coup. Désolée, les plans cul, ce n'est pas mon truc.

— Et tu ne t'es jamais dit que je pouvais être attiré par toi ?

— Oh, allez ! J'ai dû passer des dizaines de soirées au *McMillan's* quand tu y allais aussi. Si tu étais attiré par moi, ça se serait déjà fait, depuis le temps.

— Quand j'y vais, c'est pour passer un bon moment. Je remarque les femmes qui aiment rire, regarder le sport à la télé et jouer au billard. J'ai tendance à ne pas remarquer celles qui restent assises à leur table toute la soirée, ne vont jamais au bar et ne disent bonjour à personne.

— Tu ne crois pas que tu exagères un peu, là ? Si une femme canon passait la porte et s'installait à une table sans en bouger, ton radar l'aurait quand même détectée en un clin d'œil.

— Tu as peut-être raison. (Il se rapprocha d'elle.) Mais ce n'est pas parce que je ne t'ai pas remarquée avant que je n'ai pas le droit d'être attiré par toi maintenant.

— Bon, imaginons que ce soit vrai. Ça ne change rien, car je ne suis pas attirée par toi.

— Ah oui ? Et l'autre soir dans la limousine ?

— J'avais trop bu.

— Tu ne peux pas mentir là-dessus, répliqua-t-il en posant une main sur son visage. Tu as les joues brûlantes.

Elle s'éloigna de lui avec un frisson.

— Arrête de faire ça.

— Arrête de mentir. Tu as envie de moi autant que j'ai envie de toi.

— Non. Je t'ai dit depuis le début qu'il ne se passerait rien entre nous.

— Mais ça, c'était avant, objecta-t-il. Maintenant, c'est différent. Tu me plais, Heather, de plus en plus. Et je ne vois pas où est le mal si on couche ensemble.

Il ne la quittait pas des yeux. Elle scruta son visage pour y déceler la moindre trace de mensonge, mais elle n'en vit aucune. Cela ne signifiait pourtant pas que ses motifs étaient plus purs qu'avant.

— Tu as clairement expliqué d'où cette idée te venait, Tony. On ne peut coucher avec personne d'autre, donc autant coucher ensemble. De cette façon, je ne vois pas grand-chose de changé. (Elle se leva.) Je vais t'aider au bar, mais il faut que ça s'arrête là.

— Heather…

— Bonne nuit, Tony.

La jeune femme se rendit dans sa chambre et ferma la porte avant de foncer dans la salle de bains. Là, elle se regarda dans le miroir.

Tony avait raison : elle avait les joues écarlates.

Elle s'aspergea le visage d'eau froide et l'essuya avec une serviette, souhaitant que son cœur commence à se calmer un peu.

Tony était fort. Tellement fort qu'il aurait pu élaborer un plan séduction dans n'importe quelle situation. Elle était presque arrivée à entendre le raisonnement qui se tenait dans son cerveau. *Voyons… Je suis coincé, marié à une femme qui ne m'attire pas pendant un mois. Que dois-je lui dire pour la mettre dans mon lit ? Qu'a-t-elle envie d'entendre ?*

C'était une chose que Heather n'avait pas anticipée. « Et tu ne t'es jamais dit que je pouvais être attiré par toi ? »

Ce qui la rendait triste, c'était que, pendant une fraction de seconde, elle l'avait cru. Elle avait regardé ses beaux yeux verts et avait cru chacune de ses paroles.

Puis elle s'était reprise.

Elle savait à présent comment il parvenait à séduire autant de femmes en un claquement de doigts, car il n'avait pas été loin de la séduire, elle. Mais, quoi qu'il en dise, elle connaissait la vérité. Même s'ils baisaient comme deux lapins dopés aux hormones, en fin de compte, les seules qualités qu'il apprécierait en elle se limiteraient à trois choses : elle était là, c'était une femelle, et elle respirait.

Elle n'avait pas menti, elle n'était pas du genre à coucher sans sentiments. Et, vu que c'était tout ce qu'il faisait, lui, elle avait bien fait d'y mettre le holà avant même que ça commence.

Quelques minutes plus tard, Tony se laissa tomber dans son lit avec un soupir de frustration. Il n'avait peut-être pas remarqué Heather auparavant, mais une chose était sûre : maintenant, il la remarquait.

Il avait du mal à croire qu'il s'y soit si mal pris, que tout soit tombé à l'eau comme ça. Tout ce qu'il voulait dire, c'était que, ce mois-ci, ils auraient vraiment l'occasion de mieux se connaître. Quel mal pouvait-il y avoir à cela ?

Il pensa à la suivre dans sa chambre pour retenter un plan drague. Mais, s'il essayait, elle finirait par le gifler, et un râteau dans la soirée, ça lui suffisait déjà. Il n'aurait jamais pensé se retrouver dans cette situation : son plan d'attaque habituel était inopérant, et les phrases vides de sens qu'il utilisait d'habitude se retournaient contre lui parce qu'elle était bien trop intelligente pour se laisser berner.

Mais pourquoi la voulait-il à ce point ?

Peut-être que rien n'avait changé. Peut-être que, comme avant, il avait seulement envie de tirer son coup.

Et peut-être que c'était plus que ça.

Non, c'était impossible. « Intelligente », « compétente », « capable d'assumer des responsabilités »…, ces mots n'avaient jamais figuré dans la liste des qualités qu'il recherchait chez une femme. En réalité, il s'était toujours dit que ce genre de choses l'empêcherait de s'amuser. Seulement maintenant…

Il ne s'était jamais rendu compte de l'attrait que pouvaient exercer ces qualités. De l'attrait que Heather pouvait exercer.

« Mets trois de tes serveuses à côté de moi. Laquelle choisirais-tu ? »

Il y a une semaine, il aurait été capable de répondre à cette question sans même y réfléchir. Maintenant, il n'était plus si sûr de lui. Peut-être avait-il trouvé la seule femme qu'il ne pouvait pas séduire en se contentant de claquer des doigts et d'afficher un sourire sexy, une femme qu'il trouvait bien plus séduisante qu'il ne l'aurait jamais imaginé.

Chapitre 13

Le lendemain, à 10 heures, Heather fut réveillée par les rayons du soleil, des courbatures et une odeur de café. Elle enfila sa robe de chambre et traîna les pieds jusque dans la cuisine, pour y découvrir Tony affalé à table, en train de siroter un café et de lire le journal. Il portait un tee-shirt élimé des Rangers et un boxer vert. Il avait les cheveux ébouriffés par le sommeil, ses paupières semblaient lourdes, et ses joues n'étaient pas rasées. N'importe quel autre homme aurait eu mauvaise allure et l'air négligé. Alors comment Tony faisait-il pour paraître aussi séduisant, même dans cet état ?

Il se tourna, la regarda lentement de la tête aux pieds, puis sourit.

— Bonjour !

Pour Heather, le réveil était synonyme de traces d'oreiller sur les joues, de gros cernes et de cheveux encore plus frisés qu'à l'accoutumée. Le fait que Tony la regarde malgré tout lui indiqua qu'il devait être encore plus en manque de sexe qu'elle ne l'avait pensé. Malheureusement, chaque fois qu'il la fixait de cette façon, cela retirait une brique du mur mental qu'elle s'était créé pour éviter de lui céder. Et, quand ces briques disparaissaient, la seule défense qui lui restait, c'était de savoir que, à la seconde où leur divorce serait prononcé, son intérêt pour elle fondrait comme neige au soleil.

« Je ne fais qu'admirer mon épouse. »

Quel baratin ! Mais, même si elle n'y croyait pas, il fallait qu'elle lui tire son chapeau. Il était très fort à ce jeu-là.

— Bonjour, répondit-elle en se servant du café.

— Tes cheveux, lança-t-il.

— Quoi ? grogna Heather en fronçant les sourcils.

— Laisse-les friser aujourd'hui.

— Non. Ça fait des années que je ne les porte plus comme ça, et ce n'est pas maintenant que je vais m'y remettre.

— Mais j'aime bien, moi.

— Toi, tu aimes tout ce qui est chaotique.

— Eh bien, peut-être, mais…

Elle se retourna pour lui faire face.

— Si tu arrêtes de m'embêter avec mes cheveux, je te prépare un petit déjeuner.

Il rumina cette pensée quelques instants.

— Bon d'accord, ça marche.

Heather sortit une poêle et un bol, alluma une plaque de cuisson et sortit des œufs du frigo. Elle en cassa un et en versa le contenu dans le bol.

— Je croyais que les œufs étaient pleins de cholestérol, fit remarquer Tony.

— Ils sont aussi pleins de protéines. Il faut trouver le juste milieu entre le bon et le moins bon. Enfin, je dis ça, mais je sais bien que je parle à un homme qui croit que les Kinder font partie des quatre grandes catégories d'aliments.

— Parce que ce n'est pas le cas ?

— Tu manges vraiment n'importe quoi.

— C'est bon pour le corps et pour le moral.

— Je n'ose même pas imaginer à quoi ressemblent tes artères.

— Bien sûr que si. Elles sont pleines de chocolat avec du bon lait.

Heather fit une grimace dégoûtée et prit un spray de cuisson antiadhésif dans le placard. Elle l'ouvrit et en étala sur la poêle.

— Oh, pour l'amour du ciel ! marmonna Tony.

Il se leva, lui prit le spray des mains et le jeta à la poubelle.

— Hé ! s'exclama-t-elle. Qu'est-ce que tu fais ?

Il ouvrit le frigo, prit une motte de beurre et la lui tendit.

— Voilà.

Elle regarda le beurre, l'air exaspéré.

— Je ne peux pas manger de beurre. Il faut que je rentre dans cette robe de demoiselle d'honneur dans quelques semaines, et elle est trop petite d'une taille.

Il eut l'air surpris.

— Mais pourquoi tu n'as pas pris la bonne taille dès le départ ?

— C'est la faute de Regina.

— D'accord. Alors pourquoi Regina a fait ça ?

Heather poussa un soupir.

— Il faudrait que je remonte à notre petite enfance pour t'expliquer. Pour faire court, disons que, à partir de maintenant, je ne dois me nourrir que de bâtons de céleri et de galettes de riz.

— Tant pis pour la robe de demoiselle d'honneur. Vas-y toute nue.

— Oh, ce serait un peu excessif.

— Moi, j'adorerais.

— C'est parce que tu es un pervers.

Elle coupa un tout petit morceau de beurre et le posa dans le poêlon.

— Point trop n'en faut, fit remarquer Tony.

— Tais-toi, tu as déjà de la chance que j'en mette.

Il s'adossa à sa chaise et la regarda prudemment.

— Tu sais, je n'y avais pas pensé, mais c'est assez satisfaisant d'avoir une petite femme dans sa cuisine, quelqu'un pour faire chanter les casseroles et les poêles.

Elle se retourna pour lui assener un regard exaspéré.

— Je cuisine parce que j'aime manger de la vraie nourriture, pas parce que j'ai des ovaires.

— D'accord. Si tu refuses d'accepter ton rôle naturel de femme, ne compte pas sur moi pour tuer les araignées.

— Pas besoin d'être du sexe fort pour ça. (Elle versa les œufs dans la poêle et commença à les fouetter avec une fourchette.) Tu sais, je pensais à la grande soirée d'ouverture. Quand voudrais-tu la faire ?

— Attends. (Il se dirigea vers un tiroir de la cuisine et en sortit un petit calendrier.) Pourquoi pas samedi 12 ?

— C'est la veille du mariage de Regina.

— Est-ce que ça pose un problème ?

— Normalement non, car le dîner de répétition doit avoir lieu le jeudi soir. Ils devaient le faire le samedi, la veille du mariage, mais la mère de Jason n'a pas réussi à réserver le country club à cette date.

— Donc samedi, c'est bon ?

— Oui, à condition que ça nous laisse assez de temps pour tout bien planifier.

— Je ne veux pas attendre trop longtemps. Une fois que tu seras mon ex-femme, les gens trouveront ça bizarre que tu sois toujours dans les parages à donner un coup de main.

— Bien vu. On va viser le 12 alors. Je commence à tout planifier dès aujourd'hui.

— Ça me va, mais tu es sûre que tu n'as pas d'autres choses à faire ?

À vrai dire, elle avait des tas d'autres choses qu'elle aurait pu faire. En général, le samedi après-midi, quand elle ne faisait pas son ménage, elle triait ses coupons de réduction, apportait parfois sa voiture à la révision, faisait les courses, réglait ses factures ou vaquait à toutes sortes d'activités parfaitement nécessaires mais ennuyeuses comme la pluie.

Aider un bar à se lancer ? Ça, c'était excitant.

— Si je reste à la maison aujourd'hui, je vais finir par laver les carreaux et nettoyer derrière le frigo, indiqua-t-elle à Tony. Tu préfères que je fasse ça ?

— Pas du tout.

— Bon d'accord. Je vais commencer par commander une nouvelle enseigne. Je vais aussi faire imprimer des cartes qu'on pourra poser sur les tables. On demandera aux clients de nous laisser leurs coordonnées. Comme ça, on pourra leur envoyer une newsletter pour annoncer les concerts, les offres spéciales, ce genre de choses. Si on garde le contact de cette façon, ils reviendront.

Tony lui adressa un regard étonné.

— C'est une bonne idée. Pourquoi n'y ai-je pas pensé ?

— Parce que tu es plutôt du genre à envisager la situation de façon globale, alors que moi, je m'attarde plus sur les détails. Je vais créer une base de données dès aujourd'hui. Tu as les adresses de tes amis et connaissances ?

— Oui, mon carnet d'adresses se trouve dans ma chambre.

— Va le chercher. On pourra en parler pendant qu'on mange.

Alors qu'il était parti, Heather mit quelques tranches de pain dans le toaster.

Tony revint quelques minutes plus tard.

— Désolé, il est un peu usé, annonça-t-il en posant le répertoire sur la table. Et mon écriture n'est pas toujours facile à déchiffrer. Tu n'as qu'à me demander, et je te dirai ce que j'ai écrit.

Heather remplit leurs assiettes et les porta à table. Tony feuilleta son carnet d'adresses.

— C'est surtout des adresses de femmes là-dedans, précisa-t-il.

— Quelle surprise !

— Je vais te marquer celles à qui tu peux envoyer des invitations.

Alors qu'ils mangeaient, Tony faisait défiler les pages et vérifiait presque tous les noms. S'il y avait des personnes qui avaient déménagé, Heather lui avait demandé de le noter pour qu'elle cherche leur nouvelle adresse. Quand il fut arrivé à la moitié de son carnet, elle estima que sa liste représentait plus d'une quarantaine de personnes.

— Tu connais beaucoup de monde, déclara-t-elle.

— C'est parce que je suis un gars sympa. J'ai vécu aux quatre coins du monde quand j'étais petit. J'ai appris à me faire des amis rapidement, c'était la seule façon d'y arriver.

— C'est vrai. Ton père était dans l'armée.

— Oui. Parfois, on déménageait avant même la fin d'une année scolaire.

— Quel dommage ! Ça doit être difficile de se faire des amis dans ces conditions.

— Bof, ça allait. Quand on est le clown de la classe, les gens sympathisent assez vite.

— Toi ? Le clown de la classe ? Voilà qui me surprend vraiment.

— C'était seulement au collège. Ensuite, au lycée, je suis devenu populaire pour d'autres raisons, précisa-t-il avec un sourire malicieux.

— Grâce aux filles.

— Hmm, hmm. Je jouais les mauvais garçons, ça marchait du feu de Dieu.

— Les mauvais garçons ?

— Des enfantillages. Des graffitis, des courses de rue, tu sais. Désolé, précisa-t-il face à son air surpris, j'imagine que les majors de promo ne connaissent pas forcément tout ça.

— Je suis sûre que ton père a adoré.

— Il grimpait aux rideaux quand il entendait ça. Mais les filles adoraient.

— Elles aimaient bien traîner avec un délinquant ?

— Oh oui ! Tant que je jouais les mecs torturés en plus... Les filles du lycée étaient folles de ce genre de garçons.

Heather le dévisagea, prise au dépourvu.

— Et tu n'es pas en train de pourrir dans une prison à l'autre bout du monde ? Tu as eu de la chance.

— Non. Mon père me tirait toujours d'affaire. Sinon, je lui aurais fait honte, et personne ne fait jamais honte au commandant McCaffrey.

— En parlant de ton père, fit Heather, c'est dommage qu'il vive à Fort Lauderdale. Tu crois qu'il pourrait venir ici pour la grande soirée d'ouverture ?

— Mon père ? Non.

— Pourquoi pas ?

— Parce que je ne l'inviterai pas.

Heather eut un mouvement de recul, surprise.

— Et pourquoi pas ?

— Ça fait trois ans que je ne lui ai pas parlé. Ce n'est pas maintenant que je vais m'y remettre.

— Trois ans ?

— Oui, Heather. Ma famille n'est pas comme la tienne.

— C'est vrai que s'il vit aussi loin...

— Il vit à Plano.

Heather cligna des yeux.

— Attends un peu, tu as dit à mes parents qu'il vivait à Fort Lauderdale.

— C'est parce que je ne voulais pas que ta mère se mette en tête de le rencontrer ou quoi.

— Il vit ici, mais tu ne le vois jamais ?

— Mon père et moi, on n'est pas vraiment sur la même longueur d'onde. C'est mieux pour nous deux de ne pas nous retrouver face à face.

— Mais tu ouvres un bar. Ce n'est pas rien, ça doit bien avoir de l'importance pour lui.

— Ma jolie, vu là d'où tu viens, je sais que c'est dur à comprendre, mais, dans certains cas, ne voir sa famille qu'une fois tous les trois ans, c'est une bonne chose.

— Mais c'est ton père.

— Pas tant que ça, en réalité. C'est le commandant McCaffrey, et c'est à peu près tout.

— Il a été dur avec toi quand tu étais petit ?

— C'était la figure classique du père exigeant et du fils tire-au-flanc. Il voulait que je « devienne quelqu'un », et je ne voulais rien entendre.

— Je parie que, quand il disait « devenir quelqu'un », il voulait parler de l'armée.

— Oh oui ! Il ne me lâche pas avec ça depuis que j'ai douze ans. Mais il voulait que j'aille à l'université avant. J'y suis allé pendant un an. C'est alors que la véritable guerre a commencé. Je séchais les cours et j'ai commencé à bosser en tant que barman. Et là, ce n'est pas passé. En y repensant, je me dis que je n'ai lâché les études que pour l'énerver.

— Qu'est-ce qu'il dirait s'il savait que tu as racheté le *McMillan's* ? Il y a une grosse différence entre jouer les barmans et être propriétaire d'un bar.

— Je n'en sais rien, et ça m'est égal.

Mais Heather savait que cela ne lui était pas du tout égal. C'était obligé. Tous les garçons se soucient de ce que pensent leurs pères, surtout ceux qui ne se sont jamais vraiment sentis à la hauteur.

— N'empêche que je crois que tu devrais l'inviter.

Tony lui adressa un regard incrédule.

— Tu n'as pas écouté un seul mot de tout ce que je t'ai dit ?

— Je crois qu'il serait fier de toi.

Les épaules de Tony se soulevèrent pendant qu'il soupirait silencieusement.

— Écoute, Heather, dans l'absolu, j'aimerais bien rester en contact avec mon père. Si les choses avaient changé un minimum, ce serait différent. Mais, avec l'âge, il est encore plus arrêté dans ses idées.

— Parfois, en vieillissant, les gens se rendent mieux compte de ce qui est important. Et la famille, c'est ce qu'il y a de plus important.

— Il y a trois ans, on s'est vus pendant les fêtes de fin d'année. Au début ça ne se passait pas trop mal. Ensuite, il a commencé à me demander des comptes, à me demander pourquoi j'étais un agent de recouvrement, pourquoi j'avais un boulot qui me poussait à côtoyer des cas sociaux, pourquoi je ne cherchais pas à faire quelque chose de mieux dans la vie.

— Peut-être qu'il voulait parler de quelque chose comme le *McMillan's* ?

— Crois-moi, Heather. Quoi que je fasse, ce ne sera jamais assez. Donc pour ce qui est de la liste des invités…

— Oui ?

— Je te préviens que je n'ai vraiment pas envie d'y voir le nom de mon père.

Tony avala le dernier morceau de sa tartine grillée et porta son assiette dans l'évier. Il aida la jeune femme à ranger la cuisine et partit se doucher.

Heather s'assit à la table de la cuisine et rouvrit le carnet d'adresses. Elle chercha à la lettre M et vit une adresse à Plano notée sous le nom « Don McCaffrey ». Tony l'avait barrée d'une grande croix.

Heather ne comprenait pas. Ils avaient eu quelques différends quand il était ado. D'accord, peut-être de gros différends. Mais, parfois, les gens se retrouvaient coincés dans des comportements dont ils n'arrivaient pas à se défaire, et, pour cette raison, ils se boudaient toute leur vie. Tony avait affirmé qu'il n'avait pas d'autre famille proche. Si lui et son père étaient en froid, vers qui se tournait-il en cas de difficulté ?

Une heure plus tard, Tony, au *McMillan's*, refaisait les stocks du bar, quand Heather entra sur la pointe des pieds. Ses cheveux frisés étaient rassemblés sur sa nuque à l'aide d'une barrette, mais plusieurs mèches s'en étaient échappées pour frôler ses joues.

Elle s'arrêta devant le bar, les poings sur les hanches, et parla d'une voix basse et courroucée :

— Bon. Où est-il ?

— Où est quoi ? demanda-t-il.

— Mon fer à lisser.

Tony fit glisser une bouteille de Johnny Walker Red sur l'étagère.

— Je ne sais pas de quoi tu parles.

— Il était dans le tiroir de la salle de bains. Maintenant, il n'y a plus rien.

— Tu as dû le ranger ailleurs.

— Non, Tony. Ça t'arrive peut-être de ranger les choses ailleurs, mais à moi, jamais. Il a disparu.

— Et tu crois que je l'ai pris, moi ?

— Je sais que tu l'as pris.

— Allez, Heather ! Quand est-ce que j'aurais pu avoir le temps de le prendre ?

— Quand tu es parti chercher ton carnet d'adresses ou avant de te doucher.

Tony marqua une pause.

— Ah oui ! J'avais sûrement plein de temps à ces moments-là.

C'est alors que Kayla sortit de la cuisine et s'arrêta net, les yeux écarquillés sous l'effet de la surprise.

— Heather ! Mon Dieu ! Qu'as-tu fait à tes cheveux ?

Heather rétorqua entre ses dents :

— C'est à ça que je ressemble quand je ne fais rien à mes cheveux, justement. Tony a caché mon fer à lisser. Cet homme est bizarre : il aime bien mes cheveux dans cet état.

— Eh bien oui, je ne suis pas aveugle.

— Comment ça ? lança Heather.

— C'est magnifique, commenta Kayla.

— Oh, allez ! fit Heather, incrédule.

— Non, mais vraiment ! Tu sais combien ça coûte chez le coiffeur pour avoir des cheveux comme les tiens ? Des centaines de dollars. Crois-moi, j'ai déjà demandé. Ils doivent faire une permanente et tout, et ça dure des heures.

— J'échange tes cheveux contre les miens quand tu veux.

— Tu ne sais pas ce que tu dis, protesta Kayla en repoussant ses cheveux en arrière. Regarde ça, c'est fin, sans vie. Je tuerais pour avoir une chevelure aussi belle que la tienne.

Heather se tourna vers Tony.

— Tu sais, je vais simplement en acheter un autre.

— Et je cacherai celui-là aussi ?

— Tu vas me le payer, le menaça Heather avant de se diriger vers les toilettes.

Tony avait du mal à croire à quel point cette coiffure la rendait différente. Au lieu d'avoir l'air coincée, elle ressemblait à une femme sauvage, libre, qui savait vraiment s'amuser. Bien sûr, avant de s'amuser, il fallait qu'elle arrête de lui en vouloir.

— Elle ne s'en rend vraiment pas compte ? demanda Kayla.

— Absolument pas.

— Tu as vraiment caché son fer à lisser ?

— Ouaip.

Kayla secoua la tête.

— La pauvre ! Elle ne savait vraiment pas dans quoi elle s'embarquait en se mettant avec toi.

Tony ébaucha un sourire. Et il ne savait pas non plus dans quoi il s'embarquait en se mettant avec elle.

Face au miroir des toilettes, Heather retira l'élastique de ses cheveux dans l'intention de le remettre en le serrant au maximum. Une cascade de boucles se déversa alors autour de son visage et retomba sur ses épaules.

Argh! Elle détestait cela.

Elle n'avait jamais rencontré personne d'aussi gonflé que Tony. Il lui avait fallu un sacré toupet pour aller dans la salle de bains et lui voler un objet comme ça. Surtout quelque chose d'aussi indispensable que son fer à lisser.

Mais, comme elle commençait à remettre son élastique, elle se souvint de ce qu'il lui avait dit auparavant. « Lâche-toi un peu, Heather. Va marcher sous la pluie, roule-toi dans la boue, chante sous la douche. Mange un Kinder. »

Bon, le Kinder, c'était hors de question quoi que Tony en dise, mais…

Elle s'arrêta un instant et regarda son reflet dans le miroir, tâchant de se voir à travers le regard de Tony. Pouvait-il avoir raison ? Ses cheveux étaient-ils vraiment si terribles qu'elle le pensait ? Devrait-elle les regarder sous un autre angle maintenant qu'elle était une femme adulte et non plus une ado godiche ?

Elle les ébouriffa un peu du bout des doigts, puis elle secoua la tête, observant les boucles s'agiter.

Non, elles ressemblaient toujours à une grosse pelote de laine tout emmêlée.

Heather laissa retomber ses mains avec un profond soupir. Quelque chose clochait là-dedans. Peut-être que c'était une question d'attitude.

Elle enfonça les doigts dans ses cheveux, inclina la tête en arrière et la secoua, se donnant un air très sexy, très aguicheur, dans le miroir. *Tu es une femme sauvage. Une femme bestiale et sans tabou qui a envie de croquer la vie à pleines dents.*

Elle laissa encore retomber ses mains. *Nan. Ça ne marche pas.*

— Heather ?

Sursautant, elle se retourna pour découvrir Kayla sur le seuil de la porte.

— Tony voulait que je te prévienne qu'un groupe vient d'arriver.

— Combien de personnes ?

— Je n'ai pas compté.

— Qui est là pour le service du midi ?

— Lisa est au bar, et Danielle et moi, on devait servir en salle. Sauf que Danielle vient de prévenir qu'elle était malade.

Heather remit prestement ses cheveux en arrière et attacha sa barrette ; elle s'achèterait un nouveau fer à lisser en rentrant à la maison. Et, pour s'assurer que Tony ne tombe jamais dessus, elle le cacherait derrière une bouteille d'Ajax.

Le groupe se révéla être une bande d'anciens élèves de la fac de l'Ohio, qui avaient investi la ville pour assister à la finale des championnats du monde de base-ball universitaire. En moins de deux, la salle, et ses quatre tables qui mangeaient tranquillement, se transforma en un espace bondé de quinquagénaires à la calvitie naissante, qui se goinfraient comme des hommes préhistoriques et buvaient comme des trous.

Heather prit un tablier et s'occupa des fans de sport, laissant Kayla gérer les autres clients, pendant que Tony accueillait les gens et aidait Lisa à faire couler l'alcool à flots.

Trois heures plus tard, le groupe partit enfin. Une demi-heure après, quand tout fut nettoyé et lorsqu'il ne resta plus que quelques clients, Heather s'effondra sur un tabouret de bar avec un grand soupir de soulagement.

— Ces gars étaient fous, fit remarquer Tony.

— Ces gars ont mis de l'argent sur ton compte. Sers-moi un Coca light, tu veux bien ?

— Ça arrive.

Tony posa le Coca en face de Heather, et elle en but une grande gorgée.

— Tu sais, si tu contactes des groupes de ce genre et que tu leur fais des offres spéciales les jours de matchs, tu pourrais faire grimper la fréquentation du bar en période creuse. Tu ne voudrais pas que je consulte le calendrier des événements sportifs et que je trouve la liste des associations d'anciens élèves de la région ?

Tony y avait déjà pensé quand il avait vu le groupe remplir son bar. Mais mettre en place une stratégie pour y parvenir, c'était tout autre chose.

— Ça m'a l'air d'être une bonne idée, approuva-t-il.

Elle prit son verre et descendit de son tabouret.

— Ça ne te dérange pas si je me sers de ton ordinateur pour créer une base de clients ?

— Tu viens de te tuer à la tâche. Tu ferais mieux de prendre une pause.

— Non, il faut juste que je reste au calme quelque temps. Je peux encore me servir de mes dix doigts.

Tony regarda par-dessus son épaule.

— Eh bien, tes dix doigts vont devoir attendre un peu. Regarde qui vient d'arriver.

Heather se retourna et, quand elle vit qui se tenait là, elle songea à s'enfuir en courant dans le bureau de Tony et à s'y terrer jusqu'à la fermeture du bar.

Regina venait d'entrer. Avec Jason, son fiancé.

Chapitre 14

— Heather ! s'exclama Regina. Mais comment vas-tu ?

Elle adressa à sa cousine un sourire factice et lui fit une accolade prétendument affectueuse. *Il n'y a vraiment rien de sincère chez elle*, songea la comptable. *Absolument rien.*

— Regina ? Que fais-tu ici ?

— On est venus voir le bar de Tony, bien sûr. J'espérais justement t'y trouver pour qu'on…

Tout à coup, Regina porta la main à sa bouche et écarquilla les yeux, la mine horrifiée, tout en dévisageant Heather.

— Oh, mon Dieu !

— Quoi ?

— Ma pauvre chérie ! Tu n'as pas eu le temps de faire ton brushing ce matin ?

Heather porta automatiquement les mains à son crâne. Elle avait oublié. Maintenant, c'était officiel : elle allait vraiment tuer Tony.

Regina attrapa Heather par l'épaule et la fit tourner pour mieux voir la boule de frisettes qui s'était formée autour de sa barrette.

— Oh là là ! s'écria Regina. Je ne t'ai pas vue comme ça depuis le lycée !

Le lycée, tu sais, cette époque où tu étais une grosse ado boutonneuse aux cheveux gras.

Heather s'était toujours donné du mal pour ne pas réagir aux piques que lui lançait sa cousine, mais elle avait toujours cette petite boule de nerfs qui se formait au fond de son ventre, la même qu'elle ressentait dès qu'elle se retrouvait dans une situation apparemment incontrôlable.

— Oui, c'est un peu le bazar aujourd'hui, répliqua-t-elle en se forçant à rire un peu et en repoussant une mèche de son visage. J'ai perdu de vue mon fer à lisser.

Regina se tourna vers Tony en passant les doigts dans ses cheveux noirs et parfaitement lissés.

— La génétique, c'est parfois surprenant, non ? Vous auriez deviné que Heather et moi, nous venions de la même famille ?

— Non, répondit Tony. Vous êtes comme le jour et la nuit.

Il adressa un regard énamouré à Heather et tendit le bras pour enlever sa barrette. Elle sentit son cœur se serrer. Mais qu'était-il en train de faire ?

Ses cheveux tombèrent en cascade dans son dos, et il saisit une mèche qu'il fit passer entre ses doigts dans un geste sensuel.

— Heather a des boucles tellement belles. Dès que j'ai vu qu'elle me les cachait, je lui ai demandé de me promettre de les porter comme ça à partir de maintenant.

Heather retint sa respiration. Elle savait ce qu'il était en train de faire, mais toute personne dotée de bon sens savait très bien qu'ainsi ses cheveux étaient affreux. Lui adresser des sourires et des regards aussi admiratifs ne paraissait pas du tout crédible. Leur mascarade allait finir par se voir.

Heather jeta un coup d'œil au visage de Regina, craignant d'y voir apparaître bientôt un air triomphant. Mais les secondes défilèrent, et sa cousine se contentait de faire osciller son regard entre Tony et elle, l'air confus.

La jeune femme se ressaisit enfin et produisit son fameux sourire factice.

— Tony, je vous présente Jason Reynolds, mon fiancé.

Les deux hommes se serrèrent la main. Tony sourit à Jason, mais sans son amabilité habituelle. Heather en était presque sûre : Tony se montrait méfiant, ce qui signifiait qu'il avait très bon instinct. Jason rappelait à Heather les fils à papa trop beaux et trop riches qu'elle avait côtoyés à la fac et qui se baladaient comme si le monde entier leur appartenait. Il portait une chemise amidonnée et un pantalon aux plis travaillés, son sempiternel BlackBerry fixé à la ceinture.

— Jason est avocat chez *Reed, Randall & McCall*, déclara Regina. Il est spécialiste de la responsabilité produits. Vous avez sûrement entendu parler de l'affaire contre *Dutton Foods*, l'empoisonnement au mercure ? C'est le dossier sur lequel il travaille en ce moment même. (Elle se pencha, comme pour faire une confidence.) Dans pas longtemps, ils vont même renommer le cabinet *Reed, Randall, McCall & Reynolds*.

— Regina exagère, indiqua Jason avec un sourire effronté. Mais juste un petit peu.

Ils se mirent à rire tous les deux, comme si c'était drôle, sans même se rendre compte que personne d'autre ne partageait leur hilarité.

Heather entendit une sonnerie retentir. Jason s'empara du BlackBerry à sa ceinture et regarda la provenance de l'appel.

— Désolée, chérie, fit-il à Regina. Il faut que je réponde.

Il s'éloigna de quelques pas, et Regina adressa un sourire triste à Tony et à Heather.

— C'est toujours comme ça. Je crois que je vais devoir m'habituer à avoir un mari sans cesse demandé.

Et si tu rentrais chez toi, plutôt ? songea Heather. *Et emmène Monsieur Super-Avocat avec toi.*

— Alors, est-ce que vous pouvez faire une pause tous les deux et prendre un verre avec nous ? demanda Regina en balayant la salle du regard. On dirait que c'est assez calme en ce moment.

— Euh, bien sûr, répondit Heather, espérant que Tony serait d'accord. J'imagine qu'on peut s'arrêter quelques minutes.

— Qu'est-ce que je vous sers à boire ? s'enquit-il.

— Hum, hésita Regina. Je crois que je vais prendre un verre de pinot noir.

— Ah, vous n'êtes pas au courant ? repartit Tony. On est en rupture de pinot noir.

— Oh, eh bien, un riesling allemand peut-être ?

— Désolé, on n'a pas.

— Peut-être que je ferais mieux de consulter votre carte des vins, suggéra Regina avec un grand sourire.

— Pas la peine, intervint Heather. Je la connais par cœur : on a du rouge, du blanc ou du rosé. C'est lequel que tu préfères ?

Regina adressa à sa cousine un regard dégoûté, ce qui mit Heather hors d'elle, vu qu'elle savait que sa cousine ne s'y connaissait pas mieux qu'elle en vin. Elle avait lancé quelques mots de jargon pour avoir l'air sophistiquée, mais elle serait incapable de distinguer un verre de pinot noir d'un diabolo grenadine.

— Servez-moi un Martini Dry plutôt, décida Regina. Vous avez du gin, non ?

Oui, et je crois que je vais te le renverser dessus.

— Un scotch pour moi, commanda Jason à distance avant de reprendre sa conversation téléphonique.

— Trouvez-vous une table, lança Tony. Heather et moi, nous vous apportons les boissons.

Tandis que Jason et Regina s'éloignaient, Tony et Heather passèrent derrière le bar. Le jeune homme tendit le bras vers la bouteille de gin.

— Ça ne te dérange pas si j'ajoute un peu d'arsenic dans son verre, hein ?

— C'est inutile, répondit Heather. L'arsenic ne ferait que la rendre encore plus méchante.

— Peut-être que je devrais lui balancer un seau d'eau sur la tête. Ça nous ferait un problème de moins. (Il saisit le shaker et le remplit de glaçons.) Je n'aime pas la façon dont elle te parle.

— J'ai l'habitude.

— Alors, elle est comme ça tout le temps ?

— Depuis qu'on est toutes petites. Mais c'est elle qui a un problème, pas moi. Elle a un complexe d'infériorité.

— Pour moi, ça ressemble plus à un complexe de supériorité.

— Nan. Les gens qui sont sûrs de leurs qualités n'ont pas besoin de rabaisser les gens comme elle le fait.

Tony s'arrêta pour la dévisager.

— Tout cela est très logique. Mais je vois que son attitude te dérange quand même. Pas vrai ?

Heather se retourna.

— Elle a toujours été la jolie fille de la famille, expliqua-t-elle en versant le scotch. Elle a une centaine d'amis. Elle a même été pom-pom girl, bon sang.

— Et toi, tu es la major de promo.

— Oui, mais il y a des moments dans ma jeunesse où j'aurais fait n'importe quoi pour me retrouver à sa place. Je pense que ça en dit long sur mon complexe d'infériorité…

— Tu n'as aucune raison de te sentir inférieure à qui que ce soit.

— Oui, mais Regina sait vraiment s'y prendre pour me mettre mal à l'aise.

Tony regarda de l'autre côté de la salle. Jason avait fini de parler au téléphone, mais il n'arrêtait pas de taper des messages sur son BlackBerry. Tony plissa les yeux et arbora un air conspirateur.

— Est-ce que Jason est toujours collé à son téléphone comme ça ?

— Tout le temps.

— Et ça énerve Regina ?

— Tout le temps. Elle ne l'admet pas vraiment, bien sûr. Quand elle en parle, elle donne l'impression que Jason est un homme important. Bien sûr, il faut qu'il reste joignable pour… tu sais, toutes les autres personnes importantes.

— Donc il ignore sa fiancée, et elle lui cherche des excuses ?

— Oui.

Tony posa les verres sur un plateau.

— Allons papoter avec eux !

Tandis qu'ils approchaient de la table, Heather vit Regina donner à Jason un petit coup de coude dans les côtes, et il posa son BlackBerry. Heather était persuadée qu'il l'emportait avec lui dans les toilettes, au lit, et même qu'on l'enterrerait avec.

Tony distribua les boissons, puis laissa Heather se glisser sur la banquette avant de s'asseoir à côté d'elle.

— Ma mère avait raison, commença Regina en balayant la salle du regard. Cet endroit est tellement… pittoresque.

« Pittoresque. » En langage Regina, ce mot voulait dire « bar minable dans un trou paumé ».

— Les affiches de pub pour la bière sont jolies, ajouta-t-elle avec une petite grimace. Et qu'est-ce que c'est au-dessus du bar ? Une tête de sanglier ? Qui porte une casquette des Rangers ?

— C'était là à l'origine, indiqua Tony.

— Un animal empaillé, reprit Regina en faisant la moue. J'imagine que vos clients aiment bien ce genre de choses ?

— Oui. Ça alimente les conversations.

— Alors, dites-moi, comment vont les affaires ? Je suis passée devant le bar plusieurs fois et j'ai vu pas mal de voitures dans le parking.

— Jusqu'ici tout va bien, déclara Tony.

— La restauration, c'est pas facile comme branche. Je suis contente de voir que vous y arrivez.

— Pour être honnête, je pense que je me serais sérieusement planté si je n'avais pas eu un petit quelque chose en plus.

— Et qu'est-ce que c'est ?

— Heather.

— Oh, vraiment ?

— Vous voyez, moi, je suis plutôt le genre de gars qui fait les grands sourires et serre les mains. (Il se tourna vers Heather pour lui adresser le regard adorateur dont il l'avait déjà gratifiée un peu plus tôt.) C'est elle le cerveau de toute cette affaire.

Regina cligna des yeux sous l'effet de la surprise.

— Dans ce cas, vous avez eu de la chance de la rencontrer.

— Oui. C'était vraiment mon jour de chance.

Tout à coup, la future mariée sembla soulagée.

— Oh ! Alors vous aviez besoin d'un coup de main pour vous aider à monter votre affaire. C'est ce qui vous a attiré chez Heather.

— Oh oui, j'adore les femmes intelligentes ! Mais je suis un homme, Regina, et je n'aime pas l'admettre, parce que ça donne de moi une image assez superficielle, mais il m'en faut plus pour que je m'intéresse vraiment à une femme. (Il adressa à Heather un regard sexy.) Il faut que je sente le courant passer entre nous.

Heather savait pertinemment que ce discours était faux, mais Tony était si convaincant qu'elle sentit effectivement un brin de courant passer entre eux. La question qu'elle se posait était la suivante : n'en faisait-il pas un peu trop ? Au point que personne ne le croirait ?

— Je suis désolée, fit Regina en riant un peu. Mais cette histoire semble assez bizarre.

Heather sentit un frisson d'appréhension la traverser. La sentence allait arriver d'une minute à l'autre. Elle allait les accuser. *Vous deux, amoureux ? Je n'y crois pas.*

— Bizarre ? Pourquoi ? riposta Tony.

— C'est seulement que j'avais toujours imaginé Heather avec quelqu'un d'un peu plus… eh bien…

Moche ? Médiocre ? Ordinaire ? Ennuyeux ?

— Traditionnel. Après tout, elle est comptable.

— Oui, fit Tony en dévisageant Heather une nouvelle fois. Elle est bel et bien comptable. D'ailleurs, la première chose à laquelle j'ai pensé en la voyant à Las Vegas, c'est : « Toi, ma chérie, tu vérifies mes comptes quand tu veux. »

Oh, mon Dieu ! Et voilà qu'il en faisait encore trop. Bientôt toute leur comédie allait finir par tomber à l'eau.

Pourtant, chaque mot qu'il prononçait semblait ancrer leur statut d'âmes sœurs dans l'esprit de Regina. Elle jeta un coup d'œil à Jason, espérant sûrement qu'il se montre admiratif à son tour. Mais, vu qu'il ne quittait pas son BlackBerry des yeux, il était clair qu'entre le téléphone et la fiancée il avait déjà fait son choix.

Tony passa le bras autour des épaules de Heather et l'attira à lui, jusqu'à ce qu'ils soient collés l'un à l'autre comme deux petits tourtereaux, cuisse contre cuisse, la tête de Heather posée contre l'épaule de Tony. La mine déconcertée de Regina indiquait qu'elle y croyait à fond.

— Alors, tous les deux, vous vous êtes rencontrés dans cet hôtel de Las Vegas, reprit Regina. Et vous vous êtes mariés quelques heures plus tard. C'est tout de même incroyable ! Heather, depuis quand nous cachais-tu une telle spontanéité ?

— Elle n'a pas eu besoin de spontanéité, intervint Tony. Je me suis simplement montré convaincant. Dans mon genre, je sais ce que je veux. Et quand j'ai décidé d'avoir quelque chose, commença-t-il en se tournant pour lancer un autre de ses regards torrides à Heather, il n'y a rien au monde qui pourrait m'en empêcher.

— C'est exactement ce qui s'est passé entre Jason et moi, répliqua Regina prestement. À partir du moment où il m'a vue, il a voulu m'avoir. (Elle se tourna vers Jason.) N'est-ce pas, chéri ?

— Euh… ouais, répondit Jason. Bien sûr.

En réalité, ce n'était qu'une demi-vérité. Heather avait entendu une des demoiselles d'honneur de Regina raconter qu'elle avait rencontré Jason un soir où il l'avait draguée *Chez Chantal*. Il lui avait dit qu'elle avait un beau petit cul et lui avait demandé si elle voulait coucher avec lui. Regina l'avait rembarré. Puis quelqu'un lui avait dit qu'il était associé chez *Reed, Randall & McCall* et avait un salaire à quasiment six chiffres. Tout à coup, le jeune homme lui avait semblé moins grossier.

— Oh ! Heather, je t'ai dit qu'on avait finalisé nos projets de lune de miel ? lança Regina. On va faire une croisière de Miami aux Bahamas. Sept journées de rêve en plein soleil. On aura une suite avec un balcon, un Jacuzzi et… (Son regard passa fébrilement de Heather à Tony.) Oh, mes pauvres ! J'imagine que vous n'avez pas vraiment eu l'occasion de faire votre lune de miel, n'est-ce pas ?

— On la fera un jour ou l'autre, déclara Tony. Mais sûrement pas dans une croisière.

— Oh, vraiment ? Et pourquoi pas ?

— C'est de l'argent jeté par les fenêtres. On passerait notre vie dans notre cabine. (Il se tourna vers Heather.) Pas vrai, ma chérie ?

— Mais on pourrait commander des fraises au chocolat au *room service*.

— C'est vrai. Tu crois qu'ils pourraient aussi nous livrer une bombe de crème Chantilly avec ?

Heather lui adressa un sourire suggestif.

— J'ai entendu dire que, en croisière, on pouvait avoir absolument tout ce qu'on voulait.

— Peu importe, répliqua Tony en déposant sur ses lèvres un doux baiser. J'ai déjà tout ce que je veux ici.

Aussi incroyable que cela puisse paraître, plus ils devenaient cucul la praline, plus Regina semblait y croire. Elle guettait chacun des longs regards qu'ils échangeaient, chacune de leurs œillades énamourées, chacun de leurs sourires mielleux, limite écœurants, et les prenait pour argent comptant.

Mais elle ramena rapidement la conversation à elle et offrit à Heather et à Tony une description pièce par pièce de la nouvelle maison que son futur époux et elle étaient en train d'acheter, expliquant dans les moindres détails comment elle comptait les décorer.

Tandis qu'elle déblatérait, Tony commença à décrire du bout du pouce un mouvement hypnotisant de va-et-vient sur le bras de Heather, et elle posa nonchalamment sa main sur la cuisse du jeune homme. Qu'il était bon d'être assise comme ça à côté de lui ! Et peu importait la grosseur de ce mensonge. Elle se surprit à désirer que ce soit la vérité. Bien sûr, il faudrait que Tony devienne l'homme stable et monogame qu'il prétendait être en ce moment, et les chances que cela arrive un jour étaient proches de zéro. Remporter 20 000 dollars du premier coup avec un jeton de 10 était une broutille en comparaison.

Kayla passa à leur table.

— Désolée de te déranger, Tony, mais il y a un commercial d'une marque de bière au téléphone. Il dit qu'il faut qu'il te parle de toute urgence.

— Prends son message, ordonna-t-il en se tournant vers son épouse. Je suis occupé.

— Va lui parler plutôt, lança Heather. Il faut que j'aille aux toilettes, de toute façon. Le temps que tu termines au téléphone, et je serai revenue.

— D'accord, fit Tony. Mais je n'en aurai pas pour longtemps, alors ne traîne pas, toi non plus.

Il lui donna un autre baiser de rêve avant de sortir de table. Heather lui adressa un regard empreint de désir, puis se leva à son tour.

— Attends, l'interpella Regina. Je viens avec toi. (Elle se tourna vers Jason avec un sourire.) Tu sais, les filles, elles y vont toujours ensemble.

Le jeune homme grommela quelque chose et tâtonna pour chercher son BlackBerry. Regina lui adressa un regard qui aurait pu faire faner un bouquet de fleurs sur place. Il reposa alors la main sur ses genoux tandis qu'elles s'éloignaient. Heather savait qu'il attendait que Regina soit hors de vue pour s'emparer du smartphone de nouveau.

Tony avait décroché le téléphone derrière le bar, et, au moment où il raccrochait, Jason s'installa sur un tabouret.

— Hé, lança-t-il. Il faut que tu m'aides pour un truc.

Tony s'approcha de lui.

— Bien sûr. De quoi s'agit-il ?

— Cet appel que j'ai eu un peu plus tôt. C'était de la part d'un gars qui devait être un de mes témoins. Il a été muté à Seattle et ne pourra pas être là au mariage.

— Oh ! C'est vraiment dommage.

— C'est rien de le dire. Le mariage doit avoir lieu dans quelques semaines seulement. Si je dis ça à Regina, elle va péter un câble.

— Il faudra bien qu'elle l'apprenne un jour ou l'autre, non ?

— Oui, mais c'est mieux si, à ce moment-là, le problème est déjà résolu. Alors… tu veux bien le remplacer ?

— Tu veux que moi, je sois un de tes témoins ?

— Oui.

— Pourquoi tu ne demandes pas à un de tes amis ?

— Regina a six satanées demoiselles d'honneur. Et moi, je suis venu à bout de ma liste d'amis. Tu veux bien le faire ?

De prime abord, Tony avait envie de dire non, mais ensuite il se dit : *Oh, et puis pourquoi pas ?* Il serait présent au mariage, de toute façon. Il faudrait juste qu'il porte un costume plus chic, et il serait plus impliqué dans la cérémonie.

— C'est entendu, mon pote. Je vais t'aider.

— Ouf ! Dieu merci. (Jason éclusa son verre, puis le posa sur le bar.) Sers-moi une autre tournée, mon vieux. Je vais en avoir bien besoin.

— Je pensais que le problème était résolu.

— Ça, ce n'était qu'un de mes problèmes. Quand on partira d'ici, on ira dîner chez les parents de Regina.

— Ah oui ? s'enquit Tony en lui servant un autre scotch. Et c'est un problème, ça ?

— Tu n'as pas idée. (Jason regarda en direction des toilettes, puis baissa la voix.) Les femmes de cette famille ont de quoi te rendre fou. Bev, c'est la belle-mère infernale. Elle est toujours sur mon dos, c'est pas croyable. Et ce mariage, ça la rend encore plus folle que d'habitude. Si tu ne me donnais pas un coup de main pour ce problème de témoin, Regina et elle passeraient leur vie à me le reprocher.

Tony fit glisser le verre devant Jason.

— Tu dois vraiment beaucoup aimer Regina pour supporter une belle-mère de ce genre.

Jason haussa les épaules.

— C'est l'âge où on se marie, pas vrai ? Au boulot, c'est ce que les boss attendent de moi.

Alors, ce mariage avec Regina n'était qu'une ligne sur l'agenda de Jason, agenda qu'il devait conserver dans son BlackBerry, à n'en pas douter. Ce que c'est beau, l'amour !

— En plus, reprit Jason, je crois que, quelle que soit la femme que j'épouse, la belle-mère sera toujours un boulet.

Tony se dit que c'était une phrase d'une stupidité profonde.

— Vraiment ? Moi, j'aime bien ma belle-mère.

Jason ricana.

— Ouais, tu dis ça maintenant, mais, crois-moi, Barbara est tout aussi cinglée que les autres. Tu penses ça seulement parce que tu ne l'as pas fréquentée assez longtemps pour t'en rendre compte. (Il avala une grande rasade.) Alors, comment vont les choses avec Fred ?

— Fred ? Euh, bien. Pourquoi ?

— Pour tout te dire, moi, il me fout les jetons. Je suis bien content qu'il soit ton beau-père, et pas le mien. Gene est facile à vivre. Tout ce qu'il faut, c'est lui parler de golf, et il est content. Alors que Fred…, il me donne un peu la chair de poule.

Jason lança un autre coup d'œil en direction des toilettes, puis il se pencha vers Tony et murmura :

— Alors, mon vieux. Juste entre toi et moi, pourquoi Heather ?

— Quoi ?

— Tu l'as épousée à Las Vegas, expliqua Jason en ricanant. C'était un peu fou. Tu étais rond comme une queue de pelle ou quoi ?

Une semaine plus tôt, Tony se serait esclaffé en entendant un commentaire de ce genre, parce que c'était précisément l'état dans lequel il s'était trouvé le jour J. « Rond comme une queue de pelle. » Mais quelque chose avait changé depuis. Soudain, il trouva que cette boutade n'avait rien d'amusant.

Il posa les mains à plat sur le bar.

— Jason ?

— Ouais ?

— J'ai l'impression que tu insultes ma femme.

Le sourire de Jason s'évanouit.

— Hé, du calme ! Ce n'était qu'une petite blague, d'accord ?

— Hmm, hmm. Tu sais quoi, Jason ? À l'avenir, quand tu parleras des femmes de cette famille, tu voudras bien me rendre un service ?

— Quoi ?

— Laisse Heather et Barbara en dehors de tout ça.

— Euh, ouais, obtempéra Jason. Bien sûr, mon pote.

— Et, si tu tiens à la vie, tu ferais mieux de faire attention à ce que tu dis sur Fred aussi.

La gorge de Jason se noua, et il déglutit avec peine.

— Oui. D'accord. Hé, sans rancune, hein ?

Tony lui adressa un sourire forcé.

— Bien sûr que oui, pas de rancune ! On est de la même famille, pas vrai ?

— Oui, répondit Jason avec un sourire tremblant. La même famille.

Tony s'éloigna du bar pour enregistrer une commande, laissant le futur marié assis là, l'air tout aussi stupide qu'il l'était vraiment. Regina et lui s'étaient bien trouvés.

Chapitre 15

Heather sortit de sa cabine de W.-C. pour trouver Regina en train de se pencher sur le miroir et d'appliquer du rouge à lèvres. Tandis que la comptable se lavait les mains, sa cousine faisait la moue à son reflet, puis elle recula d'un pas pour s'admirer.

— J'ai remarqué que vous ne portiez pas d'alliance, ni l'un ni l'autre, indiqua la cousine.

— On n'a tout simplement pas eu le temps d'en acheter.

— Dans ce cas, dis-moi quand vous êtes prêts, et je vous mettrai en relation avec mon bijoutier particulier.

Mais oui, bien sûr, je n'y manquerai pas.

— Tony est un homme intéressant, déclara Regina en refermant son tube de rouge à lèvres.

— Que veux-tu dire par là ?

— Il est tout le temps comme ça ?

Heather ferma le robinet et tendit la main vers les serviettes en papier.

— Comment ça ?

— Tu sais bien ! dit Regina en levant les yeux au ciel. Comme s'il allait littéralement mourir si vous restiez séparés plus de cinq minutes.

Seulement quand il essaie d'en mettre plein la vue.

— Tony est juste quelqu'un de démonstratif.

Regina leva encore une fois les yeux au ciel et rangea son rouge à lèvres dans son sac à main.

— Qu'est-ce qu'il y a ? s'enquit Heather.

— Non, non, rien.

— D'accord, conclut sa cousine en se séchant les mains.

— Eh bien, si tu veux tout savoir…

Regina fit face à Heather et croisa les bras.

— Je trouve qu'il se montre… un peu trop affectueux en public.

Et voilà ! Heather en avait vraiment plein les bottes, maintenant. Il n'y avait que Regina pour faire de ces signes d'affection quelque chose de négatif, et Heather en avait plus qu'assez.

— Pour tout te dire, Regina, je trouve qu'il en fait un peu trop aussi.

Sa cousine eut un mouvement de recul.

— Vraiment ?

Heather afficha un air soucieux.

— Oui, et je commence à m'inquiéter à ce sujet.

— T'inquiéter ?

— Oui. Ce que tu as vu aujourd'hui… Crois-moi, ce n'est rien du tout comparé à ce qu'il fait d'habitude.

Regina écarquilla les yeux.

— Tu te moques de moi ?

— Non. En fait, dès qu'on est en voiture, il ne peut pas s'empêcher de me tripoter. Il a toujours les mains qui traînent et il m'embrasse tout le temps. Attention, ce n'est pas que je n'aime pas ça. Tony embrasse bien. Enfin, je veux dire trèèès bien, et il est aussi habile de ses mains… (Heather ferma les yeux et poussa un petit soupir d'aise.) Mais hier on a vraiment frôlé l'accident.

Regina s'immobilisa, son esprit clairement en train de visualiser les mains et les lèvres de Tony. Puis elle secoua légèrement la tête :

— En effet, je comprends pourquoi cela t'inquiète. Vous pourriez y passer tous les deux.

— Et il insiste toujours pour que je me douche avec lui. Hier, j'essayais de faire mon shampooing, mais il ne me lâchait pas, et puis il m'a embrassée, et puis les choses se sont emballées si tu vois ce que je veux dire. Du coup, j'ai fait tomber du shampooing par terre et j'ai failli glisser dessus.

— Mais oui, ça aussi, c'est dangereux. À ta place, je lui demanderais de prendre ses douches tout seul à présent.

— Et encore ce n'est pas le pire, lança Heather.

— Qu'y a-t-il d'autre ? s'enquit Regina en écarquillant les yeux.

Heather se pencha et se mit à murmurer.

— Il a des fantasmes spéciaux.

— Des fantasmes spéciaux ?

— Tu sais, faire l'amour dans un lieu public, tout ça.

— Un lieu public ? Comme quoi ?

— Eh bien, on est allés au cinéma il y a quelques jours, et il ne voulait pas se tenir tranquille. Il n'arrêtait pas de me susurrer les choses qu'il voulait me faire au fond de la salle. Tu n'en croirais pas tes oreilles, il est très imaginatif. J'ai eu toutes les peines du monde à le dissuader.

— Tu veux dire qu'il voulait te faire l'amour là, dans la salle de cinéma ? Mais vous pourriez vous faire arrêter !

— Exactement ! Tu vois maintenant pourquoi je me fais du souci ?

— Heather, tu dois dire à cet homme qu'un rapport sexuel dans une salle de cinéma est absolument hors de question.

— Je ne sais pas s'il le ferait vraiment, mais ce qui est sûr, c'est qu'il aime en parler. Tout le temps. Et très en détail. Parfois pendant des heures, précisa-t-elle en poussant un soupir.

— « Des heures » ?

— Oh, et en parlant de ça, il est très branché sextos aussi.

— Il t'envoie des sextos ?

— Oui, c'est un de ses passe-temps favoris.

— Il faut que tu lui dises d'arrêter. On ne sait jamais jusqu'où peuvent aller ces choses-là !

— Qu'est-ce que tu veux dire par là ?

— Réfléchis un peu. Tu ne sais vraiment rien de l'homme que tu as épousé. Contrairement à ce qu'on essaie de nous faire croire, les hommes ne pensent pas au sexe chaque seconde. Je ne t'avais pas dit, à Las Vegas, de te méfier de lui ? C'est peut-être une sorte de... de... pervers après tout !

— Mon Dieu, Regina, tu crois vraiment ?

— C'est une possibilité. Un jour, il pourrait craquer.

— Craquer ?

— Oui, craquer.

Heather porta la main à sa poitrine.

— Oh là là, je n'y avais jamais vraiment pensé ! Peut-être que tu as raison. Peut-être que j'ai épousé un déviant sexuel.

— Peut-être bien, renchérit Regina en affichant une mine satisfaite.

Heather ferma son sac à main, puis leva les yeux et adressa un sourire à sa cousine.

— Ou peut-être que c'est un homme qui est simplement raide dingue de sa nouvelle épouse et qu'il profite de chaque occasion pour le lui montrer.

Regina ouvrit la bouche, pour mieux la refermer ensuite. Une Regina à court de paroles, voilà un spectacle qui valait le détour.

— On y va ? lança Heather.

Sans attendre de réponse, elle se retourna et sortit des toilettes, Regina à sa suite.

— Jason aussi est très affectueux, déclara-t-elle.

Heather lui adressa un sourire indulgent.

— Je n'en doute pas une seconde.

— Seulement, pas… tu sais… pas de façon excessive.

— Oui, les hommes aussi importants que lui doivent avoir beaucoup de sujets de préoccupation.

— Bien sûr.

— Tony n'a qu'un bar à tenir, alors que Jason est avocat.

— Exactement.

— C'est évident qu'il doit penser à toutes sortes de choses en dehors du sexe.

— Oui, fit Regina, visiblement dégoûtée. Bien sûr.

Heather entra dans la salle, surprise de voir Tony derrière le bar et Jason assis sur un tabouret. Elle posa les coudes sur le bar, et il se pencha vers elle pour l'embrasser. Elle plongea les yeux dans ceux de son époux, l'air rêveur.

— Je t'ai manqué ?

— À chaque seconde. Pars moins longtemps la prochaine fois.

Jason se tourna vers Regina.

— Allez, chérie. On y va !

— Vraiment ?

— Tes parents nous attendent.

— On a encore une heure devant nous.

— Il risque d'y avoir des embouteillages.

— Leur maison n'est qu'à 5 kilomètres.

— J'ai dit qu'on y allait.

Tony leur adressa un sourire éclatant.

— Dommage que vous ne restiez pas plus. Mais j'espère vous revoir bientôt. Et… Jason ?

— Oui ?

— Tu me diras pour cette location de costume ? Je veux vraiment avoir la classe pour le jour J.

— Euh… ouais, bien sûr, mon vieux. Regina en parlera à Heather.

Jason attrapa sa fiancée par le bras et la guida vers la porte.

— De quoi est-ce qu'il parlait ? s'enquit Regina.

— Tais-toi, je te raconterai dans la voiture.

Tony continua de sourire et de faire au revoir de la main jusqu'à ce que la porte se referme sur eux. Ensuite, ses sourcils se froncèrent.

— Quel connard ! s'exclama-t-il.

— Oh, tu as déjà cerné le personnage ? commenta Heather. Le reste de la famille a bien dû mettre quelques heures avant de s'en rendre compte. C'était quoi, cette histoire de costume ?

— Un des témoins de Jason s'est désisté, et il m'a demandé de le remplacer. Regina n'est pas encore au courant. Il voulait d'abord résoudre le problème.

— Pour qu'elle ne pète pas un câble ?

— Exactement.

— Et tu vas le faire ?

— Pourquoi pas ? Je serai sur place dans tous les cas.

— Ils sont partis de façon assez précipitée, quand même, fit remarquer Heather.

— Je crois que Jason se sentait un peu malade. Qu'est-ce qui vous a pris si longtemps dans les toilettes avec Regina ?

— Simple discussion entre filles. Je lui ai fait croire que tu étais un obsédé sexuel. J'espère que ça ne te dérange pas.

— Pas du tout.

— Ça m'a fait un bien fou, lança Heather. Est-ce que ce sentiment fait de moi une fille méchante ?

— Dans ce cas, moi aussi, je suis un méchant.

— Ils y ont cru, s'esclaffa Heather. Tu te rends compte ? Regina pense qu'on baise comme des lapins. Elle ne se doute pas du tout de la mascarade.

— Heather ?

— Oui ?

Tony s'accouda au bar et la regarda droit dans les yeux.

— Ce n'est pas obligé d'être une mascarade.

Heather s'effondra de frustration.

— Tony, je t'en prie…

— Écoute, commença-t-il en baissant la voix. Je sais qu'on va bientôt se séparer, que ce mariage ne va pas durer, mais en même temps… (Il secoua la tête.) Bon sang, Heather, on pourrait tellement bien s'amuser tous les deux !

Vu l'éventail d'expériences sexuelles dont Tony se vantait, elle pouvait à peine imaginer de quoi il voulait parler précisément. Soudain, elle sentit ses joues chauffer et elle espéra qu'elle n'était pas en train de rougir.

— Tu as beau le nier, tu as autant envie de moi que moi de toi. Il y a une femme sauvage en toi, et elle meurt d'envie de venir jouer.

— Tu dis ça à cause des cheveux. Ça t'induit en erreur.

— C'est plus que les cheveux, et tu le sais très bien.

— L'happy hour va bientôt commencer. Il faut qu'on se prépare.

— Tu restes là ? Les dimanches soir sont assez calmes en général.

— Danielle a appelé tout à l'heure pour dire qu'elle serait absente, et je lui ai promis que je la remplacerais.

— Eh bien, dans ce cas, je suppose que tu es avertie, dit Tony avec un sourire.

— Avertie de quoi ?

— Eh bien, j'aurai l'esprit ailleurs ce soir, enfin, plutôt focalisé sur toi.

Super ! Et voilà. En lui disant qu'il allait penser à elle, il avait atteint son objectif. Elle allait passer le reste de la soirée à penser à lui.

Les heures suivantes, dès que Heather approchait de Tony, elle sentait son regard sur elle. C'était au point qu'elle ne pouvait pas essuyer une table, servir des boissons ou même simplement ouvrir la caisse enregistreuse sans qu'il observe le moindre de ses mouvements. Il devenait de plus en plus difficile de l'ignorer.

Plus tard dans la soirée, elle s'arrêta pour lui parler d'un problème soulevé par un client sur son plat. Il se pencha vers elle, comme s'il ne parvenait pas à l'entendre à cause de la musique, même si le son n'était pas fort du tout.

— Je crois qu'on devrait simplement lui offrir son repas, suggéra-t-elle. Oui, il a mangé tout le burger avant de se plaindre qu'il soit trop saignant, mais pour soigner nos relations publiques…

— Tu sais quoi ? lança Tony.

Heather s'arrêta net.

— Quoi ?

— Je n'avais jamais remarqué ça auparavant.

— Quoi ?

— Tu as un grain de beauté sur le lobe de l'oreille.

— Tony, tu veux te concentrer ?

— Je me concentre, il est en forme de demi-lune.

Heather l'attrapa par le bras et le guida dans la cuisine, puis ouvrit la porte de la réserve et le traîna à l'intérieur. Puis elle se retourna, les poings sur les hanches.

— Tu dois arrêter.

— Arrêter quoi ?

— Tu sais très bien quoi ! Tu devrais te focaliser sur tes affaires.

— Il y a eu des problèmes particuliers ce soir ?

— Oui ! répliqua-t-elle en agitant l'addition. Il faut offrir le burger à ce client !

Il prit l'addition des mains de Heather.

— Eh bien, voilà, c'est comme si c'était fait. Est-ce que tout le reste va bien, sinon ?

— Euh, oui, mais…

— Pas d'autre problème ?

— Non, mais…

— Tu sais ce qu'on dit sur les gens qui travaillent trop : ça les rend ennuyeux. Et c'est valable pour toi aussi.

— Tu ne peux pas faire correctement ton travail et me regarder comme ça tout le temps.

— Tu sais, j'aurais pensé la même chose que toi. Mais tu sais ce que j'ai découvert ce soir ?

— Quoi ?

— Je ne suis pas si mauvais en multitâche.

Pour la énième fois de la soirée, son regard tomba sur la poitrine de Heather. Elle croisa les bras et le dévisagea.

— Tony, occupe-toi de cette addition. Maintenant !

— Mais bien sûr. Je suis dessus.

Il s'empressa de sortir de la réserve, puis se retourna.

— Oh, au fait ! Pendant que tu me traînais ici, j'ai vu Alison entrer dans la salle.

— Est-ce qu'elle avait le sourire ?

— Pas spécialement.

— Super. Elle a encore eu un rencard raté.

— Les clients se sont calmés là, indiqua Tony. Tu ne veux pas prendre un verre avec elle ?

— Ce n'est pas une mauvaise idée. Peut-être qu'on devrait aller *Chez Chantal* pour ça.

— Allez, Heather ! Tu ne peux pas aller chez la concurrence. Que vont dire les gens ?

— Tu vas arrêter de me suivre des yeux ?

— À ton avis ?

Avec un dernier sourire provocateur, il sortit de la réserve, laissant Heather plantée là, frustrée comme jamais. Elle avait passé toute sa vie d'adulte à vouloir que les hommes la regardent, et maintenant qu'il y en avait un qui ne la quittait pas des yeux, il fallait que ce soit celui avec lequel elle refusait de coucher.

Heather se dirigea vers le bar pour trouver Alison, un verre de Martini à moitié vide devant elle.

La jeune femme s'assit sur le tabouret près de son amie et lui posa une question dont elle connaissait déjà la réponse :

— Alors... c'était comment ton rencard ce soir ?

Alison poussa un soupir qui souleva tout son corps, puis elle se tourna pour regarder Heather et poussa un petit cri, l'air surpris.

— Oh là ! Tes cheveux ! Qu'est-ce que tu leur as fait ?

Heather eut un mouvement de recul.

— C'est affreux, n'est-ce pas ?

L'expression choquée d'Alison disparut progressivement. Elle inclina la tête d'un côté, puis de l'autre.

— En fait, non. Ça m'a juste un peu surprise. Tu les avais comme ça au lycée ?

— Oui.

— Tu es sûre ?

— Oh oui, c'est le genre de choses qui ne s'oublie pas.

— Pourquoi est-ce qu'on s'est dit que c'était pas bien, à l'époque ?

— Parce qu'on dirait que j'ai mis les doigts dans la prise de courant ?

— Je ne sais pas, Heather. Aujourd'hui, il y en a qui paient des fortunes pour avoir des cheveux comme les tiens.

— C'est ce qu'on m'a dit.

— Mais je ne me rappelle pas qu'ils aient été comme ça exactement. En réalité, il y a plein de choses qu'on adorait à l'époque et qui sont simplement atroces aujourd'hui. Peut-être que l'inverse est aussi valable. Pourquoi as-tu décidé de les laisser libres aujourd'hui ?

— Je n'ai pas fait exprès. Tony a caché mon fer à lisser. Il dit qu'il les préfère comme ça.

— Je pense qu'il a raison.

— Oublie un peu mes cheveux. Parle-moi de ton rendez-vous.

Alison laissa échapper un autre grand soupir.

— Qu'est-ce qui cloche chez moi, Heather ? Sérieusement. Qu'est-ce qui fait que j'attire tous les hommes bizarres, dérangés ou dégoûtants de Dallas et de ses environs ? Ce n'est pas une question rhétorique. Je veux une réponse.

— Mauvais karma ?

— Tu crois ? Eh bien, j'ai vraiment dû être un monstre dans une vie antérieure pour me retrouver coincée dans cette vie-là.

— Qu'est-ce qui s'est passé ?

— Euh, voyons. Pendant qu'on était dans la file d'attente du cinéma, il s'est gratté les couilles.

Heather s'efforça de ne pas faire la grimace.

— Donc il s'est gratté les couilles en public. Quel homme n'a pas fait ça un jour ou l'autre ?

— Pour un premier rendez-vous ?

— Ça le disqualifie directement ?

— Non. Je me fais trop vieille pour me soucier des comportements dégoûtants du mâle lambda.

— Alors, c'est quoi qui l'a disqualifié ?

— On est allés dîner après le cinéma, et il s'est mouché dans sa serviette de table.

Bon, d'accord, là, c'était vraiment dégoûtant.

— S'il fait ce genre de choses en public, imagine un peu ce qu'il fait en privé.

— Tu as raison, ce n'est pas possible, dit Heather avec un sourire. Mais ne t'en fais pas, je suis sûre que le prochain sera mieux.

— Tu veux bien arrêter s'il te plaît ? Tu sais bien que je déteste cet optimisme inébranlable quand je reviens déprimée d'un rendez-vous.

— Désolée.

— Alors, comment ça se passe entre Tony et toi ?

— Toujours pareil.

— Alors pourquoi est-ce qu'il ne te quitte pas des yeux ?

— Quoi ?

— Tony, à l'autre bout du bar.

Heather jeta un coup d'œil et vit Tony assis avec Andy et Kyle. Au moment où elle tourna son attention vers lui, le regard du jeune homme passa de son visage à ses seins, y resta quelques instants, puis poursuivit son chemin sur ses jambes croisées sous le bar. Il remonta ensuite lentement, s'attardant ici et là, la déshabillant quasiment du regard. Il croisa les yeux de la jeune femme quelques secondes, puis il se détourna et prit tranquillement une gorgée de bière avant de reprendre sa conversation.

— Mon Dieu ! fit Alison. Je crois que je viens d'avoir un orgasme, là, et c'est toi qu'il était en train de regarder. Qu'est-ce qui se passe entre vous ?

— Rien, on se voit à peine.

— Non. Tu mens. Il y a un truc, je le sens. Allez, raconte-moi.

Heather joua avec sa pique à olives, puis laissa échapper un soupir de frustration.

— Il m'a fait des avances hier soir.

Alison sursauta.

— Des avances ? Qu'est-ce que tu veux dire par là, précisément ?

— Il m'a dit que, comme on ne devait coucher avec personne d'autre pour le mois à venir, on ferait mieux de passer du bon temps tous les deux. Puis il m'a embrassée, et si je ne l'avais pas arrêté…

— Tu l'as arrêté ?

— Bien sûr que oui !

Alison se tapa le front contre le zinc.

— Tu me tues, Heather. Vraiment, tu me tues. (Elle secoua la tête de nouveau.) Moi, je me coltine un gars qui se mouche à table et se gratte les couilles alors que toi, tu vis avec un mec hypersexy qui te fait des propositions indécentes. Et, en plus, tu refuses ?

— S'il s'intéresse à moi, c'est seulement parce qu'il ne peut avoir personne d'autre. Tu te rends compte ?

Alison saisit le poignet de Heather et l'attira à elle.

— Heather, écoute-moi bien, je vais te parler du fond du cœur. Si tu ne vas pas le trouver tout te suite pour le traîner dans vos bureaux et lui sauter dessus, c'est moi qui vais le faire.

— Vas-y alors. Peut-être qu'il me laissera tranquille après.

— Tu sais quel est ton problème ? Tu regardes tout ça sous le mauvais angle. Tu te dis que, si tu couches avec lui, tu le laisseras t'utiliser.

— Exactement.

— Mais toi, tu ne l'utiliseras pas par la même occasion ?

— Quoi ?

— Tony est un séducteur, tu le sais bien. Alors arrête de penser à lui comme si c'était un homme que tu veux vraiment épouser. Il y a des hommes avec qui on s'engage et des hommes avec qui on s'amuse. Arrête de tout mélanger dans ta tête !

— Qu'est-ce que tu veux dire ?

— Vous vous séparez dans un mois, pas vrai ? Si ça peut t'aider, vois plutôt Tony comme un joujou que tu as épousé, et quand, dans quelques semaines, tu te lasseras de lui, tu le jetteras comme une vieille chaussette. Mais, avant ça, tu profites de cet expert en parties de jambes en l'air pour t'éclater comme il se doit.

Heather réfléchit à cette suggestion. Elle n'avait pas vu les choses sous cet angle. Et, vu qu'elle savait exactement quel genre d'hommes il était, elle se doutait bien que, dans un mois, il ne voudrait probablement plus entendre parler d'elle. Elle ne risquait donc pas de craquer pour lui et de s'infliger ce genre de chagrin. Ils se contenteraient de se tenir compagnie pendant un mois, et c'est tout.

— Allez, Heather ! Qu'est-ce qui te fait peur avec Tony ? Le pire qui puisse t'arriver, c'est d'expérimenter des prouesses sexuelles en tout genre pour les semaines à venir. Ensuite, vous vous dites au revoir poliment, et on n'en parle plus.

Était-ce possible ? Alison pouvait-elle avoir raison ?

« Il y a une femme sauvage en toi, et elle meurt d'envie de venir jouer. »

Heather devait bien admettre qu'il se passait quelque chose en elle, une chose qui avait commencé ce soir-là, à Las Vegas, et qui ne faisait que s'amplifier. En passant du temps avec Tony, elle avait l'impression de devenir quelqu'un d'autre, le genre de femmes qu'elle avait toujours rêvé d'être. Elle n'avait jamais expérimenté la moindre prouesse sexuelle auparavant. Ce ne serait pas génial de pouvoir tenter l'expérience au moins une fois avant de mourir ?

— D'accord, concéda-t-elle. Je vais le faire.

Alison se retourna brusquement.

— Vraiment ?

— Oui, tu as raison : il y a les hommes à épouser et les hommes à croquer. Il faut juste que je commence à me voir comme une femme à croquer, moi aussi.

— C'est exactement ça ! Alors, vous vous y mettez quand ?

— Je ne sais pas.

— Fais-le ce soir, sinon tu risques d'hésiter.

— Mais il sera vraiment tard quand on rentrera à la maison.

— Tu veux bien arrêter d'être aussi terre à terre ? Tu vas manquer un peu de sommeil, et alors ?

Heather prit une profonde inspiration tremblotante.

— D'accord, c'est pour ce soir.

— Je n'arrive pas à croire que tu te ressaisisses comme ça, déclara Alison en souriant. (Puis elle fronça les sourcils.) Bon sang, comme je suis jalouse !

— Il n'y a pas de raison. Ce n'est pas comme si on allait rester ensemble pour la vie. Mais juste là, maintenant…

— C'est ce « là, maintenant » qui me rend jalouse justement. Tu as des vêtements sexy à te mettre ?

Heather s'immobilisa. Elle n'y avait pas pensé. Elle n'avait que des tee-shirts élimés et des culottes en coton blanc. Tony aurait beau avoir envie de coucher avec elle, il risquait de partir en courant en voyant ça.

Non, un instant. La veille, il avait tenté de la séduire alors qu'elle portait ces vêtements, avec en plus son affreuse robe de chambre et ses pantoufles. Sa tenue ne l'avait clairement pas découragé. Cependant, si elle se présentait habillée comme un sac, elle aurait du mal à avoir de l'assurance.

— Je vais trouver quelque chose, déclara-t-elle, se souvenant vaguement d'une nuisette noire qui pourrait se trouver quelque part dans un carton qu'elle avait rapporté de chez ses parents.

— Alors… tu as le trac ? s'enquit Alison.

— Le trac ?

— Eh bien, oui ! Les femmes que Tony a l'habitude de fréquenter sont quasiment anorexiques, achètent tous leurs dessous chez *Victoria's Secret* et connaissent sûrement toutes les positions du *Kama-sutra*. À ta place, j'aurais un peu la pression.

— Merci, Alison. Déjà que je me sentais assez mal dans ma peau, c'est encore pire maintenant.

— Je n'ai pas dit que tu devrais sentir cette pression. Je te dis juste comment moi, je me sentirais.

Ce qui était précisément la façon dont Heather se sentait en cet instant.

— Contente-toi d'y aller tranquille, suggéra Alison. Joue la carte de la nonchalance, comme si tu couchais avec des mecs aussi sexy tous les jours. Tony n'y verra que du feu.

Heather songea à ses cuisses trop grosses, à son manque d'expériences sexuelles originales et à son absence de lingerie digne de ce nom. Tony avait peut-être beaucoup de défauts, mais il avait oublié d'être bête. Il verrait la différence. Il la verrait à des kilomètres.

Elle regarda l'autre bout du bar. Tony était apparemment parti en cuisine, car elle ne le voyait nulle part. Si elle se lançait là-dedans, il fallait qu'elle ait un peu de temps pour prendre le contrôle de la situation.

Les clients s'étaient raréfiés à cette heure. Si elle partait maintenant, ce ne serait pas un problème.

Heather contourna le bar pour prendre son sac à main.

— Tu veux bien me rendre service ? demanda-t-elle à Alison. Dis à Tony que je suis partie.

— Pourquoi ? Où vas-tu ?

— Dis-le-lui, simplement. D'accord ?

— D'accord. Mais appelle-moi demain. Je voudrai savoir…

Mais Heather s'était déjà dirigée vers la porte, et la voix d'Alison se perdit dans la musique. Tout allait être bien, et même mieux que ça. Elle avait l'impression que cette soirée serait encore plus chaude qu'elle ne pouvait l'imaginer.

Tant qu'elle ne se défilait pas.

Tandis qu'il roulait vers son appartement, Tony tapait des doigts sur le volant, se disant qu'il devrait se sentir fatigué mais qu'il ne l'était pas. Et il savait que c'était à cause de toute cette énergie sexuelle accumulée en lui.

En gardant Heather sur la sellette toute la soirée, il avait espéré allumer une petite étincelle en elle, mais il s'était rendu compte qu'elle avait filé dès qu'il avait eu le dos tourné. Elle n'avait même pas précisé à Alison où elle était partie ou alors, si elle l'avait fait, Alison ne lui en avait rien révélé. Si elle était simplement rentrée à la maison, pourquoi n'en avait-elle rien dit ?

Il pouvait entrer dans la tête de quasiment toutes les femmes sur cette planète. C'était un talent qu'il avait développé pendant toutes ces années. Il battait tous les autres hommes à plate couture quand il était question de séduire le sexe opposé. Mais Heather… Bon sang, ils auraient pu rester mariés pendant cinquante ans, mais il n'y comprendrait toujours rien.

Quelques minutes plus tard, il se gara sur sa place de parking devant son appartement. La voiture de Heather était là, ce qui signifiait au moins qu'elle se trouvait à la maison. Bon signe. Mais, quand il passa la porte d'entrée, il ne la vit pas. Mauvais signe.

Il regarda dans la cuisine. Rien.

Il se dirigea vers la chambre de la jeune femme pour trouver porte close. Aucun rayon de lumière ne passait sous la porte. Il colla son oreille à la paroi, mais n'entendit rien.

Bon sang ! Elle était simplement rentrée, s'était enfermée dans sa chambre, avait éteint la lumière et s'était couchée ? Tony resta planté là, dans le couloir, frustré au plus haut point. Et voilà ce que donnait son nouveau plan séduction. C'était un autre échec cuisant, comme tout ce qu'il avait déjà entrepris avec elle. Il ne comptait plus les femmes prêtes à tout pour coucher avec lui, et voilà qu'il se retrouvait à harceler Heather comme un ado en rut. Qu'est-ce qui pouvait bien clocher chez elle ? Ou, plus précisément, qu'est-ce qui clochait chez lui pour qu'elle lui montre si peu d'intérêt ?

Mais rapidement, sa frustration disparut, et il en arriva à la conclusion qu'il ne voulait pas s'avouer.

Il était temps pour lui de se montrer moins égoïste.

Ce mariage blanc tournait bien plus à son avantage à lui. Quel genre de salaud en demanderait encore plus ? Au contraire, il ferait mieux de se réjouir d'avoir une si bonne étoile. Il devrait être reconnaissant envers Heather qui l'aidait dans ses affaires, elle qui était si forte sur beaucoup d'aspects qu'il maîtrisait mal. Il avait besoin de se résoudre au fait qu'elle n'avait aucunement l'intention d'être sa femme, dans tous les sens du terme. Il devait accepter le fait qu'elle ne coucherait pas avec lui, encaisser ce coup porté à son ego et s'en remettre.

Profonde inspiration. Voilà. C'était fait.

Se sentant rationnel et raisonnable, il éteignit la lumière du salon et se dirigea vers sa chambre. Il était épuisé de toute façon, se dit-il. En fin de compte, ce n'était pas plus mal qu'ils ne couchent pas ensemble ce soir. Il se faisait une fierté de satisfaire les femmes et, pour y parvenir, il fallait qu'il veille à bien se reposer. En réalité, il se sentait si fatigué qu'il n'était même pas sûr d'avoir la force de se déshabiller avant de s'effondrer dans son lit.

C'est alors qu'il ouvrit la porte de sa chambre, et éprouva un subit regain d'énergie.

Heather était allongée dans son lit. Le drap la couvrait jusqu'à la poitrine, mais, vu que ses épaules étaient dénudées, il ne pouvait qu'en conclure…

… qu'elle était entièrement nue.

Chapitre 16

Quand Tony ouvrit la porte, le cœur de Heather bondit dans sa poitrine, puis se mit à battre la chamade. Elle l'avait entendu se diriger vers la porte de l'autre chambre et savait qu'il ne tarderait pas à la trouver ici. Et, maintenant que c'était fait, elle était officiellement terrifiée.

Un peu plus tôt, elle n'avait pas trouvé la nuisette noire et elle avait esquivé son problème de manque de lingerie en ne mettant rien du tout. Même si elle avait porté la nuisette, il aurait fini par l'enlever de toute façon. Elle espérait dissimuler ses cuisses un peu trop rondes en éteignant la lampe. Elle allumerait des bougies parfumées à la vanille qu'elle avait achetées dans une épicerie sur le chemin de la maison. À ce qu'il paraît, toutes les femmes sont belles à la lueur des bougies. Elle priait pour que ce soit vrai. Pour ce qui était de son manque d'expérience sexuelle, elle n'avait pas trouvé de remède miracle pour ce soir.

Reste calme, se rappela-t-elle. *Fais comme si tu couchais avec des mecs canon tous les soirs.*

Au début, Tony parut abasourdi, ayant visiblement du mal à croire qu'elle ait fait quelque chose de si inattendu de sa part. Mais – et elle n'en attendait pas moins de lui – il esquissa rapidement un sourire sensuel.

— Tiens, tiens, Boucle d'or. Alors, comment trouves-tu ce lit ?

Heather fut saisie de panique. Oh, Seigneur ! Elle aurait dû se douter qu'il allait parler. Qu'il faudrait dire des choses sexy. Elle était nulle pour ce genre de trucs. Elle remonta le drap sur elle et ouvrit la bouche pour répondre, mais ses cordes vocales étaient comme nouées.

Non. Ce n'est pas possible comme ça. Que dirait une femme sauvage ?

— Le lit est pas mal, lança-t-elle sur un ton provocateur. Mais il serait encore mieux si tu montais dedans.

Bon sang, c'est stupide ! songea-t-elle, mais elle se força à avoir l'air nonchalante, comme si elle accueillait tous les jours un nouvel amant dans son lit.

— Et moi qui pensais que tu étais une fille sage, lança Tony.

Autre réplique à laquelle elle devait répondre. *Réfléchis un peu !*

— Je le suis, rétorqua-t-elle en baissant légèrement sa voix de façon suggestive. Viens par ici, et je te montrerai comme je suis sage et gentille.

Bon sang ! On aurait dit une mauvaise imitation de Lauren Bacall.

Mais, au moment même où elle le crut sur le point d'éclater de rire, il s'avança vers elle. Ses pas étaient de velours, mais ils résonnaient lourdement dans la tête de la jeune femme. *Il vient vers moi. Ce mètre quatre-vingts de beauté virile, bientôt complètement nu.*

Peut-être que ses paroles avaient l'air sexy après tout.

Il s'arrêta près du lit, penchant la tête sur le côté, l'air interrogateur, un sourire au coin des lèvres.

— Qui êtes-vous et qu'avez-vous fait de la comptable hypercoincée que j'ai épousée ?

— Elle a pris sa soirée, ronronna Heather. Ce soir, c'est toi et moi.

Lauren Bacall, tiens-toi bien !

— Toute nue dans mon lit, fit Tony en posant les yeux sur le corps de la jeune femme caché sous les draps. Voilà une chose à laquelle je ne m'attendais vraiment pas.

Elle joua avec une mèche de ses cheveux, l'enroulant autour de son doigt.

— Eh bien, on dirait que je recèle plus d'un mystère pour toi, pas vrai ?

— Hum ! fit-il, l'air songeur. En parlant de mystère, je me demandais un truc ces derniers jours.

— Ah oui, c'est quoi ?

— Je me demandais à quoi tu ressemblais nue.

« Nue » ? Heather manqua de s'étrangler. Elle était nue sous ce drap, mais elle avait pensé qu'ils prendraient un peu plus leur temps avant de se dévoiler.

Tâchant de garder son calme, elle se renfonça dans l'oreiller, mais son cœur s'emballait.

Horrifiée, elle vit Tony s'approcher pour saisir le drap et commencer à le tirer vers lui.

Bon sang ! Il avait l'intention de la découvrir d'un seul coup ? Soudain, elle eut l'impression que les bougies étaient aussi puissantes que des projecteurs de théâtre, et elle se sentit comme projetée au milieu de la scène. Pourquoi avait-elle cru bon d'allumer les trois bougies ?

Tandis que le drap commençait à glisser sous ses seins, elle le reprit et s'assit subitement.

— Ne fais pas ça.

— Qu'est-ce qui ne va pas ? s'étonna Tony avec un mouvement de recul.

Heather se sentit plus mortifiée que jamais. Pourquoi ne pouvait-elle pas faire une chose aussi simple sans se sentir mal à l'aise à un moment ou à un autre ?

— J'ai… euh… froid.

— Ah oui ? Pourtant je ne trouve pas qu'il fasse tellement froid ici.

Elle se força à afficher un sourire provocateur.

— Alors tu es en train de me dire que tu n'as pas envie de venir sous ce drap avec moi ?

— Non, je veux te voir sur le drap, moi.

Elle sentit ses mains commencer à trembler et elle étreignit le tissu.

— Allons, Tony, où est le mystère dans tout ça ?

— Le mystère ne m'excite pas. Mais ça, la nudité, ça me fait bander.

Il tendit la main vers le drap une nouvelle fois, mais elle la saisit avant qu'il puisse l'atteindre.

— Heather ? Qu'est-ce qu'il y a ?

— Je suis désolée, répondit-elle brusquement. Je ne peux pas faire ça. (Elle se glissa vers le bord du lit, entraînant le drap avec elle.) Je ne sais pas à quoi j'ai pensé. J'ai dû perdre la tête.

Heather se leva, enroulant le drap autour de son corps.

— Je ne suis pas comme ça. Je ne suis pas une femme délurée. Je supporte à peine le moindre désordre.

— Où vas-tu ?

— Je retourne me coucher dans ce clic-clac pourri, là où j'aurais mieux fait de rester. Désolée pour le drap, mais j'en ai vraiment besoin. Je le laverai et je te le rendrai demain.

Elle se dirigea vers la porte, manqua de trébucher sur une extrémité du tissu, puis se redressa, afin de préserver le peu de dignité qui lui restait.

— On dirait que ma comptable coincée préférée est de retour, déclara Tony.

— Oui, c'est ça. Que ça te plaise ou non.

— Oh, ça me plaît ! dit-il. Beaucoup.

Elle pivota, clignant des yeux, le regard absent.

— Qu'est-ce que tu viens de dire ?

— L'espace d'un instant, j'ai cru que les petits hommes verts avaient enlevé la véritable Heather. Heureusement, il n'en est rien.

Elle le dévisagea, incrédule.

— Mais c'est quoi, ton problème, hein ? Tu me reproches d'être trop coincée, et, quand j'essaie de ne plus l'être, ça ne te va pas non plus !

— Là, tout de suite, j'ai juste envie que tu sois toi, Heather. Des filles aguicheuses, il y en a plein les rues. C'est pour ça que toi, tu m'attires.

Lui, attiré par elle ?

La jeune femme ignorait ce qu'un homme comme Tony pouvait bien vouloir dire par là, mais ces paroles eurent pour effet de l'immobiliser des pieds à la tête. Tandis qu'elle restait plantée là, le drap serré contre sa poitrine, Tony s'avança vers elle pour lui faire face. Il avait l'air grand, imposant, et tellement, tellement plus à l'aise qu'elle. Ce qui lui fit prendre conscience à quel point elle se trouvait hors de son élément. Si elle était mal à l'aise maintenant, qu'est-ce que ça allait donner ensuite ?

Elle baissa la tête.

— Je suis désolée, Tony. J'ai pensé que je pouvais faire ça, mais je ne peux pas.

— Pourquoi pas ?

Elle poussa un soupir de frustration.

— Parce que je ne suis pas branchée par le sexe sans sentiments.

— Comme tu en parles, on dirait vraiment que c'est une corvée, fit-il remarquer en fronçant les sourcils.

— Tu sais ce que je veux dire. Alors que toi, tu l'es.

— Je suis quoi ?

— Branché sexe sans sentiments.

— Est-ce que ça pose un problème ?

— Tu le fais souvent.

— Oui.

— Mais, moi, je ne le fais pas souvent, donc ça ne marchera jamais.

— Écoute, ma jolie, je vois que tu essaies de me dire quelque chose, mais je crois que je ne comprends… (Il s'arrêta net, l'air un peu en panique.) Tu es en train de me dire que tu es vierge ?

— Oh, pour l'amour du ciel, Tony ! Je vais avoir trente ans en juillet. Quelle femme peut arriver à ses trente ans sans l'avoir fait une seule fois ?

— Alors, tu l'as fait combien de fois ?

Elle déglutit avec peine, sentant sa voix se dérober.

— Une fois ? suggéra-t-il.

— Non !

— Deux fois ?

Elle ferma les yeux. Et voilà que la soirée tournait à la véritable catastrophe.

— Trois fois ? demanda-t-il.

— Plutôt deux fois et demie, soupira-t-elle.

— Comment est-ce que tu peux l'avoir fait deux fois et demie ?

— Son colocataire était rentré plus tôt que prévu.

Quand Tony sourit, puis se mit à rire, Heather se sentit vraiment lamentable.

— Tu vois ? Je savais que ça poserait des problèmes, déclara-t-elle. Je ne sais pas pourquoi j'ai fait ça. Folie passagère. Déphasage lunaire. Trouble de la personnalité. Bon sang, je n'en ai aucune idée ! Tout ce que je sais, c'est qu'il faut que je file.

Elle se dirigea de nouveau vers la porte, mais il la saisit par le bras.

— Mais attends un peu. Il faut qu'on en parle.

— Tony ? Pourquoi est-ce que tu ne peux pas être comme les autres hommes ? Les autres, ils n'aiment pas parler. Il faut leur arracher les mots de la bouche. Mais pas toi : toi, tu ne te tais jamais. Tu parles, tu parles, et…

— Explique-moi pourquoi tu n'as fait l'amour que deux fois et demie.

— Tu te moques de moi.

— Non, je veux vraiment savoir.

Elle haussa les épaules, faiblement.

— Les deux premières fois et la demi-fois ne se sont pas si bien passées que ça, donc je me suis dit qu'il valait mieux attendre que ça se passe mieux.

— Tu ne peux avoir aucune garantie, là-dessus. (Il marqua une pause, ébauchant de nouveau son sourire taquin.) Enfin, avec la plupart des hommes, disons, ajouta-t-il.

Heather secoua la tête.

— Et cet ego surdimensionné, c'est une constante chez toi ?

— Avoue, Heather. Tu l'aimes, mon ego. Tu aimes bien avoir dans ton entourage un homme qui est sûr de lui et qui sait ce qu'il veut. (Il s'approcha un peu plus.) Et tu sais ce que je veux, là, tout de suite ?

— Quoi ?

Il fit un pas en avant pour se rapprocher d'elle et prit son visage entre ses mains.

— Toi.

Il approcha ses lèvres des siennes pour y déposer un doux baiser, et, malgré toute la gêne qu'elle ressentait, son cœur s'affola. Tony caressa doucement sa joue et l'embrassa de nouveau, touchant cette fois ses lèvres du bout de la langue, et, quand elle s'ouvrit à lui, il passa un bras dans son dos et se plongea dans ce baiser. Elle s'agrippait à son drap des deux mains, et tout devenait flou autour d'elle. Il l'embrassa encore et encore, lentement, amplifiant le désir de la jeune femme à chaque instant.

Il finit par s'éloigner doucement d'elle et baissa les yeux sur ses mains, crispées sur le drap.

— Tu sais quoi ? Je crois que je vais éteindre les bougies.

Il se recula doucement, puis s'approcha de chacune des bougies pour l'éteindre. Elle regarda par la fenêtre, où la pleine lune brillait comme un phare. Malgré les stores fermés, la pièce était encore trop lumineuse à son goût.

— J'imagine que tu ne peux pas éteindre la lune aussi ? gémit-elle.

— Désolé. Mes superpouvoirs se limitent au sexe. (Il tendit la main.) Viens par ici, lui ordonna-t-il.

Elle prit une profonde et tremblante inspiration, puis s'approcha de lui. Elle gigotait, mal à l'aise, tirant le drap sur sa poitrine.

— Je sais que ça a l'air un peu bizarre, dit Tony. Mais je te promets que le malaise ne durera pas. Laisse juste tomber le drap.

— Tu ne vas pas aimer ce que tu vas voir.

— Heather, murmura-t-il. Laisse-le tomber.

L'estomac se tordant d'appréhension, elle lâcha le drap et ferma aussitôt les yeux pour ne pas saisir l'expression de Tony quand il la verrait. Les secondes mirent une éternité à passer. Elle ne pouvait qu'imaginer à quel point il devait être déçu.

Puis elle sentit sa main se poser sur sa hanche. *Oh, mon Dieu ! Il ne se contente pas de regarder, il touche aussi.*

Elle retint sa respiration quand il fit glisser sa main vers le haut, contact qui enflamma toutes les terminaisons nerveuses de la jeune femme. Elle ferma les yeux de toutes ses forces, chaque muscle de son corps tendu d'anticipation. Tony noua les mains autour de sa taille. Elle le sentit s'avancer, et, une seconde plus tard, ses lèvres étaient posées au creux de son cou pour un doux baiser.

— Heather ? lança-t-il.

— Quoi ?

— Pourquoi croyais-tu que je n'aimerais pas ce que je verrais ?

Surprise, elle ouvrit lentement les yeux, et leurs regards se croisèrent. Tout ce qu'il disait pouvait être un mensonge. Chacun de ses mots était probablement un mensonge. Mais elle ne vit que de la sincérité dans ses yeux.

Tony passa une main dans la masse des cheveux de Heather, la chaleur de ses doigts causant des éclairs de plaisir dans les épaules de la jeune femme. Il se pencha et lui chuchota à l'oreille, son souffle chaud contre sa nuque :

— Je mourais d'envie de te toucher. Et, maintenant, tu es toute à moi.

« Toute à moi. » Heather sentit un élan de désir la parcourir jusqu'à la pointe des orteils.

— J'avais imaginé te tenir dans mes bras comme ça, continua-t-il en passant derrière elle pour poser les mains sur son ventre et l'attirer à lui.

Elle sentit son érection contre le bas de son dos, et, même à travers le jean de Tony, elle lui semblait dure et impérieuse.

— Et t'embrasser comme ça, susurra-t-il avant de repousser ses cheveux sur un côté et de déposer un baiser brûlant et humide sur son épaule.

Elle se sentit frissonner de la tête aux pieds.

— Tu es toujours tendue, fit-il remarquer.

— Un peu.

— Ce qui est bien avec le sexe, c'est qu'il suffit de faire les choses naturellement.

— Je ne me souviens pas d'avoir déjà trouvé ça naturel.

— C'est parce que tu réfléchis trop. Laisse-toi un peu aller.

Il passa lentement et sensuellement les mains le long de ses hanches, puis il les fit glisser vers l'intérieur de ses cuisses. Il remonta lentement sur sa taille et poursuivit son ascension pour caresser ses seins. Il titilla ensuite ses tétons du bout des pouces. Heather haleta. Ils étaient déjà si gonflés et durs que, rien qu'à ce contact, elle poussa un gémissement.

— Tu es si douce, Heather. J'ai envie de te toucher partout en même temps.

Perdue dans ses sensations, elle rejeta la tête en arrière pour la poser contre son épaule, et regretta que cela ne soit pas réellement possible. Il passa ce qui lui sembla une éternité à la toucher, ses grandes mains puissantes parcourant son corps tout entier, l'embrassant dans le cou, comme si elle était entièrement offerte à lui. Mais elle en voulait plus. Elle voulait qu'il soit tout aussi nu qu'elle. Elle avait besoin de le toucher. Elle voulait aller plus loin, et rapidement, sinon, elle risquait de se liquéfier sur place.

— Tony…

— Chut.

Elle gémit contre lui, mais il la tenait fermement.

— Je suis toute nue, haleta-t-elle, le souffle court. Et toi pas.

— C'est parce que je n'ai pas encore fini d'en profiter.

— Quand est-ce que tu auras fini ?

— Je te dirai.

— Mais je veux…

— Qu'est-ce que tu veux, ma jolie ? demanda-t-il avant de pincer doucement ses tétons, puis de les titiller du bout des doigts, tout en mordillant le lobe de son oreille.

Oh, mon Dieu, elle allait mourir de plaisir ! Plus, elle en voulait plus. Encore, encore et encore ! *Tout de suite !*

Dans un halètement soudain, elle se retourna.

— Déshabille-toi.

Tony eut un mouvement de recul, feignant la surprise.

— Tu es sûre ? Maintenant ?

— Oui, maintenant !

— Bien, à vos ordres.

Tony attrapa son tee-shirt par la nuque et l'enleva brusquement, avant de le jeter sur le côté. En quelques secondes, le reste de ses vêtements se retrouva par terre.

Pendant un instant, elle ne put que le manger des yeux, regrettant vivement qu'il ait éteint les bougies, car elle ne le voyait pas aussi clairement qu'elle l'aurait voulu. Elle sentait quasiment ses pupilles se dilater pour mieux le regarder.

Il la mena sur le lit, où il s'étendit à côté d'elle, et commença à l'embrasser en passant la main sur son ventre. Puis il descendit. Et descendit encore, jusqu'à ce que la paume de sa main repose sur la toison de la jeune femme. Elle se tendit, retenant son souffle, et, un instant plus tard, il passa le bout de ses doigts entre ses jambes.

Non !

Elle saisit la main de Tony, l'immobilisa. Il leva les yeux, les sourcils froncés.

— Qu'est-ce qui ne va pas ?

— Ça…

— Quoi ?

— Ça me chatouille.

— Oh, désolé !

Il passa la main sur sa cuisse, lui caressant la peau un moment, jusqu'à ce qu'elle se détende de nouveau. Puis il remit ses doigts en mouvement. Il décrivait de petits cercles doux, mais, rapidement, elle haleta de nouveau et reprit sa main.

— Oh, mon Dieu ! Je suis désolée. Mais ça…

— … chatouille toujours ?

— Oui.

— Peut-être qu'on devrait s'y prendre différemment.

— Non. Ça va aller cette fois. Promis, je me concentre. Recommence. Peut-être en y allant un peu plus fort.

Il la caressa de nouveau, d'un geste plus ferme, et cette fois il l'embrassa langoureusement. Heather ferma les yeux de toutes ses forces et s'accrocha au drap, mais elle ne pouvait s'en empêcher. Elle s'éloigna de lui et se mit à rire.

— Arrête. Arrête !

Il s'assit, levant les bras au ciel.

— Mais c'est comme ça que je fais, Heather ! C'est censé te donner un plaisir fou ! Tu devrais en redemander ! Maintenant, je me sens complexé ! (Elle riait toujours.) Et voilà que tu rigoles, maintenant. Purée ! (Il se tourna et retomba sur le dos.) Eh bien, maintenant, je ne suis plus vraiment d'humeur !

— Plus d'humeur ? répéta-t-elle en regardant la preuve du contraire qu'il avait entre les jambes. Tony, tu pourrais te faire tuer et enterrer, tu serais toujours d'humeur.

— Ce n'est qu'un reste, ça. Qui date de juste avant le moment où tu t'es mise à te moquer de ma performance.

Elle éclata de rire.

— Me « moquer de ta performance » ?

— Tu sais très bien que j'ai un ego démesuré. Et tu viens de le réduire en miettes. En miettes, Heather. (Il poussa un soupir théâtral.) Je ne pourrai plus jamais faire l'amour avec personne.

— Oh, le pauvre choupinou ! Bien sûr que si.

— Non, objecta-t-il tristement. Je ne pourrai pas. Tu m'as blessé à vie.

Elle lui adressa un sourire coquin.

— Qu'est-ce que je pourrais bien faire pour te convaincre que ton sex-appeal n'a pas disparu pour toujours ?

Il haussa les épaules et se retourna, l'air vexé.

Elle se pencha et lui susurra à l'oreille :

— J'ai une idée. (Elle s'assit près de lui.) Ce qu'il faut que tu fasses d'abord, commença-t-elle en passant la main le long de son bras, c'est mettre les mains derrière ta tête. Sous l'oreiller.

Avec une hésitation exagérée, il s'exécuta.

— Je ne vois pas vraiment ce que ça va changer.

— Oh, tu vas voir dans une minute !

Elle se pencha encore, l'embrassa dans le cou et chuchota :

— Maintenant, ferme les yeux.

Ses paupières se fermèrent. Elle parcourut du regard ce corps magnifique, qui se raidissait d'anticipation. Elle s'agenouilla, passa les mains sur son torse…

… et se mit à le chatouiller sous les bras.

Il ouvrit brusquement les yeux. Il sortit les bras de sous l'oreiller et l'attrapa. En riant, elle l'esquiva, mais il attrapa son bras et l'attira à lui, puis la cloua au lit.

— Espèce de sale petite…

— Tony ! Tu n'es pas en train de te moquer de ma performance quand même !

— Tu es aussi folle que moi. Plus la peine de faire semblant maintenant !

— Je ne suis pas folle ! se récria-t-elle. Si j'étais vraiment folle, je t'aurais attaché avant de te chatouiller.

— Hum, c'est une bonne idée. Sauf que c'est toi que je vais attacher, plutôt !

— Ah, ah, dans tes rêves !

Elle tenta de s'esquiver encore, mais il la rattrapa. Elle poussa un petit cri et se remit à rire, et il commença à rire à son tour. Il l'embrassa, et ils rirent de plus belle, puis il mit un terme à cette hilarité avec un long baiser d'une sensualité qui la laissa sans voix. Heather sentit une montée d'endorphines d'une puissance incroyable. Tony était un homme comme elle n'avait jamais pensé qu'il en existait : doux, gentil et drôle. Elle regrettait d'avoir attendu si longtemps avant de passer ainsi du temps avec lui.

Elle le repoussa sur le dos, caressant son menton du bout des doigts.

— Et si je m'y mettais pour de vrai cette fois ?

— Je suis tout à toi, ma jolie.

Tony s'étendit, et Heather se sentit comme une affamée devant un buffet à volonté : elle ne savait pas par où commencer. Mais elle avait le sentiment que, quoi qu'elle fasse, où qu'elle l'embrasse, où qu'elle le touche, elle ne pouvait pas se tromper.

Elle se mit à explorer son corps d'une façon dont elle ne l'avait jamais fait avec aucun homme, découvrant toutes sortes d'endroits qui suscitaient un gémissement ici, un soupir là. À chaque baiser, à chaque caresse, il semblait de plus en plus excité. Elle en vint à avoir le courage de saisir sa verge à pleine main, d'en apprécier toute la longueur et la largeur.

— C'est ça, ma jolie, haleta-t-il d'une voix sexy et soupirante. Caresse-moi.

Il avait l'air de s'attendre à ce qu'elle fasse quelque chose de particulier, mais les ébats précédents de Heather, plutôt rapides et tâtonnants, ne lui avaient pas laissé le temps d'expérimenter des choses.

— Je ne sais pas trop comment faire, murmura-t-elle.

Elle se sentit vraiment stupide de dire ça, mais, vu qu'elle avait déjà avoué son manque d'expérience, elle se dit qu'il était temps de remédier à cette ignorance qu'elle ne devrait pas avoir à son âge. Tony referma la main par-dessus la sienne et lui montra ce qu'il voulait. Elle se mit alors à le caresser de haut en bas, encore et encore ; elle adorait le sentir gonfler sous sa main, voir son torse se soulever de plus en plus rapidement à mesure que son souffle se faisait plus court. Elle finit par trouver l'audace de déposer un baiser sur son gland. Il haleta bruyamment, et son corps se raidit.

— Ça va ? demanda-t-elle subitement.

— Oh oui ! répondit-il dans un soupir. Crois-moi. Ça va très bien.

Elle referma la bouche sur le bout de son sexe, puis s'écarta. Quand elle vit les doigts de Tony s'enfoncer dans le matelas, elle le prit un peu plus dans la bouche, puis recula, et décrivit sur son gland des cercles du bout de la langue tout en caressant son membre. Elle recommença à plusieurs reprises, allant un peu plus loin chaque fois.

Elle entendait le souffle rauque de Tony, de plus en plus saccadé, et, quand elle leva les yeux, elle s'aperçut que son torse s'était recouvert d'une pellicule de sueur, qu'il fermait les yeux et qu'il s'accrochait aux draps. Soudain, elle ne se sentit plus aussi maladroite et ignare que quelques instants auparavant. Elle était une femme capable de donner autant de plaisir qu'elle en recevait, et cette idée lui procurait un sentiment de puissance qu'elle n'avait jamais éprouvé auparavant.

Bon, se dit-elle d'un air réjoui. *C'est bon, je peux y arriver.*

Puis, tout à coup, il émit un léger grognement et s'assit. Il la prit par les épaules et la poussa à s'allonger sur le dos.

Elle leva les yeux vers lui, prise au dépourvu.

— J'ai fait quelque chose de mal ?

— Ma jolie, tu n'as absolument rien fait de mal. Mais, si tu continues comme ça, les choses vont se terminer beaucoup plus vite que prévu.

Il se remit ensuite à la caresser, et, à sa grande surprise, elle se rendit compte que cela ne la chatouillait plus. Il glissa les doigts en elle, puis remonta le long de son corps pour décrire des cercles sur son clitoris. Cette fois, elle se contorsionnait parce qu'elle en voulait plus, désespérément. La tension qu'il avait créée en elle semblait s'intensifier chaque seconde, et son corps tout entier se mettait à trembler de désir.

Oh, mon Dieu ! Elle y était. Cette petite étincelle qui s'embrasait en elle. Un gémissement doux et incontrôlable s'échappa du fond de sa gorge, et son souffle se fit de plus en plus court. Il amplifia son plaisir, de plus en plus, jusqu'à ce qu'elle en arrive à exploser dans un tourbillon de sensations.

Avant qu'elle s'en rende seulement compte, Tony avait enfilé un préservatif et s'était glissé entre ses jambes. Il s'enfonça en elle en de puissants coups de reins, son souffle brûlant contre son cou. Elle eut l'impression que seulement quelques secondes s'étaient écoulées quand il se raidit complètement avant de s'effondrer sur elle et de la serrer contre lui avec un grognement sauvage.

Heather n'avait jamais rien ressenti de tel.

Ils se délectèrent ensemble des dernières vagues de plaisir. Elle savourait, particulièrement, le contact du corps de Tony sur le sien, la caresse de ses cheveux contre sa joue, les battements de son cœur, qui s'emballait contre sa propre poitrine. Elle l'étreignit aussi fort qu'il le faisait, jusqu'à ce que les derniers tressaillements s'estompent. Elle put enfin respirer librement.

Au bout de quelques instants, il roula sur le côté, s'étalant sur le matelas avec un petit grognement de satisfaction. Il gonfla le torse pour prendre une grande inspiration, puis il expira lentement.

Alors il se tourna vers elle.

Leurs regards se croisèrent, et Heather eut l'impression qu'un sentiment véritable les unissait. Pendant quelques instants, elle imagina ce que leur relation aurait pu être s'il avait vraiment été son mari. S'ils n'avaient pas simplement couché ensemble, mais fait l'amour. Elle se sentit sous l'emprise d'un tour de magie qui l'aurait transportée dans le futur, un futur où elle se réveillait aux côtés de Tony tous les matins de sa vie.

Puis il esquissa un lent sourire.

— Ça…, commença-t-il, encore un peu essoufflé. C'était sacrément fun.

Et la magie disparut.

Du sexe sans sentiments, se rappela-t-elle. Une activité ludique, comme jouer au golf, mais toute nue, au lit, et sans club de golf. Du divertissement à l'état pur. Sans rien d'autre à y chercher, jamais.

— Je te préviens, lança-t-il. Je vais me venger, et, la prochaine fois, ce sera menottes en fourrure et plume pour toi. Il y aura une prochaine fois, je te l'assure.

C'était dangereux à plus d'un titre. Elle n'avait jamais été impressionnée par un mec au lit auparavant. Cette expérience mettait son esprit logique et ordonné à rude épreuve. Mais, tant qu'elle se souvenait de la personne qu'elle avait en face d'elle, ça pouvait aller. Tony n'était pas l'homme qu'il lui fallait. Sur le long terme, il n'était l'homme qu'il fallait pour aucune femme. Mais à court terme…

Personne ne lui arrivait à la cheville.

— Je crois que tu avais raison, dit-elle nonchalamment. C'est bête qu'on se… prive tous les deux.

— Exactement ! C'est stupide. La privation, il n'y a rien de pire. Tant qu'on est ensemble, autant faire des choses ensemble.

— Et, quand ce sera fini, aucun regret.

— Mais pense à tous les bons moments qu'on aura passés entre-temps, conclut-il en souriant. Viens là, Boucle d'or.

Il l'attira à lui et l'embrassa encore, rappelant à Heather à quel point il savait se montrer tendre et séduisant, comme un joueur de flûte qui la mènerait au bord d'une falaise. Elle ferma les yeux et se prépara à sauter dans le vide.

Chapitre 17

Quand Tony se réveilla le lendemain, il n'y avait personne dans le lit à côté de lui. Déstabilisé pendant un instant, il se demanda où était passée Heather. Il se retourna et consulta son réveil : 9 h 10. Puis il se rappela que c'était lundi matin, ce qui signifiait qu'elle était probablement partie au travail une ou deux heures plus tôt, et qu'il avait dormi pendant tout ce temps.

Il repensa à la veille et ne put s'empêcher de sourire. Heather avait presque trente ans et elle n'avait fait l'amour que « deux fois et demie » ? Bon Dieu ! Dans quoi s'était-il embarqué là ? En général, les femmes inexpérimentées le faisaient fuir. Mais Heather…

La trouver nue dans son lit était bien la dernière chose à laquelle il s'attendait. Et puis cette histoire de chatouilles… Il l'avait taquinée en disant qu'une femme délurée se cachait au fond d'elle, mais il n'avait jamais pensé être si proche de la vérité. Contre toute attente, il savait que, pour garder une longueur d'avance sur elle, il fallait qu'il reste vigilant.

Ce qui le mena à une autre pensée.

Il se leva du lit et fouilla dans les tiroirs de sa commode. Quand il trouva ce qu'il cherchait dans le troisième tiroir, sous sa pile de boxers, il esquissa un sourire. Alors Heather aimait les surprises, hein ?

Elle n'avait encore rien vu.

Heather passa la matinée à son bureau, à boire du café, à parcourir des bilans comptables et à répondre aux questions qu'on lui posait sur ses cheveux. Non, ce n'était pas une permanente. Oui, ils étaient comme ça au naturel. Et non, elle ne savait pas comment on faisait pour avoir des cheveux frisés si on n'était pas né avec.

En milieu de matinée, elle en était à sa quatrième tasse de café et tâchait de garder les yeux ouverts et un corps fonctionnel. Elle avait eu toutes les peines du monde à se tirer du lit ce matin. En grande partie parce qu'être restée éveillée jusque si tard dans la nuit l'avait épuisée, mais elle avait aussi eu du mal à quitter Tony des yeux.

Elle posa son stylo un instant et ferma les paupières, pour penser à la façon dont il était étendu sur le ventre ce matin, le drap ne montant que jusqu'à sa taille. L'éclat timide du soleil du matin qui filtrait à travers les stores baignait son corps d'une lumière dorée et mettait en valeur son dos musclé. Elle n'avait pas vu beaucoup de corps masculins nus de si près, mais le peu qu'elle avait vus n'était rien en comparaison de celui de Tony.

Elle avait fini par se forcer à sortir du lit, à prendre une douche, à enfiler un peignoir, pour finalement maudire ce bel homme dès lors qu'elle se rendit compte qu'elle n'avait toujours pas de fer à lisser et qu'elle allait devoir aller au travail avec ses cheveux bouclés au naturel. Il allait le lui payer. Elle ignorait encore comment, mais elle trouverait. En le rasant pendant son sommeil peut-être ? Ce serait d'une efficacité redoutable. Il y réfléchirait à deux fois avant de fouiller dans ses tiroirs pour lui voler des affaires, n'est-ce pas ?

Malheureusement, il était assez timbré pour se venger à son tour en faisant pire.

Heather entendit retentir la sonnerie d'un texto. Elle saisit son téléphone et vit un message d'Alison.

Déjeuner ? Downtown Deli ? Midi ?

OK

Je veux les détails.

Une heure plus tard, Heather entra dans le *Downtown Deli* et s'assit sur une banquette en face d'Alison.

— Alors, lança son amie, les yeux brillant d'impatience. Raconte-moi. Et je veux vraiment tout savoir.

— Tu crois qu'on peut commander à manger d'abord, Alison ?

— Hé ! fit aussitôt son amie au serveur, qui sursauta. On peut commander maintenant !

Le serveur s'approcha. Alison opta pour un club pastrami qui fit envie à Heather, mais elle choisit une salade. Encore une. Sauce à part. *Beurk !*

— Bon, recommença Alison. Maintenant, raconte-moi tout.

Heather réfléchit une minute.

— Hum, c'est difficile d'en parler avec des mots.

— Heather, répliqua vivement Alison, trouve les mots. C'était comment : sexy, érotique, séduisant, chaud, captivant, excitant, romantique ? Choisis quelques mots, ajoute deux ou trois verbes, et agence le tout pour que ça ait du sens.

— Il n'y a qu'un mot qui m'aille.

— C'est quoi ?

— Il a été… doux.

La mine d'Alison se décomposa.

— « Doux » ?

— Je crois qu'il fallait y être pour comprendre.

— C'est tout ce que tu peux me dire ? Qu'il a été « doux » ?

— Non, ce n'est pas tout ce que je peux dire, mais c'est tout ce que je vais dire.

— Heather, tu ne peux pas me faire ça. Pas à moi… (Elle s'arrêta net, l'air sceptique.) Tu ne l'as pas fait avec lui, c'est ça ?

— Si, si, on l'a fait.

— Mais alors pourquoi tu ne me racontes pas ? On se dit tout depuis le collège, tu ne peux pas arrêter maintenant.

En vérité, son expérience était vraiment difficile à expliquer avec des mots.

— Ces adjectifs que tu as cités…, ils sont tous assez évidents, tu vois ? Moi, je ne m'attendais pas à…

— À quoi ?

Heather afficha un sourire.

— À ce que ça soit aussi amusant.

— « Amusant » ? Non. De ce que je sais, le sexe, c'est quelque chose de sérieux.

— Pas avec Tony, objecta Heather, dont le sourire s'élargit.

Alison s'enfonça dans son dossier et regarda son amie, l'air suspicieux.

— Heather… Tu es en train de tomber amoureuse de lui ?

— Non. Mais, maintenant, je sais pourquoi les autres femmes en tombent amoureuses.

— Oui, et puis lui, il leur brise le cœur. Tu ne peux pas tomber amoureuse de lui, sinon il va te briser le cœur, à toi aussi.

— Mon cœur ne risque absolument rien.

— C'est ce que tu dis maintenant, mais il te reste encore quelques semaines. Vous avez l'intention de remettre ça ?

— On dirait bien.

— Peut-être que ce n'est pas une si bonne idée.

Heather s'effondra de frustration.

— Tu veux bien te décider un peu ? Tu commences par me pousser à coucher avec lui, et maintenant il ne faut plus le faire ?

— C'est juste que je ne voudrais pas te voir souffrir.

— Arrête de te faire du souci pour moi, d'accord ? Je sais ce que je fais.

— Je sais bien, mais je veux seulement m'en assurer. (Alison poussa un soupir.) Alors c'est tout ce que tu vas me raconter de ta soirée ?

— Oui, répondit Heather qui se sentait encore radieuse de la veille. Je crois que oui.

— D'accord. Compte sur moi pour te raconter mes rendez-vous maintenant ! répliqua Alison en levant les yeux au ciel. Tu sais, ces soirées avec des mecs qui se grattent les couilles et se mouchent n'importe où. Bon Dieu !

Le serveur leur apporta leurs plats. Alison se rua sur son sandwich, et Heather picora sa salade.

— Comment ça se passe, le régime ? s'enquit son amie.

— Pas génial. Tony m'a fait manger du beurre.

— Quoi ?

— Laisse tomber. Tu vas manger toutes ces frites ?

— Prends-en tant que tu veux.

Heather les voulait toutes. Plus un sandwich pour aller avec elles. Et peut-être une salade de pommes de terre en accompagnement. Et un cheese-cake à la fraise pour terminer.

La seule chose qui l'empêchait de passer cette commande, c'était la perspective de se retrouver devant l'autel de mariage de Regina et de faire exploser cette horrible robe rose. Tony serait renversant dans son costume, et elle aurait l'air d'une aberration de la nature et d'une obèse. Surtout à cause de la robe, ce contre quoi elle ne pouvait pas grand-chose, mais au moins pouvait-elle tenter d'éviter le qualificatif « obèse ».

Heather passa la soirée sur son ordinateur portable, travaillant à la base de données pour les invitations de la grande soirée d'ouverture. Elle incorpora le reste du carnet d'adresses de Tony, puis récupéra des contacts à partir de sites Web qui proposaient des sorties à Plano et à Dallas. Si elle pouvait demander à quelques journalistes d'écrire des articles sympas sur le bar, ce serait parfait pour que la base de clients de Tony s'agrandisse, afin que chaque soir soit aussi bon que le premier où elle avait travaillé. Toutefois, elle ne pouvait pas imprimer les invitations, vu que son imprimante se trouvait encore dans un carton chez ses parents, mais elle pouvait les enregistrer sur une clé pour les imprimer dans le bureau de Tony.

Elle consulta aussi les sites Web répertoriant les bars et restaurants locaux, et découvrit que l'ancien propriétaire n'avait jamais inscrit le *McMillan's* nulle part. Elle nota : faire de bonnes photos numériques le plus rapidement possible.

Et un site Web. Il leur fallait un site Web. Il n'y avait aucun commerce sur cette terre qui pouvait vraiment se passer d'une présence en ligne.

Vers 22 heures, son ventre se mit à gargouiller, mais elle se força à l'ignorer. Vingt minutes plus tard, les gargouillis reprirent de plus belle. Elle songea aux Kinder de Tony et aux chips qu'il y avait dans le placard.

Non. Pense à la robe. N'oublie pas la robe.

À 22 h 30, elle finit par éteindre l'ordinateur et par s'allonger sur le canapé, en se disant qu'il serait bon de faire une sieste. Elle ne savait pas à quelle heure elle se coucherait une fois que Tony serait rentré, et, si elle voulait survivre à une autre journée de travail, il fallait bien qu'elle trouve le moyen de dormir à un moment ou à un autre.

Peu avant minuit, la sonnerie du téléphone la tira d'un profond sommeil. Elle se souleva sur un coude, saisit l'appareil, consulta le nom de la personne qui appelait. Elle ébaucha un sourire et décrocha.

— Salut, lança-t-elle. Comment ça se passe là-bas ?

— C'était une bonne soirée. Mais ce n'est pas ça que j'ai en tête en ce moment. En fait, je me demandais ce que j'allais retrouver dans mon lit en rentrant.

— Peut-être la même chose qu'hier soir ?

— C'est exactement ce que je me disais, ma jolie. À plus.

Elle raccrocha, se renfonça dans le canapé, ferma les yeux et tenta d'imaginer ce qu'il pouvait bien lui réserver pour ce soir. Quelques semaines plus tôt, elle n'aurait jamais cru qu'il lui arriverait des choses pareilles. Vivre avec Tony. Coucher avec Tony. Elle lui avait dit que, quand ce serait fini, ce serait fini, et elle le pensait vraiment, mais cela ne voulait pas dire qu'elle allait s'empêcher de profiter de l'occasion pendant qu'elle l'avait.

Quelques minutes plus tard, elle s'installa confortablement dans le lit de Tony, entourée de bougies. Et, cette fois-ci, les bougies resteraient allumées, parce qu'elle en avait marre d'être coincée. Tant que leur relation durerait, elle était déterminée à laisser tomber ses complexes et à en profiter pleinement.

Elle entendit bientôt la porte d'entrée s'ouvrir et se refermer, et, quand Tony entra dans la chambre et la trouva dans son lit, le sourire qu'il lui adressa la fit presque se sentir comme la femme la plus désirable du monde.

— Bon, dit-il. Tu es pile au bon endroit. Ne bouge pas.

Heather se rassit avec un soupir de satisfaction. Elle n'avait aucune intention d'aller où que ce soit ailleurs. Il sortit son portefeuille de sa poche arrière et le posa sur la commode, avec sa montre. Il s'avança lentement vers le lit, grimpa dessus, enjamba ses hanches et croisa les doigts dans les siens. Il appuya leurs mains sur le lit, de chaque côté de la tête de la jeune femme, puis se pencha pour lui donner un long et délicieux baiser. Heather fondit quasiment à même le matelas.

— Hier soir, commença-t-il, un sourire au coin des lèvres, tu t'es juste un peu lâchée.

— Oui, renchérit-elle d'un air suffisant. C'est vrai, hein ?

— Et je crois que je t'ai dit ce que je comptais faire à ce sujet.

Son expression toute fière disparut.

— Quoi ?

Avant même qu'elle s'en rende compte, il immobilisa une de ses mains et posa son genou doucement mais fermement contre son avant-bras. Tout en tenant l'autre main de Heather, il saisit rapidement un objet dissimulé entre le matelas et la tête de lit, et il le passa au poignet de la jeune femme.

Des menottes ?

Chapitre 18

— Tony ! Mais qu'est-ce que tu fais ?

Heather se contorsionnait sous lui, mais il la maintint fermement et se pencha de l'autre côté pour emprisonner son autre main. Totalement sidérée, elle tira sur les menottes de toutes ses forces. Elles étaient peut-être en fourrure et douces sur sa peau, mais c'étaient tout de même des menottes dignes de ce nom et qui remplissaient bien leur rôle.

Toujours assis à califourchon sur elle, il se pencha et la regarda. Sans surprise, l'air fier de la jeune femme avait disparu.

Elle se mit à rire nerveusement.

— Allez, Tony ! Des menottes ?

— Eh oui !

— Je croyais que tu plaisantais là-dessus.

— Là, tu vois Heather, c'est ça, ton problème, répliqua-t-il en se levant du lit. Maintenant que tu me connais, tu devrais savoir à quel point je prends les folies au sérieux. Et il n'y a rien de plus fou que des menottes en fourrure. Sauf… (Il ouvrit la porte de son placard et en sortit un objet qu'il brandit.) … sauf un joujou comme ça.

Elle cligna des yeux sous l'effet de la surprise.

— Un plumeau ?

— Ne t'en fais pas, la rassura-t-il. Il est neuf. Pas de microbes. Je savais que ce serait important pour toi.

— Ce qui est important, Tony, c'est que tu viens de me menotter à ton lit !

— J'ai décidé que ton comportement d'hier soir méritait plus qu'une seule plume. (Il s'approcha du lit d'un pas lent, tapant le plumeau contre sa main.) Et, vu que je sais que tu aimes tout ce qui touche au nettoyage, je me suis dit que ce serait le sex-toy idéal.

Elle tira sur les menottes.

— Tony, cette situation me stresse un peu.

— C'est parce que tu aimes tout contrôler. On va travailler là-dessus aussi.

— D'accord. Enlève-moi ces menottes, et on y travaillera autant que tu voudras.

— Non, tu as été vilaine, Heather. Et maintenant tu vas en payer le prix.

— Je crois que ce n'est pas une bonne idée. Vraiment, il faut que tu me libères, maintenant.

— Chaque chose en son temps.

— Non, Tony, je suis sérieuse. Maintenant !

Tony s'approcha et vint s'asseoir sur le lit près d'elle, arborant toujours une mine de maître d'école face à une mauvaise élève. Mais il se pencha alors pour déposer un baiser doux et chaleureux au creux de son cou.

— Aie confiance, ma jolie, lui susurra-t-il. Tu sais que je ne te ferai jamais aucun mal.

Il s'éloigna d'elle et arbora un sourire joueur avant de lui adresser un petit clin d'œil. Elle ouvrit la bouche, comme si elle comptait protester, et, si elle l'avait fait, il aurait aussitôt arrêté son petit jeu. Mais elle se contenta de déglutir avec peine, et, passé un moment, son expression craintive devint calculatrice.

— Tu vas me le payer, tu sais, déclara-t-elle.

— Non, Heather. Après ce soir, tu vas me supplier de recommencer.

Puis il se leva et fit ce qu'elle lui avait interdit de faire la veille. Très lentement, il tira le drap qui la recouvrait et le jeta sur le côté. Avec la lueur des bougies et les menottes qui empêchaient la jeune femme de se couvrir, il pouvait la regarder à loisir.

Son regard passa du galbe de ses mollets au sommet de ses cuisses, pour ensuite s'attarder sur sa poitrine généreuse, ses tétons rosés, qui se durcissaient déjà au contact de l'air froid de la chambre. Sa peau était claire, avait l'air douce et appelait les caresses, à un point tel qu'il avait hâte de la sentir sous ses doigts. Ses cheveux frisés châtains s'étaient étalés en corolle sur l'oreiller, luisant comme de l'or à la lueur des bougies. C'était comme s'il avait trouvé une nymphe des bois dénudée dans une sombre vallée, la belle, entièrement à sa merci, prise au piège du lierre. Et, quand elle leva sur lui ses yeux bleu clair, elle grava cette impression dans le cerveau du jeune homme. Tout ce qui lui manquait pour que son fantasme devienne réalité, c'étaient un lit de feuilles et quelques petites fleurs parsemées dans ses cheveux.

— Tony, lança-t-elle, tu n'arrêtes pas de me regarder.

— Chut ! murmura-t-il en posant un doigt sur ses lèvres.

— Quoi ? protesta-t-elle en clignant des yeux.

— Tu vas gâcher mon fantasme.

— Ton fantasme ?

— Changement de programme, annonça-t-il en jetant le plumeau sur le côté.

Elle écarquilla les yeux.

— Euh… Tony ? Tu m'inquiètes un peu là.

— Ne t'en fais pas, ma jolie. Je vais simplement te raconter une histoire.

— Tu m'as menottée à un lit pour pouvoir me raconter une histoire ?

— C'est une histoire très spéciale. Il était une fois…

— C'est un conte de fées ?

Il poussa un soupir.

— C'est comme ça que toutes les histoires commencent, partout dans le monde. Tu vas m'écouter un peu ?

Elle lui adressa un regard impatient.

— Bon d'accord, vas-y, continue ton histoire.

— Il était une fois un chevalier musclé, beau et viril, qui chevauchait à travers une épaisse forêt sur son fier destrier.

Heather éclata de rire.

— Tu plaisantes, pas vrai ?

— Dans les contes de fées, il y a toujours des clichés, que veux-tu !

— Bon d'accord. Alors, pourquoi ce chevalier traverse-t-il cette forêt ?

— Il mène une quête.

— Quel genre de quête ?

— J'en sais rien. Ça n'a pas vraiment d'intérêt dans cette histoire, expliqua-t-il en déboutonnant sa chemise. Donc il commence à se faire tard, alors il s'arrête camper pour la nuit. Il commence à marcher dans les bois près de son bivouac, à la recherche de bois pour faire un feu. Et c'est là qu'il entend un bruit.

Tony défit le dernier bouton de sa chemise et la jeta de côté. Puis il posa une main sur la boucle de sa ceinture.

— Le chevalier écoute attentivement. Il a l'impression que des brindilles craquent sous les pas d'un inconnu. Il est convaincu que c'est un ennemi qui était à ses trousses. Il dégaine son épée. Il s'enfonce un peu plus dans les bois, et le bruit s'amplifie. Il lève son arme et…

Tony marqua une pause, et Heather écarquilla les yeux.

— Et alors ?

— Et il pose les yeux sur la plus belle créature qu'il ait jamais vue.

— Une « créature » ?

— Une nymphe des bois.

Heather éclata de rire.

— « Une nymphe des bois » ?

— Oui. Elle est étendue sur le sol de la forêt. Elle a l'air d'avoir été prise au piège de tiges de lierre et n'arrive pas à se libérer. Elle a beau lutter, elle n'est pas assez forte pour se détacher. Et elle ne porte rien, pas même une feuille de vigne.

— D'accord, je comprends. Je suis une nymphe des bois nue et attachée. Tu as trouvé ça dans un film porno, non ?

— Non, mes histoires sont toutes originales.

Il retira ses chaussures, enleva son jean et ses sous-vêtements, puis jeta le tout derrière lui.

— C'est alors que le chevalier musclé, beau et viril…

— C'est donc toi.

— Oui. Comment t'as deviné ?

— Tous ces adjectifs si flatteurs… Toujours cet ego démesuré.

— Non, c'est juste pour respecter l'archétype. Enfin bref… le chevalier musclé, beau et surtout viril pose son arme et s'approche d'elle.

Tout en parlant, Tony s'assit sur le lit près de Heather. Elle baissa les yeux.

— Dis donc, Tony. Ton arme est toujours dégainée, je te signale.

— C'est une histoire simple, Heather. Les métaphores sont interdites. Je peux continuer ?

— Je t'en prie.

— Le chevalier n'a jamais rien vu d'aussi beau que cette nymphe des bois, déclara Tony en posant les yeux sur les seins de Heather. Pendant un long moment, il ne peut s'empêcher de l'admirer. (Il marqua une pause.) Il l'admire. (Pause plus longue encore.) Et l'admire encore.

— Tony, le rappela-t-elle à l'ordre.

— Mais, rapidement, la nymphe se sent mal à l'aise sous le feu de son regard ardent. Le chevalier sait qu'il devrait la libérer de l'entrelacs de lierre. Mais il sait aussi que, au moment où il le fera, elle disparaîtra au fond des bois, et il ne la reverra jamais.

— Et si elle promettait de ne pas s'échapper ?

— Les nymphes des bois sont peut-être belles, mais elles sont connues pour être des menteuses. Et il ne peut pas la libérer de toute façon.

— Et pourquoi pas ?

Tony se pencha et murmura de nouveau contre son cou.

— Parce qu'il n'a pas encore satisfait ses besoins pressants et… virils.

Heather déglutit avec peine.

— Oh là là ! Je parie que la nymphe des forêts commence à se sentir coincée face à toute cette testostérone ambiante.

— Au départ, elle est terrifiée. Elle lutte pour se libérer, mais c'est en vain. Le chevalier peut faire tout ce que bon lui semble. Puis elle se rend compte qu'il ne cherche pas à la blesser. (Sa voix devint un murmure.) Il cherche plutôt… du plaisir.

Sur ces paroles, il prit le visage de Heather entre ses mains et l'embrassa, une fois de plus étonné par la douceur de ses lèvres. Il passa la pointe de sa langue sur la lèvre inférieure de la jeune femme, et elle ouvrit la bouche sous l'effet de cette douce pression. Quand il la sentit caresser sa langue timidement, comme une innocente jeune fille qui découvrirait encore les merveilles des baisers, il prit conscience de toutes les contradictions de Heather. À l'extérieur, elle était une femme solide, terre à terre. À l'intérieur, elle avait toute cette naïveté qui l'étonnerait toujours. Rien qu'en l'embrassant, il avait l'impression que tout cela était nouveau pour lui aussi, comme s'il avait trouvé une nouvelle source d'amour à explorer.

Sans quitter ses lèvres, il fit glisser la main le long de son cou, là où il sentit son pouls affolé. Il l'avait choquée avec ses menottes. Ce geste avait été osé de sa part, mais tout allait bien se passer. Il voulait lui faire vivre des expériences qu'elle n'avait jamais connues auparavant. Il savait qu'il avait de la marge, vu qu'elle ne l'avait fait que deux fois et demie – enfin, trois fois et demie avec la veille –, et les menottes lui assuraient que, quoi qu'il veuille faire, sa pudeur et son appréhension ne pourraient pas lui faire obstacle.

Il baissa la main pour lui caresser la poitrine. Du bout des doigts, il frôla ses épaules, puis il passa sur le renflement de ses seins. Il posa son pouce sur ses tétons – une fois, deux fois –, et rien qu'à ce tout petit contact il sentit un frisson la parcourir, et elle émit un doux gémissement contre ses lèvres. Elle était si sensible, si réactive. La façon dont son corps réagissait à tout ce qu'il faisait – son visage qui rougissait, sa respiration qui s'accélérait, les petits cris plaintifs qui sortaient de sa gorge –, tout était sincère. Tony avait couché avec des femmes pour qui le sexe n'était qu'une performance, mais ces réactions-là l'excitaient comme jamais.

Il l'embrassa le long de la mâchoire, puis descendit pour déposer un baiser chaud et humide au creux de son cou. Elle frissonna encore, soulevant les épaules. Mais, quand il retira ses lèvres de sa peau, elle resserra son étreinte sur les menottes et pencha la tête sur le côté pour l'inviter à recommencer. Il ébaucha un sourire et s'exécuta, sans cesser de jouer avec son téton, se délectant de la façon dont le corps de la jeune femme ondulait doucement sous lui.

Il finit par s'étendre à côté d'elle. Il posa un baiser à la naissance de ses seins puis aspira son téton dans un bruit de tendre succion. Elle haleta et commença à frissonner, mais il ne lui laissait aucun répit, lui titillant le téton du bout de la langue jusqu'à ce qu'il devienne dur et gonflé. Puis il joua le même jeu avec l'autre mamelon, tout en passant une main à l'intérieur de la cuisse de Heather pour en effleurer la peau douce.

Quand il avança les doigts entre ses jambes, elle sursauta un peu et bougea les hanches, mais il persista, étonné de voir à quel point elle était déjà chaude, humide et gonflée. Rapidement, elle se retrouva à serrer les poings sur les attaches de ses menottes et à se presser contre lui, indiquant qu'elle en voulait encore, mais Tony n'avait pas l'intention de répéter ce qu'ils avaient fait la veille.

Il recula et se leva du lit.

— Non ! s'écria-t-elle. Tony, ne me laisse pas !

— Du calme, ma chérie, je ne m'en vais pas.

Il alla au pied du lit et la regarda. Il remarqua la vitesse avec laquelle sa poitrine se soulevait et la façon dont son corps tout entier semblait brûler d'impatience qu'il la caresse de nouveau.

Il se pencha, positionna les mains sur ses cuisses et passa les paumes de ses mains le long de ses jambes pour arriver à ses chevilles. Puis il lui écarta doucement les jambes et s'assit là. Il posa les paumes sur ses hanches et frotta ses pouces à la jonction de ses hanches et de son bassin.

Oui, oui, oui. Caresse-moi maintenant.

Son corps le disait si clairement qu'elle aurait aussi bien pu le crier tout haut. Mais Tony n'était absolument pas pressé. Il caressa ses cuisses et ses hanches pendant ce qui parut durer une éternité à Heather, la poussant à crisper tout son corps d'impatience. Puis il pencha la tête en avant et embrassa son ventre. Il s'abaissa, s'appuya sur un coude au niveau de sa hanche droite, puis s'étendit entre ses jambes. Posant son autre main sur sa cuisse, il embrassa encore son ventre, puis fit cheminer ses lèvres plus bas. Il l'embrassa encore. Plus bas. Un autre baiser.

Et encore plus bas.

Heather n'avait jamais été du genre lente à comprendre, mais, jusqu'à ce qu'il écarte plus ses cuisses des mains, elle n'avait eu absolument aucune idée de ses intentions. Quand il passa la langue sur elle, elle haleta et se tordit sur le côté.

— Non. Oh, mon Dieu, non ! C'est trop, Tony. Non !

Sa respiration était si saccadée qu'elle était au bord de l'hyperventilation, mais il ne dit pas un mot. Il se contenta de tenir ses hanches jusqu'à ce qu'elle se calme. Elle rejeta la tête en arrière et aspira de brèves bouffées d'air, impatiente. Tony baissa la tête une nouvelle fois, refermant la bouche sur elle dans un mouvement de succion des lèvres et de la langue, qui la fit gémir encore, mais il la maintint en place. Au bout d'un moment, elle cessa de lutter et cambra même son corps tout entier pour aller à sa rencontre.

Il la taquina, la tourmenta, et elle frissonna sous lui. Il entendait son souffle qui devenait de plus en plus court et, quand ses frissons gagnèrent en intensité, il sut qu'elle était près du but. Quand elle finit par pousser un grand cri, il leva la tête pour la voir, la tête rejetée en arrière, ses longs cheveux frisés dispersés sur l'oreiller, ses mains agrippées aux menottes et tout son corps tremblant sous l'effet de la libération. C'était l'image la plus ouvertement érotique qu'il ait jamais vue.

Il avait envie de la pénétrer. *Maintenant.*

Après avoir enfilé un préservatif le plus rapidement de toute sa vie, il écarta les genoux de Heather et s'engouffra en elle. Ah, mon Dieu, quelles sensations elle lui procurait, toujours secouée des spasmes de son orgasme, ses muscles se contractant autour de lui, lui arrachant un gémissement grave et accompagnant à la perfection chacun de ses coups de reins ! Il finit par s'effondrer tout contre elle, tête baissée, et tâcha désespérément de reprendre son souffle, au moins une fois.

— Ne t'en fais pas, ma jolie, dit-il. Je vais te libérer, mais attends un tout petit peu.

Il resta étendu là quelques secondes, sa joue contre la sienne, sentant le cœur de la jeune femme battre la chamade. Il finit par prendre une grande inspiration et s'assit entre les jambes de Heather. Il posa les mains sur ses cuisses pendant un moment, puis recula et se leva.

Il défit les menottes, les jeta sur le côté et s'allongea à côté d'elle, pour l'attirer dans ses bras. Il se sentait véritablement lessivé et il dut attendre encore une minute complète avant que son rythme cardiaque retrouve une courbe à peu près normale.

Il se tourna vers Heather.

—Et ils vécurent heureux pour l'éternité.

Elle poussa un soupir de satisfaction.

—J'adore les histoires qui se finissent bien.

—Alors tu n'es pas fâchée pour les menottes ?

—Je n'ai jamais été fâchée pour les menottes.

—C'était juste de l'appréhension.

—Un peu. Jusqu'au moment où mon chevalier musclé, beau et surtout viril est arrivé. Y a-t-il une suite à cette histoire ?

Il rit doucement et l'attira à lui.

—À ton avis ?

Tony avait du mal à croire à quel point cela avait été bon. Malheureusement, il ne lui restait plus que quelques semaines pour en profiter. Mais, vu qu'il n'y avait pas de raison pour qu'ils se privent maintenant, pourquoi ne coucheraient-ils pas encore ensemble après leur séparation ?

Mais cela risquerait d'être bizarre. Ils seraient divorcés, mais auraient encore des rapports ?

Il décida de ne pas s'en soucier maintenant. Pour tout ce qui touchait à Heather, il comptait vivre l'instant présent et ne se soucier du lendemain… que le lendemain.

Chapitre 19

La semaine suivante, Heather se rendit au *McMillan's* tous les soirs après son travail. D'abord, elle s'assurait qu'il n'y avait pas de catastrophe pour laquelle Tony aurait besoin de son aide, puis elle allait s'affairer dans son bureau : planifier la fête d'ouverture, réorganiser son système de classement des papiers, ou vérifier ses comptes et rechercher les postes sur lesquels il pourrait faire des économies. Au bout de quelques heures, elle partait et rentrait à l'appartement pour faire une sieste avant qu'il rentre, afin d'être d'attaque pour les activités nocturnes qu'il avait choisies pour elle.

La nuit où il avait sorti les menottes, elle avait d'abord été en proie à un vent de panique. Elle s'était demandé si Regina n'avait pas raison. Peut-être avait-elle épousé un pervers sexuel. Mais, avant la fin de cette nuit-là, elle se rendit compte qu'elle ne s'était jamais sentie autant en sécurité qu'avec Tony. Après cette expérience, s'il avait lancé : « Faisons-le en chute libre de 6 000 mètres avant que nos parachutes s'ouvrent », elle aurait tout de suite embarqué dans l'avion.

À partir de cette nuit-là, son imagination ne connut plus aucune limite.

Mardi soir, même si elle lui avait fait remarquer qu'il n'était pas hygiénique de se servir de la table de la cuisine pour autre chose que les repas, il lui assura qu'il jetterait celle-ci et en achèterait une nouvelle si c'était nécessaire, mais que, dans tous les cas, il comptait bien suivre son idée. Au moment où ils eurent terminé, ils avaient vidé une demi-bouteille de crème Chantilly et presque tout un flacon de coulis de chocolat, après quoi ils finirent les festivités sous la douche.

Mercredi soir, Tony demanda à Heather si elle avait déjà flirté avec un homme au fond d'une salle de cinéma. Quand elle lui indiqua que non, il lança un film romantique sur le téléviseur, s'installa confortablement dans le canapé près d'elle et éteignit les lumières. Tandis qu'il lui faisait la démonstration de ce que pouvait aussi signifier « flirter », elle commença à se demander si ce qu'elle avait dit à Regina sur ses fantasmes de cinéma était vraiment éloigné de la vérité.

Jeudi soir, en rentrant à la maison, elle vit un vieux magnétoscope relié au téléviseur. Un mot était fixé à la télécommande : « Petite nostalgie de mon année dans les dortoirs de la fac. Appuie sur "Lecture". » Elle s'exécuta et fut choquée de voir une jeune fille en pleins ébats sexuels. Étant une fille bien sous tous rapports, Heather éteignit immédiatement. Puis elle songea : *Arrête d'être sage*, et elle réappuya sur « Lecture ». Au moment où Tony était rentré à la maison, elle était prête à mettre en pratique les quelques stratégies avec lesquelles l'héroïne satisfaisait les hommes qu'elle croisait.

Vendredi matin, elle se réveilla et le trouva endormi à côté d'elle, et elle se dit : *Tu ne peux plus continuer comme ça*. Il était en train de ruiner toutes ses chances avec les autres hommes avec qui elle pourrait avoir envie de coucher à l'avenir. Elle les comparerait tous à Tony, et les pauvres ne lui arriveraient jamais à la cheville. *Arrête-toi maintenant*, s'exhorta-t-elle. *Ou au moins lève un peu le pied pour commencer à te détacher de lui. Dis-lui non ce soir.*

Puis, alors qu'elle sortait du lit, il se réveilla. Il l'attrapa, l'attira à lui, et elle se dit : *Oublie ce soir, tu n'es même pas capable de dire non maintenant*. Et c'est alors que toutes ses idées selon lesquelles elle devait se débarrasser de cette addiction sexuelle disparurent. Elle tâchait seulement de se rappeler que, si Tony était si bon au lit, c'est qu'il y avait une raison : il avait couché avec la moitié des femmes sur cette terre, et il mourait d'impatience de se faire l'autre moitié.

Une heure et demie plus tard, Heather pressait le pas sur le trottoir pour atteindre l'immeuble où elle travaillait, sa mallette dans une main et un sac contenant les invitations pour la soirée d'ouverture dans l'autre main. Aucun doute : elle allait maintenant interdire le sexe du matin. Ses jambes en flageolaient encore.

Elle avait imprimé les invitations dans le bureau de Tony, la veille. Si elle les postait ce matin, les gens les recevraient à temps pour organiser leur venue mais pas trop tôt non plus, ce qui éviterait qu'ils posent le papier dans un coin et l'oublient.

Elle esquiva une femme qui avançait de façon chaotique tout en parlant dans son téléphone portable, puis un mendiant dépenaillé qui brandissait un panneau. Elle ne se dépêchait pas seulement parce qu'elle était pressée. Ce soir, après le travail, elle devait faire le dernier essayage de sa robe de demoiselle d'honneur, et elle se disait qu'en bougeant plus elle brûlerait plus de calories. Oui, c'était bête, mais, la veille, elle avait rêvé que seules cinquante calories l'empêchaient de fermer cette robe, c'est pourquoi elle ne voulait prendre aucun risque. Malheureusement, elle pouvait bien perdre tout le poids qu'elle voulait, cette robe serait toujours aussi laide.

Elle se faufila à l'intérieur du bâtiment et se rendit au courrier dans le hall d'entrée. Posant sa mallette, elle piocha une poignée d'enveloppes et les inséra dans la boîte aux lettres, et procéda ainsi jusqu'à ce que son sac soit vidé. Elle le jeta dans une poubelle non loin et sortit une enveloppe supplémentaire d'une poche latérale de sa mallette.

Celle-ci était adressée à Don McCaffrey.

Elle avait longuement pesé le pour et le contre sur son trajet, et elle avait fini par arriver à la conclusion que, si le pire survenait – autrement dit, qu'il reçoive bien l'invitation et ne vienne pas –, Tony ne saurait jamais qu'il avait été invité. Et, s'il venait après avoir passé trois ans sans voir son fils, cela signifierait sûrement qu'il voudrait se réconcilier, et Tony finirait par la remercier de l'avoir invité. Donc tout se passerait bien dans les deux cas.

Elle prit une profonde inspiration et glissa l'enveloppe dans la fente, l'expédiant au même titre que les autres.

Samedi matin, Tony et Heather descendirent de la voiture et se dirigèrent vers la boutique de costumes de mariage. Tony était plutôt le genre d'hommes à porter jean et tee-shirt – pour lui le confort primait le style –, donc un costume était sûrement la dernière chose qu'il avait envie de porter. Mais, en comparaison de l'idée de se retrouver à ce mariage, et en présence de l'affreux Jason, ce n'était presque rien.

— Tu vas être fier de moi, lança Heather. Hier, je suis allée à mon dernier essayage de robe de demoiselle d'honneur, et j'ai pu l'enfiler et même respirer dedans.

— Tu peux me dire merci.

— Pardon ? Et pourquoi je te remercierais ?

— Je t'ai mis au régime sexe. C'est double action : l'activité en soi brûle des calories, et, tant que je t'occupe les mains, tu ne manges pas.

Heather s'arrêta pour le regarder.

— Quoi ? demanda-t-il.

— Non, rien. Tu n'as qu'à te lancer des fleurs parce que moi, j'ai perdu du poids, fit-elle en secouant la tête et en reprenant sa marche.

— Ah, parce que tu crois que c'est en mangeant avec un lance-pierre comme tu l'as fait que tu as maigri ? rétorqua-t-il en marchant à ses côtés.

— Je sais que c'est pour ça que j'ai maigri. Et Regina qui s'est montrée si gentille avec moi en me disant que, même si j'avais l'air énorme dans cette robe, il me restait encore une semaine pour perdre deux kilos !

— Elle ne risque pas de se prendre les pieds dans son voile en allant à l'autel, elle ?

— Oh si ! Je n'ai qu'à lui faire un petit croche-pied bien senti.

Tony retint la porte pendant que Heather entrait dans la boutique. Le tailleur sortit le costume, et le jeune homme se rendit dans la cabine d'essayage. Quand il en émergea, quelques minutes plus tard, Heather porta la main à sa poitrine.

— Oh, mon Dieu, tu es splendide !

Tony admira son reflet dans le grand miroir à plusieurs volets.

— Je ne sais pas : en costume, j'ai l'impression d'être un pingouin.

— Un pingouin ? Non, mais tu plaisantes ? Est-ce que James Bond a l'air d'un pingouin ? Je ne crois pas, non. Regarde un peu les filles qu'il séduit.

— Hum ! Peut-être que tu as raison. (Tony se redressa, roulant des épaules et tirant sur les revers de sa veste.) Donc tu me dis que si je mets ça je vais être un tombeur ?

Heather fit la grimace.

— Un « tombeur » ?

— Tu sais, je pourrais séduire toutes les gonzesses que je veux.

— Oui, Tony, répondit-elle, pince-sans-rire. Tu pourras séduire « toutes les gonzesses » que tu veux maintenant que tu es un « tombeur ».

Tony lui adressa un sourire furtif.

— Je t'ai eue, pas vrai ? Tu as dit que j'étais splendide.

— Mettez-lui une salopette plutôt, lança Heather au tailleur. Je crois que ça revient à la mode cette année.

Totalement dépourvu du sens de l'humour, le tailleur se contenta de marquer les ourlets du pantalon, puis examina la coupe de la veste, qui se révéla simplement parfaite. Il assura que le costume de Tony serait prêt à temps pour le mariage et le renvoya dans la cabine d'essayage.

Le futur témoin remit son jean et son tee-shirt, puis commença à soulever le rideau pour sortir de la cabine. À ce moment-là, il jeta un coup d'œil, entre les battants de la zone d'essayage, au comptoir de la boutique.

Non, ce n'était pas possible.

Son père, ici ?

Tony s'arrêta net, serrant le rideau dans son poing, sentant chaque nerf de son corps se paralyser. Au début, il crut que c'était le fruit de son imagination. Il n'avait pas vu son père depuis trois ans. Peut-être s'agissait-il d'un simple sosie ?

Ensuite, l'homme se retourna pour regarder par la fenêtre, et, là, Tony fut convaincu : c'était bien Don McCaffrey.

Aucun doute possible.

Tony le regarda sortir son portefeuille et tendre une carte de crédit au vendeur. Il avait peut-être quitté la marine, mais la marine ne l'avait jamais quitté. Il avait l'air tout aussi rigide qu'il l'avait été ces trente dernières années, et il arborait toujours la même mine stoïque.

Tony se rappelait toujours que, quand il était petit et qu'il levait le visage en direction de celui de son père, il n'y trouvait pas l'ombre d'un sourire. Pourtant, il ne faisait que chercher une pointe de gentillesse et de compréhension : deux choses qui avaient disparu de sa vie le jour où sa mère était morte.

Et il ne les avait jamais retrouvées.

Son père signa le ticket de la carte de crédit. Le vendeur lui remit le costume qui était suspendu près de la caisse enregistreuse. Son père se contenta de hocher la tête pour remercier le vendeur, puis il sortit de la boutique.

Tony laissa retomber le rideau. Il s'adossa au mur de la cabine, pris d'une sorte de nausée. Il pensa à toutes les fois où il avait failli décrocher le téléphone pour l'appeler ces trois dernières années, mais, chaque fois, la même pensée l'en avait empêché.

Pourquoi son père, lui, ne l'avait-il jamais contacté ?

À mesure que le temps passait, Tony avait commencé à croire qu'il lui était peut-être arrivé quelque chose et que c'était la raison pour laquelle il ne téléphonait pas. De façon irrationnelle, il espérait presque que ce soit le cas. Au moins, cela lui éviterait de devoir s'avouer que son père ne voulait plus le revoir.

Mais il était évident qu'il ne lui était rien arrivé de tragique. Don McCaffrey se trouvait ici aujourd'hui et il se préparait à assister à un événement formel, où il devrait porter un costume ; il évoluait dans une vie où il ne pensait absolument pas au fils dont il avait ruiné la vie.

Ça m'est égal. Je n'ai pas besoin de lui. Je n'ai plus besoin de lui.

Tony resta planté là quelques instants de plus, attendant que son cœur retrouve un rythme normal. Puis il prit une profonde inspiration et repoussa le rideau. Heather se tenait debout et lui souriait, et une partie du poids qu'il ressentait dans le ventre s'envola.

— Tu en as mis du temps à sortir de là, fit-elle remarquer alors qu'ils se dirigeaient vers la porte de la boutique.

— Désolé, j'ai eu du mal à m'arrêter de m'admirer dans la glace.

Heather saisit la poignée de la porte et la tint ouverte pour lui.

— Après toi. On va voir si ta grosse tête arrive à passer la porte.

Il s'arrêta et la regarda.

— Quand est-ce que tu as développé ce sens de l'humour ? Je n'ai rien vu venir.

— Juste après t'avoir rencontré. Tu sais ce qu'on dit : qui se ressemble s'assemble.

Tandis qu'ils quittaient le magasin, Tony s'inquiéta un peu de l'éventuelle présence de son père dans les parages, mais il ne l'aperçut nulle part. Essayer de l'éviter le faisait se sentir un peu bête, mais que pouvait-il faire d'autre, après avoir passé tant de temps sans le voir ? Aller lui dire bonjour ?

Comme ils avançaient, Heather se mit à bâiller. Puis elle bâilla encore.

— J'ai quelques courses à faire et, après, je vais rentrer faire une sieste.

— La grasse matinée de ce matin ne t'a pas suffi ?

— Si tu m'avais vraiment laissée dormir, ça aurait pu m'aider. Demain, c'est dimanche, et je n'ai pas l'intention de me lever avant 10 heures. C'est compris ?

— Ah, pardon, tu disais quelque chose ? Je n'ai rien entendu.

— Tony, qu'est-ce que je dois faire pour avoir le droit de dormir un peu ? Sortir les menottes en fourrure mauve ?

Elle lui lança un dernier regard de réprimande avant qu'ils montent dans la voiture. Il ne pouvait s'empêcher de sourire en pensant à la nuit où elle avait tenté de se sauver de son lit, enroulée dans son drap. Et voilà qu'elle parlait bondage ! Elle n'était pas du tout telle qu'il l'avait pensé au départ.

Elle était bien plus que ça.

Douce et naïve d'un côté, intelligente et piquante de l'autre. De toutes les femmes qu'il avait fréquentées, c'était la seule qui ne tombait jamais dans un seul de ses panneaux, et il commençait à comprendre l'importance d'avoir quelqu'un de ce genre dans sa vie. Pour être totalement honnête, après avoir failli rencontrer son père, il se rendait compte de l'importance d'avoir quelqu'un qui était présent au quotidien dans sa vie.

Le côté sexuel ne durera peut-être pas éternellement, songea-t-il, *mais, quand ce sera terminé, nous resterons amis. Je ne perdrai pas ça. Jamais.*

Heather avait dit à Tony qu'elle se sentait fatiguée aujourd'hui. De son côté, il ne ressentit le manque de sommeil qu'après l'heure d'affluence, à midi. Il arrivait à peine à garder l'œil ouvert. Puisque Kayla prévoyait de rester au bar jusqu'à l'heure du dîner, il la prévint qu'il rentrerait chez lui se reposer un peu. Les samedis après-midi étaient tranquilles, mais pas les samedis soir, et il voulait être sûr qu'il pourrait tenir le coup.

Sur le trajet du retour, il songea que Heather devait déjà faire la sieste. Il n'aurait qu'à se vautrer dans le lit à ses côtés. Alors, peut-être que, de fil en aiguille, ils…

Non. Tu dois dormir. Et rien d'autre.

Quelques minutes plus tard, il gara sa voiture à côté de celle de Heather, et il regagna son appartement. Il posa ses clés sur le comptoir de la cuisine, parcourut son courrier, puis se rendit dans sa chambre. C'est alors qu'il entendit frapper à la porte.

Il se leva et alla ouvrir. Au moment où il vit la femme qui se tenait là, une vague de panique le submergea. L'arrivante, grande, blonde, avec une poitrine magnifique, portait un uniforme bleu marine orné d'une broche ailée sur le revers de sa veste et tenait par la poignée une valise à roulettes.

Babette, l'hôtesse de l'air chez Air France. Elle était là pour leur rendez-vous mensuel. Il avait oublié de l'annuler.

— Hello, Tonyyy ! lança-t-elle en lui adressant un sourire radieux. Tu ne me laisses pas entrer ?

Chapitre 20

Babette acheva son atterrissage dans l'appartement de Tony, imaginant, de toute évidence, qu'ils allaient bientôt redécoller pour le septième ciel. Tony regarda par-dessus son épaule et pria pour que Heather soit en train de dormir et continue à dormir jusqu'à ce qu'il parvienne à se débarrasser de Babette.

L'hôtesse de l'air redressa sa valise, puis se retourna et s'approcha de Tony, nouant ses bras autour de son cou.

— J'ai un programme magnifique pour toi ce soir, Tonyyy. J'ai trouvé un sex-shop adorable à Amsterdam. Tu vas a-do-rer ce que j'ai acheté pour nous.

— Ça a l'air vraiment super, mais…

— Tu m'as tellement manqué, l'interrompit Babette en mangeant le jeune homme des yeux, comme si elle allait réellement le dévorer. J'ai demandé au taxi de se dépêcher d'arriver ici. (Elle s'approcha un peu plus, jusqu'à frôler la bouche de Tony de ses lèvres.) Tonyyy, et moi, je t'ai manqué ?

— Euh… oui. Bien sûr que tu m'as manqué.

— Alors, tu as envie de m'embrasser, pas vrai ? lança-t-elle avant que sa voix se réduise à un simple murmure séducteur. Embrasse-moi.

Sans même attendre qu'il se penche vers elle, elle le poussa contre le mur et colla ses lèvres contre les siennes, l'embrassant avec l'ardeur charnelle dont elle était seule capable. Elle semblait parvenir à poser les mains à peu près partout – sur son visage, ses épaules, ses bras, son torse – et, assez rapidement, elles se retrouvèrent sur sa braguette.

Il venait de saisir les mains de la jeune femme quand il entendit la porte de la chambre s'ouvrir. Avant qu'il puisse s'arracher à l'étreinte de Babette, Heather entra dans le salon.

— Tony ? Qu'est-ce que tu fais ici à…

Elle s'arrêta net et le regarda. Puis elle regarda Babette. Tony ouvrit la bouche pour parler, mais rien ne sortit.

Babette se tourna vers lui, l'air perplexe.

— Je ne comprends pas. Tu as une autre copine ?

Tony regarda Heather. Qu'était-il censé répondre ? *C'est ma femme, mais pas vraiment, et on couche ensemble, mais il n'y a rien de sérieux, et elle vit avec moi, mais pas pour longtemps…*

— Je suis sa colocataire, lança Heather.

— Colocataire ? répéta Babette.

Colocataire ? songea Tony.

— Oui, confirma Heather avec un sourire. Je suis désolée de vous avoir dérangés. Vous savez quoi ? Je vais retourner dans ma chambre pour que vous puissiez reprendre votre conversation.

Sur ces paroles, elle se rendit dans sa chambre, et pas dans celle de Tony, puis referma la porte derrière elle, laissant le jeune homme abasourdi et muet.

Il avait imaginé toutes sortes de réactions de la part de Heather, mais une chose était sûre : il ne s'était pas attendu à celle-là.

Babette l'attrapa par le col et l'attira à elle.

— Elle a tellement raison. Si on reprenait notre conversation ?

C'est alors qu'elle se rua de nouveau sur lui, pour lui donner un baiser si indécent qu'une star du X en aurait hurlé de jalousie. Elle passa les mains du col de sa chemise à ses boutons et les défit si rapidement qu'il se retrouva torse nu avant même de s'en rendre compte. Encore quelques instants, et ils allaient se retrouver tous les deux nus dans son salon, renouvelant l'amitié franco-américaine avec des manœuvres diplomatiques dont les politiciens ne pouvaient que rêver. Tony avait toujours voulu s'impliquer dans les relations internationales, et il était encore prêt à donner de sa personne, mais pas avant de se séparer de Heather. Et sûrement pas alors qu'elle se trouvait dans la pièce à côté.

La question qu'il se posait, c'était : pourquoi l'avait-elle encouragé à continuer ? Avec tant de nonchalance, en plus ?

Depuis qu'ils avaient parlé de rester mariés jusqu'à une date précise, laisser une telle incartade se passer juste sous son nez ne ressemblait pas à Heather. Il se tramait quelque chose, et il voulait en avoir le cœur net.

Il repoussa les mains de Babette loin de sa braguette.

— Attends, je reviens dans un instant.

— Mais tu vas où ?

— T'en fais pas, je reviens tout de suite.

Tony se dirigea vers la chambre de Heather et frappa doucement à la porte.

— Oui ?

Il ouvrit la porte et trouva Heather étendue sur le canapé, un oreiller serré dans ses bras, comme si elle essayait de s'endormir.

Il désigna le salon d'un geste de la tête.

— Tu ne me demandes pas qui c'est ?

— Elle ressemble à une hôtesse de l'air.

— Oui. Elle s'appelle Babette. On a… euh… l'habitude de se voir une fois par mois. Je voulais l'annuler, Heather, mais j'ai oublié.

— Peu importe.

Peu importe ?

— Alors c'est quoi, cette histoire de colocation ? On est censés être mariés, non ?

Heather haussa les épaules.

— Tu as l'air de bien t'éclater avec Babette, je ne vois pas pourquoi j'irais gâcher ça.

— Eh bien, il me semblait qu'on devait faire croire aux gens qu'on était mariés.

— Est-ce que c'est important que Babette le pense ?

— Euh… non.

— Ce n'est que l'affaire d'une nuit, non ? Elle sera partie demain.

— Oui.

— Et, à moins que quelqu'un ne se mette à défoncer la porte de cet appartement, personne ne saura jamais qu'elle était là, n'est-ce pas ?

— Euh… oui, je crois.

— Elle est canon, Tony. Je te suggère d'en profiter. (Elle jeta un coup d'œil à sa chemise déboutonnée.) On dirait que vous êtes déjà bien lancés.

— Euh… ouais. Mais tu sais, ces derniers temps, toi et moi…

— On a passé du bon temps ensemble. Mais, pour tout te dire, Babette me rend service là : j'ai besoin d'un jour de relâche.

Il était abasourdi.

— Un jour de « relâche » ?

— Oui, j'ai besoin de dormir.

Tony fut surpris de constater à quel point cette réponse le blessait. Elle parlait de faire l'amour avec lui comme si c'était un travail, et un travail pénible de surcroît. Leur relation ne durerait pas forcément, mais il avait cru qu'ils représentaient quelque chose l'un pour l'autre.

Alors, il se mit en colère. Quand il était entré dans sa chambre, il avait été disposé à renvoyer Babette chez elle, mais, maintenant qu'il savait que Heather avait besoin d'« un jour de relâche », c'était exactement ce qu'il comptait lui offrir.

— Je voulais juste m'assurer que tu ne m'en voudrais pas et que tu ne me reprocherais pas ensuite de ne pas avoir respecté notre accord.

— Je ne t'en voudrai pas.

— Ce ne serait pas juste que tu m'en veuilles, tu sais.

— Je sais.

— Bien, alors. Du moment que c'est clair entre nous.

— C'est clair.

Il hocha brièvement la tête et se tourna pour quitter la pièce. Mais, alors qu'il retournait dans le salon, il se trouva encore plus déboussolé qu'avant. Il avait du mal à croire que le laisser coucher avec Babette ne dérangeait pas Heather le moins du monde.

Tant pis. Elle dit qu'elle s'en fiche. Prends-la au mot et laisse Babette t'emmener au septième ciel. Si tout ce qu'il voulait était s'envoyer en l'air sans conséquence, peu importait avec qui il le faisait, non ?

Tony trouva Babette lovée dans le canapé. Elle avait retiré ses chaussures et sa veste, et avait suffisamment déboutonné son chemisier pour qu'il puisse plonger le regard dans son profond décolleté. Elle lui adressa un sourire provocateur et lui fit signe de s'approcher du bout du doigt.

— Viens par ici, Tonyyy.

Il s'assit à côté d'elle sur le canapé. Au moment où il se posa sur le coussin, elle se leva, remonta sa jupe et s'installa sur ses cuisses. Elle défit le reste de son chemisier et l'ouvrit entièrement pour dévoiler un soutien-gorge rose en dentelle qui couvrait à peine sa généreuse poitrine. Elle se pencha vers lui en retirant son haut et l'embrassa dans le cou.

Dans une minute, ils passeraient dans la chambre, se déshabilleraient, et Babette partagerait avec lui les jouets qu'elle avait dégottés à Amsterdam, ce qui s'annonçait sympathique. Et puis, demain soir, Heather serait toujours là. Que demander de plus ?

Aahh ! La vie était belle.

Il glissa les mains sous sa jupe et caressa ses cuisses, tâchant de faire le vide dans sa tête, se disant d'arrêter de penser pour profiter plutôt des sensations. Et il y parvint à cent pour cent… pendant à peu près dix secondes.

Jusqu'à ce que Heather resurgisse dans son esprit.

Elle se trouvait dans sa chambre, en ce moment même, et elle faisait comme si elle ne s'en souciait pas le moins du monde. Et plus il y pensait, plus cette idée l'énervait. Après avoir fait l'amour avec lui à peu près un milliard de fois ces derniers jours, elle aurait pu au moins avoir la décence d'avoir l'air un tout petit peu jalouse. Mais non. Comment pouvait-elle rester allongée là, comme si de rien n'était, comme si…

Et c'est alors que la vérité le frappa de plein fouet. Il sut pourquoi elle agissait ainsi. Pourquoi ne l'avait-il pas compris avant ? Elle était bien jalouse, mais elle ne voulait pas le lui dire.

Oui. C'était cela. Elle était jalouse. À tel point que, pour empêcher qu'il le voie, elle avait dû tomber dans l'excès inverse et prétendre qu'il pouvait organiser une orgie dans le salon sans que ça la fasse réagir le moins du monde.

Babette retira la chemise de Tony, la jeta par terre et s'attaqua à sa ceinture. Mais, étonnamment, tout ce à quoi Tony parvenait à penser, c'était à quel point il avait de la peine pour Heather.

Il fallait qu'il aille lui parler, qu'il mette les choses au clair, qu'il s'assure qu'elle n'était pas enfermée là en train de pleurer.

Il saisit les mains de Babette et les enleva de sa taille.

— Dis, ma jolie, pourquoi tu n'irais pas t'installer dans ma chambre ? Je te rejoins dans une minute.

— Comment ça ? Maintenant ? s'étonna l'hôtesse de l'air.

— Vas-y, lui dit-il en l'embrassant rapidement. Je n'en aurai pas pour longtemps.

Elle lui adressa un regard suspicieux.

— Tout cela ne te ressemble pas, Tonyyy.

— Je vais redevenir moi-même dans une petite minute. Je te le promets. Je dois seulement m'occuper d'une chose avant.

Elle se dirigea vers sa chambre, lui adressant un regard sceptique par-dessus l'épaule. Ça passerait. Babette était facile à distraire. En un clin d'œil, il pourrait la remettre dans l'ambiance.

Il se rendit à la porte de Heather et toqua timidement avant d'ouvrir. Bizarrement, elle n'était pas en train de pleurer.

Elle dormait.

Elle cligna des yeux d'un air las et se souleva sur un coude. Une cascade de cheveux frisés déferla sur ses épaules. Quand elle leva ses yeux bleu clair vers lui, pendant quelques secondes, Tony eut du mal à trouver ses mots.

— Écoute, Heather, commença-t-il doucement. Je sais pourquoi tu fais ça.

— Je fais quoi ?

— Tu fais comme si ça ne t'embêtait pas que Babette soit là et qu'on soit en train de… Tu sais.

— Ça ne me dérange pas.

— Mais tu sais, c'est pas grave. Vraiment. Si ça te gêne à ce point, je peux demander à Babette de partir.

— Tony, est-ce que j'ai l'air gênée, là ?

— Oui, ça, c'est ce que tu dis, mais je sais ce que tu penses.

— Ah vraiment ? Et qu'est-ce que je pense ?

— Tu aimerais bien que Babette s'en aille, mais tu as trop peur de le dire. Alors tu restes ici, à faire semblant de dormir, et à essayer de me faire croire que tu t'en fiches.

Heather secoua la tête d'étonnement.

— Je te jure que tu es l'homme à l'ego le plus démesuré que j'aie jamais connu.

— Allez, Heather, avoue-le. Tu es jalouse.

— Bon, d'accord, répliqua-t-elle, pince-sans-rire. Je suis jalouse. Maintenant je peux dormir ?

— Hé, l'intello, lança-t-il. Tu crois que tu es la seule à connaître le concept de psychologie inversée ?

Heather poussa un soupir.

— En réalité, Tony, cette psychologie-là est parfaitement à l'endroit. Tu veux coucher avec Babette, fais-le, ça m'est égal. Alors, à ta place, j'irais plutôt dans l'autre chambre pour en profiter.

Le regard de Heather s'attarda sous la ceinture du jeune homme, et la moue qu'elle s'apprêtait à faire se transforma en un sourire en coin.

— Il y a une partie de toi qui en a clairement envie.

— Je suis un homme, Heather, rétorqua-t-il. C'est comme ça que ça se passe quand une femme m'allume.

— « T'allume » ? ricana Heather.

— Mais oui ! Babette, elle, est en train de me sortir son numéro de championne du monde de galipettes, et toi, tu es là… là…, bafouilla-t-il en esquissant un geste vague. En train de *dormir* !

Heather fronça instantanément les sourcils.

— D'accord. Alors, que les choses soient claires. Tu crois que j'essaie de te séduire parce que je suis dans la pièce à côté en train de dormir ?

Pour la première fois, Tony se rendit compte à quel point cette idée était stupide.

— Ben non, bien sûr que non. C'est juste que… (Il poussa un soupir dégoûté.) Oh, et puis laisse tomber !

— Tu ferais mieux de te dépêcher un peu, sinon elle va se refroidir.

— Ma jolie, Babette n'est vraiment pas du genre à se refroidir si tu veux tout savoir. Elle est chaude comme la braise vingt-quatre heures sur vingt-quatre. D'ailleurs, je vais y retourner pour me réchauffer un peu.

Il ouvrit brusquement la porte et quitta la pièce, énervé comme jamais. Il avait gentiment proposé de mettre un terme à son rendez-vous avec Babette si cela gênait Heather. Et comment avait-elle réagi, cette pimbêche ? En remarquant son érection et en l'expédiant tout droit dans les bras d'une autre femme.

Il comptait bien retrouver Babette et s'en donner à cœur joie. Heather pouvait bien rester là à ruminer sa jalousie.

Heather, allongée dans son clic-clac minable, serrait les dents si fort qu'elle craignait presque que ses mâchoires lâchent. Elle détestait avoir à admettre la vérité, mais elle ne pouvait pas faire autrement. Cette situation la rendait folle.

Elle n'était pas habituée à coucher avec un homme aussi souvent. Ça devait être ça, le problème. Le sexe à haute dose lui laminait le cerveau. Plus elle en avait, plus elle en voulait. Et penser à Tony qui faisait la même chose avec une autre, c'était plus qu'elle ne pouvait en supporter. Elle était tellement fière d'avoir eu l'air désinvolte, comme si elle ne se souciait guère qu'il emmène Babette dans son lit et la fasse grimper au septième ciel. Quelle galère !

Il avait dit qu'il pouvait demander à l'hôtesse de l'air de partir, alors pourquoi Heather ne l'avait-elle pas incité à le faire ?

Parce qu'elle savait comment fonctionnait Tony. Il voulait qu'elle admette sa jalousie, uniquement parce qu'il avait besoin que toutes les femmes qui l'entourent soient folles de désir pour lui. Eh bien, Heather avait décidé de ne pas lui accorder cette satisfaction. Il coucherait avec des dizaines d'autres femmes dans quelques semaines, donc elle ferait mieux de commencer à s'y habituer.

C'est alors qu'elle entendit un bruit dans l'autre chambre. Des voix, du raffut. Elle tendit l'oreille, mais elle ne comprenait pas ce qui se passait.

Doucement, elle descendit de son lit, se dirigea vers la porte sur la pointe des pieds et y colla l'oreille, guettant des soupirs d'extase, des cris passionnés, n'importe quoi.

À présent, elle n'entendait plus rien.

Un instant. Elle entendait un bruit. La porte d'entrée ? Que se passait-il ?

Elle colla son oreille à la porte et perçut des sons dans le couloir. Des bruits de pas ?

Heather recula, mais pas assez rapidement. La porte s'ouvrit en grand et la frappa sur le coin de la tête.

— Aïe ! lança-t-elle, en se prenant la tête entre les mains et en décochant un regard noir à Tony. Mais qu'est-ce que tu fabriques ?

— Ah ah ! fit-il en la désignant du doigt. Tu écoutais aux portes !

— Pas du tout !

— Oh que si ! C'est un peu bizarre comme comportement pour quelqu'un qui est censé ne pas s'intéresser à ce qui se passe dans la pièce à côté, hein ?

— Je n'écoutais pas aux portes ! J'étais juste en train de...

Sa voix s'érailla lentement.

— Devenir jalouse ?

— Oh, tu vas arrêter avec cette histoire ? Bon sang ! Je suis là, avec une commotion cérébrale, et tout ce à quoi tu penses, c'est à ta petite personne.

L'expression toute fière de Tony s'évapora.

— Est-ce que ça va ?

— Oui, ça va ! répliqua-t-elle d'une voix cinglante.

Il s'avança vers elle et retira la main qu'elle avait posée sur le côté de son crâne.

— Ça commence à gonfler. Et ça devient violet.

— Génial !

— Viens avec moi.

Tony la prit par la main et la guida vers la cuisine. Elle balaya du regard l'appartement vide.

— Où est Babette ?

— Elle est partie.

— Partie ? Pourquoi ?

— Elle a reçu un appel et elle a dû partir.

Tony ouvrit le congélateur et en sortit un sac de petits pois surgelés. Il l'enveloppa dans un torchon puis fit s'asseoir Heather à la table, et apporta une chaise à côté d'elle. Il posa une main sur sa joue tandis qu'il plaquait le sac glacé de l'autre côté de sa tête. Elle haleta brusquement et fit la grimace sous l'effet de la douleur.

— Est-ce qu'il faut que je t'emmène chez le docteur ? s'enquit-il.

Elle s'empara des petits pois, et il s'éloigna d'elle.

— Au cas où tu te poserais encore la question, dit Heather, je n'écoutais pas à la porte quand tu es rentré. J'étais seulement en train de…

— Quoi ?

— Ramasser un truc sur la moquette, continua-t-elle après avoir marqué une pause.

— Qu'est-ce que tu ramassais sur la moquette, je peux savoir ?

— Des peluches. Tu sais que je ne supporte pas les peluches.

— Je croyais que tu dormais.

Heather fronça les sourcils.

— Comment est-ce que je pouvais dormir alors que tu n'as pas arrêté de venir me déranger ?

— Donc, je t'ai réveillée, puis tu as subitement eu envie de regarder le sol et tu y as trouvé des peluches.

— Oui.

— Et tu t'es dit que tu allais te lever pour les jeter.

— Oui.

— Attends, que je comprenne bien : tu étais allongée dans le lit, quasiment endormie, mais tu as vu les peluches et tu t'es sentie obligée de…

— Bon d'accord ! Oui, j'écoutais à la porte !

Un sourire fendit le visage de Tony.

— Dommage que tu aies craqué, Heather. J'étais sur le point de croire à ton histoire de moquette.

— Tu plaisantes, répliqua-t-elle.

— Tu as raison. Je n'y ai pas cru une seconde. Mais c'était quand même assez divertissant.

— D'accord, petit malin. J'ai une question pour toi : qui a appelé Babette ?

— Je ne sais pas.

— Alors elle a juste décroché son téléphone et elle est partie comme ça ?

— C'est à peu près ça, oui.

— Après avoir parcouru des milliers de kilomètres en avion pour coucher avec toi ?

— Elle n'a pas parcouru des milliers de kilomètres en avion pour coucher avec moi, Heather. Elle est hôtesse de l'air.

— D'accord, donc elle a fait 50 kilomètres en voiture depuis l'aéroport pour coucher avec toi. Ensuite, elle s'est levée et elle est partie sans autre explication ?

— Babette est un peu volage. Avec mauvais jeu de mots.

— Je n'ai pas entendu de téléphone sonner.

— Il était sur vibreur.

— Quand je suis arrivée dans le salon, Babette se collait à toi comme une pieuvre. À ce moment-là, le téléphone en mode vibreur devait plus relever du sex-toy que de l'appareil de communication.

Tony poussa un soupir.

— Tu ne vas pas lâcher le morceau, pas vrai ?

— Non, non.

— Babette n'a pas reçu de coup de fil. Je lui ai demandé de partir.

— Tu as eu tort de craquer, Tony. Je commençais à croire à cette histoire de coup de fil.

— Bien sûr ! Alors, pourquoi est-ce que tu écoutais à la porte ?

Elle le fixa des yeux, l'air posé.

— Pourquoi as-tu demandé à Babette de partir ?

Il la regarda. Elle le regarda. Aucun ne répondit.

L'impasse.

— Écoute, commença Tony. Je n'ai pas envie d'être avec Babette et tu n'en as pas envie non plus. Elle est partie, et c'est ce qu'on voulait tous les deux, non ?

— Si.

— Tant qu'on est mariés, on reste juste entre nous. Tout le reste, ça fait trop bizarre.

— Tu voudrais bien répéter cette phrase, s'il te plaît ?

— J'étais sur le point de piquer un somme quand Babette a débarqué. On fait la sieste ensemble ?

— Ça me va.

Tony se leva de table, et Heather le suivit jusqu'à la chambre. Il retira ses chaussures, et ils s'allongèrent sur le lit. Il l'enveloppa de ses bras et l'attira à lui pour qu'elle s'appuie contre son épaule. Elle posa les petits pois sur sa tempe, et il les maintint en place de son autre main.

Heather prit une profonde inspiration et lâcha un soupir de satisfaction. Au bout d'un moment, Tony se tourna et l'embrassa doucement sur le front, puis poussa un soupir à son tour.

Il était si bon d'être allongée ainsi à côté de lui, pendant que le soleil de l'après-midi filtrait à travers les stores pour teinter la chambre de tonalités chaudes et lumineuses. L'oreille pressée contre le torse de Tony, Heather entendait les battements réguliers de son cœur, et, au bout d'un moment, sa respiration se ralentit, lui indiquant qu'il s'était endormi.

Ne te réjouis pas trop. Cela ne va pas durer.

Au fond de son cœur, elle savait que la seule raison pour laquelle il avait renvoyé Babette, c'était parce qu'il était un gentleman, aussi surprenant que cela puisse paraître. Parce qu'il n'aimait pas blesser les autres. C'était la raison pour laquelle il avait, tout d'abord, concocté ce plan un peu fou, et c'était pourquoi elle était allongée à côté de lui en ce moment précis. Une fois leur divorce prononcé, elle savait que Babette reviendrait dans son lit à vitesse grand V, comme toutes les autres femmes grandes, minces et belles sur lesquelles il pourrait mettre la main.

Ou pas.

Un instant, elle imagina que Tony appréciait peut-être vraiment cet aperçu de la vie d'homme marié, qu'il pensait peut-être à continuer comme ça sur le long terme, que, dans les jours qui suivraient, il reviendrait peut-être sur cette idée de divorce, juste quelques semaines de plus, pour voir où les choses pourraient les mener…

Non. Elle se berçait d'illusions.

Tony était comme il était, et, même un mois de monogamie n'y changerait absolument rien.

Chapitre 21

Quand Heather rentra du travail le mardi suivant, elle vit Alison pour un rapide dîner, puis elles se rendirent aux Galeries Lafayette afin d'acheter un cadeau de mariage à Regina et à Jason. En déambulant dans les rayons, Heather vit un présentoir de foulards. Elle regarda une étiquette : « 120 dollars ». Les Galeries Lafayette, quoi ! Le genre d'endroit où l'on n'a pas envie de regarder les prix.

— Je n'arrive pas à croire que ce soit le seul endroit que Regina ait mis sur sa liste de mariage, fit remarquer Alison en avançant. Ça va te coûter une fortune. Pourquoi ne pas avoir choisi une enseigne comme Monoprix ? Comme ça les gens qui ne touchent pas des mille et des cents peuvent lui acheter quelque chose de vraiment pratique.

— Parce que ce qui est pratique n'a aucune classe.

Quand elles arrivèrent au bon rayon, elles sortirent la liste de Regina qu'elles avaient imprimée et regardèrent les différents articles.

— Alors, c'est quoi le moins cher ici ? s'enquit Alison.

—Voyons… Oh, mon Dieu ! Tu as vu le prix de ce service de table ? Quarante dollars pour une seule personne ?

—Et si on lui prenait un grille-pain ou quelque chose dans le genre ?

Heather parcourut la liste des yeux.

—Bon, je peux lui prendre un article. Je ne suis pas à 200 dollars près.

—Pour un misérable grille-pain ? Tu en as partout ailleurs à 25 dollars !

—Oui, mais ce ne sont pas des grille-pain qui ont la classe.

Heather finit par se décider pour un ensemble de quatre verres à vin Waterford, qui lui coûtèrent 120 dollars. Elle serra les dents quand elle tendit sa carte bleue à la caissière, et, quelques minutes plus tard, elles sortirent du magasin. Elles passèrent devant The Body Shop, et un détail retint l'attention de Heather.

—Attends, dit-elle en s'arrêtant devant la vitrine. Regarde ça.

Alison s'arrêta et vit ce que Heather désignait du doigt.

—De l'huile de massage parfumée ?

—Ça pourrait être marrant, commenta Heather en souriant. Viens.

—Tu veux acheter de l'huile de massage ? demanda Alison en suivant son amie dans la boutique. Mais qu'est-ce que vous traficotez, tous les deux ?

—Tu n'imagineras jamais à quel point Tony sait se montrer inventif, répondit Heather avec un petit rire. Les idées qu'il trouve me laissent souvent bouche bée. (Elle prit un flacon testeur et versa un peu d'huile sur le dos de sa main.) Ooh, celle-ci sent comme des cookies nature ! (Elle tendit la main vers le nez d'Alison.) Tu en penses quoi ?

— Je crois que tu as vraiment pété un câble.

— Tu veux bien juste sentir l'odeur ?

Alison s'exécuta.

— C'est pas mal, enfin je crois, si ton fantasme consiste à faire l'amour dans une pâtisserie.

Après en avoir essayé d'autres, Heather se décida pour deux parfums : noix de coco et brise marine.

Après tout, qui ne rêvait pas de faire l'amour dans une île des mers du Sud ? Elle paya les flacons, et, une minute plus tard, elles sortirent de la galerie commerciale.

— Heather ?

— Oui ?

— Qu'est-ce que tu ressens pour Tony ?

— Qu'est-ce que tu veux dire ?

— Je ne t'ai jamais vue comme ça. Tu es vraiment tout excitée chaque fois que tu parles de lui.

— Et alors ? On s'amuse bien. Je suis aussi tout excitée quand je vais à Disneyland.

Alison saisit son amie par le bras et la guida vers un banc pour qu'elle s'assoie, manquant de bousculer une dame et sa poussette.

— Tu sais que, une fois que le divorce sera prononcé, cet homme disparaîtra de ta vie, déclara Alison.

— Je sais.

— Il fréquentera d'autres femmes. Beaucoup d'autres.

Heather pensa à Babette.

— Je le sais aussi.

— Heather, qu'est-ce que tu ressens pour lui, vraiment ?

La jeune femme commença à préparer son habituelle réponse négative, mais, tout à coup, elle fut frappée par une pensée. *Tu es folle de lui. Complètement folle de lui.*

Au moment où elle s'en rendit compte, un étrange petit frisson parcourut sa colonne vertébrale. Depuis quand était-ce le cas ? Depuis quand n'avait-elle plus la tête sur les épaules et l'esprit pratique ? Depuis quand était-elle devenue une de ces femmes chamboulées par l'émotion, avec des étoiles plein les yeux, ce genre de femmes qu'elle avait toujours trouvé ridicule ? Elle n'avait pas encore griffonné le prénom de Tony sur son bloc de Post-it au travail, mais, maintenant qu'elle y pensait, elle se disait qu'elle en serait bien capable.

Elle détourna le regard.

— C'est seulement le sexe. Ça va me manquer.

— Tu es sûre que c'est tout ce qu'il y a ?

Elle commença à dire oui, pour se rendre compte que c'était encore un mensonge.

Ce n'était pas qu'au lit qu'elle était folle de Tony. C'était aussi dans la cuisine, quand elle préparait le petit déjeuner et qu'il s'asseyait à table, tout décoiffé et sexy. Au bar, quand ils tentaient de gérer l'afflux de clients, qu'ils se dévisageaient d'un bout à l'autre de la salle et qu'elle comprenait ce dont il avait besoin sans qu'il ait à prononcer le moindre mot. Au magasin de costumes, quand elle lui répétait encore une fois qu'il avait un ego surdimensionné, même si elle connaissait bien la vérité : Tony était probablement l'homme le moins nombriliste qu'elle ait jamais rencontré. Il avait le don de la faire se sentir spéciale, comme s'il appréciait tout autant son intelligence que son corps.

Au fond d'elle, elle se demanda s'il existait une autre raison pour laquelle Tony avait renvoyé Babette l'autre jour. Peut-être commençait-il vraiment à la considérer comme autre chose qu'une épouse temporaire.

Non. Il fallait qu'elle soit réaliste. Tony n'aimait pas les conflits, tout simplement. Il voulait que tout le monde autour de lui soit content. Il aurait fait n'importe quoi pour que tout se passe bien, y compris refuser de passer l'après-midi avec une bombe française. Toutefois, Heather ne pouvait se défaire de l'espoir qu'elle avait ressenti en imaginant qu'il avait renvoyé cette femme dans le seul but de passer du temps avec elle.

— Peut-être qu'il y a plus, admit-elle. Un tout petit peu plus.

— Oh, bon sang ! s'exclama Alison. Comment est-ce que j'ai pu ne pas le voir venir ? Pourquoi est-ce que je t'ai poussée à coucher avec lui ?

— Oh, du calme, du calme ! Tu fais comme si j'allais tenter de me suicider à la minute où on sera divorcés.

Alison pencha la tête sur le côté et adressa un regard triste à Heather.

— Non. Ce ne sera pas aussi radical. Mais tu vas pleurer, n'est-ce pas ?

Heather dévisagea Alison, mal à l'aise.

— Je savais dans quoi je m'engageais. Je savais aussi avec qui je m'engageais. Je ne me fais aucune illusion au sujet de Tony.

— Oui, ce raisonnement est très logique, mais ça ne t'empêchera pas de souffrir, pas vrai ?

Heather se leva subitement, empoignant son sac à main et ses courses.

— Tu accordes trop d'importance à toute cette histoire. Une fois le divorce prononcé, nous serons quittes, et ma vie reprendra son cours habituel.

— Alors, le dîner de répétition est prévu pour jeudi soir ? lança Alison. Puis le mariage aura lieu dimanche ?

— C'est ça.

— Et vous allez vous séparer peu après.

— Oui.

— Qu'est-ce que vous allez dire à tout le monde ?

— Ce ne sera pas si terrible que ça. Je me contenterai de sourire et de dire : « Ça n'a pas marché entre nous. En fin de compte, nous sommes vraiment trop différents, mais on a quand même passé de bons moments. » Si je ne suis pas bouleversée à cette nouvelle, personne ne le sera non plus.

— J'imagine que l'essentiel est que tu n'aies pas l'air bouleversée, hein ?

— Exactement.

Mais Heather n'avait jamais imaginé à quel point cette tâche serait difficile pour elle.

Avant même qu'elle s'en rende compte, le fameux jeudi arriva, et, en compagnie de Tony, elle se dirigea vers l'église méthodiste de Plano pour la répétition du mariage. Il avait mis un survêtement pour l'occasion, ce qui rappela à la jeune femme que, quoi qu'il porte, ou ne porte pas, il était si beau qu'il en irradiait presque.

— Explique-moi pourquoi on fait des répétitions pour les mariages, lança Tony. Tu vas à l'autel, tu répètes ce que le prêtre dit, tu échanges les bagues, et le tour est joué.

— Oh non ! Il y a beaucoup d'autres choses à organiser. Comme la bougie des vœux, ou la musique d'accompagnement, ou même la récitation de vœux personnalisés.

— Alors, Regina a choisi combien d'options pour son mariage ?

— La connaissant, je dirais qu'elle a choisi toutes les options.

— Désolé, mais j'ai du mal à imaginer Jason en train de rédiger ses propres vœux.

— Bien sûr que non ! Regina les écrirait et l'obligerait à les apprendre par cœur. (Heather y réfléchit un instant.) Après réflexion, je crois que c'est tante Bev qui leur rédigerait leurs vœux, à tous les deux.

Ils se garèrent dans le parking peu avant 19 heures. Quand ils entrèrent dans l'église, Heather se rendit compte que presque tout le monde était arrivé.

Tout le monde, sauf le futur marié.

Quinze minutes après l'heure prévue pour le début de la répétition, Jason n'était toujours pas là. Regina proféra quelques excuses enjouées pour expliquer son absence, suggérant qu'un homme d'une telle importance et qui avait tant de choses importantes à faire ne pouvait qu'être retardé. Mais Heather avait bien remarqué les coups d'œil nerveux que la future mariée ne cessait de jeter en direction de la porte.

— Elle lui trouve des excuses, une fois de plus, murmura Heather à Tony.

— Pourquoi est-ce qu'elle ne le largue pas, tout simplement ? répondit le jeune homme à voix basse. Je ne suis pas fan de Regina, mais, quand je vois Bev, je comprends au moins d'où ça vient. Les parents de Jason ont l'air parfaitement normaux. Donc quelle excuse peut-il avoir ?

Quand Jason finit par passer la porte, rengainant son BlackBerry, le soulagement de Regina était presque palpable. Le prêtre commença la répétition, et les demoiselles d'honneur poursuivirent leurs bavardages. Se concentrer semblait être au-dessus de leurs capacités. En fin de compte, la *wedding planner* snobinarde de Regina les fit se mettre par paires avec les témoins du futur marié, et tout le monde s'avança vers l'autel, Tony et Heather fermant la marche. Ils se coltinèrent le blabla de la cérémonie, puis Bev intervint pour s'assurer que Jason savait précisément à quel moment soulever le voile de Regina. Heather échangea un regard avec Tony. Il leva légèrement les yeux au ciel dans sa direction, puis sourit.

Heather lui rendit son sourire. Ce n'était pas la première fois qu'elle partageait un tel instant de complicité avec Tony. Au fil des jours, elle se disait de plus en plus qu'il allait lui manquer, et que le sexe ne serait pas forcément le problème le plus important. Se retrouver là, dans cette église, encore une fois demoiselle d'honneur, la poussa à se demander si elle avait encore une chance de trouver un autre homme avec qui elle serait aussi à l'aise qu'avec Tony et qui aurait envie de s'installer, de se marier.

Elle ne voulait même pas estimer ses chances. Proches de zéro, sûrement.

Quand la répétition de la cérémonie fut terminée, ils remontèrent l'allée principale, et un désaccord très peu discret éclata entre tante Bev et la *wedding planner* au sujet de l'emplacement des fleurs. Oncle Gene tenta de jouer les arbitres, mais, comme d'habitude, tante Bev le remit à sa place avec une réplique cinglante et un coup d'œil terrifiant. Il s'approcha d'un banc et s'assit, songeant sûrement aux 30 000 dollars qu'il allait dépenser pour se faire aboyer dessus, alors que, la plupart du temps, il se faisait rembarrer pour pas un rond.

Enfin, tous les convives quittèrent l'église et se dirigèrent vers le *Forest Glen Golf* et son country club pour le dîner de répétition. Tony remonta l'allée bordée d'arbres pour arriver devant le bâtiment en brique de style néocolonial, doté de piliers blancs et d'une fontaine sur le devant. Au-delà du club-house se trouvaient les collines du terrain de golf, chaleureusement éclairées par les rayons du soleil couchant.

Quand ils arrivèrent devant la porte d'entrée, ils descendirent de la voiture, et Tony remit ses clés au voiturier. Ils entrèrent et passèrent la porte à double battant pour entrer dans la salle de réception.

— Pars devant, lança Heather à Tony. Je dois faire un tour aux toilettes.

Il acquiesça et poursuivit son chemin. Heather tourna dans le couloir menant aux W.-C. et elle entendit des voix qui en provenaient. Des voix courroucées. Elle s'arrêta au coin du mur et écouta.

— Non. Éteins-le maintenant.

— Regina…

— Je t'ai demandé de l'éteindre !

Heather entendit un râle de colère, puis le son d'un appareil électronique qu'on éteint.

— Maintenant, tu me le donnes.

— Non, je ne vais pas…

— Je refuse de supporter ce dîner si ton téléphone ne cesse de sonner. C'est gênant !

— Bon sang, Regina ! Tu es obligée d'être aussi chiante avec ça ?

— Tu étais en retard pour la répétition, alors ne commence pas à m'accuser.

— D'accord, répliqua Jason d'une voix cinglante. Prends-le.

Plusieurs secondes de silence. Puis un soupir tremblant.

— Je suis désolée, Jason, dit Regina, l'air contrit. Je ne veux pas me disputer avec toi. C'est quand même notre mariage, tu sais ?

— Je sais. Et j'ai vraiment hâte qu'on en finisse.

Heather entendit des bruits de pas, et elle se plaqua contre le mur quand Jason quitta le couloir pour se diriger vers la salle de réception. Il ne vit pas la jeune femme, car il ne se retourna pas.

Heather attendit plusieurs secondes et, voyant que Regina ne ressortait pas, elle traversa le couloir et ouvrit la porte des toilettes. Regina était assise sur le canapé du vestibule, la tête inclinée et un mouchoir pressé contre ses lèvres. Quand elle aperçut Heather, elle se redressa immédiatement et s'essuya les yeux.

— Les allergies, commenta-t-elle. L'ambroisie fait des ravages dans le nord du Texas, hein ?

— Est-ce que ça va ?

— Bien sûr que oui, répondit-elle en reniflant. Pourquoi est-ce que ça n'irait pas ?

Heather s'assit près d'elle sur le canapé.

— Tu as pleuré.

— Tu sais comment sont les futures mariées. Toutes ces émotions. Un rien suffit.

— C'est à cause de Jason, n'est-ce pas ?

— Comment ça ?

— Je vous ai entendus vous disputer.

Regina commença par nier. Puis, comme si elle reconnaissait l'inutilité de cette démarche, elle feignit de rire.

— Et ça n'arrive pas à tous les couples, de se disputer ?

— Deux jours avant leur mariage ?

Regina serra les mâchoires, d'un air résolu.

— On a tous les deux pas mal de choses à faire en ce moment.

— Qu'est-ce qu'il a à faire, lui ?

— C'est son travail. Il est tellement débordé, si tu savais. Ce n'est pas le moment de se laisser aller, alors il est un peu tendu.

— Il faut qu'il pense à autre chose qu'à son travail, rétorqua Heather. C'est son mariage, enfin.

Regina tâcha de faire bonne figure, mais, quelques instants plus tard, sa mine se décomposa, et elle ne put réprimer ses larmes.

— Ce n'est pas censé se passer comme ça, dit Heather doucement.

— Bien sûr, ironisa Regina entre deux sanglots, et tu te crois une experte en mariage maintenant que tu as la bague au doigt.

— Non, pas du tout. Je ne me crois rien du tout. Je pense juste que si tu épouses Jason…

Regina renifla et tourna la tête vers Heather.

— Quoi ?

— Ce n'est pas le bon choix.

— Mais si, c'est le bon choix ! Il est parfait pour moi ! Tout le monde le dit. Toutes les autres filles me disent qu'il les fait rêver et que c'est l'homme idéal, et…

— Il faut que tu arrêtes de fréquenter ces filles-là.

— Ce sont mes amies.

— Ce sont des idiotes.

Regina ne répondit pas, ce qui signifiait sûrement qu'elle n'était pas en total désaccord avec l'opinion de sa cousine.

— Il n'est pas trop tard pour annuler le mariage, ajouta Heather.

Regina se retourna brusquement.

— L'annuler ? Je ne peux pas faire ça !

— Et pourquoi pas ?

— Tu plaisantes ? Ma mère péterait un câble !

— Mais ce n'est pas de la vie de ta mère qu'il est question, c'est de la tienne.

— Non, objecta-t-elle en se redressant. Ça va bien se passer. On s'est juste un peu disputés, c'est tout. Une fois qu'on sera mariés et que les choses se seront calmées, tout ira bien.

Elle se leva et s'approcha du miroir pour retoucher son maquillage. Puis elle se dirigea vers la porte.

— Regina ?

La jeune femme fit volte-face.

— Tu veux bien y réfléchir ? S'il te plaît ?

— Pas besoin de réfléchir à quoi que ce soit, rétorqua Regina en reniflant un peu avant de prendre une grande inspiration tremblante. Je vais épouser Jason, un point c'est tout.

Elle se retourna et sortit des toilettes. Quelques minutes plus tard, Heather regagna la salle de réception. Les demoiselles d'honneur bavardaient toujours, ce qui commençait à vraiment lui porter sur les nerfs. Regina souriait, mais son sourire était factice. Ce n'était pas celui qu'elle arborait habituellement pour rabaisser les autres, mais celui qui dissimulait un cœur blessé.

Tante Bev n'avait absolument rien remarqué, et son visage exprimait un enthousiasme triomphant. C'était ce qu'elle avait toujours voulu. Sa si belle fille épousait un si bel homme pour qu'ils engendrent de si beaux enfants, et elle aurait une flopée de photos à exhiber devant ses amies du club, avec lesquelles elle clamerait : « J'ai réussi. J'ai élevé la fille parfaite. En voici la preuve en images. »

Regina s'était avancée pour prendre la main de Jason, adressant un sourire doucereux aux personnes à qui il parlait. Jason donnait l'impression qu'il aurait préféré tenir son BlackBerry que la main de sa fiancée.

Tony s'approcha de Heather.

— Tu as mis du temps à revenir. Est-ce que tout va bien ?

— J'ai entendu Regina se disputer avec Jason, et puis elle est allée aux toilettes. Quand j'y suis allée, je l'ai trouvée en train de pleurer.

— Oh là là !

— Si elle épouse Jason, sa vie va être un enfer.

— Est-ce que tu le lui as dit ?

— Plus ou moins. Elle était terrifiée. Elle affirmait ne pas pouvoir annuler le mariage, car sa mère serait contrariée.

— Elle a peur de sa mère ? C'est la seule raison qui l'empêche d'annuler ?

— Oui. Elle ne m'a pas dit qu'elle aimait Jason et voulait l'épouser. Elle a simplement indiqué que sa mère serait contrariée si elle annulait le mariage. Et elle a insisté sur le fait que ce n'était qu'un petit accroc et que tout allait bien se passer.

— Peut-être que oui.

— Peut-être.

— Tu te fais beaucoup de souci, pour une cousine que tu n'apprécies même pas.

— Pour tout te dire, si j'avais tante Bev comme mère, je serais sûrement comme Regina, avoua-t-elle en soupirant. Je sais qu'elle a été mesquine avec moi. Mais, en fin de compte, elle fait partie de la famille, tu sais ? Je n'ai pas envie qu'on lui fasse du mal.

Heather ne pouvait plus qu'espérer que, à un moment donné entre ce soir-là et dimanche, Regina voie enfin la vérité en face et annule son mariage. Sinon, elle allait être malheureuse pour le restant de ses jours.

Le lendemain soir, Heather arriva au *McMillan's* pile au moment où Tony poussait un client éméché dans un taxi. Il donna au chauffeur une adresse et 20 dollars. Ce dernier acquiesça et démarra.

— Qu'est-ce qui s'est passé ? s'enquit Heather tandis qu'ils entraient dans le bar.

— La copine de ce gars l'a largué cet après-midi. Lisa ne savait pas qu'il avait déjà commencé à boire quand il est arrivé. Donc elle l'a trop servi…

— C'est pas toujours évident de tenir un bar.

— Ouais. J'ai déjà de la chance qu'il n'ait pas vomi partout. Le taxi n'aura peut-être pas cette chance.

— Oui, j'imagine que ça aurait un peu ruiné l'happy hour du vendredi, pas vrai ?

Ils s'avancèrent à l'intérieur, et Heather écarquilla les yeux.

— Waouh ! Quelle foule !

— Je sais, répondit Tony avec un sourire. C'est pas génial, ça ?

— Plus que vingt-quatre heures, alors. Tu es prêt pour la soirée d'ouverture ?

— Tout est sous contrôle. Chuck veut te parler du buffet. Et Lisa a trouvé quelques cocktails spéciaux que j'aimerais que tu testes. Il ne reste plus qu'à décorer la salle demain après-midi, et on sera prêts.

Heather partit s'entretenir avec Chuck, et Tony songea à tout le travail qu'elle avait abattu pour qu'ils en arrivent là. Non seulement elle avait créé et envoyé les invitations, mais elle avait aussi fait de la publicité dans les journaux, commandé la nouvelle enseigne et fait distribuer les flyers dans les environs. Elle avait aussi envoyé des invitations à deux journalistes spécialisés dans la gastronomie et le divertissement, qui lui avaient confirmé leur présence. Des gens dont Tony n'avait pas entendu parler depuis une éternité avaient reçu une invitation, et ils avaient appelé pour confirmer qu'ils venaient. Et, demain soir, le *McMillan's* deviendrait officiellement le *McCaffrey's*.

Il avait hâte d'y être.

Mais ce que Heather avait fait de mieux pour lui, c'était de lui répéter inlassablement que le bar allait être une belle réussite. C'était un peu le rêve de sa vie, mais, au fond de lui, il avait toujours douté d'y arriver. Pourtant, Heather l'avait aidé à croire qu'il pouvait vraiment y parvenir.

Un peu plus tôt, Kayla avait pris un appel indiquant qu'un groupe de douze personnes comptait venir à 19 heures. Il installa donc les tables avec Heather. De 17 à 19 heures, ils mirent les couverts et les menus sur les tables, et c'est alors qu'Erika arriva à toute vitesse pour leur annoncer :

— Chuck a un problème en cuisine. Je crois que vous feriez mieux de venir voir.

— Qu'est-ce qui ne va pas ?

— Venez simplement voir.

Ils coururent à la cuisine, et, en entrant, Tony ne put s'arrêter assez vite pour éviter de mettre les pieds dans une énorme flaque d'eau qui ne cessait de s'agrandir.

Tout n'allait pas comme sur des roulettes, finalement.

— J'ai coupé l'arrivée d'eau, déclara Chuck. Ça coulait pas mal.

— Bien. Il faut qu'on nettoie tout ce bazar pour cuisiner et servir. Chuck, prends une serpillière. Heather, tu voudrais bien appeler un plombier pour nous ?

— J'y vais, répliqua-t-elle en s'approchant du téléphone fixé au mur.

Tony se rendit compte que le nettoyage à la serpillière ne serait sûrement pas assez rapide, donc il prit des serviettes en papier pour essayer d'absorber le reste de l'eau.

Erika passa la porte.

— Je peux faire quelque chose ?

— On va couper l'eau pendant un moment, lui indiqua Tony. Ça veut dire qu'il va falloir limiter l'usage de la chasse d'eau. Si on ne règle pas le problème rapidement, je veux que tu colles des panneaux « Hors service » sur les portes.

— D'accord, je vais m'en occuper.

— Et explique aussi à Lisa pourquoi elle ne peut plus prendre d'eau au bar. Elle va vite se trouver à court de verres propres. Je vais envoyer quelqu'un à l'épicerie du coin de la rue pour acheter des gobelets en plastique s'il nous en manque trop.

Erika sortit de la cuisine, et Tony remarqua la pile d'assiettes près du gril.

— Chuck ? Est-ce qu'on a assez d'assiettes propres pour ce service ?

— Normalement oui.

— Je pense qu'on a pas mal de couverts non déballés encore. Heather ?

Elle se retourna, le téléphone collé à l'oreille.

— J'ai le plombier en ligne. Il assure qu'il peut être là dans vingt minutes.

— Bien.

Tony prit une profonde inspiration.

— Je crois que tout est sous contrôle.

Kayla passa la tête par la porte.

— Le groupe vient juste d'arriver, annonça-t-elle. Vous pouvez venir ici une minute, Heather et toi ?

— Quoi ?

— Ils ont demandé à vous parler.

— Que veulent-ils ?

— Ils ne l'ont pas dit.

— Allez-y, fit Chuck. Je m'occupe de nettoyer le reste.

Tony regarda Heather qui haussa les épaules. Kayla ouvrit la porte, et ils la suivirent dans la salle. La grande table qu'ils avaient dressée était désormais comble. Des ballons étaient accrochés à deux des chaises, et il y avait un tas de cadeaux sur une table adjacente. Et, au moment où ils virent Tony et Heather, ils crièrent tous en chœur :

— Surprise !

Les flashs des appareils photo crépitèrent. Les gens applaudirent. Mais qu'est-ce qui se passait là ?

C'est alors que Tony se rendit compte qu'il reconnaissait quelques visages. Fred et Barbara. Regina. Et, là-bas, était-ce Bev ? Plus toutes sortes de connaissances de Heather ?

— Oh, mon Dieu ! marmonna Heather entre ses dents. Un enterrement-surprise de vie de jeune fille ?

Chapitre 22

Heather n'en croyait pas ses yeux. Tony avait été terrifié à l'idée du cadeau que ses parents voulaient leur apporter au *McMillan's*. Qu'allait-il dire maintenant qu'il y en avait des dizaines ?

Sa mère s'approcha, un grand sourire aux lèvres, et les prit tous les deux dans les bras.

— Maman ? s'étonna Heather. Qu'est-ce que c'est que tout ça ?

— Tous les jeunes mariés ont droit à des cadeaux, n'est-ce pas ? Et le reste de la famille n'avait pas encore vu le *McMillan's*, donc je me suis dit que c'était le lieu idéal pour organiser cette petite fête. J'ai appelé il y a quelques jours, et Kayla nous a gentiment aidés à organiser la surprise !

Tony regarda Kayla.

— Oh ! Alors il n'y a aucun problème de plomberie ?

— Eh bien, Tony, commenta-t-elle avec un sourire, tu as l'air déçu.

Kayla ne savait pas à quel point elle avait raison. Entre subir une soirée avec la famille de Heather et s'occuper d'une crise de plomberie, Tony aurait choisi la plomberie, et de très loin.

— Je vais annuler le plombier, dit Kayla à Heather. Lequel as-tu appelé ?

— J'ai écrit son nom sur un bloc-notes près du téléphone.

Kayla désigna la table d'un geste.

— Assieds-toi avec Tony. On va finir de nettoyer la cuisine.

— On est vendredi, déclara le jeune homme. On va avoir du pain sur la planche. S'il se passe quelque chose…

— Eh bien, je serai ton assistante en chef ! répondit Kayla avec un sourire. Laisse-moi faire mon boulot. Je vais m'assurer que tout est sous contrôle. Vous n'avez qu'à vous asseoir là et passer un bon moment.

Tandis que Kayla s'éloignait, Heather murmura à Tony :

— Je suis tellement, tellement désolée.

— Ce n'est pas grave, répliqua-t-il.

Mais elle savait qu'il ne disait cela que parce qu'ils étaient piégés dans cette situation. C'était vraiment tout ce qu'il pouvait dire.

Ils s'assirent sur les chaises ornées de ballons, et Heather le présenta de nouveau aux membres de sa famille installés autour de la table. Il les avait tous rencontrés la première fois chez ses parents, mais l'entrevue avait été si chaotique qu'il se souvenait à peine des noms des uns et des autres. Tony s'évertua à sourire et à avoir l'air agréable. Elle décida alors que ce soir, quand ils rentreraient, elle ferait un effort particulier pour l'en remercier.

Erika s'approcha pour prendre leur commande, et Barbara choisit quatre plats d'amuse-gueules pour tout le monde, indiquant à la serveuse qu'ils commanderaient leurs plats principaux un peu plus tard. Erika acquiesça, puis demanda à chaque personne ce qu'elle voulait boire.

Boissons ? Amuse-gueules ? Et puis dîner ? Heather grinça des dents. Ils avaient l'intention de rester là toute la nuit, ce qui signifiait que Tony devrait rester avec eux, et cela n'allait pas lui plaire.

— Regina est là, chuchota Tony. Où est Jason ?

— Probablement quelque part en train de se donner de l'importance, lui répondit Heather. Il fait toujours son possible pour ne pas être là aux réunions de famille.

— Peut-être qu'avec un peu de chance il ratera son propre mariage.

Toutefois, le reste de la famille, d'humeur festive, souriait et battait le rythme de la musique du bout des doigts. Heather avait l'habitude de sa famille, mais les voir à travers le regard de Tony lui fit prendre conscience de son côté envahissant.

— Je suis vraiment désolée, Tony, lui chuchota-t-elle. Je ne savais vraiment pas.

— Je t'ai dit que ce n'était pas grave. C'est vrai, je suis content d'avoir autant de clients ce soir.

Après le dîner, le couple ouvrit ses cadeaux, et Heather fit la grimace en pensant qu'il faudrait rendre ces objets dans quelques semaines. Tante Sylvia et oncle Burt leur avaient offert un mixeur, mamie Roberta des serviettes de bain, et Cynthia, la cousine de Heather, leur avait choisi un set de couverts. Tante Bev et oncle Gene leur offrirent de grandes bougies un peu trop élégantes, mais qui seraient du plus bel effet sur la cheminée de Tony, à côté du portrait de mamie France. Et Regina… Bon sang ! Est-ce que quelqu'un pouvait vraiment avoir besoin d'un éteignoir en argent ?

Une fois qu'ils eurent posé tous ces cadeaux de côté, Erika apporta un gros gâteau que Kayla avait choisi chez la mère de Heather plus tôt dans la journée. Alors que tout le monde terminait son morceau, son père se tourna vers Tony.

— La table de billard est ouverte. Et si on faisait une partie ?

Tony marqua une pause, l'air un peu surpris.

— Euh… oui. Bien sûr.

Tandis qu'ils se dirigeaient vers la table, Heather lança à Tony un autre regard d'excuse discret. Il lui adressa un rapide clin d'œil pour lui indiquer que ce n'était pas grave, mais il ne souriait pas. Il n'aurait jamais imaginé devoir gérer la famille de Heather de cette façon. Mais bon ! Tony aimait jouer au billard. Alors une petite partie ne pouvait pas lui faire de mal, n'est-ce pas ?

Fred était un de ces hommes qui semblaient en penser bien plus qu'ils n'en disaient, donc Tony s'approcha de la table avec une certaine méfiance. Il rangea les boules, puis tous deux prirent une queue de billard.

— Blackball ? lança Tony. (Fred acquiesça.) Vous commencez.

Le beau-père posa la boule blanche sur la table et prépara son tir.

— Alors, Tony, comment ça va ?

— Bien, et vous ?

— Je peux pas me plaindre.

Fred tira, envoyant la bille 7 dans la poche latérale, puis il examina la table pour chercher la prochaine boule qu'il pourrait faire tomber.

— Les affaires ?

— Ça se goupille bien.

— Ça va rapporter gros ?

— Je l'espère.

— Bien. C'est bien.

Fred toucha la boule 10 dans la poche du coin, puis la 13 et la 9 à la suite. Tony se demanda s'il comptait poursuivre toute la partie sans dire un mot de plus.

Puis, tout à coup, Fred se remit à parler.

— Heather m'a surpris ce soir-là, vous savez. Appeler chez nous à 23 heures pour nous annoncer qu'elle s'était mariée.

Tony entendit une alerte rouge retentir dans sa tête.

— Oui, j'imagine que ça a dû vous faire un choc.

— Je me suis demandé : « Mais pourquoi ma fille, Heather, intelligente, la tête sur les épaules, a fait ça ? » Puis je me suis rappelé que Heather n'avait jamais pris de décision sans y avoir mûrement réfléchi. Donc je lui ai fait confiance.

— Oui, Heather n'est pas du genre à prendre les choses à la légère, n'est-ce pas ?

Fred contourna la table, anticipant son tir suivant.

— Oui. C'est vrai. Donc je n'ai pas perdu trop de temps à me demander quelles étaient ses motivations. (Il marqua une pause.) Mais je me suis posé beaucoup de questions sur les vôtres.

Tony sentit une pointe de colère monter.

— Qu'est-ce qui vous a intrigué exactement, Fred ?

— Pas mal de choses. Aviez-vous besoin d'une femme de façon temporaire ? D'aide pour tenir cet endroit ? Est-ce que vous l'aviez arnaquée ?

— Vous pensez que moi, je serais capable d'arnaquer Heather ?

— Ce n'est pas ce que j'ai dit. Ça m'a juste traversé l'esprit.

Il visa sa boule blanche, puis fit tomber la 11 dans une poche latérale.

— De toute évidence vous avez pas mal d'expérience. Pas Heather. Alors je me demande quel est le fond de l'histoire.

— Je ne ferais jamais…

Fred leva la main.

— Je dis seulement qu'au départ j'ai cru qu'il y avait quelque chose de pas net. Vous auriez fait pareil.

Tony devait admettre que c'était la vérité. Qui ne serait pas un peu méfiant en voyant deux personnes se marier alors qu'elles ne se connaissaient que depuis quelques heures ?

— Avec Barbara on n'a pas arrêté d'en parler ces dernières semaines. Elle me dit que je suis parano et que vous êtes un garçon très bien. Mais je suis moins naïf qu'elle. J'ai été flic pendant trente ans et je sais de quoi les gens sont capables. Alors j'ai enquêté sur vos antécédents.

Tony n'en croyait pas ses oreilles.

— Mes antécédents ?

— Ouais. Niveau boulot, c'est un peu chaotique, mais vous vous en tirez bien. Pas de mises en garde particulières à ce niveau. Deux PV pour excès de vitesse, mais ils datent de plus de cinq ans. Vous êtes plutôt clean.

Bien sûr que oui, espèce d'enfoiré.

— Mais il y a quand même une chose que je ne comprends pas. (Il prépara son tir suivant.) Vous nous avez indiqué que votre père vivait à Fort Lauderdale. Mais il n'a jamais vécu là-bas. En revanche, j'ai trouvé son adresse ici, à Plano.

Tony marqua une pause.

— C'est vrai.

— Avez-vous une raison particulière de mentir à ce sujet, Tony ?

— Mes histoires de famille ne vous concernent pas.

— Votre père semble être un homme respectable, donc vous ne mentez pas pour dissimuler un passé inavouable. J'imagine qu'il y a une histoire entre vous deux.

— Cela ne vous regarde pas.

Fred acquiesça.

— D'accord. Tant que ça n'affecte pas Heather, ça m'est égal.

Il frappa la boule blanche, la faisant s'entrechoquer violemment avec la 12 qui tomba dans la poche d'angle.

— En fin de compte, je n'ai pas trouvé de raison valable de rester suspicieux, et vu que Heather semble heureuse j'ai décidé de vous accorder le bénéfice du doute.

Fred se pencha pour décocher son tir final – à la portée d'un enfant de cinq ans, à vrai dire. Il tapa la 8, puis se redressa et prit appui sur sa queue de billard, sans quitter Tony des yeux.

— Mais je vous préviens : si jamais je découvre que vous avez fait du mal à ma fille, vous aurez affaire à moi. C'est compris ?

Tony n'y croyait pas.

— Je ne ferais jamais le moindre mal à Heather, répondit-il du tac au tac. Il n'y a donc aucun problème, n'est-ce pas ? Tout va bien se passer entre vous et moi.

Mais, à en juger par la mine sceptique de Fred, il ne se faisait pas trop d'illusions non plus. L'ancien flic s'éloigna de la table de billard, reposa sa queue et retourna s'asseoir avec le reste de la famille.

Bénéfice du doute, mon cul !

Peinant à contenir sa colère, Tony se dirigea vers la table familiale. Il arriva pile au moment où tout le monde se mettait à consulter sa montre et à se lever pour partir. Il tâcha de faire bonne figure et supporta toutes les embrassades des proches de Heather, tout en sentant le regard de Fred le transpercer de part en part.

Tony et Heather firent au revoir de la main, et, dès que la porte se fut refermée sur eux, il retourna dans son bureau. Quelques instants plus tard, Heather le rejoignit.

— Bon, commença-t-elle, qu'est-ce que mon père t'a dit ?

Bon sang! Est-ce qu'elle était toujours obligée de remarquer absolument tout ce qui se passait ?

— Rien, on a juste fait une partie de billard.

— J'espère que tu ne penses pas à tenter ta chance au poker, parce que tu n'es pas très bon au bluff.

Il pencha la tête d'un air irrité. Il n'avait pas envie d'en parler. Vraiment pas.

— Écoute, Tony. Je sais que mon père peut sembler assez bourru, et il donne peut-être l'impression de ne pas t'aimer, mais…

Tony tourna brusquement la tête sur le côté.

— « L'impression » de ne pas m'aimer ?

— Je ne sais pas ce qu'il t'a dit, mais, quoi qu'il en soit, je crois que tu le prends un peu trop au pied de la lettre.

— Eh bien, Heather, rétorqua-t-il, il m'a dit que, si je te faisais le moindre mal, j'aurais affaire à lui. Tu vois différentes interprétations à ça, toi ?

Heather en resta bouche bée.

— Il t'a menacé ?

— J'ai passé toute ma vie à me faire remonter les bretelles par mon père. Alors je n'ai pas besoin que le tien s'y mette aussi.

— Mon père était flic avant. Il est de nature suspicieuse, tu vois ? Ça va lui passer.

— Je ne vais pas rester dans ses pattes assez longtemps pour que ça lui passe.

Heather hocha la tête d'un air résigné.

— Tu es prêt à signer les papiers du divorce, pas vrai ?

— Quoi ?

— Le mariage, ce n'est pas ton truc, et, là, on se rapproche un peu trop de la réalité.

Elle avait raison.

Tout à coup, Tony se sentit oppressé, comme s'il ne pouvait plus respirer. Tout ce qu'il voulait, c'était retourner à sa vie d'avant – sans souci, agréable, avec personne pour lui demander des comptes et personne pour le menacer s'il ne se comportait pas comme prévu.

Il voulait seulement retrouver son ancienne vie.

Il posa les coudes sur son bureau et se massa les tempes, laissant échapper un profond soupir.

— Tu n'as qu'à rentrer à la maison, d'accord ? Je peux gérer les choses ici.

— Je sais que tu peux le faire, tu me l'as prouvé ce soir.

— Quoi ?

— Je voulais te le dire avant, mais tu as super bien géré la crise de tout à l'heure.

— La fuite d'eau ? Allez, Heather, tu sais bien que ce n'était pas une vraie crise.

— Oui, mais tu ne le savais pas et tu as réagi à la perfection. (Elle lui adressa un petit sourire doux-amer.) Après la soirée d'ouverture de demain soir, tu vas pouvoir tout gérer tout seul. Tu n'auras plus besoin de moi.

Sur ces paroles, elle sortit du bureau et referma la porte derrière elle.

Tony resta assis là, en silence, se disant que c'était une bonne chose. Il était plus autonome à présent. Son affaire n'allait pas s'écrouler. Mais il avait du mal à imaginer comment ce serait quand Heather serait partie.

Il s'affaira durant le reste de la soirée, afin d'oublier tout le chaos qu'il avait provoqué en proposant cette idée folle à Heather. Seulement, plus tard, alors qu'il était au calme dans sa voiture en rentrant chez lui, les paroles de Fred revinrent résonner au fond de son crâne. De plus, quand le jeune homme passa la porte de son appartement, la première chose qu'il vit fut le tas de cadeaux empilés près de la cheminée.

Bon sang! Quel bazar!

Il regarda mamie Franny accrochée au mur et songea qu'elle partirait de là en même temps que Heather. Bizarrement, il se dit que cet affreux portrait allait lui manquer. Puis il pensa à Heather, dans l'autre pièce, et il se rendit compte que le *McMillan's* n'était pas le seul endroit où il devrait cesser de dépendre d'elle.

Les choses étaient vraiment devenues trop compliquées, surtout après ce qui s'était passé ce soir. Il était temps de penser à se désengager émotionnellement. Comme ça, quand les papiers du divorce seraient prêts, il pourrait lui serrer la main, lui dire au revoir et reprendre la vie qu'il avait connue auparavant sans l'ombre d'un regret.

Heather, allongée sans dormir dans la chambre de Tony, regrettait les paroles de son père. Après cette discussion, tout avait changé. Elle savait pourquoi son père avait agi ainsi, mais elle savait aussi que Tony ne méritait pas d'être traité de la sorte. Il s'était toujours montré gentil envers elle, et cela la contrariait de savoir que son père pensait du mal de lui. Mais Tony avait raison. Il ne resterait pas avec elle assez longtemps pour que son père se rende compte de son erreur.

Elle finit par entendre les pas de Tony dans le couloir. Il poussa la porte et s'avança dans la chambre.

Elle se souleva légèrement et tapota l'oreiller qu'elle avait derrière la tête.

— Salut, fit-elle d'un air endormi.

Il sembla surpris de la voir éveillée.

— Salut.

— Comment s'est passé le restant de la soirée ?

Tony commença à se déshabiller.

— C'était bien.

— Bon, tant mieux.

Quelques instants plus tard, il se déshabilla et grimpa dans le lit. Il resta allongé là, les yeux rivés au plafond, un bras posé sur le front. Plusieurs minutes s'écoulèrent, et il ne tendit pas la main vers elle, ce qui suscita une vague de déception chez Heather. Il se sentait probablement coincé, il avait dû commencer à compter les jours jusqu'à sa « libération ». Elle songea à l'espoir qu'elle avait eu, quand elle avait imaginé que Tony accordait peut-être un peu plus d'importance à leur relation. De toute évidence, il n'en était rien. Les bons moments qu'ils avaient passés ensemble commençaient à le laisser indifférent, et ce qui s'était passé ce soir ne faisait qu'empirer les choses.

— Tony ?

— Oui ?

— Je voulais juste te dire que je suis vraiment désolée pour ce que mon père t'a dit.

— Tu n'as pas besoin de t'excuser. Tu n'y es pour rien.

— Je sais. Mais, ces dernières semaines, tu as tout fait pour me préserver, et maintenant mon père te fait passer pour le méchant de cette histoire.

— Oui, et il est doué pour ça. Là-bas, pendant une minute, j'aurais juré entendre mon propre père. Un vrai flash-back.

Heather détestait entendre toute cette amertume dans sa voix.

— Tu disais que ton père était dur à vivre, mais tu ne m'as jamais tellement parlé de ta mère, fit-elle remarquer.

— C'est parce que je ne m'en souviens pas trop.

— Ils se disputaient beaucoup ?

— Oui.

— À quel sujet ?

Il marqua une pause.

— Surtout à cause de moi.

— De toi ? Mais pourquoi ?

— Mon père pensait que ma mère était trop gentille avec moi et il essayait toujours de compenser sa faiblesse. Je n'étais qu'un petit garçon, mais, pour lui, il fallait que je me comporte comme un homme, dans tous les cas.

Cette simple phrase permit à Heather d'imaginer à quoi avait dû ressembler l'enfance de Tony. Entre sa mère aimante qui comprenait parfaitement son fils et son père exigeant qui gardait ses distances, il devait y avoir beaucoup de conflits.

— Beaucoup de pères sont un peu comme ça avec leurs fils, tu ne crois pas ? dit-elle.

— Mais un peu seulement, répondit Tony calmement.

Un long silence s'ensuivit, et, pendant un instant, Heather crut qu'il n'allait rien ajouter. Quand il reprit enfin la parole, son amertume n'avait fait que s'amplifier.

— C'était vraiment un connard, déclara Tony. (Sa voix n'était plus qu'un simple murmure dans l'obscurité.) Une fois, alors que j'avais cinq ou six ans, il nous a entendus, ma mère et moi, en train de lire une histoire. *Peter Pan*. Ma mère faisait les voix de Wendy et de la Fée Clochette, et moi je faisais celle de Peter. Mon père est entré dans la pièce et a dit à ma mère que jamais son fils ne jouerait le rôle d'une sorte de lutin ailé. Ils se sont violemment disputés, et le livre a terminé à la poubelle.

— Mais ce n'était que *Peter Pan*, objecta Heather. Tous les enfants ont le droit de lire des histoires comme ça.

— Pas selon mon père, non. Mais j'aimais tellement ce livre que ma mère m'en a acheté un autre exemplaire et l'a caché dans le tiroir de la commode. Elle ne le sortait que lorsqu'il n'était pas là. Je l'entendrai toujours me chuchoter : « Ne le dis pas à ton père. »

Tony lui avait parlé de ses relations difficiles avec son père, mais Heather avait pensé que le problème se limitait surtout à ses années d'adolescence. Elle ne s'était pas rendu compte à quel point son enfance avait été conflictuelle. Il l'avait passée déchiré entre deux mondes : celui de sa mère, empli de rêves et de rires, et celui de son père, plein de règles et de reproches.

Maintenant, elle savait tout cela. Elle mesurait la rancune que Tony vouait à son père. Ce n'étaient pas les vestiges d'une simple querelle entre un ado et son paternel. Leur animosité s'enracinait bien plus loin, dans des blessures plus anciennes et plus profondes.

— Ta mère est morte quand tu avais dix ans, dit Heather. Comment ça s'est passé avec ton père à ce moment ?

— Il n'arrêtait pas de se faire muter. Et il n'était pas très présent à la maison. J'imagine que ce n'était pas plus mal.

— Alors, tu étais souvent seul.

— Oh non, j'avais de la compagnie ! Des employés de maison qui étaient souvent assez gentils, quand ils parlaient anglais.

Heather ne pouvait qu'imaginer la solitude qu'il avait dû ressentir à se trouver dans des lieux étrangers sans aucune famille autour de lui.

— Un soir du réveillon de Noël, reprit Tony, mon père était à un dîner d'ambassadeur ou quelque chose dans le genre. J'étais tout seul à la maison. Je me souviens que je zappais sur la télé et que j'ai atterri sur *La vie est belle*. En gros, j'avais le choix entre ça, une autre rediffusion de *Seinfeld*, une série que j'avais déjà vue une dizaine de fois, et la messe de minuit, donc c'est ça que j'ai regardé.

Dans la faible lueur du clair de lune qui filtrait par la fenêtre, Heather voyait le contour de sa gorge, le relief de ses cils. Il cligna des yeux à quelques reprises, puis déglutit avec peine.

— J'avais l'impression d'être cet homme.

— Cet homme ?

— Dans le film.

— George Bailey ?

— Oui. Partout où j'allais, ma vie avait l'air d'être un enfer. Ma mère était morte. Mon père n'était pas tellement présent, et le peu de fois où il était là, c'était pour me remonter les bretelles. Je n'avais pas vraiment de chez-moi. Après la mort de ma mère, chaque maison qu'on a habitée m'a semblé froide comme la glace. Mon père embauchait toujours une armée de domestiques pour s'assurer que la baraque était propre comme un sou neuf du sol au plafond. Nos maisons ont toujours eu cette odeur de désinfectant. Bon sang, je ne pouvais même pas accrocher un poster au mur de ma chambre sans qu'il pique une crise !

Oh non ! Et qu'est-ce qu'elle avait fait, elle ? Elle avait récuré son appartement pour lui enlever toute cette chaleur humaine. Elle l'avait réprimandé parce qu'il se montrait si désordonné. Heather avait envie de bondir sur ses pieds et de mettre du bazar un peu partout dans les placards, ou de renverser la poubelle sur le sol de la cuisine.

— Mon père en a toujours trop fait, poursuivit Tony. Quand ma mère était en vie, elle arrivait à s'interposer. Mais, quand elle est partie, j'ai dû porter tout ce poids par moi-même. On déménageait tout le temps, donc je n'avais pas vraiment d'amis. Bien sûr, j'amusais toujours la galerie ou je rendais les filles folles de moi, mais personne ne savait ce qui m'arrivait vraiment.

La voix de Tony était à peine plus forte qu'un murmure dans l'obscurité, sinistre reflet d'un secret qu'il gardait en lui et ne laissait presque jamais sortir en pleine lumière. Si seulement il avait pu s'appuyer sur une famille aimante, toute cette situation aurait été gérable. Mais ce n'avait pas été le cas.

— Pendant que je m'installais devant ce film, ce soir-là, continua-t-il, je me disais que personne ne se souciait vraiment de savoir si j'étais mort ou vif. Quand George Bailey disait qu'il aurait préféré ne jamais naître, je me rappelle avoir pensé : « Je te comprends, George. Moi aussi, j'aurais préféré ne jamais naître. » Ma mère me manquait. La plupart du temps, j'arrivais à penser à autre chose. Mais, ce Noël-là, alors que j'étais tout seul…

— Quoi ?

— … je me suis mis à pleurer. J'avais seize ans, et je n'étais pas du genre à pleurer. Surtout avec Don McCaffrey comme père. Mais, ce soir-là, je t'assure que je me suis endormi en larmes.

Et alors qu'elle imaginait ce garçon perdu, seul, Heather eut envie de pleurer à son tour.

— Mais le film se termine bien. George se rend compte qu'il a en fait beaucoup d'amis.

— Je n'ai aucun ami.

— Tony, tu as plus d'amis que toutes les personnes que je connais. J'ai vu ton carnet d'adresses. Et tous ces gens du bar ? Andy et Kyle ?

— Des amis ? Ce sont des gars avec qui je bois, avec qui je joue au billard. Ce ne sont pas des amis. Je pourrais remplir un bouquin de mille pages avec toutes les choses qu'ils ne savent pas à mon sujet.

— Et moi, alors ?

— Quoi ?

— Je suis ton amie.

— Peut-être pour l'instant, mais on va bientôt se séparer.

— Ça ne veut pas dire qu'on ne peut pas rester amis.

— Ça ne va pas marcher comme ça, à mon avis. Tu vas retourner à ta vie et moi à mes occupations d'avant.

— Draguer à tout va ?

— Il faut faire ce pour quoi on est doué.

— Un jour, ça va changer. Tu voudras avoir une femme et une famille.

— Heather, je sais que ça s'est bien passé entre nous ces dernières semaines. Mais on n'a fait que jouer un peu. Sans pression, sans engagement sur le long terme. Tu connais mon passé. Je serais incapable de respecter ma part d'un vrai contrat de mariage, même si ma vie en dépendait.

« Un vrai contrat de mariage. »

En cet instant, Heather se rendit compte à quel point leur mariage factice lui avait semblé réel. Mais Tony avait raison. Leur union n'avait rien de réel, et il ne lui avait jamais indiqué qu'il voulait que cela change.

— Alors, c'est bientôt l'heure des adieux, j'imagine, déclara-t-elle.

— Oui, j'imagine aussi. Je suis assez fort à ce jeu-là. J'ai passé la moitié de ma vie à faire mes adieux.

De l'extérieur, Tony pouvait paraître sympathique, accessible, amical ; il avait toujours un mot ou une vanne pour les uns et les autres. Elle n'avait jamais pris conscience de la quantité de murs qu'il avait érigés pour se préserver des autres, y compris des femmes. Elle prenait son côté amical et extraverti pour un don. Il s'en était servi, mais ce n'était pas un don. C'était un symptôme. Le symptôme d'un mal si brutal et douloureux qu'il refusait d'y toucher. Par beaucoup d'aspects, il était encore cet enfant apeuré qui pensait que la seule façon de se protéger consistait à cacher ses véritables sentiments au plus profond de lui sans jamais les montrer à personne.

Tony roula sur le côté et la regarda.

— Heather ?

— Oui ?

— Je ne pourrai jamais assez te remercier pour tout ce que tu as fait pour moi.

Le son de sa voix – si poignant et sincère – provoqua des frissons dans le dos de Heather.

— Ce n'était pas grand-chose, répondit-elle.

— Si, ce n'était vraiment pas rien. Je n'aurais jamais pu acheter le bar sans toi.

— Allons, Tony ! fit-elle. Quel genre d'épouse j'aurais été si je n'avais pas soutenu mon mari à cent pour cent ?

Elle s'attendait à ce qu'il rigole et lui lance une repartie, mais il n'en fit rien. Il se contenta de la dévisager avec intensité.

— Quand on se séparera, je veux que tu dises à tout le monde que c'était ton choix. Que c'est toi qui as décidé de divorcer.

— Mais pourquoi ? On peut leur dire que c'était par consentement mutuel.

— Non, je ne veux pas que les gens pensent que je ne voulais pas rester ton mari. Tu comprends ce que je veux dire ? Tu peux leur dire tout ce que tu veux, du moment que c'est moi qui porte le chapeau. Ton père en est déjà convaincu, donc ça ne devrait pas être trop dur à faire.

— Non, je ne veux pas qu'ils pensent du mal de toi.

— Ce n'est pas grave, Heather. Je ne les reverrai jamais. Alors que toi, tu vas les fréquenter pour le restant de ta vie.

Elle ébaucha un sourire.

— Et si je leur disais que tu m'as épuisée sexuellement ? Que je te quitte pour me préserver ?

Elle attendit une réplique cinglante de sa part. Mais rien ne vint.

— Promets-moi de faire ça, insista-t-il.

— D'accord.

— Merci, murmura-t-il. Pour tout.

— Il faut que je te remercie aussi.

— Pour quoi ?

— Pour avoir tenu promesse. Tu m'as dit que, si je te montrais comment faire de ton affaire un succès, tu me montrerais comment mieux m'éclater dans la vie. Et c'est exactement ce que tu as fait, indiqua-t-elle avec un léger sourire.

Il tendit une main vers elle pour passer un pouce le long de sa joue, la regardant avec intensité. Jusqu'ici, il avait été un amant hors pair, qui avait fait du sexe un jeu plus amusant qu'elle ne l'aurait jamais imaginé. Mais, à présent, il y avait autre chose dans ses yeux.

— Je ne devrais pas, chuchota-t-il si doucement qu'elle l'entendit à peine. Ça ne fera que compliquer la situation.

Il la prit dans ses bras et l'embrassa, et, cette fois, quand ils firent l'amour, ils n'échangèrent aucun rire. Pas même un sourire. Il se contenta de lui faire l'amour avec une extrême tendresse, qui lui alla droit au cœur.

Après ce soir-là, elle sut pourquoi il pensait que cela ne ferait que compliquer la situation. Quand viendrait le jour de leur séparation, il était important pour Tony qu'il n'éprouve aucun sentiment. Et c'était la première fois que Heather voyait réellement la profondeur de ses sentiments.

La jeune femme s'était endormie depuis longtemps, alors que Tony, encore éveillé, pensait à ces instants partagés qui arriveraient bientôt à leur terme. La grande soirée d'ouverture aurait lieu le lendemain soir, le mariage de Regina le surlendemain. Ils laisseraient s'écouler un peu de temps, puis ils annonceraient à tout le monde que, malgré leurs affinités, ils s'étaient trouvé des différences inconciliables qui les poussaient à se séparer.

Et ce serait tout.

Il se demanda à quel point ce divorce pousserait le père de Heather à le croire coupable d'actes plus sinistres.

Le genre d'accusation que Fred lui avait lancé au visage ce soir lui avait rappelé son propre père, ce qui lui avait donné la chair de poule. Ils étaient si semblables.

Et, bizarrement, Barbara ressemblait beaucoup à sa mère.

Dans ses souvenirs, sa mère se résumait surtout à un regard doux, à des cheveux châtains et à un effluve de parfum. Chaque année qui passait l'empêchait un peu plus de recréer une image précise d'elle dans sa tête. Il ignorait s'il l'idéalisait dans son souvenir, mais, même maintenant, presque vingt ans plus tard, elle lui manquait parfois au point que c'en était douloureux.

Repoussant les couvertures, il se leva doucement et se rendit dans la chambre d'amis. Il alluma une lampe, ouvrit le dernier tiroir de la commode et en sortit une vieille boîte à chaussures marron.

Il s'assit sur le canapé, l'ouvrit et en sortit une petite pile de photographies usées et jaunies par le temps.

La première montrait sa mère âgée d'une vingtaine d'années. Elle portait une robe jaune sans manches et des sandales, ses cheveux châtains et brillants retombaient sur une épaule. Assise sur les marches d'un porche, elle riait. Son père avait pris cette photo quand ils avaient commencé à se fréquenter, et, chaque fois que Tony la regardait, il se surprenait toujours à se demander à quel moment les rires avaient cessé.

Il consulta les autres images. L'une d'elles était une photo de mariage de ses parents, son père dans son uniforme de la marine, et sa mère dans une robe en dentelle blanche. Il y avait plusieurs clichés de Tony avec sa mère, datant de l'époque où il était bébé, puis enfant. Sur l'une des photos, sa mère semblait amaigrie, et il savait que celle-ci avait dû être prise vers la fin.

Il remit les photos à leur place et sortit un petit livre de la boîte – un livre illustré de *Peter Pan*. Encore maintenant, il était capable de le réciter par cœur. Il n'oublierait jamais le son de la voix de sa mère quand elle le lui lisait et l'expression animée et radieuse qu'elle arborait chaque fois que son père n'était pas là. Mais, dès qu'elle entendait la clé dans la porte, son rire s'évanouissait et son visage se fermait, comme si elle baissait les rideaux à l'approche d'une tempête. Tony se rappela qu'après son enterrement il était resté éveillé dans son lit, à contempler le plafond, à tâcher de graver le son de sa voix dans sa mémoire. Les photographies l'aidaient à se souvenir de son apparence, mais l'amour et l'affection d'une voix ne se ressentaient pas à travers une simple image.

Puis il vit la petite boîte noire. Il faillit la saisir, mais se reprit. Cela faisait longtemps qu'il n'en avait pas regardé le contenu, et il ne le referait sûrement pas avant un bon moment. Il voulait se souvenir des jours qu'elle avait vécus, et non pas du jour où elle est morte.

Tony avait toujours su que sa mère l'avait aimé, et ce, jusqu'à son dernier souffle. Mais il n'avait jamais rien ressenti qui ressemble à de l'amour de la part de son père. Les parents étaient censés préserver les enfants de la douleur, et non pas en être la cause. Pourtant, son père lui avait causé plus de chagrin que n'importe quel enfant ne devrait avoir à en supporter.

Le lendemain, à 18 heures, Heather, assise à l'ordinateur du bureau de Tony, avait l'estomac noué. Elle prit quelques profondes inspirations pour se calmer, se disant qu'elle n'avait aucune raison de se sentir nerveuse. Tout était sous contrôle. La grande soirée d'ouverture serait un événement spectaculaire.

Elle parcourut la liste des invités, qu'elle avait sortie pour vérifier les noms des deux journalistes qui devaient venir, et elle griffonna leurs noms sur un bout de papier. Elle avait l'intention de le remettre à Tony pour qu'il se souvienne de leur identité quand ils arriveraient et elle comptait faire tout son possible pour l'aider à donner de lui une bonne image. À vrai dire, elle ne savait pas vraiment pourquoi elle était si soucieuse. Une fois qu'il se mettrait en mode « charmeur », personne ne pourrait lui résister.

Tony passa la tête dans l'encadrement de la porte, un grand sourire aux lèvres.

— L'enseigne est en place.

— Ouf, ils ont fini à temps !

— Viens voir ça.

Heather sauta de sa chaise et le suivit vers la porte d'entrée. Elle leva les yeux et découvrit le panneau. C'était magnifique.

— C'est officiel, déclara Tony. Le *McMillan's* est à présent le *McCaffrey's*.

Elle passa un bras sous celui du jeune homme.

— Alors, ça te fait quoi ?

Tony observa l'enseigne et hocha la tête de satisfaction.

— Ça me fait un bien fou.

— Je ne veux pas que tu te préoccupes des problèmes de management ce soir, indiqua Heather. Avec Kayla, nous allons tout prendre en main.

— D'accord.

— Les invités vont bientôt arriver, alors je veux que tu te montres sous ton meilleur jour. Détends-toi et amuse-toi. D'accord ?

— J'essaierai.

— Ah, et autre chose : tu feras meilleure impression si tu te souviens des noms des journalistes qui doivent venir ce soir. Je te les ai écrits…

— Heather ?

Elle pivota sur ses talons pour voir Kayla, qui passait la tête par la porte entrebâillée.

— Chuck a besoin de toi.

— J'arrive tout de suite. (Elle se retourna vers Tony.) Je te les ai écrits sur un bout de papier posé sur ton bureau.

— Je vais aller voir ça. Toi, tu vas parler à Chuck.

Ils rentrèrent. Tony se dirigea vers son bureau et Heather vers la cuisine, les nerfs à fleur de peau tant elle était excitée. Elle répondit aux questions de Chuck sur le buffet, puis consulta sa montre et prit une profonde inspiration. La fête ne devrait pas tarder à commencer.

Kayla entra dans la cuisine.

— Où est Tony ? Erika voulait que je lui dise qu'elle est coincée dans les embouteillages sur Central et qu'elle aurait peut-être quelques minutes de retard.

— Il est dans son bureau. Je vais aller lui dire que…

C'est alors que Heather se rappela. *Oh, mon Dieu, la liste des invités !*

Elle pivota et partit de la cuisine en courant, contourna le bar et fonça tout droit dans le bureau de Tony. Elle s'arrêta net à la porte, pour reprendre contenance, puis entra. Alors, par-dessus l'épaule du jeune homme, elle vit précisément ce qu'elle n'aurait pas voulu voir : le document Excel qu'elle avait oublié de fermer quand elle était partie regarder l'enseigne. Tony pivota lentement sur son siège, les traits tirés par la colère.

— Heather, tu as envoyé une invitation à mon père ?

Chapitre 23

Heather se tenait là, impuissante, envahie par une terreur hors du commun. Si elle mentait et lui affirmait qu'elle n'avait pas envoyé d'invitation, et que son père venait tout de même, Tony se mettrait en colère. Si elle admettait l'avoir invité, Tony se mettrait en colère. Ça, c'était un choix cornélien ou elle se trompait fort.

Elle décida qu'il était temps de dévoiler la vérité.

— Oui, avoua-t-elle. Je l'ai invité.

Tony s'empourpra de colère.

— Je t'avais dit que je ne voulais pas le voir ici !

— Tony, je t'en prie, ne t'énerve pas. J'essayais seulement de t'aider.

— De m'aider ? Et en quoi inviter cet homme est-il censé m'aider ?

— La famille est une chose importante, et les regrets sont terribles. Je pense que tu voudrais bien te réconcilier avec ton père, mais que tu as simplement peur.

— Alors tu crois que tu me connais ? lança-t-il, d'une voix grave et intense. Après quelques misérables semaines, tu crois tout savoir de moi ? Eh bien, j'ai un scoop pour toi, Heather ! Tu es complètement à côté de la plaque.

Il se leva lentement, et son regard enflammé fit reculer Heather d'un pas.

— As-tu la moindre idée de l'enfer que ça va être pour moi s'il se présente ici ? Hein ?

— Je ne voulais pas te faire de mal !

— Je m'en fiche de ce que tu voulais faire ! Ce n'était pas à toi de prendre cette décision !

Heather inclina la tête, car sa vue commençait à être brouillée par des larmes. Le visage de Tony, habituellement souriant, était déformé par la rage, ce qui lui fit froid dans le dos.

— Je te faisais confiance, lança-t-il d'une voix tremblante. Je croyais que tu savais ce que je pensais de tout ça !

La jeune femme baissa la tête.

— Tu as raison. Je… je n'aurais pas dû. Je n'aurais pas dû…

— Évidemment que tu n'aurais pas dû. Ça allait être la plus grande soirée de ma vie, et, maintenant, tu as tout ruiné. J'espère que tu es contente.

Il passa devant elle et quitta le bureau en trombe. Heather poussa un profond soupir, le souffle saccadé. Elle se maudissait d'avoir envoyé cette fichue invitation, et elle se sentait subitement tout à fait minable.

Elle déglutit avec peine, tâchant de contenir l'anxiété qui grandissait en elle. Son seul espoir était que Don McCaffrey, s'il venait, ait au moins un mot gentil pour son fils, sans le confronter à des attentes démesurées, et qu'il fasse un premier pas sur la voie de la réconciliation. C'était la seule chose qui pouvait, peut-être, lui assurer que Tony ne la détesterait pas pour le restant de ses jours.

Mais pourquoi ? Pourquoi est-ce qu'elle m'a fait ça ?

Tony sentait un gros nœud se former dans son ventre, la colère et l'appréhension le gagnaient. Il ne pouvait qu'espérer que son paternel ait jeté cette invitation à la poubelle, car, s'il décidait de venir, Dieu seul savait ce qu'il trouverait à redire.

Tes boissons sont médiocres.

On dirait que tu as dû embaucher une serveuse vulgaire pour attirer les clients.

Tu ne lis jamais les pages « Économie » du journal ? C'est un des milieux les plus risqués pour démarrer une activité.

À partir de 19 heures, les gens commencèrent à arriver, et Tony les accueillit avec de grands sourires et de vigoureuses poignées de main. Il était particulièrement doué pour afficher un sourire quels que soient ses sentiments réels, et, bon sang, il allait user encore et encore de ce don ce soir, jusqu'à ce que mort s'ensuive.

Puis il dut supporter les sourires et les embrassades de la famille de Heather. Quand Fred vint lui serrer la main, Tony remarqua aussitôt le plissement de ses yeux. Regard qui signifiait : *Attention, je te surveille, toi.*

Il fit des courbettes aux journalistes, se montrant le plus charmeur possible, même si, au fond de lui, il crevait d'anxiété. Il ne cessait de lancer des coups d'œil vers la porte. Il craignait que son père débarque et vienne tout gâcher.

Quelques heures plus tard, le groupe de musique fit une pause, et Tony prit le micro. Il remercia tout le monde d'être venu, lança quelques blagues et mentionna plusieurs de ses projets pour le bar. Mais, au bout du compte, il se sentait sonné, comme s'il se trouvait hors de son corps et qu'il s'écoutait parler.

D'autres personnes avec lesquelles Tony n'avait pas eu de contact depuis longtemps se présentèrent, et tous furent ravis de voir qu'il avait monté sa propre affaire. Cette idée aurait dû lui monter à la tête : il s'était enfin installé, il faisait quelque chose de sa vie, et tout le monde pouvait admirer son succès. Mais, au moment précis où il commençait à s'amuser, il se souvint de ce que Heather avait fait, et son estomac se noua de plus belle. C'était comme si elle avait allumé un bâton de dynamite et qu'il attendait que tout lui explose à la figure.

Tony avait peur que son père soit là, mais, au fil des heures, une lutte acharnée se déclencha dans sa tête. Il ne voulait pas qu'il vienne. Pas si c'était pour lui créer des ennuis. Mais s'il ne venait pas...

... cela voudrait dire qu'il s'en contrefichait.

Comme la soirée touchait à sa fin, ce fut la seule conclusion à laquelle Tony put parvenir. La dynamite n'avait pas explosé. En revanche, il ressentait un sombre et froid sentiment de solitude qu'il supportait à peine.

Il renvoya le dernier employé chez lui puis se rendit au bar pour se servir un verre de scotch. Il le descendit cul sec et s'en servit un autre. Il savait que Heather était encore dans la cuisine. Ce qu'elle y faisait, il l'ignorait. D'ici à quelques minutes, il comptait être trop ivre pour s'en soucier.

Il pensa à toute la famille qu'elle avait, présente ce soir, ce qui ne faisait que souligner les défauts de la sienne. Ses seuls parents se composaient de quelques tantes et oncles vivant dans des coins où il ne s'était jamais rendu, et d'un connard de père qui ne s'était même pas donné la peine de faire 15 kilomètres pour soutenir son fils lors d'une des soirées les plus importantes de sa vie.

Peut-être qu'il n'a pas reçu l'invitation. Peut-être qu'il avait autre chose à faire. Peut-être...

Non.

Voilà qu'il recommençait, comme il l'avait déjà fait des millions de fois en grandissant, à chercher des excuses à un vieil homme qui s'en fichait et s'en ficherait toujours.

Mais son père n'était pas la seule personne sur qui il ne pouvait pas compter. Pour la première fois de sa vie, il s'était mis à nu devant une femme, en disant à Heather des choses qu'il n'avait jamais dites à personne, et tout cela pour se rendre compte qu'elle lui faisait des crasses dans le dos et lui pourrissait la vie d'une façon qu'il avait du mal à imaginer.

À cet instant, Tony se rendit compte qu'il avait eu raison depuis le début, qu'il n'y avait qu'une seule personne sur cette terre en qui il pouvait vraiment avoir confiance. Et, pour la trouver, il lui suffisait de regarder dans un miroir.

Heather n'avait jamais passé de soirée aussi minable.

Tout autour d'elle, les gens souriaient, s'esclaffaient, s'amusaient bien. Le groupe avait eu un succès fou avec son concert. Elle savait qu'ils auraient de très bons retours dans les médias et que les gens reviendraient, amenant probablement des amis avec eux. Mais elle ne parvenait pas à se concentrer là-dessus. Tout ce à quoi elle pensait, c'était la colère qu'elle avait lue sur le visage de Tony quand il avait découvert ce qu'elle avait fait. À plusieurs reprises, ce soir-là, elle avait surpris son regard courroucé, et elle avait vu son grand sourire radieux se transformer en un sombre froncement de sourcils. Qu'il la fixe des yeux comme ça toute la soirée, après tout ce qui s'était passé entre eux, lui brisait le cœur.

Mais le pire, c'était que toute sa famille était venue. Tony avait fait bonne figure auprès d'eux, et elle avait fait de même. Mais lorsqu'elle se visualisait, dans quelques jours, en train de leur annoncer qu'elle se séparait de Tony, cela lui retournait l'estomac. Et les soupçons de son père envers Tony rendaient les choses deux fois plus difficiles.

À présent, elle était assise, seule, dans la cuisine, dans un silence plombant. Elle savait que tout le monde était parti, mais que Tony se trouvait encore là.

Elle ne pouvait pas s'en aller comme ça. Il fallait qu'elle lui parle.

Prenant une grande inspiration, elle se hissa sur un tabouret près de lui.

— Salut, lança-t-elle. (Il garda le silence.) Je te dirais bien que j'ai nettoyé deux ou trois trucs dans la cuisine, commença-t-elle, mais ce serait un mensonge. Je suis restée dans les parages pour te parler. (Tony descendit le reste de son verre de scotch.) Je suis désolée. D'avoir envoyé cette invitation.

— Tu me l'as déjà dit.

— Et je suis désolée que ton père ne soit pas venu.

Tony tendit la main vers la bouteille de scotch.

— Tu sais quoi, Heather ? J'ai réfléchi, et, en fait, tu m'as plutôt rendu service en lui envoyant cette invitation.

— Qu'est-ce que tu veux dire par là ?

Il remplit son verre une nouvelle fois.

— Tu vois, ces trois dernières années, ça m'est arrivé une bonne dizaine de fois d'être sur le point de prendre mon téléphone pour l'appeler. Je m'en suis toujours empêché. J'ai toujours eu peur qu'il me traite encore comme un moins que rien, ce qui signifierait pour de bon que je n'ai plus vraiment de père. Seulement, je n'ai pas eu le courage d'affronter ça. Mais, maintenant, tu l'as fait pour moi, dit-il en levant son verre à sa santé, et je peux tirer un trait sur ce salaud et ne plus jamais repenser à lui.

Tony parlait peut-être sur un ton léger, mais ses paroles ne l'étaient guère, et, à l'entendre s'exprimer ainsi, Heather se sentit mal à l'aise. Tout comme en voyant qu'il noyait sa déception dans l'alcool.

— Peut-être a-t-il une bonne raison de ne pas être venu, hasarda-t-elle. Peut-être avait-il d'autres projets pour ce soir.

— Si c'était vrai, il aurait appelé.

— Peut-être n'a-t-il pas reçu l'invitation.

— Heather, il a forcément reçu l'invitation. Il a seulement… (Tony s'arrêta net pour déglutir avec peine.) Il n'avait tout simplement pas envie de venir.

Heather vit un éclair de tristesse traverser le visage de Tony, ce qui lui brisa le cœur. Qu'il devait être difficile pour lui de savoir que son propre père ne voulait plus rien avoir à faire avec lui… Elle tendit la main pour lui toucher le bras, mais cela ne le poussa qu'à taper du plat de la main sur le bar et à lui adresser un grand sourire.

— Eh bien, fit-il, voilà qui est fait ! Le point positif dans cette histoire, c'est que la soirée d'ouverture a eu un grand succès. Ça, il ne peut pas me l'enlever, pas vrai ?

— Non, répondit Heather d'un ton las. Il ne peut rien y faire.

— Je pense que ça mérite une petite fête en privé. Juste toi et moi. Ah, je sais !

Il contourna le bar, prit un citron vert et brandit une bouteille de tequila.

— Tu as déjà bu à même la peau ?

— Tony…

Il leva un doigt pour la faire taire. Le jeune homme coupa le citron vert en deux, en saisit une moitié et retourna derrière le bar pour s'emparer d'une salière.

— Alors, il y a plusieurs façons de s'y prendre, mais, vu que tu vas probablement me dire que ce n'est pas hygiénique si tu dois t'allonger sur le bar, je propose la technique citron-sel-dans-le-cou.

— Rentrons plutôt, hein ?

— Je sais, je sais. Tu veux directement aller au lit. C'est bête de ma part, je t'ai gâché ton plaisir.

— Je pense que le mieux serait qu'on dorme tous les deux.

— Pas avant que je t'aie montré ça. Tu vas adorer.

— Tony, qu'est-ce que tu es en train de faire ?

— Je te l'ai dit : on va boire à même la peau.

Il prit le citron qu'il frotta en un cercle lent et sensuel sur le cou de la jeune femme.

— Ne fais pas ça, protesta Heather doucement. S'il te plaît, ne fais pas ça.

— Maintenant il faut que tu penches la tête sur le côté pour que je puisse y mettre le sel, sinon ça va tomber directement dans ton décolleté.

Elle ne bougea pas d'un iota. Tandis qu'elle le dévisageait, sachant exactement ce qu'il avait sur le cœur, sa gorge se serra, et des larmes emplirent ses yeux.

Il s'éloigna d'elle, et son sourire disparut.

— Arrête !

Heather secoua lentement la tête, clignant des yeux pour retenir ses larmes.

— Bon sang, tu vas arrêter de me regarder comme ça ?

— Je sais à quel point ça t'a blessé de voir que ton père n'est pas venu ce soir, malgré tous tes efforts pour faire croire le contraire.

— Laisse tomber, Heather.

— Maintenant, je sais pourquoi tu as une femme différente dans ton lit chaque soir. Pourquoi tu as du mal à devenir vraiment proche des gens. Je sais pourquoi tu arbores ce magnifique sourire la plupart du temps et je sais ce qui le fait disparaître. Je sais que tu as plus souffert que les autres enfants quand tu étais petit. Mais, si tu n'arrêtes pas de prendre tes distances comme ça, tu n'auras jamais rien dans ta vie.

Il la dévisagea.

— Ma vie est très bien comme elle est.

— Non, il te faut de vraies relations. Tu en as un besoin fou. Mais tu continues à coucher avec toutes les femmes que tu rencontres et à faire comme si c'était suffisant.

— Et pour qui te prends-tu pour me juger ?

— Je ne suis pas en train de te juger. J'essaie juste de te faire comprendre que…

— Ça suffit.

— … que si tu n'arrives pas à avoir une relation sérieuse dans ta vie, quand tu vas finir par arriver à tes quarante ans, puis à tes cinquante, tu n'auras rien d'autre que les souvenirs de milliers de femmes sans visage qui t'auront tenu chaud la nuit.

— J'ai dit que ça suffisait !

— Je ne supporte pas l'idée que ça t'arrive, Tony. Je ne supporte vraiment pas…

— Et si tu sortais de ma vie une bonne fois pour toutes ?

Son cri résonna dans la salle vide, la touchant en plein cœur. Il envoya valser le citron et haleta de colère. Sa dernière réplique avait été puissante, mais le silence qui s'ensuivit fut assourdissant. Il en voulait à son père, et il en voulait encore plus à la jeune femme, parce qu'elle le poussait à faire face à une réalité qu'il refusait d'accepter. Et il leur en voudrait certainement pour toujours.

— D'accord, répondit Heather. Je m'en vais.

Elle se leva du bar et prit son sac à main, ses genoux tremblant tellement qu'elle parvenait à peine à marcher. Elle se dirigea ensuite vers la porte, puis s'arrêta et se retourna à mi-chemin.

— Tu sais, je suis vraiment trop bête, lança-t-elle.

— De quoi tu parles ?

— C'était bête de ma part d'essayer de rendre logique la situation, et malgré tous les avertissements que je me suis donnés, toutes les fois où je me suis rappelé que toute cette histoire ne durerait qu'un mois et pas un jour de plus… (Sa voix s'érailla, et elle déglutit pour retrouver sa contenance.) Enfin, ce qui est fait est fait.

— Qu'est-ce qui est fait ?

Ne le dis pas. Ne le dis pas. Tu vas le regretter. Mais elle entendit malgré tout les mots sortir de sa bouche.

— Je suis tombée amoureuse de toi.

Tony détourna le regard, et un long silence s'installa entre eux. Quand il leva les yeux vers elle, ce fut pour lui jeter un regard glacial.

— Ma jolie, si j'avais gagné une pièce chaque fois qu'une femme m'avait dit ça, je n'aurais pas eu besoin d'aller à Las Vegas pour acheter ce bar.

Une onde de douleur traversa Heather jusqu'au plus profond de son âme. Elle savait que c'était impossible, mais une petite partie d'elle-même avait cru que les choses seraient peut-être différentes s'il entendait ces mots prononcés de vive voix.

Mais cela n'avait fait aucune différence.

— Comme je disais, reprit Heather. Je suis vraiment trop bête. Sinon, pourquoi est-ce que je serais tombée amoureuse d'un homme incapable d'aimer qui que ce soit ?

Au bord des larmes, elle se retourna et se dirigea vers la porte aussi calmement qu'elle le put, souhaitant être capable de sortir de là avant de fondre en larmes. Mais elle espérait quand même qu'il la retienne. Elle ignorait ce qu'il dirait s'il l'arrêtait, mais elle ne voulait pas partir comme ça.

— Heather ?

Le cœur de la jeune femme bondit dans sa poitrine. Elle se retourna.

— Oui ?

— Au cas où tu te poserais la question, commença-t-il, je serai là pour le mariage demain. Je ne vais pas tout faire foirer avec Regina.

Et ?

Et rien. Pourquoi pensait-elle qu'il y aurait quoi que ce soit d'autre ?

— Dans ce cas, on se verra au mariage, répondit-elle. Et ne t'en fais pas, je déménagerai de chez toi demain matin.

— Tu n'es pas obligée.

— Je dormirai chez Alison. Ensuite, quelques jours après le mariage, j'annoncerai à ma famille qu'on se sépare.

— Je t'ai dit que tu n'étais pas obligée de déménager. Je t'ai promis qu'on resterait ensemble jusqu'au bout.

— Tony, répliqua-t-elle, on est au bout.

Le visage du jeune homme ne trahit aucune émotion. Il se contenta de la regarder avec le même air froid, puis il se tourna vers sa boisson. Il l'ignorait, comme si elle n'avait jamais compté pour lui.

Heather quitta les lieux et, une fois dehors, elle se pressa d'atteindre sa voiture, fouillant dans son sac à main pour y trouver ses clés. Elle déverrouilla son véhicule et eut tout juste le temps de se faufiler à l'intérieur avant que sa gorge se serre et que les larmes se mettent à couler.

Elle les avait réprimées trop longtemps, se disant qu'elle ne s'était monté la tête avec Tony qu'à cause des bons moments qu'ils avaient passés ensemble. Mais, à présent, elle se rendait compte qu'il y avait autre chose, et une sensation de désespoir la gagnait. Ce n'est que ce soir qu'elle avait vu, avec autant de clarté, à quel point il avait besoin d'une personne aimante dans sa vie. Elle avait envie d'être cette personne, et lui ne la laisserait jamais faire.

Quand Tony ouvrit les paupières le lendemain matin, le soleil qui dardait ses rayons à travers la fenêtre lui agressa les yeux pour atteindre directement son cerveau. Il les referma vivement et roula sur le côté, et c'est alors que son crâne se mit à souffrir comme si un forgeron le martelait telle une enclume.

Il devait être mort et arrivé en enfer.

Il se retourna et vit la moitié de lit vide à côté de lui, et il se rappela.

Oui, ça ressemblait beaucoup à l'enfer, c'est vrai.

Quand il était rentré à la maison la veille, son lit était vide. La porte de la chambre de Heather était fermée. Aucune lumière ne passait en dessous. Il était allé dans sa chambre pour s'effondrer tout seul dans son lit et s'était assoupi dès que sa tête était entrée en contact avec l'oreiller.

Si seulement il avait pu continuer à dormir.

Il s'assit sur le bord du lit et porta une main à sa tempe pour calmer la douleur. Il redoutait de devoir faire face à Heather après ce qui s'était passé entre eux la veille. Il se rendit à la cuisine pour prendre sa dose d'aspirine et de café, et, en jetant un coup d'œil au bout du couloir, il vit que la porte de la chambre de la jeune femme était ouverte. Il regarda à l'intérieur.

Elle était partie. Toutes ses affaires avaient disparu.

Il se tint là, contemplant la chambre vide. Elle était partie ce matin, pendant qu'il dormait, et il ne l'avait même pas entendue. Heather avait dit qu'elle s'en irait, mais il ne pensait pas qu'elle le ferait vraiment.

C'était donc vraiment la fin.

Il tituba jusque dans le salon et regarda la cheminée. Le mur qui la surplombait était vide.

Tu détestais ce satané portrait. Tu devrais être content qu'il soit parti.

Il se dirigea vers la cafetière pour découvrir un petit paquet posé sur la table à manger, enveloppé d'un papier cadeau argenté. Il était accompagné d'un mot, sur lequel il discernait l'écriture soignée de Heather : « Je voulais te donner ça hier soir, avant que tout s'effondre. »

Il s'assit à la table et prit l'enveloppe posée à côté du paquet. Il en tira une carte.

« Félicitations pour ta soirée d'ouverture ! Je sais que ton bar va avoir un succès fou. Voici un petit quelque chose pour te rappeler que les miracles arrivent parfois. Avec amour, Heather. »

La gorge de Tony se serra quand il lut ces derniers mots : « Avec amour ». Quand elle les avait écrits, elle les avait pensés du fond du cœur. Elle l'aimait, et il ne s'en était même pas rendu compte. La veille, elle avait levé sur lui un regard suppliant, comme si elle lui demandait de comprendre un sentiment qui dépassait son entendement. Et il s'était contenté de rester immobile, à faire semblant d'ignorer ses yeux emplis de larmes et cette fichue expression sur son visage.

Elle avait rompu leur pacte. Du fun et du jeu, des baisers et du sexe, mais, une fois que c'était terminé, on n'en parlait plus. *Bon sang!* Elle n'était pas censée tomber amoureuse. Mais, d'une façon ou d'une autre, elle s'était fait une place dans sa vie, jouant un rôle qu'il n'avait jamais eu l'intention de lui donner. Sans parler de ces histoires de famille, qui étaient si importantes aux yeux de la jeune femme et qui ne faisaient que le rendre méfiant, parce que, tôt ou tard, tout cela se révélerait être une illusion. Les gens que vous aimez peuvent disparaître demain. Les gens que vous aimez peuvent ne pas vous aimer en retour. Chaque fois qu'il avait donné un peu de lui, il n'avait jamais rien obtenu en retour. Il avait passé toute son enfance et son adolescence à s'éparpiller aux quatre coins du monde, et il ne lui restait plus grand-chose à offrir.

Il souleva le paquet et en enleva délicatement l'emballage pour y trouver un cadre aux rebords épais.

Dedans, un jeton de casino de 10 dollars.

Tony s'immobilisa, ne quittant pas le jeton des yeux, pendant que son esprit se replongeait à toute vitesse dans les souvenirs surexcités de cette soirée-là, dans la vague d'exultation qui l'avait submergé alors qu'il se rendait à la chapelle la plus proche dans une course folle.

Heather avait raison. Les miracles arrivaient vraiment. Et, parfois, ils se brisaient en mille morceaux. Il posa le jeton et baissa la tête, se frottant les yeux des paumes de ses mains.

Tu voulais que je suive ton modèle, papa ? Eh bien, nous y voilà ! J'ai fini par y venir. J'ai traité une femme qui m'aime comme de la merde. Tu es fier de moi maintenant ?

Puis il se rappela. Le mariage devait avoir lieu cet après-midi. Heather serait là, et elle lui adresserait sûrement les mêmes regards que la veille. Purée, il ne voulait pas avoir à gérer ça !

Puis il regarda la pile de courrier qu'il avait rapportée la veille et qu'il avait été trop occupé pour ouvrir. Il s'y trouvait deux enveloppes identiques, une adressée à lui et une autre à Heather. Elles provenaient du tribunal de Las Vegas dans le comté de Clark.

C'était officiel. Ils n'étaient plus mari et femme. Tony avait les yeux rivés sur les enveloppes, se sentant comme paralysé.

Soudain, son téléphone portable se mit à sonner. Il le prit sur le plan de travail de la cuisine, là où il l'avait laissé la veille, et décrocha.

— Tony ? fit Kayla. Où es-tu ? Est-ce que ça va bien ?

— Euh… oui. Bien sûr. Je vais bien. Pourquoi est-ce que tu…

Puis il vit l'horloge de la cuisinière. Il était presque midi. Le temps était couvert, et il ne s'était pas rendu compte…

— Mon Dieu, Kayla, je suis désolé ! s'exclama-t-il en se frottant la tempe. Je crois que j'ai fait la fête un peu tard hier et j'ai oublié de me réveiller.

— Mais tu avais bien le droit de faire la fête. La soirée d'ouverture a été un grand succès.

— Je prends une douche et j'arrive au plus vite.

— Ne t'en fais pas, il n'y a pas trop de monde. Je te couvre.

— Merci.

Tony raccrocha, mit la cafetière en marche, puis sauta sous la douche. Vingt minutes plus tard, il sortait de son appartement. Au moment où il arriva au bar, de gros nuages gris menaçaient d'éclater, en parfaite adéquation avec son état d'esprit du moment. Quand il se gara dans le parking, il imagina y trouver la voiture de Heather, comme cela avait été si souvent le cas ces dernières semaines. Mais elle n'y était pas, bien sûr. Après ce qu'il lui avait dit la veille et une fois le mariage terminé, il savait qu'il ne la reverrait plus jamais.

Il entra dans le bâtiment. C'était un dimanche midi, la musique était donc assez douce, mais les basses tambourinaient tout de même dans sa tête.

Aspirine. Il lui fallait plus d'aspirine.

Il s'élança vers son bureau, et ce n'est que là qu'il jeta un coup d'œil au bar, où un homme prenait un verre. Et, quand il vit qui était cet homme, il s'arrêta net, incrédule.

C'était son père, Don McCaffrey.

Chapitre 24

Tony s'approcha lentement, et son père se retourna. Il avait très peu changé. Ses cheveux étaient toujours coupés à la militaire, son regard vert était toujours aussi perçant, sa mâchoire avait des contours toujours aussi acérés. Même en civil, il avait l'air paré à l'inspection.

— Qu'est-ce que tu fais ici ? lança Tony.

— J'ai reçu ton invitation.

L'invitation. Celle que Heather n'aurait jamais dû envoyer pour commencer. Tony sentit la rage accumulée au fil des ans se mettre à bouillir en lui.

— Tu es un peu en retard. C'était hier soir, la soirée d'ouverture.

— Je sais.

Il baissa les yeux vers le bar, où Lisa tirait un verre de bière.

— Tu crois qu'on pourrait aller parler quelque part ? demanda le vieil homme.

— Pas besoin. Tu ne vas pas rester longtemps.

Son père poussa un soupir.

— Écoute, Tony…

— Non, toi, écoute-moi, l'interrompit Tony, sa voix se réduisant à un murmure courroucé. Tu reçois une invitation, et toi, tu ne trouves rien de mieux que d'arriver le lendemain, la bouche en cœur ? C'est toujours comme ça avec toi. Tu arrives toujours en retard. Enfin, les rares fois où tu daignes m'honorer de ta présence.

— Je te demande seulement quelques minutes.

Tony dévisagea son père encore un instant, puis le guida à contrecœur vers son bureau. Il referma la porte derrière eux et s'assit dans son fauteuil, agrippant les accoudoirs avec tant de force qu'il en avait mal aux doigts. Son cœur battait la chamade. Il détestait voir que son père le mettait dans une rage pareille et il faisait tout son possible pour se maîtriser. Son père s'installa sur le bord du canapé, posa les coudes sur ses genoux et joignit les mains devant lui.

— Je serais venu si j'avais pu, déclara-t-il. Mais j'étais en déplacement.

— Comme c'est original.

— Pour ma lune de miel.

Tony se figea.

— Qu'est-ce que tu viens de dire ?

— Je me suis marié. Je sais, c'est un peu fou. Mais, après toutes ces années, j'ai trouvé une femme qui pouvait me supporter. Tu te rends compte ?

Tony peinait à s'en rendre compte. Il n'y croyait pas. Son père… marié ?

Puis il se souvint de l'avoir croisé dans la boutique de costumes samedi dernier. Comment aurait-il pu deviner que cet homme venait récupérer un costume pour son propre mariage ?

— Oui, je sais, reprit Don. Je ne t'ai pas annoncé mon mariage. J'aurais dû le faire. Rachel a tenté de me pousser à le faire, mais je me suis montré trop têtu.

— Rachel ?

— C'est ma femme. Elle m'a dit que je devrais t'inviter au mariage. C'était en petit comité, mais tu es mon fils, tu sais. Elle ne comprenait pas pourquoi je ne voulais pas t'inviter.

— Alors pourquoi tu ne m'as pas invité ?

— Je ne sais pas, je… (Le vieil homme s'arrêta et secoua la tête, l'air impuissant.) J'imagine que, comme les choses s'étaient si mal passées entre nous la dernière fois qu'on s'est vus…

Oh oui, ça s'était vraiment mal passé ! Parce que tu n'as pas été capable d'arrêter de juger ton fils pour profiter d'une seule petite journée ensemble.

— Peut-être que j'avais peur que tu ne viennes pas, admit son père. Je crois que j'avais trop peur de savoir si tu voulais venir ou pas.

Jusqu'à cet instant, Tony aurait juré que les poules auraient des dents avant que son père avoue avoir eu peur de quoi que ce soit.

— On en a beaucoup parlé lors de notre lune de miel, poursuivit Don. Rachel m'a dit que les regrets étaient une chose terrible et qu'il fallait que je tente ma chance. Ensuite, je suis rentré à la maison et j'ai vu cette invitation… (Il secoua la tête.) Je me suis rendu compte que tu avais plus de cran que moi.

Mais il n'avait eu aucun cran du tout. Sans Heather qui avait mis cette invitation dans une boîte aux lettres, ils ne seraient même pas en train de se parler en ce moment.

Mais peu importait. Rien de tout cela n'importait. Si son père pensait qu'une vie entière de souffrance pouvait s'effacer aussi aisément, il se mettait le doigt dans l'œil.

— Tu ne peux pas juste débarquer ici après tout ce temps et t'attendre à ce que j'oublie et que je pardonne, dit Tony d'une voix tremblante. Tu as fait de ma vie un enfer.

Son père ferma les yeux, et, pendant un instant, Tony, soudain projeté dans les souvenirs de son enfance, repensa à ces moments où il avait énervé son père et où il assistait au calme avant la tempête. Mais, quand Don McCaffrey rouvrit les yeux, aucune colère ne transparaissait.

Seulement de la tristesse.

— Tu as raison, concéda Don. Je ne peux pas. Je ne m'attends pas à ce que tu me pardonnes quoi que ce soit. Je voulais juste te dire que je suis désolé de ne pas avoir pu venir hier soir. J'aurais aimé être là, Tony. Si seulement j'avais su.

Tony sentit son estomac se nouer. La colère arrivait, c'était obligé. Peu importaient les paroles de son père ; tôt ou tard, le commandant McCaffrey referait irruption et s'en prendrait une fois de plus à son fils. Il dénicherait forcément une faute quelque part. Peu importait le niveau qu'avait atteint Tony, son père trouverait bien un moyen de le rabaisser.

— Alors, comment s'est passée ta soirée d'ouverture ? s'enquit son père.

— C'était pas mal.

— J'aime bien que tu aies donné ton nom à cet endroit. C'est bien.

Un long silence embarrassé s'ensuivit. Les émotions de Tony étaient tiraillées entre quinze directions différentes. Il baissa les yeux sur son bureau pour ne rien en laisser paraître.

— Écoute, fiston, je voulais juste te dire que je suis désolé d'avoir raté la fête d'hier soir. Donc, je crois que… je crois que je vais y aller maintenant.

Il commença à se lever. Puis il s'arrêta et resta immobile un moment, avant de se rasseoir avec un profond soupir. Il leva la tête pour regarder Tony droit dans les yeux.

— Je vais te dire la vérité, Tony. Un vieux salaud tel que moi méritait de mourir tout seul. Et puis, un jour, je l'ai vue. Rachel. En réalité, c'est ma deuxième chance d'être un bon époux. Et ça me fait sacrément peur. Je ne sais pas si je serai à la hauteur, mais je ne veux pas la perdre non plus. Alors, j'essaie de faire de mon mieux, et je prie le ciel pour que ça lui suffise.

Tony repensa à ce qu'il avait dit à Heather. « Je serais incapable de respecter ma part d'un vrai contrat de mariage, même si ma vie en dépendait. » Sur ce plan-là, il était comme son père. Sauf que son père essayait de changer. Enfin, c'est ce qu'il avait dit. Tony pouvait-il le croire sur parole ?

— Je n'ai pas écouté Rachel pour notre mariage et je ne l'ai pas laissée t'inviter. Mais ensuite, quand je suis rentré et que je suis tombé sur ton invitation, elle m'a ordonné de bouger mon cul et de rappliquer ici, sans quoi je risquais de le regretter toute ma vie. (Il secoua la tête.) Je te jure qu'elle me parle encore plus mal que moi quand je m'adresse aux recrues parfois, précisa-t-il.

Tony n'y croyait pas. Il ne pouvait pas imaginer une seule personne sur cette terre qui pourrait parler comme ça à son père et espérer en sortir vivant.

À l'exception, peut-être, de la femme qu'il aimait.

— Ta mère. Je l'aimais, Tony. Tu n'as pas idée à quel point je l'aimais. Je sais que je ne le montrais pas. Mon père était un militaire dur à cuire et il m'avait élevé pour être exactement comme lui.

Tony entendait tout ce que son père lui racontait, mais ces mots sonnaient toujours faux, ils devaient être faux. Tous les nerfs de son corps étaient tendus à leur maximum, au point que c'en était douloureux.

— Après sa mort, poursuivit Don, eh bien, je me suis retrouvé avec toi, un gamin que j'étais incapable de comprendre. Rien n'avait d'importance pour toi. Tu te fichais de tes notes. J'avais arrêté de compter les appels de l'école, où tes professeurs me disaient que tu refusais d'être sérieux en classe et me racontaient les bêtises que tu faisais en dehors. Je voulais que tu suives les règles, mais c'étaient des règles différentes qu'il te fallait. Et ça, je ne savais pas comment le gérer. (Le vieil homme marqua une pause, le regard lointain.) Toutes ces disputes entre nous... C'est ma faute. Tout est ma faute.

L'esprit de Tony était en ébullition. Son père débarquait ici, après tout ce temps, pour lui dire des choses pareilles ? Impossible. Même si cet homme semblait penser chacun de ses mots, que Tony pouvait-il bien répondre ? « Euh, sans rancune, papa ? On va prendre un verre ? »

— Je ne t'ai pas facilité les choses, admit Tony. Surtout quand j'étais ado.

— Oui, mais tu étais un enfant. Moi, je n'avais pas d'excuse.

Tony ne savait pas quoi dire. Il ne parvenait même pas à regarder son père. Il laissa les mots du vieil homme lui tomber dessus, se disant qu'il ferait le tri plus tard, une fois que son cerveau ne serait plus sous le choc et que ses mains auraient cessé de trembler. Pourquoi tremblaient-elles, d'ailleurs ? Il agrippa les accoudoirs de son fauteuil encore plus fort.

— J'aimerais te présenter Rachel, déclara son père. Elle aimerait aussi faire ta connaissance. Mais je te laisse décider si c'est une chose que tu veux. Tout ce que tu as à faire, c'est de me dire quand et où, et nous serons là. En soirée ou en journée. Tu n'as qu'un mot à dire. Cela dit, même si je n'ai pas de tes nouvelles, commença-t-il avant de déglutir bruyamment, je ne cesserai pas de t'aimer.

Le vieil homme se leva du canapé. Il posa une main sur la poignée de la porte, puis fit demi-tour, et Tony aurait juré que les yeux de son père larmoyaient.

— C'est un bel endroit que tu as là, mon fils. Je suis fier de toi.

Sur ces paroles, il se retourna et sortit du bureau.

Tony regarda son père partir, luttant contre les larmes qui lui gonflaient les yeux. Il refusait de se laisser avoir. Rien n'avait changé. Si son père ressemblait vraiment au genre d'hommes qu'il prétendait être maintenant, pourquoi ne l'avait-il pas été quand la mère de Tony était encore en vie ?

Mais, au fond de son cœur, Tony se doutait de la vérité. Un miracle était survenu, et son père avait changé de vie. Il avait décidé de donner du sens à ses actes, d'emprunter une nouvelle voie qui le mènerait à une vie meilleure. Et quel était ce miracle ?

Il avait trouvé une femme qui l'aimait.

Soudain, toutes les horreurs que Tony avait dites à Heather lui revinrent à l'esprit. Elle lui avait dit qu'elle l'aimait, et il le lui avait renvoyé au visage, fidèle à l'homme qu'il était avant de la rencontrer. Un séducteur prétentieux et sans but, persuadé qu'il avait tout compris à l'existence, alors qu'en réalité il était dans un état si lamentable que c'était un miracle qu'il soit parvenu à vivre jusque-là. Il n'avait rien à quoi se raccrocher. Rien de durable. Il pensa à la manière dont il avait toujours hâte de voir Babette – que du sexe, pas de sentiments –, et cette idée le rendit malade.

D'autres femmes lui avaient déjà fait des déclarations d'amour, et leurs mots lui avaient toujours semblé sonner particulièrement faux. Pour ces femmes, il n'avait jamais été question d'amour. Elles s'étaient plutôt entichées de l'homme qu'il prétendait être à la face du monde. Elles étaient tombées amoureuses d'une toute petite partie de sa personne, celle qu'il choisissait de montrer. Toute sa vie, il avait su que, si une de ces femmes se rendait compte de son incapacité à entretenir une vraie relation, elle prendrait ses jambes à son cou.

Mais Heather ne l'avait pas adoré pour son apparence. Elle n'était pas tombée dans ses pièges sexuels. Ce n'est que lorsqu'elle l'avait poussé à dévoiler l'homme qu'il était vraiment que les choses avaient commencé à changer entre eux. D'une certaine façon, c'était de cet homme qu'elle était tombée amoureuse.

Mais, à présent, il l'avait rejetée, et le silence était si assourdissant qu'il s'entendait à peine penser. Il s'était rendu compte il y a quelque temps qu'il ne voulait pas perdre son amitié – jamais –, mais soudain son amitié ne lui suffisait plus. De toute sa vie d'adulte, il n'avait jamais eu personne à aimer ni personne pour l'aimer.

Jusqu'à maintenant.

Son père essayait de changer de vie. Tony allait-il écoper encore de vingt ans de regrets avant de procéder à quelques changements dans son existence ? Il y avait une femme extraordinaire qui était amoureuse de lui. Quel idiot serait-il s'il renonçait à elle ?

Quand le service de midi fut terminé, il rentra se changer pour le mariage. Puis il se rendit dans le dressing de sa chambre d'amis. Il ouvrit le tiroir du bas et en sortit la vieille boîte à chaussures marron. Il l'ouvrit et fouilla sous le livre et les photographies pour trouver la petite boîte noire.

Il consulta sa montre. Le mariage commençait dans une heure. S'il partait maintenant, il arriverait en avance et pourrait trouver Heather. Et, s'il y avait de la place dans sa vie pour les mêmes miracles que ceux que son père avait connus, Tony croisait les doigts pour qu'ils se produisent maintenant.

Heather arriva à l'église une heure avant la cérémonie. Elle trouva la salle d'habillage de la mariée, où les cinq demoiselles d'honneur blondes se tenaient près du miroir, babillant et cancanant sur leurs coupes de cheveux et leur maquillage. Regina était assise en combinaison sur le canapé, et tante Bev retouchait sa coiffure. Elle avait déjà été élaborée par une coiffeuse professionnelle, mais, de toute évidence, ce n'était pas assez bien pour tante Bev. Regina arborait une mine lamentable. Tante Bev ne se demandait-elle donc pas pourquoi la mariée n'avait pas le sourire ?

Bien sûr, la mère de Heather n'avait pas vu que sa fille, elle aussi, se sentait lamentable. Quand la jeune femme lui avait parlé ce matin, sa mère n'avait pas arrêté de répéter à quel point Tony et elle seraient beaux dans le cortège, ce qui prouvait simplement que, quand on croyait vraiment à son rêve, on pouvait devenir aveugle à la réalité.

Heather enfila sa robe de demoiselle d'honneur. Par chance, elle y rentra. Malheureusement, la robe n'était pas devenue plus jolie depuis le temps. Mais, en ce moment précis, Heather ne s'en souciait guère. Regina aurait pu lui demander de se présenter à l'église dans un sac de patates, rien n'aurait pu l'empêcher de penser à Tony.

Quand Heather avait accepté le plan de Tony pour ne pas se trouver humiliée devant tout le monde au mariage de Regina, elle ne s'était pas rendu compte que ce serait le dernier de ses soucis le moment venu. Elle n'avait jamais imaginé qu'elle pourrait ressentir quelque chose de pire que la douleur de l'humiliation.

La douleur d'aimer un homme qui ne l'aimerait jamais en retour.

Elle se sentait tellement bête. Elle s'était raconté un conte de fées, tout ce qu'elle savait qu'elle ne devait pas faire : une histoire où Tony tomberait amoureux d'elle et où ils se marieraient et auraient beaucoup d'enfants. Quelle plaisanterie ! Elle avait du mal à croire qu'il ne la voyait que comme un nom de plus sur la liste des femmes qui n'avaient pu s'empêcher de tomber amoureuse de lui. Une parmi tant d'autres. Un visage anonyme.

Une fois que tante Bev eut aidé Regina à passer sa robe et à poser son voile, elle annonça à sa fille qu'elle devait parler à la *wedding planner*, puis quitta la pièce. Heather s'avança et s'assit près de Regina sur le canapé.

— Comment ça va ? s'enquit-elle.

— Ça va, répliqua Regina avec un bref sourire. C'est le jour de mon mariage.

Heather détestait voir Regina se voiler ainsi la face. Mais c'était son choix, et, si elle faisait le mauvais, Heather n'y pouvait absolument rien.

— Tu as fait ton brushing, fit remarquer sa cousine.

— Oui.

— Ça ne va pas énerver Tony ?

— Toi, tu les préfères comme ça, et c'est ta journée.

Regina hocha la tête et baissa de nouveau les yeux sur ses genoux. Au bout d'un moment, elle murmura :

— Arrête de me regarder de cette façon.

— Comme quoi ?

— Tu sais ce que je veux dire.

— Regina, tu es sûre de ce que tu fais ?

— Je te l'ai déjà dit jeudi soir. Bien sûr que je sais ce que je fais.

Mais elle leva ensuite la tête vers Heather, et des larmes brillaient dans ses yeux. Elle détourna le regard, s'empressant de battre des paupières.

— C'est nerveux.

Heather se tourna vers les demoiselles d'honneur.

— Dites, les filles, vous voulez bien nous laisser seules quelques minutes ?

Elles continuaient de bavarder.

— Les filles !

Les cinq têtes blondes se tournèrent.

— Vous voulez bien sortir juste une minute ? lança Heather.

— Pourquoi faire ? demanda Numéro deux.

— Il faut que je parle avec Regina.

— Tu peux lui parler pendant qu'on est là.

— Il faut qu'on parle seule à seule, insista Heather.

Numéro quatre se tourna vers Numéro deux avec une grimace.

— Qu'est-ce qui lui prend, à celle-là ?

— Je sais pas, moi, répliqua Numéro deux.

— Je ne partirai pas de là tant que je n'aurai pas terminé de mettre mon eye-liner, décréta Numéro trois en se retournant vers son miroir.

— Allez, tout le monde, de-hors ! s'écria Heather.

Elles lâchèrent leurs brosses à cheveux et leurs pinceaux de maquillage, et s'éparpillèrent comme des biches en fuite, refermant la porte derrière elles.

Regina leva la tête. Des larmes faisaient luire son regard bleu.

— Heather, est-ce que je peux te poser une question ?

— Oui ?

— Comment tu as fait pour avoir autant de chance ?

— Quoi ?

— Je n'en peux plus. Il faut que je sache. Cela m'a pris deux ans avant que Jason me demande en mariage. Tony t'a fait sa demande en une seule soirée. Comment as-tu réussi à faire ça ?

— Je ne sais pas, répondit Heather en détournant la tête pour ne pas avoir à croiser le regard de Regina. Ça s'est juste trouvé comme ça.

— Je sais que j'ai dit pas mal de choses sur Tony, mais… (Elle renifla.) Il est génial. Il est tellement beau. Il s'occupe bien de toi, il est attentionné. Et il t'est arrivé tout cuit, comme ça. La veille, tu n'avais personne, et ensuite, tout à coup, il était là. Comment as-tu fait pour avoir autant de chance ?

Heather s'en voulait terriblement de continuer à mentir à Regina et aux autres. Pourtant, malgré ce qui s'était passé entre Tony et elle la veille, elle n'arrivait pas à faire sortir cette vérité de sa bouche.

Mais sa relation avec Tony n'était pas le cœur du problème actuel. C'était la relation entre Regina et Jason, plutôt inexistante, qui posait un problème. Et il fallait que ça s'arrête.

— Je crois que tu sais ce qu'il te reste à faire maintenant, déclara Heather.

— Mais je ne peux pas ! Les invités vont bientôt tous arriver. La réception est prête. Mes parents ont dépensé des milliers de dollars. Je ne peux pas annuler ce mariage !

— Quelle est ton alternative ? Tu préfères avoir le cran d'annuler le mariage ou attendre cinq ans et avoir le cran de demander le divorce ?

Regina tourna lentement les yeux vers Heather, les yeux emplis de larmes, exprimant qu'elle avait enfin compris une vérité contre laquelle elle avait lutté pendant très longtemps.

— Mon Dieu ! C'est comme ça que ça va se finir, pas vrai ?

— C'est une forte probabilité. Et tu mérites mieux.

Regina renifla de nouveau, puis tapota un œil de son mouchoir.

— Tu veux bien me rendre un service ?

— Dis-moi.

Elle prit une profonde inspiration, tremblante.

— Va chercher Jason.

Chapitre 25

Vingt minutes plus tard, Tony s'engageait sur Preston Road en direction de l'église, se demandant pourquoi il y avait tant de circulation un dimanche après-midi. Il avait tellement hâte de voir Heather et de mettre tout ça au clair qu'il faillit griller un feu rouge et percuter une autre voiture. Il pila, puis laissa échapper un soupir d'irritation tout en tapotant des doigts sur son volant.

Il avait encore du mal à croire à quel point il avait été aveugle. Petit à petit, depuis cette première nuit à Las Vegas jusqu'à cet instant, pendant tout ce temps qu'ils avaient passé ensemble, il était tombé amoureux de Heather. Et il ne s'en était même pas rendu compte. La visite de son père avait constitué le dernier coup de semonce, celui qui lui avait permis de se remettre les idées en place et de regarder la vérité en face.

Le feu passa enfin au vert. Il démarra sur les chapeaux de roues, parcourut les derniers kilomètres le menant à l'église et se gara dans le parking. Il sortit de son véhicule et se dirigea vers l'entrée. Là, les portes s'ouvrirent brusquement, et Jason déboula.

— Salut, Jason ! lança Tony. Tu saurais où se trouve Heather ?

— M'en fous, s'exclama Jason avant de passer son chemin.

Les portes de l'église s'ouvrirent de nouveau, et les parents de Jason sortirent en larmes. Ils passèrent devant Tony sans s'arrêter pour suivre Jason vers sa BMW. Là, ils tentèrent de l'empêcher de monter dans la voiture. Jason avait l'air furieux. Ses parents semblaient bouleversés. Et ils avaient tous l'air un peu fous.

Mais qu'est-ce qui pouvait bien se passer ?

Surpris, Tony entra dans l'église. Il y trouva la *wedding planner* et lui demanda où étaient les demoiselles d'honneur. Elle lui indiqua un couloir menant à la salle d'habillage de la mariée. En s'approchant, Tony fut surpris de voir Heather se tenir à l'extérieur de la salle, l'oreille collée à la porte.

— Heather ?

Elle fit volte-face, et, durant les secondes qui suivirent, il vit toutes sortes d'émotions passer sur le visage de la jeune femme : la surprise suscitée par sa présence, la douleur causée par les mots durs qu'il lui avait dits la veille, la peur qu'il lui fasse encore du mal. Mais, au-delà, il saisit un autre sentiment qu'elle ne pouvait pas dissimuler malgré tous ses efforts. Cette émotion faisait briller ses yeux bleu clair, d'une façon si puissante et sincère qu'il sentit un frisson lui parcourir l'échine. Elle l'aimait.

Après tout ce qu'il lui avait fait, ses sentiments demeuraient intacts. Et il voulait se donner des claques pour tous les instants d'angoisse qu'il avait pu lui faire subir.

— Tony ? s'étonna-t-elle, portant la main à sa gorge. Qu'est-ce que tu fais là ? Les témoins sont dans une pièce de l'autre côté.

— Oublie ça, il faut que je te parle.

Elle tourna les yeux vers la porte.

— Non. Je… je ne peux pas parler. Pas maintenant.

— Mais c'est important, il faut que je te dise que…

— Regina vient d'annuler le mariage.

Tony s'arrêta net.

— Ah bon ? Je crois que ça explique pourquoi j'ai vu Jason sortir en trombe. Eh bien, c'est tant mieux pour Regina ! Je ne pensais pas qu'elle aurait le cran de faire ça.

— Seulement, maintenant tante Bev et oncle Gene sont en train de lui parler. J'ai peur que tante Bev la convainque de revenir sur sa décision. Et, si elle y arrive, Regina va souffrir pour le restant de ses jours.

— Elle n'a qu'à leur tenir tête.

— Elle n'en sera pas capable. Je connais tante Bev, elle va argumenter jusqu'à ce que Regina change d'avis et épouse ce débile. Elle va lui dire à quel point c'est embarrassant d'annuler ce mariage. Il faut que je fasse quelque chose, mais je ne sais pas quoi.

Tony voulut répondre à Heather qu'ils s'en occuperaient dans une minute, que, dans l'immédiat, il fallait qu'elle l'écoute. Mais, en la voyant reposer l'oreille contre la porte, afin d'entendre ce qui se passait dans cette pièce, il se rendit compte qu'il faudrait tout d'abord régler cette situation.

— D'accord, acquiesça-t-il. Dis-moi exactement ce que tu penses qu'il faudrait faire.

— Ce n'est pas évident ? Je veux que tante Bev s'en aille. Je veux que Regina sorte de cette église sans s'être mariée. Je veux que Jason meure dans d'atroces souffrances.

— Ce n'est pas grave si on oublie cette dernière suggestion ?

Tony écarta Heather de la porte et l'ouvrit.

— Tony ? s'étonna-t-elle. Qu'est-ce que tu fais ?

L'ignorant, il entra, et Heather le suivit. Regina était assise sur le canapé, en larmes. Bev se tenait au-dessus d'elle et ressemblait à un Godzilla déchaîné. Quant à Gene, en retrait, son regard oscillait entre sa femme et sa fille, et il arborait la mine d'un homme qui pense qu'il vaut mieux ne pas s'interposer entre Godzilla et Tokyo.

— Écoute-moi, Regina ! lança Bev, l'air courroucé. Il va y avoir deux cents personnes dans cette église, et ils s'attendent tous à ce que tu te maries. Tu ne peux pas renoncer maintenant !

— Bien sûr que si, elle peut ! objecta Tony. C'est sa vie.

Bev se retourna brusquement.

— Qu'est-ce que vous faites ici, vous ?

— Regina, commença Tony, voulez-vous épouser Jason ?

Elle resta immobile et silencieuse pendant plusieurs secondes, regardant chaque visage tour à tour. Puis elle baissa la tête en reniflant légèrement.

— Non, admit-elle. Je ne veux pas.

— Bien, décréta Tony. Jason est un connard. Vous avez bien raison de le laisser tomber. (Il se tourna vers Bev.) Vous devez partir.

La mère eut un mouvement de recul.

— Pardon ? Vous vous prenez pour qui pour entrer ici et me dire de partir, à moi ?

— Bev, fit Gene, c'est fini.

La mère se tourna vers lui.

— Tu te rends compte que c'est 30 000 dollars qui partent en fumée là, n'est-ce pas ?

— Si c'est le prix à payer pour ne plus en entendre parler… La prochaine fois, elle fera ça plus simplement. Les gens malins, eux, ils se passent de tout ce bazar et vont directement à Las Vegas, précisa-t-il en regardant Tony.

— C'est facile à dire pour toi, rétorqua Bev d'une voix cinglante. Ce n'est pas toi qui as passé toute l'année dernière à organiser un mariage !

— Et, pendant que tu organisais ce mariage, combien de fois est-ce que tu as demandé à ta fille ce qu'elle voulait vraiment ?

— Elle voulait Jason !

— Alors c'est pour ça qu'elle a annulé le mariage ? répliqua Gene en se tournant vers Regina. Je suis content que tu ne l'épouses pas. Je ne l'ai jamais aimé de toute façon. Il n'était bon qu'à tapoter sur son fichu BlackBerry et à parler de golf.

— Gene ! lança Bev. C'est de ton futur gendre que tu parles !

— Je ne crois pas, non, rétorqua son mari. C'est fini, cette histoire. Tu disais que tu avais organisé ce mariage ? Très bien. Alors ça ne devrait pas être si difficile que ça de le désorganiser. (Il se tourna vers Regina.) Est-ce que ça va aller ?

— On va rester avec elle, indiqua Heather.

Gene traîna Bev hors de la pièce pour annoncer la nouvelle aux invités, et, quelques secondes plus tard, les cinq demoiselles d'honneur débarquèrent. Tony les intercepta et les redirigea hors de la pièce. Il referma ensuite la porte, mais on les entendait toujours en train de piailler comme des oies en pleine panique.

Regina prit une profonde inspiration apaisante.

— S'il vous plaît, dites-moi que je fais le bon choix.

— Vous avez fait le bon choix, déclara Tony. La vie est trop courte pour prendre ce genre de mauvaises décisions. Je l'ai déjà fait plein de fois, c'est pour ça que je le sais.

Regina hocha la tête.

— Je crois que je ne l'ai jamais aimé. Il m'avait juste l'air d'être la proie idéale, tu sais. Ma mère était tellement contente. Mes amis trouvaient ça merveilleux. Mais la vérité, c'est qu'aucune de ces personnes n'aura à vivre avec lui pour le restant de ses jours.

On toqua fermement à la porte.

— Regina ! cria une des demoiselles d'honneur. Sors de là ! Il faut que tu nous racontes tout !

Regina laissa tomber la tête entre ses mains.

— Tu as raison, Heather. Elles sont débiles. Je ne vais pas pouvoir les supporter dans l'immédiat. J'ai seulement envie de sortir d'ici.

— Bonne idée ! commenta Tony.

— Mais je n'ai pas de voiture.

— Heather et moi, nous pouvons vous emmener où vous voulez.

Heather adressa un regard surpris à Tony. La veille, il lui avait clairement fait comprendre qu'il n'y aurait plus de « Heather et moi ». Alors qu'était-il en train de faire ?

— Bien, accepta Regina. Dans ce cas, on y va.

— Regina ! intervint sa cousine. Tu ne devrais pas te changer, d'abord ?

— Ma mère a emporté les vêtements que je portais en arrivant. S'il vous plaît, faites-moi seulement sortir d'ici avant qu'elle revienne.

— Tu veux que j'aille lui dire que tu t'en vas ?

— On l'appellera quand on sera dans la voiture, trancha Tony. On y va.

Quelques minutes plus tard, ils saucissonnèrent Regina sur la banquette arrière de la voiture de Tony, puis celui-ci entama sa marche arrière dans le parking.

— Où est-ce qu'on va ? s'enquit Heather.

— J'ai besoin d'un verre, déclara Regina. Peut-être deux, ou même trois. Tony, emmenez-nous dans votre bar.

— Regina, fit Heather, tu sais que tu portes une robe de mariée à l'heure actuelle ?

— Je m'en fiche.

Tony regarda Regina dans le rétroviseur.

— Tu es sûre que tu veux boire maintenant ?

— J'ai déjà commencé il y a deux heures et demie. Mais ça n'a pas marché. Après deux shots de vodka, Jason avait toujours l'air aussi con.

Elle tapa la banquette du plat de la main, apparemment un peu pompette, sa robe bouffant tout autour d'elle.

— J'espère qu'il va vivre heureux avec son BlackBerry maintenant, ajouta-t-elle.

Sur cette dernière remarque, Tony adressa à Heather un sourire furtif. Elle lui sourit à son tour, même si elle ne comprenait absolument pas pourquoi il était encore là. Rien que d'être assise près de lui attisait son désir d'une façon presque douloureuse.

Elle regarda ses mains posées sur le volant, se rappelant comment elles l'avaient caressée de façon plus intime que n'importe quel homme avant lui et l'avaient fait accéder à des sommets de plaisir sexuel qu'elle n'avait jamais connus auparavant. Mais leur relation ne se limitait pas au sexe. Il y avait ces rires qu'ils avaient partagés, la façon dont il avait bousculé sa routine, le confort qu'elle ressentait en sa présence. C'étaient ces choses-là qui lui manqueraient le plus. Mais, tandis qu'elle fantasmait sur leur mariage qui durerait une éternité, Tony n'avait fait que compter les jours jusqu'au moment où il retrouverait son ancienne vie.

Puis elle lui avait avoué qu'elle l'aimait. N'était-ce pas pitoyable ? Elle se sentirait ridicule jusqu'à la fin de ses jours.

— Vous auriez dû voir Jason le soir où je l'ai amené au concert, raconta Regina avec un soupir irrité. Ils ont diffusé une annonce demandant au public d'éteindre les téléphones portables. Il s'est levé tous les quarts d'heure pour vérifier s'il avait des messages sur son répondeur. Je vous jure que, si son téléphone se mettait à sonner et qu'il était en face du président des États-Unis d'Amérique, il ne trouverait rien de mieux à dire que : « Monsieur le président ? Vous pouvez m'excuser un instant ? »

Regina continua à déblatérer, et ses paroles commencèrent à échapper à Heather. Celle-ci ne pouvait s'empêcher de penser à Tony. Elle aurait juré qu'il aurait pris ses jambes à son cou une fois l'histoire du mariage terminée. Au contraire, il était bel et bien présent, et se mêlait de tout ce chaos. Il essayait de la rendre folle ou quoi ?

Regina cita ensuite au moins seize manies irritantes de Jason avec ses joujoux technologiques, et elle poursuivit son bavardage encore quelques minutes, le temps que Tony se gare sur le parking du *McCaffrey's*. Tandis qu'ils sortaient de la voiture, Heather ne put s'empêcher de ramasser la traîne de la robe de Regina pour qu'elle ne touche pas le sol du parking.

À l'intérieur, comme d'habitude le dimanche après-midi, quelques hommes s'accoudaient au bar, et de rares tables étaient occupées. Un match des Rangers passait sur les téléviseurs. Regina se hissa sur un tabouret de bar. Lisa s'approcha d'elle avec un regard étonné, puis se tourna vers Tony.

— J'ai hâte de savoir comment vous en êtes arrivés là.

— Un Martini Dry, lança Regina. (Elle marqua une pause.) Après réflexion, servez-en deux.

Heather s'assit sur un tabouret au coin du bar, près de sa cousine, et Tony s'installa près de Heather.

Regina leva les yeux sur la tête de sanglier qui était fixée au mur au-dessus du bar, et elle plissa les yeux.

— Vous savez, ce machin me fait un drôle d'effet. Vous voulez en faire quelque chose de vraiment original ? (Elle retira son voile et le posa sur le bar à côté d'elle.) Mettez-lui ça sur la tête.

Heather se tourna vers Tony et murmura :

— Elle perd vraiment la tête, là.

— Je ne perds rien du tout, décréta Regina. En réalité, je ne me suis jamais senti les idées aussi claires.

Quand Lisa leur apporta leurs boissons, Regina prit ses deux Martini avec une petite révérence.

— Aux femmes ! Parce que les hommes sont tous des porcs. À l'exception du spécimen ici présent. Tu t'en es trouvé un de bien, Heather. Ne le lâche pas.

Regina prit une gorgée de chaque verre, et Heather se dit : *Si seulement je pouvais !*

— J'ai perdu trois ans de ma vie avec Jason, dit l'ex-future mariée. Il faut que je rattrape le temps perdu. (Elle balaya la salle du regard et se concentra sur un homme à l'autre bout du bar.) Là, Heather, qu'est-ce que tu penses de ce type-là ? Le blond ?

— C'est Andy. Un vrai Don Juan. Il va te draguer, profiter de toi et te laisser tomber.

Regina afficha un grand sourire.

— C'est parfait.

— Je croyais que tous les hommes étaient des porcs.

— Ils le sont. Mais, bon, je suis censée faire quoi, moi ? Devenir lesbienne ?

Elle descendit de son tabouret et s'empara des deux Martini.

— Allez, Regina ! fit Heather. Tu ne vas pas aller draguer un mec une demi-heure après avoir annulé ton mariage ?

— Tu plaisantes ? répliqua Regina. Je suis splendide en blanc. Pourquoi ne pas en profiter ?

Elle poussa sa traîne sur le côté et longea le bar. Andy sortit un tabouret pour elle en lui adressant un grand sourire. Robe de mariée ou pas, cet homme n'était pas aveugle. Même à moitié soûle, Regina restait une beauté.

— On ne devrait sûrement pas la laisser boire autant, fit remarquer Tony, mais, tant qu'elle garde le sourire, elle devrait aller bien un moment. En plus, ça me laisse l'occasion de parler avec toi.

Le cœur de Heather bondit dans sa poitrine.

— Parler de quoi ?

Tony la prit par le bras et la fit descendre du tabouret.

— Lisa, lança-t-il, on va dans mon bureau. Si la mariée essaie de partir, tu n'as qu'à marcher sur sa traîne.

— Ça roule, répondit Lisa.

Ils se rendirent dans le bureau de Tony. Il referma la porte, et ils s'assirent sur le canapé. La jeune femme n'avait aucune idée de ce qui se tramait. Pourquoi était-il intervenu dans cette situation de crise, alors qu'il avait clairement indiqué qu'il ne voulait plus rien avoir à faire avec Heather ?

— Premièrement, commença-t-il en fouillant dans la poche de sa veste, c'est officiel. (Il lui tendit deux enveloppes.) On a reçu les papiers du divorce. Ils sont arrivés hier.

— Alors nous ne sommes plus mariés ?

— Plus du tout.

Alors voilà. C'était écrit noir sur blanc. Pourquoi remuait-il le couteau dans la plaie comme ça ? Il n'aurait pas pu se contenter de les lui envoyer par courrier ?

— Deuxièmement, à propos d'hier soir…, reprit Tony.

— Je n'ai pas envie de parler de ça.

— Si, il faut qu'on en parle.

— Tony…

— Je voulais te dire que j'étais vraiment désolé. Je suis désolé de toutes les idioties que j'ai pu dire. Je me suis comporté comme un imbécile et je mérite d'être puni pour ça.

Heather n'en croyait pas ses oreilles. Il s'excusait ?

Mais une minute ! Bien sûr qu'il s'excusait. Tony voulait toujours que tout le monde soit content, quelles que soient les circonstances. Eh bien, elle ne risquait pas d'être contente de cette situation, mais elle pouvait se montrer raisonnable à ce sujet.

— Ce n'est pas grave, dit-elle.

— Si, c'est grave. Les choses que je t'ai dites sont graves.

— Tu avais juste passé une sale soirée.

— Tu vas arrêter de te montrer aussi compréhensive ? Je ne le mérite pas. Les choses que je t'ai dites…

Elle leva la main.

— Tony, si tu n'arrêtes pas de t'excuser, je vais me sentir obligée de m'y mettre aussi, et de m'excuser d'avoir envoyé cette invitation, et on pourra se confondre en excuses jusqu'à la fin des temps. (Elle poussa un soupir.) Est-ce qu'on peut juste pardonner et oublier, tous les deux ?

— Oui, on peut faire ça, répondit Tony en souriant.

— Ouf ! Je n'ai pas envie qu'il y ait de la rancœur entre nous, tu sais ?

— Je sais. Moi non plus.

— Tout ce que je veux, c'est qu'on se sépare en amis.

— « En amis » ? (Le sourire de Tony disparut.) Non, on ne va pas pouvoir rester amis.

Le cœur de Heather se brisa.

— Et toute cette histoire de pardonner et d'oublier, alors ?

— On pardonne et on oublie, mais notre amitié… ça ne va pas le faire.

— Pourquoi pas ? Parce qu'on a été mariés ? Les gens qui divorcent peuvent rester amis. Il y en a tous les jours qui font ça.

— Mais il ne te faudra pas longtemps pour qu'un petit malin te mette le grappin dessus et t'épouse, et, avant même de t'en rendre compte, tu seras en train de fêter ton cinquantième anniversaire de mariage avec lui. Alors, à un moment ou à un autre, tu vas m'oublier.

— Ne t'en fais pas, dit-elle d'un air abattu. Je ne risque pas de me marier de sitôt.

— Oh si ! Regarde un peu ta situation. Tu as un travail qui paie bien, tu es intelligente, tu as de super cheveux, une déontologie qui ferait rougir d'envie toute une congrégation de protestants, des talents d'organisatrice hors du commun. En plus, ma jolie, à la minute où tu grimperas toute nue dans le lit d'un homme, il ne voudra plus te laisser partir. Une fois qu'il aura goûté à toi, tu crois qu'il aimera bien te voir faire ami-ami avec ton ex-mari ? La réponse est non.

— Eh bien, il n'aura pas le choix ! Il faudra qu'il comprenne que, même si toi et moi, on est divorcés, on est quand même amis.

Tony secoua la tête tristement.

— Désolé, Heather, ça ne marche pas comme ça. Avec un ex-mari aussi beau et charmant que moi, le pauvre garçon se sentira menacé tous les jours de sa vie.

Heather lui adressa un regard dénué d'expression.

— Et cet ego surdimensionné, tu ne le mets jamais en sourdine ? Ou alors c'est vraiment plus fort que toi ?

— Donc, répliqua Tony en portant la main à sa poche, j'ai décidé que si ton nouveau mari possessif ne me laisse pas être ton ami…

Il brandit une petite boîte noire.

— … il faudrait que ce soit moi, ce nouveau mari possessif.

Il ouvrit la boîte, et, quand Heather vit ce qu'elle contenait, elle manqua de tomber du canapé.

C'était la plus belle alliance qu'elle ait jamais vue.

Chapitre 26

Pendant quelques secondes, la tête de Heather resta vide. Elle ne pouvait penser à rien. Elle ne pouvait rien dire. Les paroles de Tony formaient une sorte de charabia dans son cerveau. Elle se contenta de rester assise à regarder cette alliance, tâchant de comprendre le pourquoi du comment et de réactiver sa matière grise. Cela ne pouvait pas vouloir dire ce qu'elle pensait avoir compris. Il avait dû se tromper quelque part. Elle avait dû mal entendre.

Elle prit une lente inspiration pour se maîtriser, puis détacha son regard de la magnifique bague pour le reporter sur le splendide visage de Tony. Heather avait les larmes aux yeux. Elle n'avait pourtant pas la larme facile. Elle n'avait jamais été une pleurnicharde. Mais, là, elle était tout simplement en train de le devenir.

— Le jour où ma mère est morte, dit Tony tranquillement, elle a retiré son alliance pour me la donner. Elle m'a dit qu'un jour je tomberais amoureux d'une fille et que, quand ce serait le cas, je devrais la lui donner. C'est toi, Heather, cette fille dont elle parlait.

Heather ne put rien faire d'autre que de regarder la bague, puis Tony, puis la bague, comme si elle craignait que l'un ou l'autre se mettent à partir en fumée, et qu'elle s'aperçoive que ce n'était qu'un rêve.

— Mais je ne comprends pas, dit-elle. Pas plus tard qu'hier soir, tu as dit que… (Elle secoua la tête, confuse.) Qu'est-ce qui a changé entre-temps ?

— Je ne plaisantais pas quand je parlais de cet autre homme qui t'emmènerait et t'épouserait. Lorsque j'y ai réfléchi sérieusement… eh bien, je me suis dit que ce n'était pas juste.

— Quoi ?

— C'est moi qui t'ai montré comme tu étais belle avec les cheveux au naturel. C'est moi qui t'ai appris les meilleures positions. C'est moi qui t'ai initiée aux menottes en fourrure mauve et qui t'ai raconté des contes salaces. C'est moi qui t'ai rendue accro au sexe. Alors pourquoi est-ce qu'un autre gars en profiterait à ma place ?

Cette réplique lui ressemblait tellement que Heather ne put s'empêcher de sourire, tout en essuyant ses larmes.

— Mais, en fin de compte, poursuivit le jeune homme, ce n'est pas seulement à cause de ce que j'ai fait pour toi. (Il marqua une pause, son sourire s'évanouissant.) C'est à cause de ce que tu as fait pour moi, conclut-il en lui prenant les mains et en les serrant fort. J'ai besoin de toi, Heather. Quelqu'un qui me maintienne les pieds sur terre, qui sera là pour moi aujourd'hui, demain, toujours. J'ai besoin de cette sensation d'avoir enfin trouvé mon chez-moi, et tu es la seule à me la procurer.

Il passa les doigts sur sa joue.

— Quand tu as dit que tu m'aimais hier, tu le pensais vraiment ?

— Oui, vraiment.

— Alors, tu me réponds quoi ? Veux-tu m'épouser ?

— Oui, répliqua-t-elle. Oh oui !

Elle jeta les bras autour de son cou, puis ses quelques larmes se transformèrent en torrent. Quand il lui passa la bague au doigt, elle leva la main et observa le bijou, émerveillée.

— Je n'y crois pas. Elle est à ma taille.

— Bien sûr que oui ! C'est un signe du destin. J'y crois, moi, au destin, tu sais. (Il la serra encore une fois dans ses bras.) Il reste une chose que je ne comprends toujours pas, murmura-t-il à son oreille. Peut-être que je ne comprendrai jamais.

— Et c'est quoi ?

Il s'éloigna d'elle et scruta son visage comme s'il s'attendait à y trouver une réponse, puis il secoua la tête, l'air véritablement confus.

— Qu'est-ce qu'une femme comme toi peut bien trouver chez un homme comme moi ?

Heather resta plantée là, abasourdie. Elle n'aurait jamais imaginé que Tony McCaffrey, le fantasme numéro un de toutes les femmes, puisse lui poser une telle question. Pourtant, en réalité, elle n'était pas amoureuse de l'homme qu'il montrait à tout le monde. Elle était amoureuse de l'homme qu'il lui avait montré, à elle seule.

— Je ne m'étais jamais rendu compte que je passais à côté de ma vie avant que tu arrives, lui dit-elle. Je suis différente quand je suis avec toi. Et j'aime mieux cette Heather-là.

— On est bien tous les deux. C'est pour ça qu'il faut qu'on reste ensemble.

Tandis qu'il se penchait pour l'embrasser, quelqu'un frappa brusquement à la porte.

— Tony ! Heather !

Le jeune homme se leva et ouvrit la porte.

— Vous feriez mieux de rappliquer, lança Lisa. La mariée délurée s'en va.

Tony et Heather sortirent du bureau à temps pour voir Regina tituber, ivre, vers la porte, le bras d'Andy posé sur ses épaules. Elle leur fit signe.

— Tony ! Heather ! Je m'en vais avec ce type. Merci de m'avoir sortie de l'église. On se revoit… je sais pas quand.

Andy affichait un grand sourire benêt, comme s'il venait de trouver un filon d'or. Tandis qu'ils s'avançaient vers la porte, Tony les rattrapa et le saisit par le bras.

— Une minute, mon gars ! Tu vas t'arrêter là.

— Tony ! murmura Andy. Tu délires ? C'est trop beau pour être vrai. Elle est bourrée et prête à tout, celle-là !

— Celle-là, c'est la cousine de ma femme.

Andy lâcha Regina comme si elle venait de prendre feu, et il leva les mains.

— Waouh ! Oh, mon vieux, je voulais pas m'embrouiller avec ta famille !

— Je vais te dire, Andy : à partir de maintenant, on va dire que les filles bourrées et prêtes à tout sont intouchables. D'accord ?

— Euh… ouais, d'accord.

— Pourquoi est-ce que tu ne rentres pas chez toi ? Ça te donnera une chance de réfléchir à cette nouvelle règle avant que je te revoie ici demain.

Andy hocha la tête.

— D'accord. Tout ce que tu veux.

Tandis qu'il passait la porte, Tony aida Heather à hisser Regina sur un tabouret de bar. Heather regarda par-dessus le bar et découvrit la fameuse tête de sanglier couverte d'un voile de mariée, et elle dut admettre que c'était sacrément original comme décoration.

— Hé ! s'exclama Regina en regardant autour d'elle. Attendez un instant ! Il est où, ce type ? On allait… (Elle s'arrêta et regarda Heather.) Qu'est-ce qu'on allait faire au juste ?

— Prendre un café, répondit sa cousine.

— Ah oui !

Regina posa un coude sur le bar et posa le menton dans sa main, semblant sur le point de piquer du nez. C'est alors qu'elle repéra la bague de Heather et se redressa d'un seul coup.

— Oh, mon Dieu ! s'écria-t-elle en attrapant la main de sa cousine. Cette bague est splendide !

La vue d'un bel anneau orné d'un diamant eut sur elle le même effet que des sels. Elle regarda ensuite le visage de Heather.

— Oohh, ton mascara a coulé !

Heather se dit que ce n'était pas le moment de signaler à Regina qu'elle avait elle-même une mine à faire peur. Et, soudain, sa cousine eut l'air nauséeuse, comme si les Martini Dry qu'elle avait ingurgités étaient sur le point de remonter.

— Je pense qu'on ferait mieux de zapper le café et de la ramener chez elle, déclara Tony.

— Je crois que je ferais mieux de l'emmener aux toilettes avant. Elle a le teint verdâtre.

Tony attrapa Heather et l'embrassa avant de lui adresser un sourire.

— Ne me laisse pas trop longtemps, alors.

Heather esquissa un sourire. Elle allait compter chaque seconde.

Vingt minutes plus tard, Tony se gara devant l'appartement de Regina. Heather avait appelé oncle Gene pour le prévenir qu'ils la ramenaient chez elle, et, au moment où elle guidait Regina vers sa porte d'entrée, il arriva, accompagné de tante Bev. Cette dernière semblait toujours avoir des envies de meurtre, mais elle ne disait pas grand-chose : oncle Gene avait apparemment pris les rênes. Heather était sûre que Regina irait très bien. Du moins, dès lors qu'elle aurait surmonté la monumentale gueule de bois qui l'attendrait le lendemain.

Quand Heather remonta dans la voiture, Tony refermait son téléphone portable.

— Il faut qu'on retourne au bar.

— Qu'est-ce qui se passe ?

— Tu sais, ce tuyau de la cuisine ? Il a vraiment explosé cette fois-ci.

— Ah, génial ! Est-ce qu'ils ont coupé l'eau ?

— Oui, mais Chuck dit que c'est un sacré bazar.

— Heureusement c'est arrivé un dimanche et pas un samedi soir.

— Tu m'étonnes.

— Alors il faut qu'on passe en mode crise alors qu'on est habillés comme des pingouins ?

— J'en ai bien peur.

— Moi, ça ne me dérange pas trop. Je n'ai jamais aimé cette robe de toute façon.

Dix minutes plus tard, ils se garaient sur le parking du *McCaffrey's*. Quand Heather vit la nouvelle enseigne, une pensée lui réchauffa le cœur jusqu'au plus profond d'elle-même. Bientôt, ce nom, qui s'affichait en grosses lettres, ne serait plus seulement celui de Tony. Ce serait aussi le sien.

Mais, dans l'immédiat, ils avaient une crise à gérer.

Ils sautèrent hors de la voiture et s'empressèrent de rentrer. Mais, tandis que Heather fonçait vers la cuisine, Tony la saisit par le bras et la fit se retourner.

— Attends, Heather. Il y a une personne que je voudrais te présenter.

— Quoi ?

C'est alors qu'un homme et une femme se levèrent de leurs tabourets et s'avancèrent pour s'arrêter juste devant eux. La femme avait des cheveux courts et bruns, et quelques rides au coin de ses yeux et de ses lèvres indiquaient qu'elle souriait souvent. L'homme était grand et particulièrement beau, avec une épaisse chevelure poivre et sel.

— Heather, fit Tony, voici mon père, Don McCaffrey.

Heather s'immobilisa. Elle devait avoir mal entendu.

— Ton père ?

— Oui.

Pendant quelques secondes, elle cessa de respirer. Elle resta immobile, totalement abasourdie, ayant l'impression que son cœur s'était arrêté de battre. *Le père de Tony ?*

— Mais je ne comprends pas, balbutia-t-elle en les regardant l'un après l'autre. Comment est-ce que… ?

— C'est une longue histoire, mais je pense que…, commença Tony.

Puis il se tourna lentement vers son père, et son visage fut submergé par une vague d'émotions qui sembla balayer toute l'amertume qu'il avait pu accumuler ces dernières années.

— Je pense que tout va bien se passer maintenant, déclara le jeune homme.

Les deux hommes s'adressèrent un regard lourd de sens, et, en cet instant, Heather sut qu'un prodige s'était passé. Après toutes ces années, d'une façon ou d'une autre, ils étaient parvenus à une sorte d'entente. Un sentiment de joie à l'état pur jaillit en elle, si fort qu'elle eut peur d'exploser. Elle tendit le bras pour serrer la main de Don.

— Quel plaisir de vous rencontrer ! lança-t-elle. Je suis Heather, la femme de Tony.

Don adressa un regard surpris à son fils, puis se tourna vers elle avec un sourire chaleureux.

— J'ai une belle-fille, moi ?

— Oui. Et moi, j'ai une belle-mère, ajouta Tony en regardant la femme qui se tenait près de son père. Vous devez être Rachel ?

Maintenant, c'était au tour de Heather d'être surprise.

— Une belle-mère ? Je ne savais pas…

— Moi-même, je ne le sais que depuis quelques heures, précisa Tony.

Le jeune homme tendit le bras pour serrer la main de Rachel, mais cette dernière, un peu plus démonstrative que Don, l'attira à elle pour lui donner une accolade.

— Je suis si heureuse de faire enfin ta connaissance, déclara-t-elle.

Puis Heather l'entendit murmurer :

— Tu n'imagines même pas à quel point ton père attendait que tu l'appelles.

Heather lança un regard à Don : ses yeux brillaient, et, quand il se détourna un instant pour se reprendre, elle sentit que des larmes commençaient à lui monter aux yeux.

Rachel se tourna vers Heather et lui donna la même accolade pleine d'enthousiasme, dont elle avait gratifié Tony. Puis elle recula et les regarda tous les deux.

— Eh bien, vous êtes drôlement bien habillés, tous les deux !

— C'était pour le mariage de ma cousine, expliqua Heather. On devait être des témoins. Enfin, si le mariage avait eu lieu.

— Quoi ?

— Ne vous en faites pas, la rassura Heather avec un sourire. C'est une longue histoire. Vous pouvez rester prendre un verre ?

— On adorerait, dit Rachel.

C'est alors que Don repéra la main gauche de Heather. Il la prit entre ses doigts et se tourna vers Tony, l'air abasourdi.

— Mon Dieu, c'est la bague de ta mère ! Tu l'as gardée pendant tout ce temps ?

Tony acquiesça. Don se tourna alors vers Heather.

— Elle se trouve au bon endroit, dit-il d'une voix douce, voilée par tant d'émotion. Je vous souhaite de ne jamais la retirer.

Heather ressentit une montée de pur plaisir, suivi d'une satisfaction totale, celle que vous procure la perspective d'un avenir radieux. Elle se sentait encore mieux que dans ses rêves les plus fous. Quelque chose d'extraordinaire s'était passé entre le moment où elle avait quitté Tony la veille et son arrivée à l'église. Quelque chose qui lui avait permis de se mettre sur la voie de la réconciliation avec son père, un miracle qu'elle n'aurait pas pu imaginer quelques heures plus tôt. Et, d'une façon ou d'une autre, un miracle en avait engendré un autre.

Tony et elle allaient passer le restant de leurs vies ensemble.

Plus tard, ce soir-là, Tony et Heather, étendus sur le lit, reprenaient leur souffle, leurs corps rassasiés. Le costume du témoin et la robe rose étaient négligemment jetés par terre, et il y avait aussi là deux verres de Martini.

Heather tourna la tête pour regarder Tony.

— James Bond qui capture une espionne ? (Elle secoua la tête.) C'est officiel, tu es vraiment timbré.

— Attends, on portait les tenues idéales. Je n'allais pas manquer une telle occasion.

— En tout cas, j'aime bien la méthode que Bond utilise pour faire parler les femmes.

— Je savais que ça te plairait, répondit-il avec un grand sourire.

Une chose était sûre : la vie avec Tony ne serait jamais ennuyeuse.

— J'ai décidé de demander à mon père d'être mon témoin, lança le jeune homme.

— Ton témoin ?

— Ben oui, parce qu'on va se marier.

— Un mariage ? Vraiment ? demanda Heather avec un sourire.

Tony se souleva sur un bras et baissa les yeux sur Heather, tout en passant les doigts dans les cheveux de la jeune femme.

— Je veux faire les choses bien cette fois. Je veux que tout le monde m'entende te dire que je t'aime. Ta famille… et la mienne.

Heather crut que son cœur allait exploser de joie. Il avait passé tant de temps sans véritable famille, et voilà qu'il en avait deux.

— Mais personne n'est au courant pour notre divorce de Las Vegas, fit-elle. Comment leur expliquera-t-on qu'on fait un autre mariage ?

— On leur dira juste qu'on veut renouveler nos vœux devant nos familles et nos amis. Seul le prêtre a besoin de savoir que ce n'est pas tout à fait ça. J'ai entendu dire que ces gars-là étaient très forts pour garder les secrets.

— Un mariage, répéta Heather doucement, pensant à toutes les fois où elle avait rêvé d'en faire un sans savoir si elle rencontrerait un jour la bonne personne.

Quand elle était au lycée avec Alison, elles avaient décortiqué plus d'un numéro de *Marions-nous*. Puis ce n'était devenu qu'un catalogue de rêves. À présent, son rêve était devenu réalité.

Alison ! Il fallait qu'elle prévienne Alison. Son amie ne savait pas encore qu'elle restait mariée à Tony, et encore moins qu'ils allaient organiser un vrai mariage. Elle tendit la main vers son téléphone.

— Qui est-ce que tu appelles ? s'enquit Tony.

— Alison. Il faut que je lui dise qu'elle sera ma demoiselle d'honneur.

Elle composa le numéro d'Alison. Quand cette dernière fut en ligne et que Heather lui annonça le mariage, les cris de joie de son amie lui transpercèrent les oreilles. Alison ne se souvenait même pas de leur pacte de cinquième (l'une ne se marierait que si l'autre le pouvait aussi), mais elle rappela à Heather qu'elles s'étaient fait une promesse pour les robes de demoiselles d'honneur, et Heather fut ravie d'entendre Alison lui jurer qu'elle ne la laisserait pas en choisir une immonde.

Quand Heather raccrocha, Tony dit :

— Maintenant, il est temps d'appeler ta mère, et, cette fois, c'est la bonne.

Avec un sourire, Heather songea au coup de fil qu'elle avait passé à sa mère le soir de leur mariage à Vegas, à quel point cela n'avait aucun sens. Cette fois-ci, cette nouvelle voudrait tout dire. Elle composa le numéro de ses parents, et sa mère décrocha.

— Bonjour, ma chérie, lança Barbara. Vous avez pu ramener Regina, Tony et toi ?

— Oui, elle va bien.

— C'est dommage pour son mariage.

— Je sais bien, mais elle a fait le bon choix.

Barbara poussa un soupir.

— Tu as sûrement raison. Jason manquait un peu… d'attention, n'est-ce pas ?

« Manquait d'attention » ? Sa mère avait un don pour éviter d'appeler un chat un chat. Jason était un connard.

— C'est tellement dommage de voir un tel gâchis, poursuivit Barbara. J'avais si hâte d'y assister, moi qui adooore les mariages.

— Alors, est-ce que ça te dirait d'en voir un autre ?

— Un autre ? Il y a quelqu'un d'autre qui se marie ?

— Oui. Tony et moi.

— Mais… vous êtes déjà mariés.

— Je sais, mais notre mariage s'est passé à Las Vegas, et personne n'était là. Tony pense qu'on devrait en refaire un ici.

— Un vrai mariage ? demanda Barbara, sa voix montant dans les aigus sous l'effet de l'espoir. Dans une église ? Avec un prêtre ? Quel genre de mariage ?

— Oui, la totale, avec des fleurs, des demoiselles d'honneur, une réception…

— Fred ! hurla sa mère. Fred ! Viens ici tout de suite ! Heather et Tony vont se marier !

Heather posa une main sur son téléphone et murmura à Tony :

— Tu as entendu ça ?

Il éclata de rire.

— Tu rigoles ? Je suis sûr que même les extra-terrestres l'ont entendu.

Pendant les dix minutes qui suivirent, Barbara aborda tous les sujets, de la salle de réception au gâteau, en passant par les dragées et la musique. Heather se dit qu'elle n'avait jamais entendu sa mère aussi heureuse. Puis la jeune femme dut décrire dans les moindres détails la bague que Tony lui avait offerte, et elle crut que sa mère allait s'évanouir au téléphone. Au moment où Heather raccrocha, elle avait accepté d'emmener sa mère dans une boutique spécialisée dans les mariages le samedi suivant.

— Et le champagne ? remarqua Tony. Tu n'en as pas parlé. Il nous faut des litres et des litres de champagne.

Heather ferma les yeux.

— J'ai la gueule de bois rien que d'y penser.

— Après, je t'emmène pour une vraie lune de miel, déclara Tony. Pourquoi pas Las Vegas ?

— En réalité, je pensais plutôt à Cancún. On pourrait bronzer tout nus sur la plage. Ça me plairait bien.

— Tu bronzerais toute nue avec moi ?

— Je crois que tu aimerais bien, oui. Et c'est pour cette raison que je n'irai jamais à Cancún avec toi.

Tony déposa un tendre baiser sur ses lèvres.

— Tu sais quoi ? Ce soir-là, à Vegas, je crois qu'on savait. Bizarrement, à un niveau inconscient, on savait exactement ce qu'on était en train de faire.

Heather passa le bout des doigts sur sa joue, étonnée de vivre une telle joie.

— Ou on était tout simplement ivres morts.

Elle lui claqua le bras. Il éclata de rire et lui saisit la main, la pressant sur le lit au-dessus de sa tête ; puis il se pencha pour l'embrasser, d'un long et fougueux baiser qui lui retira toute envie de se battre.

— Quoi qu'il en soit, murmura-t-il, on a fini par y arriver.

Ils s'enlacèrent et ils étaient sur le point de s'endormir quand le téléphone sonna. Heather regarda l'identifiant.

— Encore ma mère.

— Oh là là ! Encore des détails pour le mariage ?

— Dis donc, tu savais un peu où tu mettais les pieds, je te signale.

Elle décrocha.

— Coucou, maman. (Elle marqua une pause, l'air confus.) Oh, papa, c'est toi ! (Elle écouta son correspondant un instant.) Euh, oui… il est juste là.

Elle tendit le téléphone à Tony et murmura :

— Mon père, il veut te parler.

— Moi ? répondit Tony. Pourquoi ?

Heather haussa les épaules. Il lui prit le téléphone des mains, l'air inquiet, même s'il n'avait rien à craindre. Après tout, Heather était heureuse, ce qui signifiait que Fred était heureux aussi, n'est-ce pas ?

Il porta le téléphone à son oreille.

— Bonsoir, Fred. Qu'est-ce qui se passe ?

Fred s'éclaircit la gorge. À deux reprises.

— Euh… avec Barbara, on a discuté et…

— Oui ?

— Elle me dit que Heather et vous, vous allez vous marier.

— Oui, c'est vrai.

— Heather a affirmé que c'était votre idée.

— Hmm, hmm.

— Et que vous lui avez offert une bague. Celle qui avait appartenu à votre mère.

— C'est exact.

Un long silence s'ensuivit, un silence que Tony avait nerveusement envie de combler, mais il resta bouche cousue. Quand Fred reprit la parole, son ton d'habitude si bourru s'était adouci, et Tony discerna même une note de surprise dans sa voix.

— Vous l'aimez vraiment, n'est-ce pas ?

Tony ferma les yeux, le cœur serré face à tant d'émotion. Dieu merci, il reprit vite ses esprits.

— Oui, Fred, je l'aime.

— Bon. C'est bien. C'est tout ce que j'ai toujours voulu, vous savez ?

— Oui. Je sais.

— Très bien. Dans ce cas, je ferais mieux d'y aller. Je voulais juste appeler pour… (Il s'arrêta net.) Oh, et puis mince ! Je ne peux pas mentir plus longtemps. Ce n'est pas moi qui ai eu l'idée de vous appeler.

— Ah non ?

— Non. C'est Barbara qui m'a poussé. Elle m'a dit que je devais appeler et vous accueillir officiellement dans la famille. Que, si je ne m'exécutais pas, j'allais le regretter. Votre belle-mère a l'air gentille comme ça, mais, croyez-moi… (Il marqua une pause, puis se mit à chuchoter.) Mieux vaut ne pas trop l'énerver.

Tony ne put s'empêcher de sourire à ces mots. Cette gentille petite Barbara menait le grand méchant Fred par le bout du nez. Les femmes de cette famille étaient vraiment incroyables.

— En fait, elle avait raison sur vous, dit Fred. Et j'avais tort. Mais Heather est tout pour moi. Alors je devais vérifier que vous étiez réglo.

En cet instant, Tony se rendit compte que son beau-père ne l'avait menacé que parce qu'il aimait Heather. À un tel point qu'il était prêt à affronter quiconque tenterait de lui faire du mal.

— Peut-être que j'aurais dû le faire avant, poursuivit Fred. Mais mieux vaut tard que jamais. Tony ?

— Oui ?

— Bienvenue dans la famille.

À cause de tous les événements de cette journée, le bonheur submergea Tony, et il lui fallut un moment avant de répondre.

— Merci, Fred. Ça me va droit au cœur.

— Bien. Je dois y aller. Venez tous les deux dîner à la maison. Je ferai un barbecue.

Avec Fred, tous les repas impliquaient certainement qu'il tue d'abord un animal avant de le faire griller, mais Tony s'en fichait. Il mangerait du yack au barbecue si cela lui permettait de mieux s'intégrer dans cette famille.

Il raccrocha et redonna le téléphone à Heather, qui avait l'air inquiète.

— Est-ce que tout va bien ? s'enquit-elle.

— Oui, répliqua Tony. Tout est pour le mieux.

— Que voulait-il ?

— M'accueillir dans la famille.

Heather ouvrit la bouche pour dire quelque chose, mais rien ne sortit. En revanche, des larmes se mirent à couler de ses yeux.

— Hé, pas besoin de pleurer ! lui dit Tony en souriant. C'est une bonne chose.

— Je sais, mais, après hier soir, je ne m'attendais pas à ça… Et maintenant tout est tellement bien et…

Sa voix s'érailla, mais elle n'eut pas besoin de terminer sa phrase pour que Tony sache ce qu'elle ressentait, car il éprouvait exactement le même sentiment.

— Je t'aime, Heather.

— Je sais. Je t'aime aussi.

Tony la prit dans ses bras et la serra longuement. Il pensait à ce qui lui avait manqué toutes ces années, sans même qu'il s'en rende compte. Il était parti à Las Vegas pour décrocher 20 000 dollars et il en était rentré avec quelque chose de bien plus précieux : une femme qui l'aimait. Et il avait la ferme intention de ne pas la laisser filer, pour le restant de ses jours.

Découvrez aussi chez Milady Romance :

Sensations

Le 29 mai 2015

- **Tracy Wolff**, Backstage, *Enlève-moi*

Le 26 juin 2015

- **Joanna Wylde**, Reapers Motorcycle Club, *Possesseur*

Émotions

Le 26 juin 2015

- **Lindsey Kelk**, *J'aime Hollywood*

The Fell Types are digitally reproduced by Igino Marini.
www.iginomarini.com

Achevé d'imprimer en avril 2015
Par CPI Brodard & Taupin - La Flèche (France)
N° d'impression : 3010505
Dépôt légal : avril 2015
Imprimé en France
81121484-1